JAY
CROWNOVER

MARKED MEN

TOME 3
ROME

Traduit de l'américain
par Ch[illegible]

W0381508

Hugo Poche

NEW ROMANCE®

Je dédie ce livre à tous les hommes
et à toutes les femmes qui servent ou ont servi
notre pays dans une branche des forces armées.
Merci pour votre service.
Je le dédie également aux familles, amis,
et proches qui aiment et soutiennent
les membres de l'armée lorsqu'ils sont loin,
près, ou entre les deux.

PRÉFACE

Tout d'abord, je voudrais dire que j'ai un immense respect pour les hommes et les femmes de nos forces armées. Je trouve admirable de choisir de servir pour le bien des autres. C'est altruiste, héroïque, et plus généralement très louable.

J'habite près de Fort Carson, dans une ville remplie d'hommes et de femmes en service. Mon grand-père était dans l'armée, ce qui a conduit ma mère à voyager partout dans le monde quand elle était très jeune. Mon cousin a été déployé à l'étranger et ce jeune homme adorable, réellement merveilleux, n'est pas revenu totalement indemne de cette expérience. J'ai travaillé dans un bar situé à côté de l'université, ici à Denver, qui servait de QG non officiel à un groupe d'anciens soldats de retour à la fac grâce à la GI Bill[1]*. Ils construisaient le début du reste de leur vie. J'ai entendu leurs*

1. NdT : loi américaine aidant au financement des études ou de la formation professionnelle des soldats démobilisés.

histoires, les belles et les moins belles. J'ai vu les hauts et les bas que l'on peut traverser après avoir quitté l'armée. Cela étant dit, Rome *ne prétend pas faire de généralités sur la vie des militaires ou être un documentaire.*

Rome est un homme qui cherche sa voie, comme nous tous, et il fait seulement du mieux qu'il peut. Toutes les libertés que j'ai prises par rapport à la vérité sont un choix personnel et visent seulement à approfondir son personnage et à raconter son histoire.

Merci à tous et joyeuse lecture !

Jay

CHAPITRE 1

CORA, LE 4 JUILLET

C'est la chose que je préfère dans la vie, avoir tous les gens que j'aime au même endroit au même moment. Ajoutez à cela une journée de congé, de la bière fraîche, un barbecue et des feux d'artifice, et je suis la reine du monde. J'aurais d'ailleurs été folle de joie s'il n'y avait pas eu un nuage noir et menaçant qui flottait au-dessus de ma tête, décidé à gâcher ma journée.

C'était un week-end prolongé et tous les mecs du salon de tatouage où je travaillais, ainsi que les autres, Jet, Asa et les filles, étaient rassemblés dans le jardin de la nouvelle maison de Rule et Shaw pour un barbecue. C'était une sorte de pendaison de crémaillère. Tout le monde avait une bière à la main, et Rule et Jet s'occupaient du barbecue, même s'ils avaient l'air un peu ridicules. C'était censé être un moment sympa pour se détendre, mais l'un d'entre nous y mettait sacrément de la mauvaise volonté.

Je faisais tourner ma canette de bière fraîche entre mes mains et j'essayais de toutes mes forces de ne rien dire, alors que Rome Archer avait décidé d'être désagréable. Ce mec devait être la personne la moins drôle que j'aie rencontrée. Certes, le mec rentrait tout juste d'une zone de guerre et avait des problèmes assez sérieux avec sa famille, mais cela n'excusait pas le fait qu'il avait l'air déterminé à ce que sa mauvaise humeur infecte les festivités.

Depuis qu'il avait passé le portillon du jardin, il alternait entre faire la gueule et se défouler sur tous ceux qui s'approchaient trop près de sa fureur déchaînée. Il portait des lunettes d'aviateur réfléchissantes, donc je ne pouvais pas voir ses yeux, mais je sentais le dédain et le mécontentement qui se dégageaient de son corps massif. Je n'avais jamais rencontré personne que je puisse qualifier de « monstre » avant que Rome traîne avec nous. Et comme Hulk, tout le monde semblait avoir peur de son caractère. Je commençais à en avoir marre de voir mes amis marcher sur des œufs et essayer de l'apaiser quand ils étaient avec lui. Putain, il aurait dû sauter de joie que son obsédé de frère se soit posé, qu'il ait trouvé celle qu'il lui fallait et soit devenu un homme meilleur. Mais non, Capitaine Grognon ne savait que rire jaune et grogner quand quelqu'un essayait d'engager la conversation.

Non, je n'étais pas particulièrement fan de Rome Archer, qu'il soit ou pas un héros de guerre, un grand frère adoré, ou supposément un mec sympa.

Personnellement, je pensais que les seuls efforts que ce mec faisait étaient pour être un con et rendre les autres aussi malheureux qu'il semblait l'être. Les gars qui avaient grandi avec lui, et même ma copine Shaw, répétaient le même laïus : l'ancien soldat était vraiment un mec super, il avait juste du mal depuis qu'il était rentré à la maison. Je n'étais pas sûre d'y croire, car jusqu'ici je n'avais rien vu qui indiquait qu'il puisse être autre chose qu'une brute râleuse et légèrement déséquilibrée. Ce qui était dommage, car cet homme était magnifique, du genre qui fait mal quand on le regarde. Tous les Archer avaient des gènes extraordinaires, mais là où Rule était doté d'une attitude de mauvais garçon torturé, Rome était simplement la perfection au masculin.

Il était grand, beaucoup plus grand que les autres mecs, ce qui n'était pas rien car aucun membre de notre groupe n'était vraiment un petit gabarit, et il était imposant. Il était large, fort et serti de muscles qui n'étaient pas juste là pour faire joli. Il avait les cheveux foncés et coupés très courts, et derrière les verres de ses lunettes de soleil, on ne voyait qu'une cicatrice blanche irrégulière qui traversait son sourcil et descendait vers son œil. Il y avait une intensité dans son visage qui le rendait incroyablement sexy, même s'il n'avait pas eu ce corps qui paralysait le cerveau du sexe opposé. Je parie que s'il avait pris la peine de sourire, des culottes se seraient mises à fondre dans tout le pays.

J'ai levé les yeux quand un de mes autres collègues, Nash Donovan, est apparu derrière moi et a posé ses mains sur mes épaules. Nash était le meilleur ami de Rule et vivait actuellement avec la montagne de tristesse et de morosité assise à côté de moi sur la pelouse. On aurait dit que la chaise pliable sur laquelle il était assis allait se casser en deux d'une seconde à l'autre sous sa masse considérable. Je n'imaginais pas qu'un mec aussi détendu et tranquille que Nash puisse vivre avec quelqu'un de si renfrogné, mais Rule et lui adulaient ce mec comme un héros, alors il valait mieux que je ne m'en mêle pas.

– Comment ça va, Clochette ?

C'était une question anodine, mais il y avait beaucoup de choses derrière. J'avais récemment appris que mon premier amour, le mec coupable d'avoir brisé mon jeune cœur en un million de morceaux que l'on ne pouvait pas recoller, allait se marier à la fin de l'été. J'avais du mal à l'accepter et les gars s'inquiétaient pour moi, car généralement j'étais imperturbable.

– Oh, tu sais, toujours à la recherche de monsieur Parfait.

C'était ma réponse habituelle. Afin d'éviter de refaire la même erreur, j'étais décidée à attendre un mec qui serait prêt à tout pour moi. Je ne me contenterais pas de moins que cela, de moins que la perfection, même si je devais attendre une éternité pour la trouver. L'idée de faire un compromis et de finir aussi perdue et brisée que je l'avais été était trop terrifiante pour que je l'envisage.

– Clochette ?

La voix de Rome était rauque et aussi brute que l'expression de son beau visage. Nash a ricané et s'est déplacé pour s'asseoir de l'autre côté de l'aîné des Archer.

– La Fée Clochette. On dirait une version punk de la Fée Clochette.

Un sourcil foncé s'est soulevé derrière ses lunettes, et je lui ai fait un petit sourire. C'est vrai que je ressemblais un peu à une fée de dessin animé. Petite, j'avais des cheveux blonds ébouriffés qui partaient dans tous les sens, et mes yeux étaient de deux couleurs différentes. J'avais aussi une manchette de fleurs et de dentelles qui déchirait, du haut de mon épaule jusqu'à mon poignet sur le bras gauche. Voyante et colorée. J'adorais mon tatouage plein de vie et je changeais souvent mon piercing à l'arcade pour choisir une couleur qui y était assortie. Ce surnom m'allait bien, et je ne détestais pas que les mecs l'utilisent car cela me montrait qu'ils m'aimaient autant que je les aimais.

Rome a retiré ses lunettes de soleil et s'est frotté les yeux. Quand il a arrêté, j'ai vu non seulement que ses yeux étaient du plus beau bleu clair que j'aie jamais vu, mais aussi qu'ils étaient injectés de sang et cerclés de cernes foncés. C'était sans aucun doute un beau gosse, mais il avait une sale gueule.

– Je n'aurais pas dû venir. Ce n'est tellement pas normal, tout ça. Tout le monde fait comme si Rule et Shaw jouant au papa et à la maman était un truc dont on devait se réjouir. Mais ça va se casser la gueule, ils vont finir par se détruire, et ce sera à moi de ramasser les morceaux.

Au début, j'ai cru que je l'avais mal compris, mais j'ai vu Nash faire la grimace et Rowdy, un autre collègue du salon, se crisper. Jusqu'à présent, il semblait être le seul invité de cette journée à ne pas non plus faire partie du fan-club de Rome Archer. Et tant mieux, car Rowdy était probablement le seul du groupe qui pouvait valoir quelque chose face à Rome, physiquement, s'il décidait de foutre le bordel.

– Mec, détends-toi. Tu devrais être heureux pour Rule et Shaw. C'est ta famille.

Nash était toujours le plus posé de la bande, mais j'entendais la tension présente dans sa voix.

J'ai joué avec la languette de ma canette et ai froncé les sourcils. Je n'allais pas laisser ce mec gâcher la journée de mes amis. Ses yeux, vraiment trop beaux pour faire partie d'un visage si amer, se sont plissés en regardant Nash et j'ai littéralement senti la chaleur de la colère qui se libérait de ses larges épaules. Jusqu'à maintenant, je n'avais rien dit, me contentant d'observer. J'avais siroté ma bière tranquillement et j'avais laissé tout le monde essayer de faire en sorte qu'il se détende. J'étais là pour m'amuser, profiter de mes amis, fêter l'emménagement de deux personnes que j'adorais et le bonheur de deux autres jeunes mariés, toutes ces personnes que je considérais comme mon clan. Mon groupe d'amis était petit à petit en train de se mettre deux par deux, et cela méritait une fête. Je savais combien c'était difficile de trouver le partenaire parfait, et j'étais heureuse que les gens que j'aimais y soient parvenus. Capitaine Grognon avait intérêt à se mettre à la page très vite, ou il allait entendre parler de moi.

– Rien de tout ça n'est bon pour personne. Je ne sais pas ce que je fous là. C'est une blague. Vous n'avez pas la moindre idée de ce que vous faites, ou de ce à quoi ressemble le vrai monde.

J'ai vu Nash rester bloqué, surpris, et Rowdy se lever. J'ai plissé les yeux à l'instant où ceux de Rome se tournaient vers moi. Il pensait peut-être que je n'étais pas dangereuse car je lui arrivais à peine au coude. Il pensait peut-être que j'étais gentille parce que je portais un petit haut rose à dos nu et un short blanc, et que je n'avais pas l'air menaçante. Il pensait peut-être que j'étais docile parce que je ne m'étais pas permis de lui dire quoi que ce soit depuis qu'il avait débarqué et s'était mis à gâcher mon joli jour férié. J'ai haussé mon sourcil décoré d'un petit cristal rose et lui ai rendu son regard.

Quoi qu'il ait pu penser, je suis sûre que je lui ai donné tort quand je me suis levée très calmement, que je me suis penchée vers lui et que j'ai renversé le reste de ma bière sur sa tête, avant d'écraser ma canette dans mon poing. La bière a coulé au ralenti sur son visage choqué et je me suis rapprochée jusqu'à ce que nos nez se touchent presque.

– Tu es vraiment un connard !

Je savais que le volume de ma voix portait jusqu'à l'autre bout du jardin. J'ai entendu des pas rapides dans notre direction. Ses yeux électriques ont cligné en me regardant, et j'allais me lancer dans un discours sur le respect et les bonnes manières, et sur le fait d'être un con sans raison apparente, mais un gros bras m'a saisie à la taille et m'a soulevée contre un torse ferme. Le grand bonhomme s'est levé, mais avant qu'il puisse faire quoi que ce soit, Rowdy s'est interposé entre lui et Nash qui me transportait vers la terrasse, loin du géant détrempé et grimaçant.

J'ai pointé un doigt vers lui et je l'ai regardé essuyer le liquide poisseux de ses yeux.

– On n'a pas besoin de ton pessimisme, Capitaine Grognon. Pourquoi tu ne vas pas répandre ta négativité ailleurs ? Putain, tu peux même la ramener dans le désert, je m'en fous ; on s'en sortait très bien sans toi. Ce n'est pas parce que tu ne trouves aucune raison d'être content que tu dois chier sur ceux qui essaient d'être heureux !

J'ai lâché un souffle quand Nash m'a serrée fort pour m'avertir de me taire. Je lui ai retourné le compliment en lui donnant un coup de coude dans les côtes. Il a grogné et m'a déposée sur la terrasse, là où se trouvait Shaw tout à l'heure. Nous avons tous regardé Rule s'avancer face à son frère sans rien dire. J'avais envie de crier à Shaw de ne pas s'en mêler, mais si Rule pétait un plomb, il n'y avait qu'elle qui pourrait éteindre l'incendie. Je m'en suis un peu voulu d'avoir mis les pieds dans le plat alors que je ne connaissais pas vraiment Rome.

Leurs voix masculines et fortes ont échangé des insultes, nous avons tous retenu notre souffle quand Rule a tendu le bras et a poussé Rome, qui a reculé d'un pas et renversé une chaise. Rowdy a pris Shaw dans ses bras et l'a tirée de là et j'ai senti une pointe de culpabilité car j'avais provoqué cette scène alors que nous étions censés faire la fête.

Même si je savais que Rule dépassait son frère de loin dans la catégorie du mauvais caractère, Rome était indéniablement plus grand et bâti comme une bête. S'il voulait vraiment faire mal à Rule, il allait passer un mauvais moment et les autres gars seraient obligés d'intervenir. Je me suis mordu la lèvre et j'ai essayé de me tortiller pour que les mains de fer de Nash me lâchent, mais il m'a serrée encore plus fort.

– Tu as réveillé le chat qui dort, Clochette, donc tu as intérêt à ce que quelqu'un puisse le rendormir.

Je me suis exclamée de surprise et j'ai réprimé le besoin de mettre mes mains devant mes yeux lorsque Rome a tendu le bras et fait tomber Rule par terre en le poussant sur le torse. Il lui a dit quelque chose à voix basse mais personne sur la terrasse n'a entendu, et j'ai vu Shaw exploser en larmes et se retourner contre le torse de Rowdy. J'aurais juré que ses yeux bleus avaient cherché les miens avant qu'il tourne les talons de ses grosses bottes noires et sorte du jardin en trombe. Le portillon a continué à trembler sur ses gonds après son départ et le rugissement de sa moto a noyé tous les autres bruits alors que Rule se relevait et allait vers sa copine en larmes.

Nash m'a serrée une dernière fois et m'a lâchée.

– Tu ne peux pas t'en empêcher, hein, Cora ?

J'ai croisé les bras avec un air de défi et me suis assise à côté du seul membre de notre groupe qui avait l'air de rester insensible à ce cirque. Le fait qu'il ait encore un plâtre sur toute la jambe et tout un tas de côtes cassées, de bosses et de bleus après son passage à tabac devait aussi aider. Asa Cross était une énigme et avait eu assez de mélodrame dans sa vie pour que nos histoires lui semblent probablement anecdotiques et ennuyeuses.

– C'est un con.

Nash a secoué la tête en me regardant et ses yeux bleu pervenche avaient l'air de me faire des reproches.

– Non, ce n'est pas un con. Je ne sais pas ce qu'il a, depuis qu'il est sorti de l'armée, il est bizarre. Mais c'est un mec bien. Tu sais que je ne le défendrais pas si je ne le pensais pas sincèrement.

J'ai levé les yeux au ciel.

– Il est dégueulasse avec Rule et Shaw, et je ne vais pas me contenter de le regarder faire.

– C’est des histoires de famille. Rule peut se défendre tout seul, et il ne laissera rien de mal arriver à Shaw. Calme-toi, d’accord ? On s’en occupe. Rome n’est pas… comme il est en ce moment, OK ?

J’ai soupiré et ai pris la tranche de pastèque que me tendait le bellâtre aux yeux dorés qui me servait de coloc depuis un mois. J’ai fait un clin d’œil à Asa et un signe de la main à Nash.

– Je vous aime, les gars. Mais Rome doit s’attaquer à quelqu’un qui joue dans sa catégorie.

Mes cheveux ont été ébouriffés par Nash alors qu’il descendait de la terrasse.

– Toi par exemple ?

– Est-ce que tu te moquerais de ma taille ?

Je n’ai pas eu de réponse et il est parti en descendant les marches de la terrasse, mais son rire grave traînait derrière lui. J’ai fait une grimace, puis Jet et Ayden, les deux jeunes mariés avec qui Asa, le frère rebelle d’Ayden, et moi partagions une maison, ont attiré mon attention. Ils se câlinaient et étaient trop mignons pour que je les ignore.

– Vous voyez… Je l’ai toujours dit, vous êtes parfaits tous les deux. C’est ça que je veux.

Je savais que j’avais l’air mélancolique, mais je ne pouvais pas cacher mon envie de ce genre d’amour, de relation. J’avais cru l’avoir une fois, et quand j’avais compris que ce n’était pas le cas, cela m’avait presque cassée.

– Je n’arrête pas de te dire que tu as trop d’exigences.

Jet avait dit ça sur un ton léger, mais il ne connaissait pas l'histoire de mes fiançailles annulées et de mon ex qui avait prévu de se marier à la fin de cet été.

– L'amour, ce n'est pas parfait. C'est du boulot et parfois il faut faire plus d'efforts pour être amoureux que pour s'enfuir. Si tu continues à chercher la perfection, tu vas passer à côté du grand amour.

Je lui ai fait un signe nonchalant de la main car je savais qu'il parlait en connaissance de cause. Sur la route qui l'avait mené à Ayden, ils n'avaient pas manqué de s'arrêter une fois ou deux à Stupidville, mais ils y étaient arrivés et je ne pouvais qu'espérer un tel résultat. Je me suis rassise à côté d'Asa, que je voyais prendre des notes mentalement sur chacun d'entre nous. Les rouages derrière ses yeux dorés semblaient tourner en permanence.

– Je saurai quand je le verrai.

J'ai dit cela à Jet, mais en réalité c'était moi que je cherchais à convaincre. Je ne me ferais pas avoir par un joli visage et des promesses de dévotion. Je ne finirais plus jamais par être le vieux torchon de quelqu'un. Le fait que tant de mes amis tombent la tête la première dans « ils vécurent heureux » donnait à mon cœur fatigué l'espoir que c'était bientôt mon tour.

Quand le faire-part de mariage que Jimmy m'avait cruellement envoyé par la poste avait atterri entre mes mains, cela avait été un signal. J'avais aimé un mec qui m'avait trompée, m'avait menti, avait fait de moi la risée de tout le monde. Je voulais passer ma vie avec lui, monter une entreprise avec lui, et avoir des enfants avec lui. La totale. Lui, en revanche, voulait coucher avec ses clientes tatouées et me faire marcher le plus longtemps possible. Si je n'étais pas retournée au salon un soir parce que j'avais oublié quelque chose, et que je ne l'avais pas surpris avec une fille à peine sortie de l'adolescence, je serais certainement mariée à ce sale rat à l'heure qu'il est.

Encore aujourd'hui, ce qui me faisait le plus mal était qu'à l'époque les gens savaient. Des gens que je considérais comme mes amis, des collègues qui étaient comme ma famille, ils savaient et personne n'a rien dit. Ils m'ont laissée passer pour une conne, ont laissé Jimmy me mettre en danger, se servir de moi et m'humilier, sans dire un mot. C'était terrible. Si Phil, un vieux copain de mon père, n'était pas venu lui rendre visite au moment où tout s'effondrait, je ne sais pas ce que je serais devenue. Les gars du Marked m'avaient sauvée.

– Ayd et Jet viennent de filer discrètement par le portillon. On dirait que tu vas devoir ramener l'estropié.

J'ai regardé Asa, puis le portillon, qui était en effet en train de se refermer. J'ai fait un petit commentaire sur la phase lune de miel, mais je ne suis pas allée beaucoup plus loin car Shaw est venue s'asseoir à côté de moi en essuyant les larmes sur ses joues avec le dos de sa main. Les autres mecs ont suivi, avec les restes maintenant brûlés du barbecue que Rule avait abandonné.

J'ai tendu la main pour tapoter la cuisse de mon amie. Shaw était une belle fille. Elle avait cette beauté aérienne et surréaliste à laquelle il fallait une minute pour s'habituer. Mon cœur s'est pincé de compassion en voyant ses grands yeux verts aussi tristes. Personne ne voulait faire pleurer Shaw, c'était comme donner un coup de pied à une princesse de conte de fées déjà à terre.

Les gars se sont tous rassemblés autour de la nourriture et ont distribué une nouvelle tournée de bières. Apparemment, ils adoptaient la manière masculine consacrée d'affronter les choses, c'est-à-dire ignorer toute l'histoire. Je ne pouvais pas vraiment leur en vouloir. Aucun d'entre eux ne semblait avoir envie de dire à Rome que son comportement était ridicule, et je les connaissais tous assez bien pour savoir combien ils étaient têtus une fois qu'ils avaient décidé quelque chose.

– Ça va ?

Shaw a cligné des yeux et m'a fait un demi-sourire. C'était tout elle, elle voulait toujours que tout aille bien pour tout le monde.

– Je vais survivre. Une partie de moi pense qu'ils devraient se taper dessus une bonne fois pour toutes et sortir tout ce qu'il y a entre eux. Mais je ne crois pas que Rule saurait s'arrêter et Rome pourrait le tuer s'il perdait le contrôle. Je ne sais pas ce qui lui est arrivé pendant sa dernière période de service, mais ce n'est pas le mec avec qui j'ai grandi.

J'ai haussé un sourcil et ai pris l'assiette que Rowdy me tendait en s'asseyant en face de moi et en posant ses pieds sur l'accoudoir de mon fauteuil. Je lui ai fait une grimace, mais je lui ai pardonné quand il m'a lancé une bière.

– Tu sais, vous n'arrêtez pas de dire ça, mais j'avais rencontré le grand frère avant et il ne m'a jamais paru être un grand rigolo. Il a toujours été assez coincé.

Shaw a pris l'assiette que Rule lui tendait et s'est décalée sur le banc pour lui faire de la place. Ils formaient un drôle de couple au premier coup d'œil, mais l'amour qu'ils partageaient était palpable et je faisais vraiment des efforts pour ne pas être jalouse.

– Je crois qu'il se passe des trucs pas simples dans sa tête.

La voix de Rule était rauque et je voyais qu'il ruminait la dernière dispute avec son frère. J'ai ouvert ma bière et ai apporté ma petite contribution.

– Qu'est-ce qu'on en a à faire, de ce qu'il y a dans sa tête? Il joue au con sans aucune raison. Qu'il aille se faire foutre.

Rowdy a secoué la tête et Shaw et Rule ont levé les yeux au ciel. Comme d'habitude, c'est Nash qui a joué la voix de la raison.

– On ne peut pas juste abandonner les gens qui comptent pour nous, Cora. Tu le sais.

Je le savais. Ce groupe était férocement loyal, et c'était pour cela que je l'aimais autant. Mais je détestais voir une personne provoquer tant de conflit avec toutes ces personnes différentes et merveilleuses.

– Je dois dire que je suis content qu'il n'ait pas le même caractère que toi, Rule. Je crois que si je m'étais pris un coup avec les paluches qu'il a, j'aurais fini comme Asa, a dit Rowdy en faisant un signe vers le playboy du Sud, une bière à la main.

Asa s'était fait tabasser si violemment qu'il était resté plusieurs semaines dans le coma. C'était un miracle qu'il s'en soit sorti avec aussi peu de séquelles. Rule a grogné et a passé son bras libre autour de Shaw qui s'appuyait contre lui. Ils étaient vraiment mignons. J'ai dû retenir un soupir envieux. Rule a jeté un œil au portillon par lequel Rome était parti et a dit :

– Il n'a jamais été bagarreur. Je veux dire, quand on était plus jeunes, il s'en mêlait quand il fallait nous venir en aide, à Nash et moi, mais il n'était pas du genre à ouvrir les hostilités. C'est pour ça que je ne comprends pas ce qui lui arrive ces derniers temps. Mais j'en ai marre.

Nash a ricané et a pointé sa fourchette vers moi.

– Pour être honnête, c'est plutôt Clochette qui a commencé, aujourd'hui. Était-ce vraiment nécessaire de l'arroser de bière ?

J'ai essayé de prendre un air innocent mais je n'étais pas très crédible, donc j'ai fait un sourire impuissant.

– J’aurais pu lui mettre un coup de poing dans le nez, mais je n’avais pas d’escabeau sous la main.

Cela a fait rire tout le monde et a permis d’alléger la mauvaise ambiance que Rome avait laissée. Nous avons fini de manger et bu quelques bières de plus. En tout cas les autres ont bu. Il fallait que je ramène Asa à la maison en voiture et je n’allais pas risquer un retrait de permis, par cette journée où les contrôles de police fleurissaient à chaque tournant. Les gars, ces grands enfants couverts de tatouages, ont attendu qu’il fasse nuit et sont partis dans le jardin pour allumer des feux d’artifice.

Je me suis retrouvée seule sur la terrasse avec Shaw et j’ai remarqué que, malgré les restes de tristesse sur son visage, elle respirait le bonheur. J’ai passé un bras autour de ses épaules et ai posé ma tête contre la sienne. La pauvre avait souffert ces dernières années, et je savais qu’elle méritait chaque miette du bonheur qu’elle ressentait en ce moment.

– Tu t’en es bien sortie, gamine. Tu as ton mec, la maison est super, et tout ça, c’est des bonnes choses. Ne te prends pas la tête pour le reste. Rule et toi, profitez de l’instant et oubliez le reste.

Je l’ai sentie rigoler et elle a levé le bras pour serrer la main que j’avais jetée sur son épaule. Le ciel s’est illuminé de plein de couleurs différentes et des rires masculins se sont envolés du jardin.

– Parfois je me sens égoïste. J’ai tout ce que j’ai toujours voulu et ce n’est pas toujours parfait, mais il y a plus de bons jours que de mauvais. J’ai l'impression que je n'ai pas le droit de demander plus.

Elle a soupiré si profondément que je l'ai ressenti en moi.

– Rome ne croit pas en nous et ça me fait du mal, je ne sais pas pourquoi il est si énervé. J'aime Rome comme un frère depuis aussi loin que je me souvienne, donc ça me blesse profondément.

– Ça va s'arranger, tu verras.

Elle est restée silencieuse pendant longtemps et nous avons regardé les mini-explosions et souri aux garçons, qui avaient l'air de s'éclater. Il aurait peut-être fallu leur faire remarquer que l'alcool et les feux d'artifice ne faisaient pas bon ménage. Mais Capitaine Grognon était parti et je ne voulais pas jouer la police du rire.

– Est-ce que je t'ai déjà dit que tu es la personne la plus intelligente que je connaisse, Cora ?

Je l'ai vraiment pris comme un compliment, sachant que cette fille était bien partie pour devenir docteur.

– Je dis simplement les choses.

C'était vrai. Je venais de la côte Est, de Brooklyn pour être exacte, et j'étais la fille unique d'un marin de carrière qui n'avait pas la moindre idée de quoi faire de sa fille rebelle. J'aimais mon père, il était ma seule véritable famille, et je savais qu'il m'aimait aussi. Mais nous n'avions pas de lien fort, et en conséquence, j'avais appris très jeune à parler honnêtement et à ne pas tourner autour du pot. C'était la seule façon que nous avions de communiquer. Alors s'il fallait que quelqu'un aille voir Rome Archer pour lui dire de se sortir sa tête d'idiot de son cul, je me dévouerais volontiers. Je ne l'idolâtrais pas, je n'avais pas peur de lui, et qu'il soit géant ou pas, je n'allais pas continuer à le laisser causer autant de peine aux gens qui comptaient pour moi.

CHAPITRE 2

ROME

Je n'arrivais pas à croire que ce petit farfadet taré avait eu le culot de me renverser sa bière sur la tête. Premièrement, elle m'arrivait à peine à l'épaule, et deuxièmement, elle avait l'air d'un bonbon ambulant. Tout était si coloré chez elle que cela faisait mal aux yeux.

J'aurais dû être furieux, mais elle avait raison, j'étais un trou du cul. Je n'avais aucune raison de mal parler à Nash, ni de me battre avec Rule. Je cherchais juste une cible sur qui lâcher mes frustrations, et c'était les gens les plus proches de moi qui payaient. C'était peut-être plus facile de déverser mon exaspération sur eux, car je savais instinctivement qu'ils me pardonneraient.

Il fallait que je trouve un endroit où prendre un verre et me remettre la tête en ordre. Un endroit sombre et silencieux, où personne n'attendrait rien de moi, ne voudrait pas que je me comporte de telle ou telle façon. J'en avais assez de ne pas correspondre à ce que l'on attendait de moi. Je n'étais pas un homme indolent par nature. J'étais habitué à l'action, à être responsable, à prendre des initiatives, et les seules choses que j'avais réussi à accomplir depuis mon retour à Denver, c'était d'énerver toutes les personnes que je croisais et de boire mon poids, non négligeable, en vodka. J'étais sur une mauvaise pente, mais je me sentais incapable de me retenir de glisser. Cette journée en était la preuve.

Je me suis arrêté dans le premier bar qui avait l'air de pouvoir supporter mon humeur actuelle. Le Jour de l'Indépendance, mon cul. J'avais eu largement assez de festivités et de bonne humeur pour toute une vie. Je voulais seulement me plonger la tête dans le sable et remonter le temps, à un moment de ma vie confortable et familier. Je détestais ce sentiment d'être un visiteur dans ma propre vie, et peu importait ce que je me disais tous les matins en me levant, je ne pouvais pas me débarrasser de cette impression. Avec ma famille, cela n'allait pas. Je n'arrivais pas à me faire à la nouvelle dynamique de ma relation avec Rule, à m'habituer à ce que mon petit frère égaré et imprudent prenne soin de Shaw. Dormir chez Nash le temps de me débrouiller dans ce bordel ne me convenait pas. Ne pas avoir de perspective de boulot me permettant de subvenir à mes besoins autrement qu'en me battant sur le front était peut-être ce qui m'allait le moins.

Le bar était sombre, et ce n'était pas un endroit pour ceux qui voulaient sortir et prendre un cocktail. Au fond, autour de plusieurs tables de billard usées, il y avait un paquet de gars avec un look de motards et un air pas commode. Plus près de l'entrée, il y avait des hommes plus âgés qui semblaient ne jamais quitter leur tabouret pour rentrer chez eux et se laver. Neil Young passait sur les haut-parleurs même si personne n'était du genre à chanter les paroles. Ce n'était pas un bar pour les citadins branchés et hipsters qui envahissaient Capitol Hill dès que les températures remontaient. Je me suis installé à une place libre au comptoir et ai attendu que le mec qui s'occupait du bar vienne jusqu'à moi.

Il faisait presque ma taille, ce qui était rare, mais il avait trente bonnes années de plus que moi. Il avait une barbe où aurait pu vivre toute une famille d'écureuils, des yeux couleur de charbon, et l'attitude inébranlable que seuls ceux qui ont vu les pires choses du monde et en sont sortis vivants peuvent avoir. Je n'ai pas été surpris de voir un tatouage des Marines sur son avant-bras massif quand il s'est placé en face de moi et a posé un vieux sous-bock sur le comptoir. Je l'ai vu m'évaluer d'un coup d'œil, mais j'avais l'habitude. J'étais un balèze et les autres balèzes aimaient savoir si j'étais le genre d'ennuis qu'ils pouvaient maîtriser ou pas.

– Garçon, tu sens déjà le fond de bouteille. Tu es sûr qu'il te faut un autre verre ?

J'ai froncé les sourcils avant de me rappeler que la petite blonde m'avait renversé de la bière sur la tête. En voyant mon tee-shirt encore collant, je me suis dit qu'elle aurait pu trouver un meilleur moyen de faire passer son message. Je ne savais pas quoi penser de Cora Lewis. Elle était souvent là, nous n'avions jamais beaucoup parlé, elle était trop extravertie et avait tendance à exagérer, ce qui expliquait la douche de Coors Light à laquelle j'avais eu droit. Cela me faisait mal au crâne d'être près d'elle, et je n'aimais pas la façon dont ses yeux dépareillés semblaient me disséquer.

J'ai enlevé mes lunettes, que j'avais remontées sur ma tête, et les ai accrochées au col de mon tee-shirt.

– Je me suis disputé avec un mauvais lutin, et il a renversé son verre sur ma tête. Mais ça va.

Le mec m'a regardé des pieds à la tête et a dû trouver que cela allait, car sans que j'aie rien à demander, une chope de bière est apparue devant moi, avec un shooter d'un liquide fort et ambré. En général je buvais plutôt de la vodka, mais quand la brute baraquée s'en est servi un aussi et est revenue vers moi, je n'ai pas osé me plaindre.

Il a haussé un sourcil touffu et a tapé le bord de son verre contre le mien.

– Tu es de l'armée ?

J'ai hoché la tête et ai avalé l'alcool d'un coup. Cela m'a brûlé jusque dans le ventre. Si je ne me trompais pas, c'était du Wild Turkey.

– J'étais. Je viens de rentrer.

– Tu as servi combien de temps ?

J'ai passé une main sur mes cheveux encore courts. Après les avoir eus rasés si longtemps, je ne savais pas vraiment quoi en faire.

– Presque dix ans.

– Tu faisais quoi ?

C'était une question à laquelle je ne répondais pas d'habitude, car honnêtement, la réponse était longue et ceux qui n'avaient pas fait partie de l'armée ne comprenaient pas.

– J'étais meneur d'opérations de terrain.

L'homme-ours qui me faisait face a laissé échapper un long sifflement.

– Forces spéciales ?

J'ai grogné en réponse et j'ai pris la bière.

– Je parie qu'ils étaient tristes de te voir partir.

Le truc, c'est que c'était plutôt moi qui étais triste de partir. Mais je ne pouvais plus être en service actif. Mon épaule avait pris un coup lorsque nous avions roulé sur un EEI[2] lors de mon dernier déploiement, et puis il y avait toutes sortes de choses qui me trottaient dans la tête et qui avaient tendance à me déconcentrer. J'aurais pu avoir un boulot dans un bureau et former la génération qui venait après moi. Mais je n'étais pas le meilleur des professeurs et, de toute façon, être coincé à un bureau ne valait pas mieux que la retraite, à mes yeux. Donc j'étais

2. NdT : engin explosif improvisé.

parti et maintenant je n'avais pas la moindre idée de ce que j'allais faire du reste de ma vie.

– Et toi ?

J'ai fait un geste vers le tatouage sur son bras.

– Combien de temps tu as fait ?

– Trop longtemps, fils. Beaucoup trop longtemps. Qu'est-ce qui t'amène aujourd'hui ? Tu n'es pas un habitué.

J'ai lancé un regard autour de moi et j'ai haussé les épaules. Pour l'instant, cet endroit correspondait parfaitement à mon humeur.

– Je suis sorti prendre un verre en l'honneur de l'Amérique, comme un bon patriote.

– Comme nous tous.

– Ouaip.

J'ai dû combattre l'envie de boire la bière cul sec.

– Moi c'est Brite, et c'est mon bar, ici. Je l'ai récupéré quand je suis sorti et que j'ai fini par passer plus de temps ici qu'à la maison. J'ai survécu à trois femmes et à un triple pontage, mais le bar ne bouge pas.

J'ai haussé mon sourcil qui était traversé par une cicatrice, et j'ai senti le coin de ma bouche remonter pour former un petit sourire.

– Brite ?

Le mec ressemblait à un bûcheron ou à un motard à l'ancienne, ce nom ne collait pas vraiment au personnage.

Un sourire s'est frayé un chemin à travers sa barbe et ses dents blanches étaient le seul point de lumière du bar.

– Brighton Walker, on m'appelle Brite.

Il m'a tendu la main, que j'ai serrée par réflexe.

– Rome Archer.

Il a fait un petit hochement de tête et s'est déplacé pour aller voir un autre client.

– C'est un vrai nom de guerrier.

J'ai rapidement fermé les yeux et ai essayé de me souvenir de ce que cela faisait d'être un guerrier. J'avais l'impression que c'était à un million de kilomètres de ce tabouret de bar. La musique est passée à AC/DC et j'ai décidé que ce bar était mon nouvel endroit préféré.

J'étais venu sur ma Harley, donc j'aurais dû me calmer sur la boisson. Un retrait de permis serait vraiment la cerise sur le gâteau de merde que je mangeais tous les jours, mais rien de tout cela ne semblait vraiment m'importer. À un moment, j'ai pris un autre shooter avec Brite, et le tabouret à côté de moi a été déserté par le vieil homme grisonnant qui avait passé une heure à se plaindre de sa femme et de sa copine pour être vite remplacé par une rousse trop maquillée et pas assez habillée. Si j'avais bu moins de bières, j'aurais tout de suite vu qu'elle sentait les ennuis. Brite lui a dit de se tirer, un conseil qu'elle a tranquillement ignoré. Elle était mignonne, dans le genre « je prends du bon temps, on va chez toi », et je ne me souvenais pas de la dernière fois que j'avais ramené une fille. Quand j'étais à l'étranger, il y avait une femme agent de renseignement avec qui je m'amusais quand nous étions au même endroit au même moment, mais cela faisait des mois que je ne l'avais pas vue. Peut-être qu'un coup rapide et un peu glauque était exactement ce qu'il me fallait pour vaincre le nuage noir qui pesait au-dessus de ma tête depuis mon retour.

– Comment tu t'appelles, chéri ?

Sa voix était grinçante et me faisait mal à la tête, mais j'étais assez imbibé pour l'ignorer.

– Rome.

J'ai vu ses yeux surmaquillés sauter vers quelque chose derrière moi, et cela aurait dû être un premier indice.

– C'est un nom original. Moi, c'est Abbie. Maintenant qu'on est amis, pourquoi on ne sortirait pas d'ici pour apprendre à mieux se connaître ?

Elle a passé un ongle verni sur mon biceps et, sans que je sache pourquoi, sa couleur rouge sang a fait remonter, derrière ma vision déjà trouble, des images qui n'avaient rien à voir avec ce bar. J'ai commencé à me reculer, pour que ces doigts qui avaient un mauvais effet sur mon cerveau embrumé me lâchent, mais une lourde main est tombée sur mon épaule derrière moi. J'étais un soldat formé au combat, et surtout, j'étais un homme dont le frère avait attiré les ennuis depuis sa naissance. Je savais les repérer à un kilomètre. Je savais comment cela fonctionnait, comment cela sonnait, et pourtant j'avais continué à boire et ignoré tous les signes qui se manifestaient autour de moi. Du coin de l'œil, j'ai vu Brite froncer les sourcils en regardant la personne qui se tenait derrière moi, et même dans mon hébétement de bourbon et de bière, je savais que ça ne sentait pas bon.

J'ai soupiré discrètement et je me suis retourné en m'accoudant au comptoir. Je n'aurais pas dû être surpris de voir toute la bande de motards m'encercler. Le mec qui avait sa patte sur mon épaule était un petit gars rachitique et mon cerveau alcoolisé a noté qu'il ne portait pas les couleurs du club de moto, ce qui voulait dire que c'était soit une pièce rapportée, soit un prétendant[3], et j'étais le petit veinard qu'il avait choisi pour essayer de faire ses preuves. Parfois, c'était nul d'être une armoire à glace.

– Est-ce que je peux vous aider ?

La rousse était partie depuis longtemps et Brite était en train de faire le tour du comptoir. Les plus vieux restaient sur place et ignoraient l'ouragan qui se préparait comme seuls les ivrognes de carrière savent le faire.

– Tu essaies de draguer ma meuf, GI Joe ?

C'était nul et tellement prévisible que j'ai levé les yeux au ciel. J'avais connu assez de bars partout

3. NdT : dans les clubs de moto, les nouveaux arrivants passent généralement par une période d'« apprentissage » durant laquelle ils sont appelés des prétendants, ou *prospects*.

dans le monde pour savoir qu'une baston n'était qu'une baston, mais en ajoutant un apprenti biker dans l'équation, cela pouvait devenir très laid.

– Non. J'essayais de me bourrer la gueule, et elle m'a interrompu.

Je crois qu'ils ne s'attendaient pas à ça car quelques gloussements ont parcouru le groupe. Le maigrichon a bombé le torse et a tendu un doigt qu'il a poussé sur ma poitrine. En temps normal, je serais tout simplement parti pour éviter ce genre de choses. Généralement, j'avais la tête froide. Je ne me battais pas, à moins que ce soit pour défendre quelque chose en quoi je croyais vraiment sincèrement, ou quelqu'un que j'aimais, mais ce n'était pas le bon jour pour me provoquer.

J'ai mis une tape sur la main du mec et j'ai parcouru la pièce des yeux. Je ne voyais aucun matériel disponible, mais les motards étaient connus pour cacher des couteaux à des endroits invraisemblables. Qui plus est, Brite avait l'air d'être un mec correct, je ne voulais pas foutre son bar en l'air si je pouvais l'éviter.

– Écoute, mec, tu n'as pas vraiment envie de faire ça, et moi non plus. On sait tous les deux que c'est toi qui as envoyé la fille pour essayer de chercher la merde, donc autant en rester là. Je vais me tirer, et toi et tes potes pouvez retourner fumer votre clope au billard. Pas besoin de faire saigner quelqu'un ou de passer pour un con. OK ?

Avec le recul, essayer de raisonner une bande de motards alors que j'étais saoul ne pouvait avoir qu'un faible taux de réussite. En un clin d'œil, on m'a cassé une bouteille sur la tête et je me suis retrouvé dans une prise d'étranglement. Le maigrichon avait l'air de vouloir me tuer et le reste de son équipe restait là à regarder ce qu'il savait faire. Je ne voulais vraiment pas lui faire de mal, mais la bouteille avait arraché un bon morceau de peau de ma tête et une rivière de sang coulait abondamment dans mes yeux. Tout comme le vernis rouge sur les ongles de la pouffe, la vue de mon propre sang m'a transporté ailleurs. Je ne me battais plus avec un motard vantard et stupide, mais je me battais pour ma vie, pour la liberté, pour la sécurité de ma famille et de mes amis. Et ce pauvre gamin n'a pas compris ce qu'il lui arrivait.

J'avais déjà un avantage certain sur le mec par ma taille, ajoutez à cela le fait que j'étais un soldat éprouvé au combat et formé par les meilleurs du pays, et c'est vite devenu moche et sanglant. Je me fichais que les bikers soient tellement plus nombreux que moi, j'allais sortir de ce bar en un seul morceau, peu importait ce que je devais faire pour cela.

Des tabourets ont été cassés. Des verres ont volé. Des têtes ont frappé le sol. Je crois qu'à un moment j'ai entendu quelqu'un pleurer, et quand tout s'est enfin terminé, j'étais penché en avant avec mes mains sur les genoux, et du sang qui ne coulait plus seulement de ma tête mais aussi de mes mains et de mes côtes, où j'avais pris un sale coup de couteau. Les motards s'étaient tirés pour la plupart, et je n'ai pas été surpris de voir Brite me fixer, une batte de base-ball à la main.

– Qu'est-ce que c'était que ce bordel ?

J'aurais bien voulu rire, mais je crois que la coupure sur mon flanc était plus grave que ce que j'avais pensé au début.

– Une façon vraiment pourrie de te remercier pour ton accueil ?

Le vieil homme n'a pas apprécié mon humour, il m'a insulté et m'a douloureusement remis debout.

– Je ne crois pas que ce petit con va gagner sa place dans la bande de sitôt.

J'ai écopé d'un regard critique et d'un soupir de sa part.

– Il te faut un docteur.

Ce n'était pas une question. J'ai essayé d'essuyer le sang de mon visage avec le dos de ma main mais je n'ai fait que l'étaler tandis que ma blessure gouttait assidûment par terre.

– Je suis venu en moto. Je ne crois pas que je puisse monter dessus, là.

Il a secoué la tête, a mis deux doigts dans sa bouche et a lancé un sifflement assourdissant.

– Tout le monde, finissez vos verres et dehors. On ferme.

Quelques récalcitrants ont râlé, mais quinze minutes plus tard Brite fermait la porte à clef, me faisait sortir par l'arrière et me poussait dans l'habitacle bien abîmé d'un vieux pick-up Chevrolet.

J'ai appuyé ma tête contre le dossier et ai adressé un sourire contrit au vieil homme.

– Je paierai pour les dégâts dans le bar. Je suis désolé.

Il m'a répondu en ricanant et m'a regardé en plissant les yeux.

– Essaie déjà de ne pas te vider de ton sang avant qu'on arrive aux urgences, fiston.

Comme si j'avais le choix.

– Les Sons of Sorrow traînent tout le temps au bar. Les plus vieux, ce sont de bons gars. Une bonne partie d'entre eux sont d'anciens militaires et ils comprennent pourquoi mon bar est là, donc en général ça ne me dérange pas qu'ils viennent. Mais les jeunes qui essaient de se faire une place foutent la merde. Ce n'est pas la première fois qu'il y a du sang par terre et je doute que ce soit la dernière. Viens me voir quand tu auras dessaoulé et que tu seras recousu et on verra ce que tu peux faire pour me dédommager. Faut que je te dise, tu es un sacré bon combattant, fils.

J'aurais bien haussé les épaules mais la coupure sur mes côtes commençait à brûler et j'avais du mal à ignorer le sang chaud et poisseux qui coulait entre mes doigts, donc je me suis contenté de grogner.

– Je ne crois pas. Je déteste me battre mais c'est ce que j'ai fait pour gagner ma vie pendant trop d'années. Et le seul moyen de s'en sortir vivant est d'être meilleur que le mec d'en face.

J'ai fermé les yeux et ai prié en silence pour que nous ne croisions plus de feux rouges sur la route. Ma vision commençait à se troubler. La voix de Brite était rauque quand nous sommes arrivés sur le parking des urgences.

– C'est franchement dommage, fils.

Je ne savais pas quoi répondre car il avait raison. C'était dommage.

Je n'ai pas été admis tout de suite. Je suppose qu'un coup de couteau et un crâne ouvert passaient après les doigts explosés par des feux d'artifice, aujourd'hui. Je ne voulais pas que Brite reste pour m'attendre, donc j'ai téléphoné à Nash et lui ai laissé un message confus pour lui dire que j'aurais besoin que l'on vienne me chercher dans la soirée. Je savais que j'aurais dû appeler Rule ou Shaw, mais je n'étais pas encore prêt à les affronter. Et je savais que Nash viendrait sans poser de questions, même si j'avais été un vrai connard.

– Je vais devoir laisser ma moto devant le bar, ce soir. Ce serait super si tu pouvais garder un œil dessus, au cas où le maigrichon serait mauvais perdant.

Brite a hoché la tête et j'ai à nouveau vu cet éclair blanc derrière son énorme barbe.

– Eh bien, je pourrais te dire que c'était sympa de faire ta connaissance, Rome Archer, mais j'ai été beaucoup de choses dans cette vie, et jamais un menteur.

Nous nous sommes serré la main et j'ai promis que je le tiendrais au courant quand je serais en meilleur état.

J'ai dû attendre longtemps avant qu'ils ne m'emmènent jusqu'à une petite salle stérile et tirent le rideau autour de mon lit. J'étais sûr que je ne restais conscient que par la force de ma volonté. J'étais en train d'enlever mon tee-shirt quand le rideau s'est tiré et qu'une très jolie infirmière est entrée, un dossier à la main. Elle était penchée sur ce qu'elle lisait et cela m'a donné une chance de l'observer. Elle avait de longs cheveux cuivrés et tressés en arrière qui dégageaient son visage vraiment charmant. Elle paraissait avoir quelques années de moins que moi, et je n'ai pas pu m'empêcher de remarquer qu'elle avait des formes impressionnantes sous sa blouse.

– Salut.

Elle a levé la tête en entendant ma voix et ses grands yeux gris ont cligné en me regardant. Je ne sais pas si c'était à cause de la vue de mon torse nu ou du fait que j'étais désormais couvert de sang de la tête à la taille, mais elle avait l'air craintive.

– Bonjour, monsieur Archer. On dirait que vous avez passé une soirée mouvementée.

– J'ai connu mieux, c'est sûr.

Elle a enfilé des gants blancs en latex et est venue près de moi.

– On va regarder dans quels ennuis vous vous êtes fourré, d'accord ?

Elle a examiné ma tête et j'ai essayé de ne pas fixer ses seins. C'était une très belle fille et cela diminuait un peu la douleur qu'elle provoquait en appuyant sur mes toutes nouvelles blessures de guerre.

– Comment vous vous appelez ?

Je n'avais pas vraiment besoin de le savoir, je ne la reverrais sûrement jamais une fois recousu, mais ses yeux étaient si doux et si beaux que je n'ai pas pu m'empêcher de le lui demander.

Elle m'a fait un sourire sympathique et je crois qu'elle allait répondre à ma question quand quelqu'un a tiré le rideau : Nash. Ses yeux couleur bleuet étaient en feu, dans un mélange de colère et d'inquiétude. Les flammes tatouées sur chaque côté de son crâne ressortaient car la veine qui passait en dessous était gonflée à cause de son agacement.

– Est-ce que tu imagines ce que je vais me prendre de la part de Rule quand il va apprendre ça ? Putain, Rome, c'est quoi ton problème, ces derniers temps ?

J'allais répondre mais son attention s'est reportée sur la jolie infirmière qui le fixait avec la bouche entrouverte. J'étais habitué au look original de Nash et à sa présence frappante. Rule et lui avaient toujours beaucoup attiré l'attention, donc cela ne me surprenait plus, mais on aurait dit que la jolie petite infirmière avait vu un fantôme et que Nash essayait de se souvenir où il l'avait déjà vue.

– Il faut juste que je me fasse recoudre et tu pourras me gueuler dessus dans la voiture en revenant.

L'infirmière s'est éclairci la voix et a jeté ses gants ensanglantés dans la poubelle.

– Vous aurez sûrement des agrafes pour la coupure sur votre tête. Elle est assez moche et plus profonde qu'elle n'en a l'air. La coupure sur vos côtes est plutôt propre, donc vous devriez vous en sortir avec une suture liquide locale. Le docteur va bientôt arriver.

Son comportement avait radicalement changé depuis que Nash était entré dans la pièce. L'ayant remarqué, il a retroussé le nez et l'a regardée jusqu'à ce qu'elle soit trop mal à l'aise et lève les yeux vers lui.

– Est-ce qu'on se connaît ?

Elle a secoué la tête si vigoureusement qu'elle a fait tomber le stylo qui était calé sur son oreille.

– Non. Non, je ne crois pas.

Il s'est gratté le menton et a plissé les yeux en la regardant.

– Vous êtes sûre ? Vous me dites vraiment quelque chose.

Elle a haussé les épaules et a joué avec le stéthoscope qui pendait à son cou. Elle était sexy, et je me voyais bien mettre au point quelques fantasmes d'infirmière où elle serait l'attraction principale.

– On me le dit souvent. Je dois avoir un visage qui fait ça. Il faut que j'y aille. Pas de repos pour les braves.

Elle m'a adressé un petit sourire et a disparu, nous laissant tous les deux les yeux rivés là où elle était partie, moi en pleine appréciation, Nash en pleine perplexité.

– Je te jure que j'ai déjà vu cette fille quelque part.

– C'est une de tes merveilles d'un soir ?

– Non. Peut-être une de Rule avant Shaw ?

J'ai pouffé de rire et ai admiré le plafond tandis que ma tête et mon flanc continuaient de me brûler.

– Elle m'a l'air trop maligne pour faire partie de cette catégorie.

– Peut-être. Ça va me rendre fou tant que je n'aurai pas trouvé. Qu'est-ce qui t'est arrivé ce soir ? Ça ne t'a pas suffi de commencer à te battre avec Rule, il fallait que tu te bastonnes avec un bar rempli de motards ?

– Vive l'Amérique !

J'ai ri jaune à ma mauvaise blague. Il m'a lancé un regard noir et s'est assis sur une chaise à roulettes de médecin, il paraissait immense là-dessus.

– Sérieux, Rome. Il faut que tu te calmes.

Je n'ai pas eu à répondre car le docteur a choisi cet instant pour entrer. C'était un homme dans la cinquantaine, qui était clairement à la fin d'un long service car il ne voulait pas perdre de temps. Quand il a eu fini, il m'a jeté un regard sérieux et m'a dit que ce serait une bonne idée d'y aller doucement sur la boisson, car il y avait assez d'alcool dans mon bilan sanguin pour déclarer un incendie, et je n'ai pu qu'acquiescer sans rien dire.

Il m'a gribouillé une ordonnance pour des antidouleurs que j'espérais ne pas avoir à utiliser car je devais déjà gérer une dépendance à une substance dangereuse, et il m'a dit que l'infirmière reviendrait dans quelques minutes pour me faire signer la décharge. J'étais tout content d'avoir une seconde chance de flirter avec elle, mais dès qu'elle est revenue, il a été évident qu'elle était là par obligation et qu'elle attendait de nous voir partir.

– Prenez soin de vous, monsieur Archer, et merci d'avoir servi notre pays.

Elle s'est retournée pour partir quand Nash a soudain sauté sur ses pieds et a claqué des doigts. Elle a fait la grimace et j'ai froncé les sourcils.

– Je savais qu'on se connaissait ! On était dans le même lycée, non ? Tu n'es pas Saint Ford ?

Elle était si immobile et silencieuse qu'on entendait les mouches voler. Elle l'a fixé comme s'il venait de sortir des égouts.

– Je suis surprise que tu m'aies reconnue, la plupart des gens ne me remettent pas.

Il a penché la tête sur le côté et lui a jeté un regard pensif.

– Pourquoi tu m'as dit qu'on ne se connaissait pas, alors ?

Elle a toussé et s'est mise à jouer avec le bout de sa tresse. C'était évident que cette conversation la mettait très mal à l'aise.

– Parce que le lycée, c'était il y a un million d'années et que j'étais une personne très différente à l'époque. Ce n'est pas une période qui me rappelle de très bons souvenirs ; d'ailleurs je préfère faire comme si elle n'avait jamais existé. C'est quelque chose qu'un mec comme toi ne peut pas comprendre. Passez une bonne soirée, et évitez les motards à couteau si possible, monsieur Archer.

Elle a filé dans un nuage hautain et nous a laissés tous les deux interloqués, la bouche ouverte à nous regarder l'un l'autre.

– Waouh ! Tu étais un connard avec elle au lycée, ou quoi ? C'était très hostile comme réaction.

Il a haussé les épaules et m'a aidé à me lever. Je tanguais un peu à cause du mélange d'alcool et du sang que j'avais perdu, donc il ne m'a pas lâché avant que je sois stable.

– Probablement. Avec Rule et Jet, on était une bande de petits cons. C'était Remy, le gentil.

– Comment ça, « on était » ? Tu te foutais sûrement d'elle parce qu'elle était grosse, ou un truc comme ça.

Il a eu la politesse d'avoir l'air honteux.

– C'est fort possible. Je n'étais pas vraiment dans une bonne période de ma vie non plus, au lycée. Il se passait trop de choses avec ma mère et ce con qu'elle a épousé pour que je m'intéresse à quoi que ce soit d'autre. Putain, c'est nul. C'est une bombe, maintenant.

Je n'ai même pas songé à remettre mon tee-shirt couvert de sang en sortant des urgences clopin-clopant.

– Ça, c'est clair.

Nous sommes allés jusqu'à la Dodge Charger de Nash, un modèle de 1973 entièrement restauré, et je me suis affalé sur le siège. Ce n'était pas le pire Jour de l'Indépendance dont je me souvenais, mais ce n'était pas non plus le meilleur. Tout ce que je voulais était me traîner dans mon lit et tout oublier, même si cela n'avait pas l'air d'être très efficace pour moi actuellement.

– Écoute mec, je suis désolé pour aujourd'hui. J'irai parler à Rule et arranger les choses. Je suis juste un peu perturbé en ce moment.

L'énorme moteur a vrombi tellement fort que cela m'a fait mal aux dents.

– On a tous compris ça. Mais tu ne donnes à personne une chance de t'aider à retrouver l'équilibre.

– Je vais me ressaisir.

Je me demandais bien comment j'allais y arriver, mais je savais que c'était ce qu'il fallait que je fasse.

– Tu peux dire au gnome enragé de me lâcher.

Il a rigolé.

– Pas possible, mon ami. Cora est comme un pitbull, quand elle plante ses crocs dans quelque chose ou quelqu'un, elle ne le lâche plus. Tu devrais peut-être essayer de lui présenter des excuses. Elle veut juste prendre soin de nous tous, et elle le fait assez bien.

J'ai fermé les yeux et ai laissé ma tête tomber en arrière contre le dossier.

– Je me souviens quand c'était mon rôle.

La voiture s'est emplie d'un silence lourd et je pensais qu'il ne dirait plus rien, mais après une minute, il a marmonné :

– Tu es parti pour sauver le monde, Rome, on a juste fait du mieux qu'on pouvait tant que tu n'étais pas là.

Si être baraqué avait des inconvénients, essayer de vouloir être le héros de tout le monde pouvait se révéler dangereux. Je m'étais habitué à ce que les gens aient besoin de moi, qu'ils comptent sur moi, et maintenant que je n'étais plus indispensable, je ne savais simplement pas quoi faire de ma peau. Honnêtement, cela me terrifiait plus que n'importe quelle zone de guerre ou bagarre de bar avec des bikers armés.

CHAPITRE 3

CORA

Au salon, il y avait toujours plus de clients en été. Nous étions le mardi suivant le barbecue maudit, et les lapines tatouées étaient de sortie. Les températures élevées et le manque de vêtements conduisaient les gens à vouloir toutes sortes de décorations à toutes sortes d'endroits intéressants et visibles, et je jure que depuis que Rule était officiellement retiré du marché, le nombre de filles qui venaient pour se faire tatouer spécifiquement par lui avait doublé. Je ne comprendrai jamais l'intérêt de vouloir quelque chose que l'on ne peut clairement pas avoir, mais je devais admettre que c'était très marrant de les regarder faire n'importe quoi pour l'avoir.

Le trio terrible était blindé de rendez-vous pour les six prochaines semaines, tout comme les trois autres artistes qui constituaient l'équipe de The Marked. Je n'étais pas aussi occupée qu'eux car je prenais mes rendez-vous en fonction de mes autres obligations au salon. Aujourd'hui, un jeune était arrivé et avait fait le malin pour son piercing, façon « je suis un gros morceau », mais il n'avait même pas tenu jusqu'au moment où il devait enlever son pantalon pour me laisser m'attaquer à la marchandise. Cela m'arrivait souvent, je me suis donc retrouvée avec une heure à tuer que j'utilisais en espionnant Jimmy sur Facebook.

Ces cinq dernières années, je n'avais que peu pensé à Jimmy, mais depuis que ce faire-part de mariage était arrivé dans ma boîte aux lettres, je faisais une obsession. C'était comme si la vieille douleur, la vieille honte étaient toutes fraîches dans mon esprit et que les blessures qu'il m'avait laissées s'étaient rouvertes et saignaient. Ce connard méritait mon coup de pied dans les couilles, si jamais je le revoyais un jour. Je détestais l'admettre, mais la fille que mon ex allait épouser était vraiment adorable et ils avaient l'air heureux ensemble. Ensuite je me suis souvenue que nous avions aussi eu l'air heureux ensemble à un certain moment, et que cela ne l'avait pas rendu fidèle pour autant.

J'étais perdue dans mes souvenirs, quand j'ai remarqué que quelqu'un était accoudé au comptoir, en face de moi. L'espace d'attente était plein de gens qui patientaient en attendant que leurs amis ou les membres de leur famille aient fini, mais je n'avais pas entendu le tintement de la cloche au-dessus de la porte, qui me prévenait des arrivées.

Au début, j'ai cru que c'était quelqu'un qui venait spontanément prendre rendez-vous, mais ça n'a été qu'en levant les yeux, très haut, que je me suis rendu compte que c'était une personne que je n'étais pas particulièrement contente de voir. Mon sentiment devait se lire sur mon visage car la bouche dure que j'avais l'habitude de voir pincée s'est relevée d'un côté pour me faire un demi-sourire.

On ne pouvait pas nier que les frères Archer avaient gagné à la loterie génétique. Alors que la beauté de Rule était camouflée sous les œuvres d'art et le flamboiement dont il s'était paré, celle de Rome était immédiatement visible et il était impossible pour moi de l'ignorer. Si l'armée voulait être sûre de recruter tous les gringalets de quarante-cinq kilos entre ici et Brooklyn, tout ce qu'elle avait à faire était de mettre une photo de Rome Archer sur ses affiches. Il émanait de lui un sens de la maîtrise qui était enivrant, et je n'aurais pas dû trouver cela attirant, mais je n'y pouvais rien. Il était aussi beau qu'il était énervant.

Je me suis raclé la gorge et j'ai fermé ma page Internet.

– Tu as une sale tête.

Et c'était vrai. Il avait une casquette noire avec un logo des Broncos en blanc, mais même sous l'ombre de sa visière, je voyais qu'il avait un reste de bleu sous un œil et que les jointures de ses doigts sur ses mains posées sur le comptoir étaient ouvertes et couvertes de croûtes. À part ça, ses yeux étaient toujours les plus bleus que j'aie jamais vus, et je crois que ce minuscule rictus le faisait plus ressembler à un vrai être humain vivant que s'il faisait un grand sourire. Son sourcil a bougé sous sa cicatrice et il a raclé ses doigts sur le marbre qui nous séparait.

– Tu as de très beaux yeux.

J'ai cligné de ces fameux yeux, car je ne m'attendais pas à cela. Jusque-là, tout ce que ce mec s'était montré capable d'exprimer était de la colère et de la méchanceté. Le compliment sortait de nulle part.

– Euh… Merci ?

Mes yeux étaient de deux couleurs différentes. Le gauche était d'un turquoise vif et irisé qui était effectivement très joli, et le droit était noisette et fluctuait entre le marron chocolat chaud et la couleur d'un expresso d'une minute à l'autre. Les gens m'en parlaient beaucoup, mais je n'aurais jamais cru que ce serait le cas de Rome. En fait, je crois que c'était la première chose qu'il m'avait dite personnellement. J'étais bonne avec les mots, donc je n'étais pas très heureuse que sa gentillesse me laisse muette.

– Tu crois que tu pourrais aller chercher mon frère pour moi ? Il faut que je lui parle vite fait. J'ai un défilé d'excuses post-Jour de l'Indépendance à présenter aujourd'hui.

J'ai levé les yeux vers lui, surprise. D'après mon expérience, les anciens soldats bourrus n'étaient pas le genre de mecs prêts à admettre leurs erreurs quand ils avaient merdé. Je ne savais pas quoi en penser, ni même quoi penser de lui. Mais je savais que sa présence oppressante et ses yeux trop bleus me mettaient un peu mal à l'aise, mais pas dans le genre « c'est un gros con », plutôt dans le sens « j'ai vraiment envie de le voir sans son tee-shirt ».

J'ai encore toussé un peu et j'ai regardé derrière moi dans le salon. Rule essuyait la gelée transparente qu'il utilisait sur les tatouages frais pour les protéger jusqu'à ce que les clients rentrent chez eux. Il nous regardait discuter avec les sourcils froncés et j'ai remarqué que Nash et Rowdy avaient la même expression. Je ne savais pas si leur amertume étaient dirigée vers moi ou vers Rome, mais dans les deux cas je n'aimais pas cela et je leur ai rendu leur regard mauvais à tous. Je me suis retournée sur mon fauteuil et j'ai reposé les yeux sur Rome. Il m'observait avec un air curieux et j'ai presque regretté de ne pas mieux le connaître pour savoir ce que cela voulait dire.

– Il aura fini dans un petit quart d'heure, si tu veux rester. Il a un autre rendez-vous juste après, en revanche, donc essaie de limiter l'assassinat et le chaos.

Il a ricané et s'est reculé du comptoir. Cela me contrariait mais je devais bien admettre que je n'avais pas pu lâcher des yeux les muscles de son biceps, visibles sous les manches de son tee-shirt noir. Je n'étais pas le genre de fille qui était attirée par les muscles saillants et les physiques durs comme la pierre, en tout cas je n'avais jamais cru l'être avant de rester scotchée sur Rome Archer. Il était trop grand, il était trop tout, et beaucoup trop américain pour envoyer tous ces signaux qui me chatouillaient sous la peau.

– Je ne sais pas exactement pourquoi, mais j'ai l'impression que je devrais te présenter des excuses aussi. Même si c'est moi qui ai fini plein de bière de la tête aux pieds.

J'ai fait une petite grimace et ai essayé de ne pas me tortiller sous ses yeux scrutateurs et perçants. J'ai tiré sur mon oreille et j'ai regardé ailleurs. La surface lisse de l'écarteur dans le lobe de mon oreille frottait sous mes doigts.

– J'ai tendance à surréagir parfois, et tu étais insupportable. Toutes ces personnes t'aiment et se sont inquiétées pour toi pendant des années, quand tu n'étais pas là.

Il a eu l'amabilité de prendre un air de vrai chien battu, et lorsqu'il a enlevé sa casquette pour passer une main sur ses cheveux très courts, j'ai remarqué une coupure pas belle à voir, sur le côté de sa tête.

– Mais qu'est-ce qui t'est arrivé ?

Il a eu un regard perplexe jusqu'à ce que ses doigts passent sur l'endroit rasé et sur les toutes petites agrafes de métal qui maintenaient sa peau. Il a remis sa casquette sur sa tête et le sourire qui dansait sur sa bouche s'est totalement envolé.

– Au mauvais endroit au mauvais moment, j'ai un don pour ça.

Je ne comprenais pas comment un gars qui avait clairement tout pour lui, le physique, une famille aimante, une horde de gens qui se souciaient de lui, une carrière réussie, et visiblement un sens aigu du devoir et de l'honneur, pouvait être aussi inconscient de l'impact de ses actions sur ceux qui l'entouraient.

J'ai penché la tête sur le côté et je l'ai examiné attentivement. Je ne connaissais pas mieux Rome que n'importe quel passant dans la rue, mais il y avait quelque chose chez lui, quelque chose de fort et de magnétique, et j'aurais eu du mal à nier que cela me donnait envie de comprendre comment il fonctionnait. C'était peut-être une façon de me changer les idées, alors que la date du mariage de Jimmy approchait. Peut-être que c'était parce qu'il faisait partie intégrante de la vie de tous ceux que j'aimais. Ou encore parce qu'il était si exceptionnel et impossible à ignorer, mais plus nous nous regardions, plus cela excitait ma curiosité.

J'allais lui dire qu'il devrait faire plus attention quand une lourde main est tombée sur ma nuque et l'a serrée légèrement. Je connaissais assez bien Rule pour comprendre qu'il s'agissait d'un avertissement : ne t'en mêle pas. La cliente de Rule a regardé les deux frères tour à tour avec un air éberlué, avant de poser les yeux sur moi, comme si j'allais pouvoir lui expliquer pourquoi la pièce était soudain pleine de tension et d'hostilité, nous empêchant pour ainsi dire de respirer. Je lui ai fait un sourire contraint et me suis levée du fauteuil.

– Je vais m'occuper de ta facture. Pourquoi vous n'allez pas démontrer votre amour fraternel dehors, avant de faire fuir tous les clients ?

Rule a encore une fois serré ma nuque et m'a lâchée pour faire le tour du comptoir, vers Rome. Les deux frères s'examinaient aussi froidement l'un que l'autre et Rule a ouvert la porte de verre sans dire un mot à son grand frère. L'opposition que l'on sentait entre eux était chaude et lourde, et c'était dommage. Ils avaient déjà subi la perte d'un de leurs frères, ils auraient dû se réjouir d'avoir encore quelqu'un à engueuler et sur qui compter. J'avais du mal à comprendre comment les secrets de Remy avaient éloigné les frères Archer encore plus que sa mort ne l'avait fait.

Rome m'a lancé un dernier regard que je n'ai pas su déchiffrer.

– Ils ont tous de la chance de t'avoir.

Je me disais la même chose tout le temps, mais c'était étrange d'entendre quelqu'un le dire sur un ton aussi vide et creux, comme s'il lui manquait une chose essentielle.

– Eh bien, j'ai aussi de la chance de les avoir, et toi aussi, Capitaine Grognon.

Ses yeux bleus se sont écarquillés, et une fois de plus, ce demi-sourire a fait sauter mon cœur contre ma poitrine, en illuminant son visage.

– Comment tu m'as appelé ?

– Capitaine Grognon.

Il a laissé échapper un petit rire qui semblait rouillé car il ne sortait pas assez souvent, et il a secoué la tête.

– Sergent d'état-major Grognon, plus exactement.

J'ai entrouvert la bouche, abasourdie qu'un sens de l'humour se cache quelque part sous tous ces muscles et cette amertume.

– J'appelle mon père Amiral Tête de Cul, il ne trouve pas ça très drôle.

La cicatrice sur son front a de nouveau sursauté.

– Ton père était dans la marine ?

– Oh que oui. C'est Popeye tout craché.

– Il était vraiment amiral ?

Il y avait une sorte de respect dans le ton de sa voix.

– Ouaip, donc tu imagines le plaisir qu'il a eu à essayer de me maîtriser quand j'étais jeune.

Il a encore ricané, et cette fois, cela n'avait pas l'air de lui faire aussi mal. Ses yeux ont brillé en me regardant alors qu'il tirait la porte pour suivre Rule dehors sous le soleil du Colorado.

– Je ne sais pas, Minipouss, quelque chose me dit qu'essayer de te maîtriser doit être assez agréable.

J'ai senti ma réponse s'étrangler dans ma gorge, et j'ai réalisé que je flirtais ouvertement avec un mec sur qui j'avais renversé une bière quelques jours plus tôt. Sans parler du fait qu'il n'était pas du tout mon genre et tellement loin de l'idée que je me faisais de Monsieur Parfait.

J'ai reporté mon attention sur la cliente de Rule, qui attendait toujours de payer pour le paon qu'il avait encré sur ses côtes. Elle me regardait avec jalousie, donc j'ai toussé un peu et ai essayé de revenir aux choses sérieuses. Cela m'a agacée que, pendant que je passais sa carte bleue et que je lui expliquais les soins à prodiguer à son tatouage, mon regard n'arrête pas de dévier vers les grandes vitres qui donnaient sur l'avenue Colfax. Rome y était adossé et Rule faisait de grands gestes avec ses mains, l'expression de son visage était intense et sérieuse. Il semblait que c'était une confrontation que les gars auraient dû avoir depuis longtemps.

– Et voilà.

Je lui ai tendu la feuille à signer et je n'ai pas été surprise qu'elle donne trente-cinq pour cent de pourboire et note son numéro de téléphone au verso. Je lui aurais bien lancé un regard plein de reproche ou une remarque bien sentie, mais elle m'a coupé l'herbe sous le pied.

Elle a jeté ses cheveux en arrière avec un mouvement d'épaule et m'a fait un sourire triste.

– Vous avez la meilleure vue de tout Denver dans ce salon, et chaque fois que je viens, c'est de mieux en mieux. J'ai vu le nom de sa copine tatoué sur ses doigts. S'il ne veut pas de mon numéro, donnez-le au grand, je ne suis pas difficile et il a l'air d'avoir besoin de s'amuser.

Elle a filé du salon en me laissant avec un mélange d'irritation et d'autre chose que je n'étais pas sûre de reconnaître. C'était gluant et glissant, je n'aimais pas du tout cela. J'étais possessive avec mes gars, c'est vrai, mais Rome n'était pas l'un d'eux, aussi je ne pouvais pas expliquer pourquoi le fait que la fille veuille lui donner son numéro me donnait envie de lui arracher les cheveux mèche par mèche.

Rome et Rule étaient toujours en pleine discussion quand son client suivant est arrivé, alors je lui ai fait remplir tous les papiers pour que Rule n'ait plus qu'à poser le transfert et faire le tatouage. Quand je suis revenue à mon bureau, Nash faisait sortir son client et avait pris place dans mon fauteuil. Il me regardait fixement avec ses yeux plus lilas que bleus. J'ai croisé les bras sur ma poitrine en appuyant une hanche contre le bureau et lui ai rendu son regard.

– Quoi ?

Il a passé son pouce sur le coin de sa bouche et a soufflé.

– Il me faut une clope.

– Je croyais que tu essayais d'arrêter.

– Essayer, c'est le mot-clé dans cette phrase.

– Essaie de prendre un chewing-gum ou un truc comme ça.

Il a grogné et s'est penché en arrière dans le fauteuil, en croisant ses doigts derrière sa tête tatouée. Nash était un très beau mec, et il ne fallait qu'une seconde pour s'en rendre compte malgré ce tatouage choquant sur son cuir chevelu et le petit anneau à son septum.

– N'essaie même pas de faire ça avec Rome, Cora.

J'ai essayé d'empêcher mon œil de tiquer et ma bouche de se tirer. Je connaissais Nash depuis longtemps et je ne pouvais pas faire semblant d'ignorer de quoi il parlait.

– Vous dites tous que c'est un mec génial. Pourquoi tu ne voudrais pas que j'essaie de l'aider ?

– Parce que toutes les personnes du monde n'ont pas besoin de ton aide. Rome trouvera sa route, on y croit tous, et je parlais surtout des yeux dégoulinants que vous vous faisiez tous les deux. Je crois que c'est une chose avec laquelle vous n'avez pas besoin de jouer, ni l'un ni l'autre.

Je n'aimais pas que l'on essaie de me dire quoi faire, même si je savais que Nash ne me voulait que du bien.

– Ce n'est pas comme si j'étais le genre de Captain America, de toute façon. Ne t'inquiète pas.

J'ai poussé le bord du fauteuil avec mon pied, pour le faire tourner.

– En plus, tu sais très bien que j'attends monsieur Parfait et ce mec en est tellement loin que même le plus grand pont du monde ne pourrait pas l'y amener.

Il a posé ses pieds chaussés de Vans par terre et s'est levé face à moi. Il s'est penché pour que nous soyons nez contre nez et que je ne puisse pas regarder ailleurs que dans ces yeux intenses avec leur couleur magnifique.

– Monsieur Parfait n'existe pas, Clochette. Tu l'as fait rire, même si je ne sais pas ce que cela veut dire. Je ne l'avais pas entendu rire une seule fois depuis qu'il est revenu. Fais juste attention à toi, car il ne peut jamais y avoir deux chefs et vous n'aimez pas lâcher les rênes, ni l'un ni l'autre.

J'avais envie d'en rire, d'envoyer balader sa mise en garde stupide qui n'avait pas lieu d'être, mais je ne pouvais pas ignorer que Rome Archer était énigmatique et que je trouvais que c'était la personne la plus intéressante que j'avais rencontrée depuis longtemps. Et je voulais vraiment voir à quoi il ressemblait sans son tee-shirt, ce qui n'était pas rien car ma libido était au point mort depuis plus longtemps que je voulais bien l'admettre… Mince, il y avait tous les ingrédients d'une histoire qui deviendrait compliquée et bordélique si je ne calmais pas le jeu tout de suite.

Je me suis rassise juste quand Rule rentrait. Il n'avait pas l'air excessivement énervé, mais il ne semblait pas non plus déborder de joie. J'allais lui demander si cela allait, mais il m'a fait un signe de la main et a marmonné qu'il ne voulait pas faire attendre son client plus longtemps. Comme c'était une excuse valable, j'ai laissé couler et je suis retournée à mon boulot.

Je savais que c'était dur à croire, à cause de ma grande gueule et de mon apparence originale, mais j'étais super douée pour les affaires et je n'avais plus que quelques cours à valider pour obtenir mon

MBA en bonne et due forme. Mon père et moi entretenions une relation difficile et sinueuse, mais j'avais toujours voulu qu'il soit fier de moi, et il m'avait donné toutes les chances et tous les outils dont j'avais besoin pour être la meilleure version possible de moi. Nous avions été seuls tous les deux depuis aussi loin que je me souvienne. Ma mère avait décidé qu'avoir un bébé et être mariée à un mec qui n'était jamais là, ce n'était pas marrant, donc j'avais rebondi de base navale en base navale et passé une quantité astronomique de temps avec toute une série de nounous, de membres de ma famille éloignée, puis finalement avec des copines de mon père qui vivaient chez nous, jusqu'à ce que je rencontre Jimmy, quand j'avais dix-sept ans, et que je décide que mon monde tournerait autour de lui.

Finalement, après trop de batailles acharnées et interminables, mon père avait accepté que j'aille vivre avec Jimmy tant que j'obtenais mon bac et que je m'inscrivais à l'université. Ces deux choses ne me posaient aucun problème, et lors de ma première année d'études, Jimmy avait ouvert son salon à Brooklyn et faisait ce que je fais aujourd'hui, pour beaucoup moins d'argent. J'avais toujours été attirée par les modifications corporelles, mais je ne savais pas dessiner, je me suis intéressée aux piercings et j'ai appris à percer et à poser des implants subdermiques avec le mec du salon de Jimmy. C'était un super mentor et cela me plaisait d'avoir une vraie compétence que je pouvais utiliser. En plus, c'était rigolo de planter des aiguilles dans les gens. Qu'est-ce que j'y peux, je suis une fille bizarre.

Quand les choses étaient tombées à l'eau avec Jimmy, ma motivation et mon ambition s'étaient noyées en même temps que notre couple. J'avais peiné à finir mon année, et cette histoire avait eu un effet négatif sur ma moyenne. Et je n'avais jamais validé mon diplôme. À ce moment de ma carrière, je gagnais bien ma vie au Marked, j'avais une vie bien remplie et j'étais globalement heureuse, mis à part le manque de connexion magique avec quelqu'un pour former un « nous » au lieu d'un simple « moi ». J'étais seule depuis trop longtemps.

Mes pensées sont involontairement retournées vers Rome et vers cette sensation irréelle et serrée à la fois que j'avais eue dans ma poitrine quand la fille m'avait demandé de lui donner son numéro. Nous ne nous connaissions pas, j'étais assez sûre que je ne l'aimais pas beaucoup, mais il n'y avait aucun doute : aujourd'hui, il m'avait fait réagir. Je ne savais pas encore quoi en conclure. Le dernier mec qui m'avait fait autant d'effet avait aussi détruit ma vie lorsqu'il avait décidé que je n'étais pas ce qu'il voulait. Cela ne me réussissait pas d'être une feuille qui n'était plus attachée à un arbre. J'avais besoin de racines, d'une base sur laquelle m'accrocher, et quand mon mec parfait arriverait, il serait planté si solidement qu'il faudrait un ouragan pour le faire bouger.

Le reste de la journée était chargé et j'avais deux autres rendez-vous à honorer. Je n'ai pas vu le temps passer et j'étais en train de nettoyer mon studio de piercing et de crier sur les gars pour qu'ils éteignent la lumière en partant quand j'ai entendu la cloche de la porte sonner. Comme je l'avais fermée après mon dernier client, je savais que cela ne pouvait être que Phil. J'ai sorti la tête par la porte pour lui dire que je serais là dans une seconde et ai essayé de me rappeler si j'avais fait ma caisse.

Phil était très différent de mon père guindé et soigné. Il ressemblait plus à un motard qu'à un businessman accompli, mais les deux hommes avaient servi ensemble dans leurs jeunes années ; Phil n'était resté que quatre ans, et mon père avait fait toute sa carrière dans la marine. Je n'avais jamais vraiment compris comment ils arrivaient à entretenir une amitié aussi proche, sachant qu'ils n'étaient d'accord sur absolument rien. Phil était comme un second père pour moi, et je le traitais comme le premier, donc quand je suis sortie de la pièce en enlevant mes gants en latex, j'ai froncé les sourcils en le voyant assis sur mon fauteuil, la tête entre les mains.

Phil ressemblait trait pour trait à une version de Nash plus âgée ; ils avaient la même peau mate, les mêmes yeux couleur pervenche, et le même physique carré. Phil avait une masse de cheveux bruns qu'il gardait assez longs pour quelqu'un de son âge, mais avec ses bras couverts de tatouages et son bouc soigneusement taillé, cela lui allait bien et à l'approche de ses cinquante ans il arrivait à être beau gosse.

– Qu'est-ce qui se passe, patron ?

En général, c'était un mec énergique et enjoué. Il vivait à cent à l'heure et recueillait toujours des paumés. J'étais convaincue que sa mission sur Terre était de sauver d'elles-mêmes toutes les âmes égarées.

Il a levé les yeux vers moi et j'ai été surprise de voir combien il avait l'air fatigué et usé. Il avait des poches sous les yeux et ses joues normalement rebondies semblaient creusées, comme s'il n'avait pas bien mangé depuis plusieurs semaines. Il s'est frotté les yeux avec ses poings et les a clignés en me regardant.

– Je suis juste fatigué. J'ai été pas mal occupé. Je pense à ouvrir un deuxième salon dans LoDo et ça me demande plus de temps et d'énergie que je ne l'aurais cru.

Même sa voix avait l'air épuisée.

– Je ne savais pas que tu comptais ouvrir un autre salon.

– Vous êtes tous géniaux, mais il y a encore beaucoup de talent dans le coin. Je vois beaucoup trop de mauvais tatouages, trop de boulot raté. J'ai les moyens de le faire, et franchement, je pense que Denver en a besoin.

J'ai ouvert le coffre-fort et ai sorti le dépôt de liquide. C'était sûr que ce serait génial d'avoir un deuxième lieu. Mais cela m'étonnait qu'il n'en ait jamais parlé avant.

– Tu en as parlé aux gars ?

Phil a pris le sac et a froncé les sourcils quand j'ai remarqué que ses doigts tremblaient. Il y avait quelque chose qui n'allait pas et j'ai eu un mauvais pressentiment. Il a secoué un peu la tête et s'est levé du fauteuil. Cela a semblé lui demander un gros effort pour un mouvement aussi simple.

– Non. Rule est occupé avec sa maison et son emménagement avec sa copine. Nash m'aurait posé trop de questions, il voudrait être impliqué, et je n'ai pas encore pris de décisions assez fermes. Jet est parti se marier, donc on sait à quoi il pense en ce moment, et Rowdy…

Un petit sourire a étiré son bouc.

– Rowdy suivra le mouvement. Cela ne changera rien pour les autres de toute façon, aussi je ne crois pas qu'ils aient besoin de savoir tant que je ne sais pas exactement à quoi je m'attaque.

J'avais le sentiment très clair que nous ne parlions plus du tout d'un second salon de tatouage, mais je n'avais pas la moindre idée de ce qu'il voulait dire, donc je l'ai juste fixé en espérant qu'il me donnerait un indice. Comme il ne l'a pas fait, j'ai soupiré et ai passé mes mains dans mes cheveux courts. J'ai décidé de changer de sujet.

– Est-ce que tu connais bien Rome ?

Il m'a lancé un regard étrange.

– C'est une drôle de question, Cora. Pourquoi ?

J'ai essayé de hausser les épaules nonchalamment, mais je ne suis pas sûre d'avoir réussi.

– Maintenant qu'il est revenu d'Afghanistan, on le voit beaucoup. Le courant ne passe pas vraiment entre nous. Je lui ai renversé une bière sur la tête au barbecue du 4 Juillet. Je pensais qu'il m'en voudrait éternellement mais il s'est pointé aujourd'hui tout contrit et conciliant. J'essaie juste de comprendre.

Il a commencé à me répondre mais a été pris d'une toux tellement forte et sèche que je me tenais prête à rattraper son poumon si jamais il en crachait un. Je me suis contentée de lui taper dans le dos jusqu'à ce qu'il me repousse.

– Arrête. Ça va.

– D'après le bruit que tu fais, on ne dirait pas.

– Je crois que je couve un rhume ou un truc comme ça.

Il s'est raclé la gorge et a frotté le milieu de son torse comme s'il avait mal.

– Je ne connais pas Rome aussi bien que les autres gars. Ça se passait bien à la maison, sa relation avec ses parents était loin d'être aussi conflictuelle que celle de Rule. Je sais qu'il adorait ses frères et qu'il a toujours pris soin d'eux comme si Dieu en personne lui avait confié cette mission. C'était un groupe solide et j'étais content quand il y a intégré Nash. Je n'ai pas été surpris quand il s'est engagé, ou quand les choses se sont envenimées avec ses parents après qu'ils ont appris la vérité sur Remy. Rome faisait toujours le maximum pour jouer au héros avec ses petits frères, je suis sûr que ça lui a fait très mal de découvrir que l'un d'eux l'avait protégé aussi longtemps.

– Je ne comprends pas. Qu'est-ce que ça aurait pu leur faire que Remy soit gay, s'ils l'aimaient tous autant ?

– Ce n'était pas ça. Rome aurait essayé de se mettre entre Remy et le reste du monde, il n'aurait jamais toléré que quelqu'un dise du mal de son petit frère, que Remy ait besoin de son aide ou pas. Je crois qu'il sauvait Rome de lui-même en ne lui disant pas la vérité, mais c'est dur de savoir que quelqu'un que tu aimes aussi fort a gardé un si gros secret. Tu le sais bien, Clochette.

Je le savais, mais j'étais habituée à défendre ma peau toute seule, et l'idée que quelqu'un ait un amour aussi inconditionnel pour moi m'était inconcevable. Je veux dire, mon père m'aimait, mais il ne me protégeait pas forcément. Je savais que mes amis seraient prêts à mourir pour moi, me protégeraient de tout ce qui pourrait me faire du mal, mais c'était toujours moi qui fonçais la tête la première dans toutes les situations, peu importaient les conséquences. Il y avait des moments où je me demandais si je n'étais pas trop dure à supporter.

– Il paraît un peu extrême.

– C'est un mec qui a fait la guerre pendant trop longtemps. Je suis sûr que ça a laissé des traces.

J'ai pensé à cette cicatrice qui marquait son front et abîmait ce qui aurait été un somptueux exemple de perfection masculine. Les traces que cette vie avait laissées sur lui n'étaient pas seulement à l'intérieur.

Une autre quinte de toux a dispersé mes pensées et j'ai adressé un regard noir à Phil, le plus mauvais possible, pour lui faire comprendre que je ne plaisantais pas.

– Il faut que tu ailles voir un médecin. Ça a l'air sérieux.

– Ouais, ouais, dès que j'aurai le temps. C'est juste un petit coup de froid.

– Non, ce n'est pas « juste » ça. On dirait que tu as la peste.

Il a secoué la tête et s'est penché pour me faire un bisou sur la joue.

– Tu t'inquiètes trop. Prends soin des gars, je peux m'occuper de moi tout seul.

Il a levé un sourcil.

– Tant que tu y es, pourquoi tu ne trouverais pas quelqu'un pour prendre soin de toi ? Ça rendrait ton vieux tellement heureux.

J'ai pouffé de rire et je suis allée chercher mon sac et mon téléphone dans le tiroir où je les mettais quand je travaillais. J'essayais, mais personne n'était au niveau. C'était difficile de faire assez confiance à quelqu'un pour s'ouvrir et le laisser entrer.

– Personne ne répond aux critères. Tout le monde me dit que j'ai trop d'exigences.

– Et c'est vrai ?

Nous sommes sortis et j'ai appuyé sur le dernier interrupteur. Je me suis pliée contre Phil qui me tirait dans un câlin avec un seul bras. J'ai essayé de contenir une montée de panique quand je me suis rendu compte que je sentais ses côtes à travers son tee-shirt. C'était un mec solide, normalement, donc ce n'était pas bon signe.

– Mes exigences sont ce qu'elles sont. Je ne finirai plus jamais dans la même situation qu'avec Jimmy.

– Ah, ma puce, il faut que tu te remettes de cette épreuve. Ça fait longtemps. Ça aurait dû cicatriser, depuis le temps, et il y a un tas de mecs bien, voire super, et aucun d'entre eux ne va arriver tout emballé avec un petit nœud de perfection.

– J'en attends beaucoup parce que je mérite beaucoup.

– Ça c'est vrai, Clochette, mais tu dois aussi garder l'œil ouvert, sinon le bon va te passer sous le nez parce que tu seras trop occupée à chercher la baleine blanche.

Encore une fois, et contre ma volonté, mes pensées ont glissé vers Rome Archer. J'avais dit à Nash que l'aîné Archer était loin d'être parfait selon ce que j'imaginais, et je ne mentais pas. Il était caractériel, imprévisible, et j'avais le sentiment qu'il transportait un passé que même moi je ne pouvais pas surmonter. Cependant, selon l'opinion générale, il était loyal à l'extrême et j'étais bien placée pour savoir qu'il était honnête et franc sur ses sentiments. Cela avait quelque chose de si attirant que c'en était inquiétant.

Jimmy était grand, pas aussi grand que Rome, mais beaucoup plus que moi. Il avait aussi des tatouages des pieds à la tête et était percé à tous les endroits les plus drôles. Il n'était pas à tomber par terre comme Rowdy, inoubliable comme Rule, beau comme Nash ou rock and roll comme Jet. C'était juste un mec, et je l'avais aimé démesurément. Mais maintenant, en regardant en arrière, je me demandais si je ne m'étais pas sous-estimée car Rome était sans hésitation le mec le plus attirant que j'aie vu, et il pensait que j'avais de beaux yeux. Jimmy ne m'avait jamais dit que j'avais quoi que ce soit de beau. Je sentais que Rome était dangereux et excitant en même temps, même si la perfection ne faisait pas partie du tableau. Cela me chatouillait de partout et c'était la première fois depuis que Jimmy m'avait brisé le cœur.

CHAPITRE 4

ROME

Rule avait l'air énervé quand j'ai enfin lâché Cora et que je suis sorti avec lui. Je n'avais pas spécialement hâte d'avoir cette petite discussion, et flirter avec la blonde était une bonne distraction. Alors qu'elle était occupée sur l'ordinateur, j'étais arrivé par la porte d'entrée et je l'avais observée quelques minutes sans qu'elle me voie. Elle n'était pas mon genre. En général, je n'aimais pas les filles aussi petites. J'aimais qu'elles soient bien bâties et qu'elles soient capables d'affronter tout ce que j'avais à leur donner. Je n'étais pas fan de toute cette encre, ni des piercings. J'y étais habitué car mon frère en était recouvert, et je devais avouer que j'aimais bien les flocons de neige que Shaw avait dans le cou et sur son épaule, mais ce n'était pas mon truc. J'avais suffisamment de marques permanentes gravées dans la peau que je n'avais jamais demandées et je ne m'imaginais pas en rajouter de mon plein gré. D'ailleurs, je n'étais pas ravi de la petite dernière sur ma tête, sachant que, comme j'aimais avoir les cheveux courts, la zone chauve à cause de la cicatrice se verrait forcément.

Cora était différente. Elle ne paraissait pas fragile, même si elle m'arrivait probablement au torse quand nous étions face à face. Ses yeux étaient éblouissants. Je n'avais jamais rien vu de tel ; les deux couleurs étaient déjà uniques en elles-mêmes, et le fait que ses sentiments coulent d'une couleur à l'autre était fascinant. Je n'avais jamais rencontré une femme aussi transparente ou aussi honnête avec ses émotions. C'était comme s'il y avait zéro artifice en elle. Elle était aussi super mignonne. Pas magnifique ou pétrifiante de beauté, mais elle était plus mignonne qu'une fille avec ce caractère avait le droit de l'être, et le bouquet de fleurs haut en couleur qui décorait son bras semblait être à sa place. Même l'anneau rose qu'elle avait au sourcil et les petits écarteurs dans ses oreilles ne volaient pas la vedette au fait que c'était un petit canon sexy.

J'ai dû ramener mon attention sur mon frère en sentant la chaleur de sa colère qui traversait la distance qui nous séparait. Ses yeux glacés avaient un regard dur et je savais que balancer une excuse classique ne suffirait pas.

– Rule, je suis désolé.

J'ai enlevé ma casquette et ai passé ma main sur ma nuque.

– Je tourne un peu en rond, je perds le contrôle en ce moment et je ne veux pas que tu sois piégé là-dedans.

– Eh bien je le suis de toute façon, et surtout, Shaw l'est aussi, et je ne suis pas du tout d'accord avec ça.

J'ai grimacé.

– Je suis désolé.

– Pourquoi ? Désolé d'avoir gâché mon barbecue ? D'avoir fait pleurer Shaw pour rien ? D'avoir dit que mon couple était une erreur ? De te bourrer la gueule et de faire des conneries tout le temps ? D'ignorer maman et papa ? De t'être fait casser la gueule par une bande de motards et d'avoir appelé Nash et pas moi ? Sois plus précis, Rome. Pourquoi tu es désolé, exactement ?

Merde, ce n'était plus mon frère insouciant et je-m'en-foutiste. C'était le jeune homme le plus sérieux du monde, en colère à juste titre, et sa colère était dirigée contre moi. J'ai soupiré et ai laissé tomber ma tête. Depuis que les jumeaux savaient marcher, j'avais le sentiment que cela avait été à moi de les protéger, de les guider dans la bonne direction, et de faire d'eux les hommes qu'ils devaient devenir. Je ne savais pas si c'était à cause de Rule qui avait toujours cherché les ennuis et enchaîné les catastrophes, ou à cause de Remy qui avait été tellement couvé et infantilisé que je m'étais senti si préoccupé par leur bien-être, mais peu importait la raison, cela avait toujours été ma priorité et maintenant, j'avais l'impression de les avoir tous les deux déçus.

– Pour tout. Je suis désolé pour tout ça. C'est dur d'essayer de réintégrer la vie civile et je le fais très mal. Je ne devrais pas me défouler sur vous. Je le sais, mais apparemment je n'arrive pas à arrêter.

– On t'aime, mec, mais je te jure, si tu me mets dans une situation où je dois choisir entre toi et Shaw, elle gagnera à tous les coups, haut la main. Sache-le.

Cela m'a frappé pendant quelques secondes. Après la mort de Remy, cela avait été Rule et moi contre le reste du monde. Il n'était pas seulement mon petit frère, il était aussi mon meilleur ami, et je ne m'étais jamais imaginé un scénario où quelqu'un d'autre pourrait être plus important que moi pour lui. Je détestais et j'adorais à la fois que cette personne soit Shaw. Cela me tuait aussi d'admettre que j'étais franchement fier que Rule me tienne tête en particulier à ce sujet.

– On n'en arrivera pas là. Je ne peux pas perdre un autre frère. Je vais arranger les choses avec Shaw. Ça prendra peut-être plus de temps avec papa et maman, mais je vais me réveiller, je le jure.

Je n'étais même pas prêt à m'avouer à moi-même les raisons sous-jacentes – à part leur malhonnêteté – qui faisaient qu'il m'était impossible de parler à mes parents pour le moment. Il semblait sceptique. J'ai plongé mes mains dans mes poches et j'ai essayé de lui expliquer.

– J’aime Shaw comme une sœur. J’ai toujours pris soin de vous deux et de Remy. Ça craint que Shaw ne nous ait rien dit pour Remy, mais ça craint encore plus qu’il se soit servi d’elle et qu’elle l’ait laissé faire. Je suis énervé contre lui et j’étais énervé contre elle et je ne sais pas quoi faire de tout ça, donc elle en a été la première victime car je repartais, de toute façon. On est une famille, nous tous, il n’aurait jamais dû y avoir de secrets comme ça. Ça m’a donné l’impression que je me battais pour les mauvaises choses depuis le début, pour des gens que je ne connaissais même pas vraiment.

– Remy a fait ses choix. C’est nul qu’il n’ait pas voulu qu’on sache, qu’il n’ait pas cru qu’on le laisserait vivre sa vie comme il le voulait, mais il est parti et Shaw est là, et elle est avec moi. Je la protégerai de tous ceux qui veulent lui faire du mal de quelque façon que ce soit, toi y compris, tête de con. Je suis en colère contre Remy aussi, mais je préfère me remémorer les bons souvenirs, c’est ce que j’essaie de faire tous les jours.

Rule avait un bon argument, mais il ne comprenait pas que ce contre quoi je me battais était beaucoup plus gros et plus lourd à assimiler qu’accepter que Remy et nos parents aient menti. J’avais tellement de morts, tellement de sang dans mes rêves, que Rule ne pourrait jamais se mettre à ma place. Personne ne le pouvait.

J'ai lâché un grand souffle et ai remis ma casquette sur ma tête, en tiquant un peu quand l'intérieur a frotté contre ma nouvelle blessure.

– J'aimerais que ce soit aussi facile pour moi.

J'ai tendu le bras et lui ai donné un petit coup de poing dans l'épaule.

– Sérieusement, je vais parler à Shaw et essayer d'arrêter de me morfondre. Être Capitaine Grognon, ce n'est vraiment pas drôle.

Rule a levé au ciel ses yeux hivernaux et a tendu la main vers la poignée de la porte en verre.

– Ne fais pas attention à Cora. Ignore-la, c'est ce qu'on fait. Elle a le diable au corps.

Elle avait, en effet, un corps d'enfer, mais je ne pense pas que Rule aurait apprécié que je dise cela. Je ne savais même pas vraiment pourquoi je le pensais.

– Je suis vraiment désolé pour les urgences. J'étais bourré et j'avais perdu une tonne de sang ; en plus c'était la honte. Un petit prétendant maigrichon n'aurait pas dû pouvoir me mettre de si gros coups. D'ailleurs, il faut que j'aille au bar pour réparer mes dégâts. Le propriétaire s'est occupé de ma moto, et quand je suis allé la chercher, il n'a pas voulu que je lui donne un centime pour les réparations. Il m'a dit de passer aujourd'hui et qu'on pourrait trouver une autre solution. C'est un mec vraiment correct, donc il faut que je me rachète auprès de lui aussi.

– D'accord, mais la prochaine fois que tu te fais frapper, appelle-moi. Enregistre le numéro du salon dans ton téléphone, comme ça, tu peux me joindre dans la journée. Je ne réponds pas sur mon portable quand je suis avec les clients mais Cora peut venir me chercher si tu as besoin de moi.

J'ai rentré le numéro dans mes contacts et ai lancé un regard sérieux à mon frère.

– Ça va, entre nous ?

Ses yeux étaient tellement plus froids que les miens, tellement plus fermés, et je voyais qu'il n'était pas encore complètement prêt à me pardonner.

– Pour l'instant, oui.

Il semblait qu'il n'avait pas beaucoup d'espoir que je me comporte correctement dans un avenir proche. Je n'aimais pas cela du tout. Il devait aller voir son client, alors nous nous sommes dit au revoir et je me suis surpris à jeter un dernier coup d'œil par la vitre pour regarder la blonde intrigante. Dommage qu'elle ait été dos à moi, visiblement en pleine conversation avec Nash. Je me suis retourné et suis reparti là où j'avais laissé ma moto sur le trottoir, pour me diriger vers le bar de Brite.

Je lui avais demandé le nom du bar quand j'étais retourné chercher ma bécane le lendemain du 4 Juillet, et il m'avait dit qu'il s'appelait comme je voulais l'appeler. Il n'avait pas de nom officiel, pas d'enseigne, rien. Il m'a dit que la plupart des habitués l'appelaient « le Bar ». Cela m'allait et cela collait à l'ambiance simple et sans chichis. Et la musique collait aussi à l'ambiance, du classic rock passait sur la vieille chaîne hi-fi que Brite avait placée derrière le bar. Il m'avait dit qu'en plus, quand les habitués disaient à leurs femmes énervées qu'ils allaient au Bar, un nom aussi vague leur laissait un peu d'espace le temps qu'elles appellent toute la ville pour trouver quel bar, exactement.

Quand je suis arrivé, j'ai été surpris de voir qu'il y avait déjà une rangée de mecs plus âgés que moi assis au comptoir. Je faisais beaucoup d'efforts pour ne pas disparaître dans une bouteille tous les soirs, et voir ces hommes était une piqûre de rappel que je pourrais très bien finir comme eux si je ne me reprenais pas, et le plus tôt serait le mieux. Je ne voulais pas être un mec esseulé, déjà au bar avant midi, sans que personne se demande où j'étais, s'inquiète pour moi, n'avoir rien de mieux à faire, avec le fond du verre comme seul pardon. J'avais remarqué qu'une bonne partie de la clientèle de chez Brite, les gars qui étaient là tout le temps depuis que j'étais entré quelques jours plus tôt, étaient d'anciens militaires. La dernière chose que je voulais était m'ajouter à leur nombre… À n'importe quel nombre.

Brite a croisé mon regard derrière le bar et m'a fait signe de le rejoindre. J'ai essayé de ne pas grimacer en marchant sur la jolie tache couleur rouille qui s'étalait sur le vieux parquet, grâce à moi. J'ai enlevé ma casquette, car même si nous venions de deux branches différentes, et que j'étais probablement son supérieur hiérarchique techniquement parlant, il y avait quelque chose chez Brite qui imposait le respect. Je ne sais pas si c'étaient ses yeux, si sombres et sérieux, ou cette barbe majestueuse, mais j'avais assez d'années de service derrière moi pour savoir quand montrer de l'estime pour un collègue.

Je me suis appuyé contre le bout du bar. Je me suis dit que cela m'éviterait de trop ressembler aux pauvres gars qui y étaient déjà accoudés, avec trois ou quatre tournées dans le nez.

– Encore merci d'avoir surveillé la moto, et de m'avoir emmené aux urgences. C'était vraiment sympa. Je voudrais vraiment te rembourser pour les dégâts.

J'avais économisé tellement d'argent que je ne savais pas quoi en faire. Je n'étais pas marié, je n'avais pas de copine, je n'avais pas d'enfants, ni de maison ou de chien et quand j'avais été déployé, je n'avais eu à payer que pour la Harley et mon pick-up. J'étais loin d'être millionnaire, mais j'avais amassé assez pour vivre confortablement le temps de trouver ce que j'allais faire du reste de ma vie. J'aurais pu payer pour les réparations du bar et l'argent ne m'aurait pas manqué. Mais Brite a secoué sa tête hirsute et son petit sourire a coupé sa barbe en deux.

– Je n'ai pas besoin de ton argent, fiston.

J'ai levé mon sourcil qui était sous la cicatrice, c'était le seul que je pouvais bouger indépendamment, donc je le faisais beaucoup.

– Ah bon ? Alors de quoi tu parlais quand tu disais qu'on pourrait trouver une solution ?

J'ai dû attendre car l'un des clients l'a appelé à l'autre bout du bar. J'ai été déstabilisé en me rendant compte que ce nouveau client ne devait avoir que cinq ans de plus que moi. J'ai également reconnu l'insigne des Rangers de l'armée tatoué sur son biceps, et j'ai senti un frisson d'anxiété descendre dans mon échine. Je ne voulais pas me reconnaître dans ces gars, dans cet endroit, mais c'était de plus en plus difficile.

Lorsque Brite est revenu jusqu'à moi, j'avais abandonné le combat et m'étais installé sur un tabouret libre. Mes pensées avaient pris un tournant plutôt sombre, et je devais faire beaucoup d'efforts pour rester dans le présent. Je me suis rapidement demandé si cela se voyait sur mon visage. Avant, je pensais que j'étais assez bon pour cacher toutes les turbulences qui rampaient, me saturaient, me remplissaient tout entier. Après la crise avec Rule et la façon dont Brite me regardait en revenant, je n'en étais plus si sûr. Je me suis éclairci la voix et me suis obligé à regarder dans ses yeux de charbon tandis qu'il s'appuyait sur ses bras épais, devant moi.

– Est-ce que tu sais te servir de tes mains ?

J'ai penché la tête sur le côté et l'ai regardé, perplexe.

– Qu'est-ce que tu veux dire par là ?

Je pouvais démonter à peu près n'importe quelle arme que l'on me mettait entre les mains, puis la remonter et tirer avec en quelques secondes, je pouvais faire les premiers soins sur un bon nombre de blessures, je pouvais bricoler le moteur de la Harley et probablement comprendre comment marchait n'importe quoi. J'aimais résoudre les problèmes, c'était dans ma nature, mais je n'allais pas non plus construire une maison de A à Z ou ce genre de folie.

Il m'a fait un grand sourire, et je commençais à comprendre que cela voulait dire qu'il avait une idée derrière la tête.

– Tu es un mec qui a plein de temps à tuer, et je suis un mec qui a un bar en cruel manque d'amour et d'attention. Je passe déjà trop de temps ici et je n'ai aucune envie de décaper le parquet ou de laquer le comptoir à mon âge. Tu as saigné partout dessus, tu n'as qu'à le nettoyer.

Nous nous sommes fixés dans un silence tendu pendant un bon moment. J'essayais de deviner s'il était sérieux et je crois qu'il attendait de voir si j'allais le baratiner. J'ai fini par devoir cligner des yeux, donc je me suis penché en arrière en soupirant.

– Tu es sûr que tu ne veux pas que je vienne surveiller l'entrée, rester à la porte quelques semaines ou un truc comme ça ? Comme ça, personne ne saignerait par terre.

Il a explosé de rire et cela m'a fait grimacer.

– Ne le prends pas mal, fils, mais la dernière fois que tu t'es battu ici, c'est toi que j'ai dû traîner voir un médecin.

J'ai fait la grimace et ai essayé de ne pas laisser la vérité remuer le couteau dans la plaie de ma fierté blessée.

– J'étais bourré, et ils étaient plusieurs.

– Peu importe. Je n'ai pas besoin d'un videur. J'ai besoin d'un coup de main, de quelqu'un à qui je peux faire confiance, et qui peut être ici sans juger, car peut-être qu'il voit un tout petit peu de lui-même chez certains habitués.

Il m'a fallu rassembler tout mon self-control pour ne pas réagir à sa lecture parfaite de ce que je ressentais. Je devais lutter pour ne pas jouer avec mes mains, rester assis sans bouger et essayer de trouver une bonne excuse pour ne pas faire ce qu'il me demandait. Comme aucune idée ne me venait, cela a agrandi l'endroit sombre au-dessus duquel je flottais.

Même pas six mois plus tôt, j'étais responsable de plus de cent hommes. J'avais planifié des missions secrètes, j'étais la référence dès qu'il y avait une question ou une solution à trouver, et rien de tout cela ne pouvait se transférer comme expérience professionnelle dans le vrai monde. En effet, j'avais beaucoup trop de temps libre et rien de prévu qui pourrait y mettre fin. Cela m'a fait mal au crâne et mon cœur s'est accéléré dans ma poitrine, aussi j'ai toussé et j'ai dit merci à Brite quand il a posé un verre d'eau devant moi.

– Tu es sûr que tu ne préférerais pas que je te fasse un chèque ?

Il a secoué la tête et ce sourire en coin dont je commençais à me méfier est réapparu.

– Nan. Je n'ai pas besoin de tes sous, j'ai besoin de toi.

Je voyais que je ne pourrais pas y échapper si je voulais être un homme de parole, alors j'ai hoché la tête solennellement. Je voulais montrer à ce grand costaud, que je respectais sans hésitation car j'avais l'impression que nous étions des alter ego, que même si je ne savais pas ce que je faisais ni où j'allais, j'avais tout de même plus d'honneur que nécessaire pour toute une vie.

– D'accord. Je peux faire ce dont tu as besoin. Combien de temps tu crois que ça va prendre ?

Il a ri fort et longtemps, si fort que certains habitués ont regardé vers nous par curiosité. Je ne voyais pas ce qu'il y avait de drôle, mais je n'ai rien dit.

– Aussi longtemps qu'il faudra, fiston.

Cela me semblait très vague et indéterminé, mais avant que je puisse lui demander de me donner une fourchette plus précise, il a frappé ses mains énormes sur le comptoir en face de moi et s'est penché, si bien que nous étions très proches, les yeux dans les yeux. C'était troublant de voir ses yeux foncés sonder si profondément les miens, mais j'ai tout de suite compris que je devais prendre au sérieux ce qu'il allait me dire. C'était, sans aucun doute, la tête « je suis super sérieux » de Brite.

– Tu ne bois pas pendant que tu travailles.

J'ai froncé un peu les sourcils.

– OK.

– Sérieusement, Rome. Je suis bien placé pour savoir combien c'est facile d'oublier ce que c'est que d'essayer de vivre sans la bouteille. Ce que tu fais de ton temps libre, ça ne me regarde pas, si tu veux noyer ton foie, c'est ton choix, mais tant que tu seras ici, je ne regarderai pas un autre bonhomme sombrer.

– Ce n'était pas toi qui me servais des shooters de Wild Turkey, l'autre soir ?

J'aurais préféré que l'on m'arrache toutes mes dents avec une pince rouillée plutôt que d'admettre la fréquence à laquelle je m'endormais avec une bouteille de Belvédère, ces derniers temps.

– C'était le 4 Juillet ; tous les soldats ont le droit de célébrer ce à quoi ils ont renoncé pour défendre la liberté, peu importe de quand date cette victoire.

Je l'ai regardé attentivement, mais je ne voyais pas de défaut dans son raisonnement, donc j'ai haussé les épaules.

– D'accord, ça ne devrait pas être un problème.

– Ça ne sera pas un problème.

Putain, le mec parlait comme le premier sergent instructeur que j'avais eu après mon engagement.

– OK, Brite, ça ne sera pas un problème.

Ses dents ont brillé derrière la jungle de sa barbe et il a claqué les paumes de ses mains sur le bar.

– Parfait. Tu finiras par rencontrer le reste de la bande avec le temps. Les Sons of Sorrow ne sont pas revenus, mais s'ils passent, je parlerai avec le président de la branche et je lui dirai qu'il a intérêt à mater ses prétendants. Une baston par-ci par-là, ça ne me dérange pas, ça donne du caractère au bar et ça fait de l'animation, mais j'ai une règle d'or et personne, je dis bien personne, ne touche les anciens combattants ici. Tout le monde le sait.

J'ai ri doucement et me suis levé.

– C'est l'American Legion[4].

Brite a rigolé avec moi et a pris un torchon.

– Ça peut être la grosse galère de se réintégrer dans la vie civile, parfois ça aide d'avoir un endroit qu'on a l'impression de connaître. C'est pour ça que le Bar est là, fils.

Comme je me sentais moi-même à l'ouest, je devais bien admettre que ce qu'il disait me paraissait sympa, et surtout, très nécessaire. J'ai remis ma casquette sur ma tête et ai serré la main de Brite. J'ai accepté de venir le lendemain à l'ouverture du bar, à dix heures du matin. Je n'avais pas particulièrement hâte, mais depuis que j'étais revenu, c'était la première fois que je devais être quelque part à une heure donnée.

***

Je devais donc me lever tôt le lendemain matin, mais comme mon sommeil était agité, j'étais déjà

4. NdT : groupe de pression défendant les intérêts des anciens combattants américains.

bien réveillé quand mon réveil a sonné à huit heures. Nash n'allait au travail qu'à midi, alors en général nous essayions d'aller à la salle de sport avant qu'il parte ; enfin, s'il était rentré de là où il avait passé la nuit. Je crois qu'il avait un peu pitié de moi, car Rule et lui avaient un rituel de muscu moins rigoureux, mais depuis que j'avais emménagé, il avait réussi à m'accompagner, ou au moins à faire l'effort d'essayer. J'avais besoin de faire du sport pour sortir toutes les choses qui me pourchassaient dans mon subconscient, et même si je n'avais plus l'impression d'être un guerrier, au moins je pouvais toujours en avoir l'apparence. En plus, j'étais trop baraqué, si je ne faisais pas de muscu, j'allais me transformer en gros tas en un rien de temps.

Je me frottais les yeux et préparais du café quand la porte de la chambre de Nash s'est ouverte. Je ne savais jamais si c'était lui qui allait en sortir ou une petite jeunette aux yeux embrumés qui avait l'air de sortir de l'essoreuse sexuelle. Nash et mon frère avaient un truc qui attirait le sexe opposé, d'une manière que je n'avais jamais comprise. Non pas que j'aie été un enfant de chœur dans ma jeunesse, mais je n'avais jamais été du genre à privilégier la quantité à la qualité. Cela rendait mon moment de faiblesse avec la rousse crado encore plus stupide. Merde, peut-être que j'avais mérité de me faire botter le cul, l'autre soir.

Nash était en solo ce matin, ce qui était rare. Il a enfilé un tee-shirt en marmonnant quelques insultes dans sa barbe. Je lui ai tendu une tasse de café et lui ai demandé ce qu'il y avait. Il a secoué la tête et a fait craquer son cou.

– J'essaie de convaincre mon oncle d'aller chez le médecin mais il est trop têtu. Cora m'a appelé hier après le boulot pour me dire qu'il était tout pâle et qu'elle avait cru qu'il allait cracher ses poumons. Il insiste pour dire que ce n'est qu'un rhume, mais même au téléphone j'ai entendu qu'il n'était pas du tout en forme.

Je savais qu'ils étaient très proches. L'oncle Phil avait élevé Nash et il avait plus été un parent pour Rule que ma propre famille. Je ne savais pas grand-chose de lui, mais de l'avis général, c'était un mec sur qui on pouvait compter et les gars avaient beaucoup de respect pour lui.

– Peut-être qu'il a vraiment un mauvais rhume.

Nash a hoché la tête et a montré du doigt le paquet de cigarettes à moitié vide sur le comptoir de la cuisine.

– J'ai pris l'habitude avec lui quand j'étais jeune. Ça me rend nerveux.

– Alors arrête.

– J'essaie.

J'ai pris le paquet dans ma main et l'ai jeté dans l'évier. Nash a crié mon nom et m'a insulté quand j'ai allumé le broyeur du siphon.

– Essaie plus fort.

Il m'a lancé un regard noir.

– Tu es un pauvre con.

J'ai haussé les épaules.

– On m'a déjà dit pire que ça.

J'ai fait rouler mes grandes épaules et ai fait craquer mes doigts. Il avait toujours un regard mauvais.

– Je vais passer chez lui et voir si je peux le harceler assez pour qu'il aille faire un bilan médical, au moins. En plus, j'ai un rendez-vous assez tôt.

– D'accord.

Nous nous sommes dit au revoir et je me suis dirigé vers la salle de sport. J'ai bossé plus que d'habitude. Je crois que j'essayais de brûler des souvenirs, de suer assez pour faire disparaître le nœud d'angoisse et de malaise que je sentais en permanence dans mon estomac. J'étais courbatu et fatigué quand je suis allé prendre une douche, avant de me glisser dans un vieux jean et un tee-shirt délavé avec le mot ARMY à l'avant. J'ai choisi de prendre mon pick-up ce jour-là, car je me traînais déjà et que je ne me sentais pas d'attaque à manœuvrer la Harley dans le trafic du centre-ville.

Lorsque je suis arrivé au Bar, Brite m'attendait déjà avec une liste et un énorme sandwich. Il était trop tôt pour déjeuner, mais vu ce que je venais d'imposer à mon corps, ce n'était pas de refus. Nous avons discuté quelques minutes puis il m'a présenté sa cuisinière, une femme du nom de Darcy qui avait à peu près son âge et apparemment était aussi sa quatrième femme, puis il a passé en revue la liste des habitués mais mon cerveau était trop fatigué et a essayé de l'assimiler au ralenti.

La liste de corvées qu'il m'a tendue était impressionnante. Il voulait décaper, lasurer et vernir tout le bar. Il voulait que je répare et que je nettoie toutes les tables et les chaises. Que je décape, sable, et refasse les finitions sur le vieux parquet usé. Il voulait que je déplace tout le matériel lourd dans la cuisine et que je le récure au Kärcher. Il voulait que je change toutes les ampoules, que je repeigne partout. Il voulait que je construise une scène, que je réorganise toute la réserve d'alcool et que j'ajoute de nouvelles étagères et dc nouveaux rangements. Ce n'étaient que des choses relativement bêtes et faciles, rien que je ne me sentais pas capable de faire. En fait, j'ai même été assez arrogant pour penser que je pourrais tout faire en deux semaines.

Il m'a fallu deux jours pour comprendre que j'allais rester une éternité au Bar. Chaque fois que je commençais un truc, un des vétérans grisonnants venait me parler et je me retrouvais coincé dans une conversation sur la meilleure façon de faire, ou sur qui j'étais, d'où je venais, mon grade et mon titre, ce qui nous menait invariablement à parler de l'armée et d'une quantité illimitée d'histoires de guerre. La journée passait sans que je m'en rende compte, et je n'avançais guère. J'en avais parlé à Brite, qui s'était contenté de hausser les épaules et de me dire une fois de plus que j'aurais fini quand j'aurais fini, comme si j'avais tout mon temps.

Comme si je n'avais pas besoin de me décider sur ce que j'allais bien pouvoir faire maintenant que j'étais une grande personne et que je n'étais plus dans l'armée. J'ai essayé de ne pas laisser cela me froisser.

Nous étions vendredi soir, très tard, ou plutôt samedi matin, très tôt, j'étais allongé dans mon lit et je fixais le plafond. Je faisais un effort pour ne pas me servir de la vodka comme somnifère, mais aujourd'hui je le regrettais. Heureusement que Nash n'était pas à la maison, car ce cauchemar qui m'avait réveillé était si violent que c'étaient mes cris qui m'avaient tiré du sommeil. Je suais, je tremblais et me servir un verre m'aurait paru génial. Mais je ne l'ai pas fait, je suis juste resté allongé là en laissant les images qui m'empêchaient de dormir défiler en boucle dans ma tête. Je savais que si elles ne partaient pas, j'allais devoir me faire aider, que j'avais probablement une forme de stress post-traumatique à force de trop d'années passées à faire la guerre. Je voulais croire que j'étais assez fort pour le surpasser tout seul, que cela finirait par s'estomper avec le temps, mais je n'en étais plus si certain.

J'ai jeté mes jambes hors du lit, en me disant que courir un peu avant le lever du jour me remettrait les idées en place, lorsque mon téléphone a soudain sonné sur le bureau où je l'avais branché. Les doigts froids de l'angoisse ont tout à coup raclé mon dos. Un coup de téléphone à une heure aussi matinale ne présageait jamais rien de bon. Il a sonné quatre fois et l'appel allait être envoyé sur mon répondeur avant que je me reprenne et m'interdise d'avoir trop peur pour répondre. Je ne reconnaissais pas le numéro, mais il était long et le son était à peine audible et haché, donc j'ai tout de suite su qu'il venait de l'étranger.

– Allô ?

– Sergent maître ?

J'ai lancé un rire amer et me suis assis sur le bord du lit. J'ai remarqué que mes mains tremblaient, sans y faire attention.

– Plus maintenant. Qu'est-ce qu'il y a, Church ?

Dash Churchill était mon sergent de première classe, et j'ai reconnu son accent du Mississippi malgré la mauvaise qualité du son et mon cerveau en manque de sommeil. Nous avions monté les échelons ensemble et avions servi dans la même unité ces six dernières années. Nous étions soldats en premier et amis en deuxième, mais je lui faisais confiance et je savais que s'il m'appelait sans tenir compte du décalage horaire, ni du fait que je n'étais plus son supérieur, c'était la merde.

Tout ce que j'ai réussi à comprendre était un enchaînement de mots mâchés, des choses comme « mauvaises infos », « mission catastrophe », « puissance de feu » et « explosifs cachés ». J'ai entendu « rebelles », « pertes humaines » et mon cerveau est parti en vrille. Je suis immédiatement passé en mode commando, j'ai cherché à avoir tous les détails, mais il a fini par stopper car les choses étaient classées secrètes. Je lui ai lancé une insulte et ai dû me retenir de jeter mon téléphone contre le mur. Les dents serrées, je lui ai demandé pourquoi il m'avait appelé si c'était pour ne rien me dire. Mon cœur tambourinait tellement fort dans ma poitrine que je sentais chaque battement, chaque coup jusqu'au bout de mes doigts.

– Trois morts au combat, quatre blessés graves qui sont évacués vers l'Allemagne. Ils étaient des nôtres, j'ai juste pensé que tu voudrais le savoir.

La ligne a coupé et j'ai laissé le téléphone tomber de mes doigts inertes. J'ai pris ma tête entre mes mains et ai essayé de m'empêcher de paniquer. Je n'étais plus là-bas, ce n'étaient plus mes hommes, ce n'était plus ma mission, mais tout cela ne changeait rien. S'ils faisaient partie de mon unité, je savais deux choses : ils étaient trop jeunes pour mourir, et si je n'avais pas été aussi nul, physiquement et mentalement, peut-être que j'aurais pu rester et empêcher que cela arrive.

Je ne pouvais pas rester dans cet appartement. Je ne pouvais pas rester seul en compagnie de mes pensées qui s'égaraient, donc je me suis changé, j'ai mis un survêtement, j'ai pris mes écouteurs et je suis allé courir. C'était soit ça, soit m'enfiler la bouteille de vodka et être une épave toute la journée. J'ai couru jusqu'à ne plus voir le sang et les cadavres. J'ai couru jusqu'à ce que mes muscles me brûlent et jusqu'à avoir l'impression que mes poumons étaient retournés. J'ai couru jusqu'à avoir tellement de sueur sur le visage que personne ne remarquerait que les larmes qui montaient dans mes yeux n'étaient pas dues à l'épuisement.

Lorsque je suis revenu à l'appartement, j'ai pris une longue douche et ai pensé à appeler Brite pour lui dire que je n'avais aucune motivation pour venir au Bar aujourd'hui, mais l'idée d'être tout seul dans le silence avec trop de temps libre m'a fait peur, donc je me suis forcé à y aller. Quand je suis entré, je n'ai rien dit à personne et je n'ai pas touché au sandwich que Darcy m'avait laissé. J'étais sûr que mon humeur exécrable était plus que palpable, car pour la première fois depuis que je venais au Bar, tout le monde m'évitait. Il n'y avait pas de bavardages, pas d'histoires, ils me regardaient tous du coin de l'œil avec suspicion. Même Brite ne m'abreuvait pas de sa sagesse réfléchie aujourd'hui, il me laissait faire mes affaires, ce qui était sympa, ou possiblement dangereux.

J'ai enlevé les moulures en bois du mur dans le fond. Je travaillais en pilote automatique, mon esprit était tellement loin de ce bar humide de Denver que je ne faisais pas attention à ce que je faisais. J'ai posé ma main sur le mur et elle a atterri sur une pointe que j'avais loupée et qui ressortait. Elle s'est enfoncée dans la paume de ma main, ce qui a été surprenant et douloureux, mais ma réaction a été tout de même disproportionnée. J'ai lancé un gros mot et ai balancé le marteau à travers la pièce.

Malheureusement, ma colère lui a donné encore plus de force et comme je ne visais pas très bien, il a éclaté l'un des panneaux avec une marque de bière en néon qui décorait le mur. J'ai encore juré et j'ai laissé ma tête tomber en avant comme si je n'étais plus capable de la tenir.

Une lourde main est tombée sur mon épaule, et je n'ai pas eu à lever les yeux pour savoir que c'était Brite.

– Il faut que tu prennes ta journée, fils.

Ce n'était pas une question.

– Mission foirée. Trop de morts au combat dans mon unité. C'étaient des gamins, Brite. J'aurais dû être là.

Il a soupiré et m'a poussé vers le bar.

– Non, tu n'aurais pas dû être là-bas. C'était ta vie, avant. Si tu y avais été, tu aurais très bien pu faire partie des pertes. Maintenant assieds-toi là, saoule-toi et broie du noir pendant un moment, mais après arrête d'y penser et vis dans le moment présent. Tu as quelqu'un que je peux appeler pour venir te chercher ?

J'ai secoué la tête mais je n'ai pas refusé la double vodka-soda qu'il a posée devant moi.

– Tu avais dit pas d'alcool.

J'étais toujours sonné et j'essayais de reprendre mes esprits.

– Le deuil n'est pas une bonne amante, Rome. Il finit par vouloir tout ce que tu as à lui donner. Fais une pause dans un endroit où tu sais que tu es en sécurité. On a tous été à ta place, gamin. Je veux juste être sûr que tu as quelqu'un qui pourra s'occuper de toi après.

J'ai gardé les yeux fixés sur le verre et j'ai cligné des yeux bêtement. J'ai poussé mon téléphone vers lui.

– Mon frère. Appelle-le quand il sera l'heure de partir, il sera peut-être énervé mais il viendra me chercher.

Brite a hoché la tête et a posé le téléphone dans le porte-bouteilles du bar. J'ai frotté mes yeux fatigués et l'ai regardé, à la recherche de réponses dont j'avais tellement besoin.

– Est-ce que ça devient plus facile, un jour ?

La vie et la mort, l'avant et l'après, hier et aujourd'hui, j'avais beaucoup de mal à trouver mes repères. J'avais l'impression que j'allais tomber d'une falaise et que je ne pourrais plus revenir en arrière, et que l'atterrissage inévitable marquerait ma fin. Il a soupiré et a tendu le bras par-dessus le bar pour me donner une tape sur l'épaule.

– Non, fils. Tu finis juste par apprendre comment faire pour que ça ne te tue pas.

Eh bien, c'était pourri. La vodka était fraîche et faisait du bien là où elle passait.

CHAPITRE 5

CORA

J'étais en train d'encaisser le dernier client de la journée et j'ai fait un signe de la main à Rowdy qui partait, lorsque le téléphone a sonné. Nous avions toujours des clients plus tard le vendredi et le samedi soir, donc cela ne me surprenait pas. J'étais toute seule, les autres étaient déjà partis. Nash jurait que Phil faisait tout pour l'éviter, donc quand son dernier client avait annulé son rendez-vous, il en avait profité pour aller le prendre par surprise chez lui. Rule était parti tôt car il avait reçu un appel paniqué de Shaw. Une histoire de chauffe-eau qui fuyait et de cave inondée. Je n'aurais jamais deviné que Monsieur « Je vis selon mes propres règles » serait si préoccupé par les réparations domestiques. Rowdy était resté jusqu'à ce que son dernier client s'en aille, et tous les autres étaient partis à l'heure.

Je ne reconnaissais pas le numéro sur l'écran, j'ai donc répondu un poil plus professionnellement qu'à l'accoutumée.

– The Marked, Cora à l'appareil. Que puis-je faire pour vous ?

Une longue pause a suivi et j'entendais du bruit et du mouvement en arrière-fond. J'allais répéter « allô » et raccrocher si personne ne répondait, mais une voix bourrue a parlé à l'autre bout de la ligne.

– Je cherche le frère de Rome Archer.

Un frisson d'appréhension a glissé le long de ma colonne vertébrale.

– Pourquoi ?

J'ai de nouveau été confrontée à un silence qui s'éternisait.

– Est-ce que je me suis trompé de numéro ?

Le mec avait l'air frustré et sérieux.

– Rule est le frère de Rome, mais il n'est pas là en ce moment. Est-ce que je peux prendre un message ?

J'ai entendu un soupir.

– Je déteste ces nouveaux portables, je n'arrive même pas à comprendre comment ils fonctionnent. Est-ce qu'il y a un autre numéro où je peux le joindre ?

Ce n'était pas dans mes habitudes de donner le numéro des gars à n'importe qui. Si je faisais cela, il y aurait une file d'attente de filles désespérées d'ici jusqu'au stade.

– Vous pouvez me dire pour quelle raison ? Ce sont tous les deux des amis.

J'arrangeais un peu la réalité mais cela ne me posait pas vraiment problème.

– Le grand bonhomme a passé une mauvaise journée. Il faut que quelqu'un le ramène et je pensais que son frère serait le meilleur candidat pour cette mission aujourd'hui.

J'ai froncé les sourcils et ai tapoté le comptoir avec mes ongles.

– Il n'est que vingt heures.

Le mec a rigolé.

– Petite, je crois que tu ne comprends pas à quel point ça a été une mauvaise journée. Je peux lui appeler un taxi, mais je ne peux pas l'emmener moi-même parce que c'est un soir de tournoi et le Bar est plein. Et je veux m'assurer qu'il va rentrer chez lui sain et sauf.

J'ai soufflé et ai fait voler quelques mèches courtes qui flottaient sur mon front. Rule irait le chercher si je l'appelais, et Nash aussi, mais il y avait déjà assez de tension entre ces trois-là, donc je me suis dit que j'allais m'en occuper toute seule et économiser une prise de tête à tout le monde.

– Je vais venir le chercher et le ramener en un seul morceau.

– Euh… Ne le prends pas mal, petite, mais c'est un gros soldat encombrant avec une humeur de merde et rond comme une queue de pelle.

Tu devrais peut-être laisser son frère s'en occuper pour cette fois.

Je n'étais pas le genre de fille qui recule devant un défi, et je n'avais pas peur de Rome. En plus, cela m'était toujours insupportable de m'entendre dire que je ne pouvais pas faire quelque chose pour l'unique motif que j'étais une fille.

– Il faut que j'aille déposer de l'argent à la banque et je viens le chercher après. Où est-il ?

La voix rauque m'a expliqué comment aller à un bar à l'extérieur du centre, sur Broadway. Mon interlocuteur a encore précisé que j'aurais peut-être besoin d'aide pour manœuvrer la masse saoule qu'était Rome. J'ai secoué la tête, dégoûtée, et lui ai dit qu'il allait bien falloir que je trouve un moyen de faire rentrer le géant dans ma Mini Cooper. Le mec a ri tellement fort que j'ai cru qu'il allait se faire mal. Quand il a enfin arrêté, il m'a dit qu'il avait confisqué les clefs de Rome depuis longtemps et qu'il m'aiderait à le monter dans son pick-up. Une fois que je l'aurais ramené, je pourrais retourner chercher la Mini. Cela me paraissait être la meilleure stratégie, même si j'aurais adoré prendre une photo de ce tas de muscles recroquevillé dans ma petite voiture. Cela aurait été hilarant.

Le temps que j'aille déposer les recettes du jour, que je trouve le bar, une place où me garer, et la porte d'entrée car il n'y avait ni enseigne ni personne à l'entrée, l'état de Rome était apparemment passé de mauvais à pire. Il était littéralement étalé sur le bar, sa tête pendait comme si son cou n'arrivait plus à la soutenir, et la lumière tamisée projetait des ombres sur son visage. Il avait l'air mal en point, fatigué, et extrêmement bourré. Ses beaux yeux n'étaient qu'à moitié ouverts, humides et injectés de sang. Sa bouche était retournée pour former une grimace laide et, même si l'air conditionné était en route, je voyais qu'une fine couche de sueur recouvrait sa peau. Ses grandes mains zébrées de cicatrices de guerre tremblaient autour d'un verre vide, et il semblait s'engueuler avec l'homme géant et barbu derrière le bar. Je suis arrivée doucement derrière lui et j'ai croisé le regard de l'homme qui semblait avoir donné naissance à tous les bikers de la Terre.

– Salut, je suis Cora.

Le mec m'a regardée des pieds à la tête et a haussé un sourcil hirsute.

– Tu es un petit gabarit, hein ?

En réalité, je faisais cinq centimètres de plus que Shaw, mais comme je n'avais pas la moitié de ses formes, je crois que j'avais l'air beaucoup plus petite et fragile que je ne l'étais. J'ai haussé une épaule.

Rome s'est retourné sur le tabouret et j'ai vu ses yeux s'écarquiller et essayer de se concentrer sur moi. Au début, je n'étais pas sûre qu'il m'ait reconnue, mais le bleu de ses yeux s'est allumé comme la base d'une flamme et un sourire alcoolisé et irrégulier a traversé son visage. J'ai essayé de garder les yeux rivés sur la cicatrice de son front, car il était incroyable lorsqu'il souriait comme cela.

– Rule avait une urgence à la maison, donc je vais te raccompagner, OK ?

– Où est Rule ?

En tout cas je crois que c'est ce qu'il m'a demandé, mais on aurait dit que sa langue était trop grande pour sa bouche. J'ai posé une main sur son bras quand il s'est penché vers moi et a failli tomber de son tabouret.

– Il devait s'occuper de quelque chose. Donc tu es coincé avec moi.

Il s'est levé péniblement et j'ai cru qu'il allait m'entraîner dans sa chute. Heureusement, il semblait avoir un bon équilibre même ivre mort, car il s'est rattrapé en tenant le comptoir.

– Je suis tellement fatigué.

J'ai hoché la tête, même si je ne savais pas vraiment de quoi il parlait, et j'ai jeté un coup d'œil au barman costaud qui nous regardait avec des yeux sombres et graves.

– Je sais. Je vais te ramener à la maison et te mettre au lit.

Merde, cela n'aurait pas dû me sembler aussi agréable de dire cela. Il fallait que je garde mes distances avec ce mec. Il me mettait la tête de travers.

– Tu as besoin d'un coup de main pour le mettre dans le pick-up ?

J'ai secoué la tête et ai passé un bras autour de sa taille, en essayant de ne pas grimacer quand il a appuyé son poids considérable sur moi.

– Si je ne peux pas l'y faire entrer toute seule, il n'y aura pas moyen que je le sorte toute seule.

J'ai pris les clefs qu'il m'a données et j'ai donné un petit coup de hanche à Rome.

– On y va, Goliath.

– S'il est opérationnel demain, dis-lui de prendre sa journée.

– Qu'est-ce qui s'est passé pour qu'il se mette dans cet état ?

Le mec a secoué la tête et a passé la main sur la barbe la plus cool que j'aie vue de ma vie.

– La vie s'est passée, petite. Parfois elle nous vide, c'est tout. Prends soin de ce garçon, il a besoin de quelqu'un, surtout en ce moment.

J'allais lui répondre que je prenais soin de tous mes gars, mais je n'en ai pas eu l'occasion car Rome a choisi ce moment pour tituber vers la porte. Il a passé son gros bras autour de mes épaules et m'a tirée pour que je me retrouve collée contre son torse, puis il a enfoui son nez dans mes cheveux courts sur le dessus de ma tête. Il a marché maladroitement en me poussant en arrière et s'est dirigé vers le parking.

– Tu sens bon.

Généralement, quand je sortais du boulot, je sentais l'antiseptique et tous les produits que j'utilisais pour stériliser le salon. J'ai dû me débattre un peu pour parvenir à respirer, mais comme Rome partait dans la bonne direction et semblait assez stable, je ne l'ai pas forcé à me lâcher. J'ai essayé de le guider subtilement vers le Dodge rouge et brillant qui était à lui, selon le barman, mais il s'est soudain arrêté et m'a regardée intensément.

– Tu as vraiment des yeux magnifiques.

J'ai toussé un peu et ai essayé de ne pas rougir.

– Tu me l'as déjà dit.

Bien que têtue à l'extrême, je n'allais pas nier que je le trouvais sexy, je veux dire, je suis humaine et il était difficile à ignorer. Mais j'étais surprise que cela semble réciproque. Je n'avais pas pensé une seule seconde que j'étais son genre, pas plus qu'il n'était le mien.

Nous avons moitié marché, moitié trébuché jusqu'au pick-up. Il m'a fallu faire quelques manœuvres et beaucoup me tortiller pour qu'il me lâche et pour le faire monter dans le véhicule monstrueux. J'ai fermé la portière derrière lui tandis qu'il chantonnait horriblement mal *Simple Man* de Lynyrd Skynyrd, et j'ai fermé les yeux une seconde. J'avais pas mal d'expérience dans la gestion de gars bourrés et capricieux – Rule était un professionnel pour devenir chiant après quelques cocktails – mais la tristesse suprême, le chagrin qui coulait ostensiblement de ces yeux azurs rendait Rome un peu plus compliqué. Je le soupçonnais de pouvoir passer de malléable et paresseux à très difficile en une fraction de seconde.

Le pick-up était gros et j'ai dû avancer le siège vers le volant au maximum. J'avais de la chance que ce soit un modèle récent, je n'aurais jamais pu atteindre les pédales si cela avait été un ancien avec les sièges en banquette. Et c'était un automatique, ce qui était bien car je n'avais pas conduit avec un levier de vitesses depuis des plombes.

J'ai jeté un coup d'œil vers mon passager et je l'ai vu affalé avec sa tête contre la vitre. Ses yeux étaient fermés et sa poitrine montait et descendait à un rythme régulier. J'allais l'emmener chez lui et demander à Nash de m'aider à le faire monter, lorsque sa voix est venue d'un endroit si profond et sombre qu'elle m'a donné la chair de poule.

– Est-ce que parfois tu te demandes, « pourquoi toi » ?

J'ai froncé les sourcils et ai envoyé un texto à Nash pour savoir s'il était chez lui.

– Pourquoi moi quoi ?

Je ne comprenais pas ce qu'il racontait et ses yeux étaient encore fermés, je me suis demandé s'il ne parlait pas dans son sommeil.

– Pourquoi je suis encore là ? Pourquoi j'ai été le seul à m'en sortir ? Pourquoi j'ai esquivé une balle pour me retrouver inutile ? Qui a prévu ce plan ? Pourquoi Remy ne pouvait pas m'en parler ? Pourquoi il ne me faisait pas confiance ? Pourquoi ? Il ne devrait pas y avoir un sens à tout ça ?

C'était en grande partie très incohérent mais le sentiment derrière ses paroles me brisait le cœur et n'aurait pas dû exister chez une personne aussi énergique et débordante de vie. Je ne savais vraiment pas grand-chose des effets de la culpabilité du survivant sur un homme qui avait vu autant de choses, mais dans le cas de Rome, cela semblait le ronger de l'intérieur.

– C'est probablement une conversation que tu devrais avoir avec un professionnel, et sans doute pas après avoir essayé de détruire ton foie si violemment.

– Tous les jours, il y a des gens qui meurent et qui ne devraient pas mourir. Ce n'est pas juste et ce n'est pas normal. Il devrait y avoir une sorte de raison à ça.

Il n'y en avait pas, et quand il était sobre il devait bien le savoir, non ? Mon téléphone a bipé et j'ai dû attendre de m'arrêter à un panneau stop pour lire le message. J'ai marmonné un juron car Nash n'était pas à l'appartement et n'avait pas l'intention d'y retourner ce soir. Je ne voulais pas embêter Rule, d'autant qu'il n'était pas le plus délicat et que Rome n'était pas en état de rester seul. J'allais devoir le ramener à la maison et le mettre sur le canapé jusqu'à ce qu'il ait décuvé. Jet n'était pas à Denver et Ayden travaillait tard, donc cela voulait dire que j'aurais seulement à répondre aux regards interrogateurs d'Asa.

– Il se passe des tas de mauvaises choses tous les jours, qui ne devraient pas arriver. Malheureusement, ça fait partie de la vie.

– Ça ne devrait pas.

J'ai tourné les yeux vers lui et j'ai remarqué que ses yeux vifs étaient grands ouverts et rivés sur mon visage. C'était perturbant d'être examinée à la loupe avec autant d'insistance.

– Peut-être pas. Eh, je vais t'amener chez moi pour le moment. Je te laisserai faire une sieste et je vais te filer à manger, et tu pourras me ramener chercher ma voiture quand tu te seras remis. OK ?

Ses yeux se sont refermés et ses larges épaules se sont soulevées et sont retombées comme s'il n'en avait absolument rien à faire. Il s'était enroulé dans une couverture de désespoir épaisse et je sentais presque son poids qui l'étouffait. Nous sommes arrivés à Washington Park, où était la jolie petite maison que je partageais avec le reste de la bande. Je pensais que Rome s'était enfin endormi pour de bon, mais dès que le moteur du vieux pick-up s'est arrêté, ses yeux se sont ouverts et il m'a regardée encore fixement dans l'habitacle sombre de la voiture.

– Pourquoi es-tu venue me chercher ?

J'ai joué avec les clefs et j'ai ouvert la porte.

– Parce que j'aime ton frère, qu'il t'aime et que je veux que ça continue. Je suis bien meilleure que lui pour gérer ce genre de choses.

– Quel genre de choses ?

Il a réussi à ouvrir sa portière, mais j'ai entendu une série de grossièretés, et un bruit sourd lorsqu'il a perdu l'équilibre et est tombé contre le pare-chocs de la voiture. J'ai soupiré et ai fait le tour pour aller l'aider à se relever.

– Du genre un gars qui souffre clairement et se défoule sur les gens proches de lui parce qu'il sait qu'ils le supporteront. La partie peut durer longtemps, Capitaine Grognon, tu ne me fais pas peur.

Le sentiment de gêne qu'il provoquait chez moi me faisait peur, mais personne n'avait besoin de savoir cela. Vue de l'extérieur, j'étais toujours solide comme un roc, personne ne savait qu'à l'intérieur je me battais tous les jours contre les trous qu'avait laissés Jimmy en partant avec notre conte de fées et la vie parfaite que nous avions prévue. Grandir plus ou moins toute seule, cela avait été assez nul. Je pensais qu'avec Jimmy, je ne serais plus jamais déracinée. Une fois que cette sécurité a eu disparu, j'ai su que je ne pourrais plus jamais faire prendre de risques à mon cœur pour quelqu'un qui n'était pas prêt à m'offrir une stabilité et une famille pour toujours.

Il a cligné des yeux en me regardant et nous avons eu un duel de regards. Pendant une seconde, je n'ai plus su s'il voulait me soulever dans ses bras ou me pousser par terre. Il s'est contenté de secouer la tête et de chuchoter tellement doucement que j'aurais cru l'avoir imaginé si je n'avais pas vu ses lèvres bouger :

– Tant mieux, parce que la plupart du temps, je me terrifie.

Ne sachant pas quoi répondre à cela, j'ai pris son bras dur comme de la pierre et je l'ai à moitié guidé, à moitié tiré dans la maison. Asa était sur le canapé, occupé sur son ordinateur, et j'aurais juré voir un air coupable passer sur son visage. Il a lancé un regard interrogateur sur mon invité et sur moi, puis il s'est levé. Je lui ai fait signe de la main pour lui dire de se rasseoir, tout en continuant à tirer Rome dans le salon. J'ai dépassé la cuisine, et je suis allée jusqu'à la grande chambre.

– Ne te lève pas. Je vais le mettre dans ma chambre au cas où toute la bibine remonte et qu'il ait besoin d'une salle de bains. Il lui faut juste une petite sieste.

Ses deux sourcils blonds se sont haussés.

– Il ne pouvait pas faire sa sieste chez lui ?

– Pas maintenant, Asa.

Rome a trébuché et a fait tomber une photo des gars et moi au salon, accrochée au mur. J'ai été assez rapide pour la rattraper avant qu'elle ne tombe par terre, mais pas assez forte pour le maintenir debout, et il s'est écroulé en entrant dans ma chambre. Heureusement, c'était une assez vieille maison et la chambre n'était pas immense, donc il a en partie atterri sur mon lit king size. Il a fallu que je travaille un peu, que je le tire et le pousse, que je lâche des insultes et que je grommelle, pour arriver à étaler ce grand corps sur ma couette rose vif. Il respirait fort, ses yeux se sont fermés, et je n'ai pas essayé de le mettre plus à l'aise ou de lui dire où étaient les toilettes. Je l'ai juste laissé tranquille, en me disant qu'un peu de sommeil était tout ce qu'il lui fallait.

Asa était là où je l'avais laissé, mais son ordinateur était fermé et il paraissait attendre que je revienne dans la pièce.

– Qu'est-ce qui se passe ?

J'ai grogné et me suis affalée sur le canapé à côté de lui.

– Il était au Bar et le barman a appelé le salon pour avoir Rule. J'ai décidé d'intervenir parce qu'ils viennent tout juste de convenir d'un cessez-le-feu, mais je n'imaginais pas quel genre de mec bourré il était.

– Il est quel genre ?

– Compliqué. Je vais le laisser se remettre et le renvoyer chez lui. On dirait qu'il n'a pas dormi depuis des jours ; avec un peu de chance, l'alcool va l'assommer un peu et après il pourra rentrer.

– Tu es vraiment une fille bien, Cora.

– Ça m'arrive. Qu'est-ce que tu faisais sur l'ordi quand on est arrivés ?

Ses yeux de la couleur d'un vieux bourbon se sont mis à briller. Asa avait de la chance d'être aussi sympathique, car je ne lui faisais pas énormément confiance.

– Rien. Je regardais juste des trucs.

– Des trucs qui t'ont envoyé à l'hôpital ? Ayden va te trucider.

Il a rigolé.

– Non. Je ne suis pas le plus malin, mais je finis par apprendre mes leçons, à la longue.

– Pourquoi est-ce que j'ai l'impression que ce n'est pas totalement vrai ?

– Parce que tu es étonnamment intelligente pour une fille qui ressemble à un personnage de dessin animé.

J'avais le sentiment qu'il n'allait rien me dire de plus, aussi je me suis levée et suis allée nous préparer des toasts au fromage, puis j'ai sorti deux bières. J'aimais bien passer du temps avec Asa, mais il avait l'air un peu louche ce soir, et quand minuit est arrivé sans que nous ayons entendu un son du côté de Rome, j'étais fatiguée de m'occuper d'hommes compliqués. Asa m'a dit qu'il allait regarder la télé dans sa chambre, car s'il était debout quand Ayden rentrait, elle allait l'emmerder. Elle avait tendance à être assez insupportable quand Jet devait voyager plus de quelques jours, et c'était son grand frère qui en payait les conséquences. Jet passait beaucoup de temps sur la route, et vivre avec la relation intense des deux frère et sœur ressemblait souvent à une émission de télé-réalité, sans le répit apporté par la pause pub.

Je me suis dit que cela ne ferait rien de laisser mon lit à Rome pour la nuit. J'étais petite et le canapé était énorme, donc ce n'était pas vraiment un problème. Mais il fallait quand même que je passe par ma salle de bains et que je prenne une petite douche après ma longue journée de travail.

Asa et moi nous sommes dit bonne nuit et je suis rentrée dans ma chambre sur la pointe des pieds sans allumer la lumière. À un moment, Rome avait apparemment réussi à se déplacer au milieu du lit, mais aussi à enlever ses bottes et son tee-shirt. Même si je savais que c'était mal, j'étais obligée de rester là à regarder toute cette peau exposée, étalée sur mon lit rose. C'était tellement étrange. Il était tout en muscles, la perfection masculine au milieu d'un environnement ultra girly. Il fallait bien un mec comme Rome Archer pour donner un air dur à tous mes trucs de fille.

Il avait un long bras étalé sur le côté, et l'autre sous sa tête. Les lignes qui délimitaient ses muscles et ses tendons habitués au travail dur et fatigant me faisaient saliver. Je me sentais un peu voyeuse. Je n'aurais pas dû le mater impunément alors qu'il était K.-O. et inconscient, mais je ne pouvais pas non plus trouver la force de regarder ailleurs. Je n'avais jamais vu en vrai un homme qui avait ce V entre ses hanches et qui descendait, avec un chemin de poils noirs disparaissant dans son jean. Les seuls hommes qui avaient cela dans la vraie vie étaient les mannequins pour sous-vêtements, les mecs sur les couvertures des romans d'amour, et peut-être les sportifs de haut niveau. Mais non, Rome Archer l'avait, ainsi que des abdos qui faisaient honte aux tablettes de chocolat, et une quantité infinie de peau légèrement bronzée étirée sur un support qui semblait taillé dans du marbre. Il était un exemple massif de tout ce qui était beau et masculin. Il était construit comme un dieu et je n'avais jamais, jamais rien vu de plus beau dans mon lit.

Il y avait aussi plein de cicatrices pâles et blanches sur ce paysage de sexytude totale, plus que je ne voulais en voir. Même avec le peu de lumière qui filtrait depuis le couloir, je voyais l'énorme cicatrice sur son épaule, où son bras était remonté derrière sa tête. Elle était en relief et plus large que ma main, on aurait dit qu'elle était encore douloureuse. Il avait une sale zébrure tout le long de ses côtes de l'autre côté qui devait faire vingt-cinq centimètres de long et n'avait pas fini de cicatriser. Il y avait aussi une ligne blanche en zigzag sous son nombril qui disparaissait sous son jean, et tout cela n'était que ce que je pouvais voir sur l'avant de son corps impressionnant.

J'avais l'habitude d'être entourée d'hommes et de femmes qui marquaient leur corps pour définir leur individualité, pour s'approprier leur peau. En voyant ces cicatrices, ces marques qu'il n'avait jamais voulues, je me suis demandé ce que cela lui faisait que son corps soit marqué définitivement contre sa volonté. Sa peau reflétait aussi sa vie, le choix qu'il avait fait de partir pour devenir un guerrier, un homme qui se battait pour la liberté des autres, et maintenant il allait transporter ces souvenirs avec lui pour le restant de ses jours. C'était de la modification corporelle à un tout autre niveau.

J'ai secoué rapidement la tête pour arrêter de le mater. Il avait clairement besoin de dormir, car il n'a pas bougé d'un poil quand j'ai sorti un tee-shirt trop grand et un short pour dormir. Je n'ai pas été très discrète, j'ai fait du bruit dans la salle de bains en me préparant pour aller me coucher. Il était tôt pour un samedi soir, j'allais donc être seule avec les chaînes du câble. J'étais dans ma chambre en train de débrancher le chargeur de mon portable qui était à côté de la table de chevet près de la tête de Rome. Je ne craignais pas de le déranger car il semblait dormir à poings fermés, jusqu'à ce qu'une main massive s'enroule autour de mon biceps.

– Eh !

Mon exclamation de surprise n'a eu aucun effet et il m'a fait tomber sur le dos. J'ai laissé échapper un cri lorsque son bras qui pendait sur le côté du lit est passé autour de moi et m'a tirée à moitié en dessous de lui tandis qu'il se retournait. Il pesait une tonne et j'ai eu beau pousser sur ses larges épaules, cela semblait n'avoir aucun impact sur lui. Sa tête s'est enfouie dans le creux de mon cou, ses cils incroyablement longs étaient encore bien fermés et frôlaient ma peau. Son souffle était régulier et sa poitrine montait et descendait sans aucun signe d'attention ou d'éveil, même quand je me suis tordue et tortillée pour me libérer de son emprise de fer.

– Rome ?

J'ai tapoté le côté de sa tête et je l'ai senti froncer les sourcils dans mon cou.

– Hé, grand gaillard, il faut que je me lève.

J'ai essayé de le secouer une fois de plus et il a marmonné quelque chose dans sa barbe puis s'est encore mieux installé sur moi. Une de ses jambes vêtues de son jean a glissé entre les miennes, le bras qu'il avait passé autour de moi s'est mieux coincé, et sa grande main s'est placée carrément sur mon derrière. Il a tourné sa tête, a frotté sa joue contre ma tempe et a soupiré. J'ai arrêté de me débattre pendant une seconde et j'ai levé les yeux pour pouvoir lui lancer un regard interrogateur. On avait l'impression que son moteur tournait à mille degrés et il devait peser deux fois mon poids, mais il s'accrochait à moi comme à une bouée de sauvetage. Comme si j'étais un nounours vivant, et que peu importait ce qui l'empêchait de dormir la nuit, cela ne viendrait pas s'il me tenait dans ses bras. J'ai soufflé et ai essayé de décider quel était mon meilleur plan d'action. Avec le recul, je me dis que j'aurais dû donner le numéro de Rule au barman et le laisser se débrouiller dans ce bordel, mais comme d'habitude, il avait fallu que je m'en mêle. La bonté ne paie pas.

Je n'avais aucun moyen de me libérer à part lui donner un coup de genou dans les couilles ou un coup de poing dans la gueule pour le réveiller, et cela me semblait un peu trop extrême. J'avais de la peine pour lui. De toute évidence, il n'était pas en forme et dire qu'il avait passé une mauvaise journée était un euphémisme pour parler de ce qu'il essayait de noyer dans l'alcool. Je me suis dit que cela ne me tuerait pas de rester allongée là jusqu'à ce qu'il se retourne ou me lâche. En plus, j'avais l'avantage de profiter de tout ce corps ferme et prêt au combat pressé contre le mien. Je doutais d'avoir une chance de renouveler l'expérience. L'histoire de ma vie sexuelle avait été assez vide ces dernières années. Il y avait eu des gars par-ci par-là, mais aucun avec qui j'avais eu envie de passer plus de quelques minutes, et aucun n'aurait pu tenir la comparaison avec la perfection physique du mec sous lequel j'étais piégé.

J'ai soupiré, résignée, et j'ai essayé de bouger un peu pour mieux respirer. Rome m'a serrée encore plus fort et s'est installé encore plus près de moi. J'ai abandonné et j'ai passé un bras autour de ses épaules ; elles étaient si grandes, si larges que j'avais du mal à toucher l'autre côté. J'ai posé mon autre main sur ses côtes, juste au-dessus de sa blessure qui cicatrisait. J'ai gardé les yeux rivés sur le plafond, en me disant qu'il finirait bien par trouver la position inconfortable, par se rendre compte qu'il n'était pas tout seul, et par se retourner. Mais à un moment, j'ai entendu la porte s'ouvrir et le bruit des pas d'Ayden dans le couloir, ce qui voulait dire qu'il était plus de deux heures du matin et que ma couverture humaine n'avait pas bougé. J'étais plaquée contre le lit depuis deux bonnes heures et il semblait que je ne serais pas libérée avant l'aube.

J'ai fini par être trop fatiguée pour continuer à regarder son profil endormi ou me demander d'où venaient tous les petits accrocs et les petites marques qui parsemaient sa peau. D'aussi près, la cicatrice au-dessus de son sourcil avait l'air vraiment redoutable. Elle partait de son arcade sourcilière et montait jusqu'à ses cheveux, en s'étalant sur sa tempe. Il semblait être vraiment chanceux de toujours avoir son œil. Il y avait là une histoire, une vie vécue durement et dangereusement qui s'étalait sur sa peau et que le monde entier pouvait voir et juger. Cela rendait Rome encore plus difficile à comprendre pour moi et, honnêtement, cela m'épuisait. Ma dernière pensée avant d'abandonner l'idée d'attendre qu'il se réveille fut que, malgré toutes les années où j'avais partagé un lit avec Jimmy, pas une fois il ne m'avait serrée si fort, comme s'il voulait que je ne parte jamais.

***

Je ne savais pas exactement ce qui m'avait réveillée ; le soleil qui passait à travers les stores, la sensation d'être recouverte d'une couverture chauffante en plein été, ou le fait impossible à ignorer que je n'étais pas seule dans mon lit à froufrous roses. J'ai plissé les yeux face à la lumière matinale qui entrait dans la chambre, mais tout ce que je pouvais voir à des kilomètres à la ronde était du bleu. Un bleu qu'aucun mot ne pouvait décrire, un bleu si chaud et si vivant que j'avais l'impression qu'il pouvait me brûler vive de l'intérieur. J'ai ouvert la bouche pour demander à Rome comment il se sentait, pour lui dire de se pousser, mais rien n'est sorti. Nous nous sommes regardés et le manque de vêtements entre nous est devenu une chose évidente. Je sentais son cœur qui battait contre le mien car nous étions collés, je sentais ses flancs monter et descendre comme il inspirait et expirait lentement, je sentais la dureté d'une érection qui aurait mérité qu'on lui attribue un code postal pressée contre la douceur de mon entrejambe, pas du tout protégée par mon minuscule short de pyjama. C'était une position compromettante sous tous les angles, et sachant que nous étions quasi des étrangers l'un pour l'autre, ma langue d'ordinaire bien pendue avait du mal à se défendre.

Sa main s'est resserrée sur mes fesses et j'ai cru qu'il allait me pousser pour se relever, mais non. Il a utilisé son autre main pour soulever sa masse considérable pour la première fois depuis des heures, et sa main libre s'est levée et je me suis totalement immobilisée tandis qu'il passait très délicatement son doigt sur la courbe de ma lèvre inférieure, car j'avais la bouche grande ouverte comme une imbécile. Des mains si grandes et si dures ne devraient pas être capables d'être si respectueuses et si délicates.

J'aurais dû dire quelque chose. Il aurait dû dire quelque chose. Mais nous n'avons rien dit ni l'un ni l'autre, et quand ses beaux yeux tristes se sont rapprochés des miens, quand cette bouche entourée d'un début de barbe sexy est descendue pour recouvrir la mienne, je n'ai pu que rester allongée là comme si c'était inévitable. J'avais souvent été embrassée dans ma vie, par des bons et par des mauvais garçons, par des garçons que j'aimais et par d'autres que je n'aimais pas, par des garçons avec qui j'avais passé une minute et par certains avec qui j'avais passé des années, mais personne ne m'avait jamais embrassée comme cela. Il s'est passé quelque chose lorsque cette bouche ferme s'est installée sur la mienne. Mon cerveau a eu un court-circuit, mon bon sens et mon minimum de rationalité sont partis faire un tour, et il ne me restait qu'un paquet d'hormones enragées et un désir si fort et sans équivoque qu'il en était presque douloureux quand il a commencé à battre sous ma peau.

J'étais engloutie par lui. Il était partout et cela me dépassait. Je savais que j'aurais dû lui dire d'arrêter, que ce n'était pas bien. Je ne faisais pas ce genre de choses et puis j'avais le sentiment qu'il était toujours ouvert en deux, qu'il saignait encore intérieurement à cause de ce qui l'avait fait craquer hier. Mais les mots ne voulaient pas venir. Sa bouche était forte contre la mienne, sa langue envahissait tous les recoins, tous les endroits cachés dans ma bouche. Nous avions tous les deux très peu de cheveux auxquels nous accrocher, donc j'ai été contrainte de m'agripper à ses oreilles pour le maintenir en place. J'aurais dû le repousser, et non le tirer vers moi, mais je ne pouvais pas, pas avec tous ces muscles pressés contre moi et ces yeux dans lesquels je me noyais.

Je lui ai rendu son baiser, car en réalité c'était tout ce que je pouvais faire. J'ai fait glisser ma langue contre la sienne, j'ai laissé mes dents trouver l'intérieur doux de sa lèvre, j'ai passé un bras autour de son cou, et nous nous sommes dévorés. Il n'y avait aucune autre façon de le décrire. Nous ondulions ensemble, le tissu de son jean frottait contre mes jambes nues, ses mains me tenaient, elles avaient une emprise de laquelle je n'aurais pas pu m'échapper si je l'avais voulu. Nous nous sommes embrassés, sucés, mordus, et à un certain moment nous sommes passés de la combustion spontanée à une brûlure lancinante qui m'a poussée à enrouler ma jambe autour de sa taille étroite, et à ne pas protester quand ses mains impatientes se sont mises à tirer sur le tee-shirt que j'avais mis pour me coucher.

C'était trop rapide, ce n'était pas bien. Il n'était pas le genre de mec que j'attendais. Il était l'opposé complet de l'idée que je me faisais de l'homme parfait, mais je ne pouvais pas nier qu'il avait tout ce qu'il fallait pour m'étourdir en un rien de temps. J'ai un peu sursauté quand le tissu est passé au-dessus de ma tête. Je ne m'étais pas retrouvée nue avec un mec depuis très longtemps, c'était intimidant à tous points de vue. Il était tout en peau soyeuse et en muscles parfaitement sculptés, tandis que j'avais des tourbillons de couleurs tatoués sur ma peau, qui bronzait facilement mais était aussi couverte de taches de rousseur. En plus de mon bras gauche, j'avais des lys sur mes côtes, du côté gauche. Ils étaient vifs, de toutes les couleurs de l'arc-en-ciel, et l'étamine au milieu de chaque fleur était décorée d'un piercing transdermique. J'avais quatre ou cinq petits diamants qui brillaient et scintillaient. J'étais sûre que ce soldat intense et sérieux n'avait jamais vu cela, mais cela ne l'a pas ralenti. Il a jeté mon tee-shirt par-dessus son épaule et a posé son index sur l'un des piercings, ce qui m'a fait frissonner. Nous n'avions toujours pas échangé un seul mot et les choses s'intensifiaient très vite. J'avais de moins en moins de chances de faire une sortie élégante.

J'ai posé une main au milieu de son torse, j'ai écarté mes doigts, et j'ai essayé de remettre de l'ordre dans mes pensées enivrantes qui s'égaraient. J'avais besoin d'une minute pour reprendre mon souffle, d'une seconde pour me souvenir que nous étions deux personnes qui n'avaient rien en commun, qui ne devraient même pas faire partie de la vie de l'autre, en toute logique. Il ne m'a pas laissé une seconde. Il a passé son pouce entre les petits bijoux sur mon flanc. Il n'avait pas l'air de les trouver bizarres ou déstabilisants, et tous mes tatouages non plus, d'ailleurs il n'a pas décroché son regard bleu du mien une seule fois. Il a posé son immense main par-dessus la mienne, ce qui a aplati ma paume contre sa peau. Je n'aimais pas que l'on me dise quoi faire, qui que ce soit, où que ce soit, mais il m'arrivait quelque chose, il nous arrivait quelque chose, et je ne semblais pas capable de l'arrêter. Il a tiré ma main contre son torse, puis sur la plaine ondulée et tendue de son ventre, par-dessus son nombril, et sur ce chemin du bonheur, et il s'est arrêté en atteignant le tissu tendu autour de sa braguette, où la chaleur et la dureté ont immédiatement brûlé mes doigts à travers le jean. Il ne m'a pas poussée plus que cela. Il a enlevé sa main et l'a remontée pour passer son pouce sur ma joue. Il me laissait une porte de sortie si je le voulais ; je ne savais pas comment, mais sans une seule syllabe, ce mec me disait plus de choses qu'aucun autre avec qui je me souvenais avoir couché.

C'était juste là, cela flottait en périphérie : la raison, la logique, la réflexion, toutes les choses auxquelles il fallait que je me raccroche afin d'arrêter. Elles étaient floues et dans un brouillard, mais elles étaient là et Rome me donnait une occasion de les rattraper si c'était ce que je voulais. Et tout à coup, je me suis rendu compte que le refrain que tout le monde répétait, qu'au fond c'était un mec bien, était vrai. Il n'insistait pas, il n'essayait pas d'en profiter alors qu'il était bien plus imposant que moi et qu'il aurait pu facilement me forcer la main s'il l'avait voulu. Il me laissait prendre la décision et j'allais tous les deux nous surprendre, car je ne pouvais pas résister à l'appel de toute cette peau ferme qui palpitait sous le bout de mes doigts. Je voulais la voir, la toucher, voir si elle était aussi grosse et aussi dure que le reste de son corps. J'ai passé le bout de mes doigts sous le haut de son jean et ai fait sauter le bouton.

Il a laissé passer un souffle entre ses dents serrées et a baissé la tête pour mettre sa bouche autour du bout de mon sein. Cela m'a tellement surprise, la succion, l'humidité, le frottement de sa barbe du matin contre ma peau, que je me suis cambrée et ai jeté ma tête en arrière. Je n'étais pas particulièrement bien fournie en matière de poitrine, mes seins étaient comme le reste, dans le genre petit et délicat, mais ils étaient super sensibles. Lorsqu'il a passé sa langue sur le bout frémissant, lorsqu'il a caressé ma chair de poule avec ses dents, j'ai su que j'étais fichue. Je ne pensais plus à essayer de faire ce qu'il fallait, je ne m'inquiétais plus parce que je ne le connaissais pas très bien, je voulais et j'avais besoin de ce qu'il allait me donner. Fin de l'histoire.

J'ai passé mes deux mains entre nous, ai baissé sa braguette sans lui faire mal et ai commencé à descendre le jean sur ses hanches. Pas de sous-vêtements, c'était toujours sexy. Il s'est soulevé et a enlevé le reste de son jean, qui est tombé par terre à côté de mon tee-shirt. Pendant qu'il remontait sur moi, j'ai pris une seconde pour jeter un œil sur la marchandise et j'ai senti mes yeux s'écarquiller, inquiets. Je n'étais pas prude, je savais qu'il y en avait de toutes les tailles et de toutes les formes. Mon métier m'amenait à en voir beaucoup, de près, des belles, des moches, c'était les risques du métier. Mais Rome avait là quelque chose avec quoi la biologie et l'anatomie n'allaient pas être d'accord. En toute logique, il était énorme partout, et j'étais petite partout. J'essayais de réfléchir à tout cela, pour agir comme la personne intelligente et responsable que j'étais, mais il a posé ses mains sur mon short, et je me suis retrouvée nue et étalée en dessous de lui avant que ma protestation et ma panique n'arrivent à s'imposer. C'était impossible que nous puissions nous emboîter, même si j'étais au comble de l'excitation. Pourtant j'avais l'impression qu'à chaque endroit où notre peau se touchait, nous allions nous souder. Je sentais le désir et l'envie entre mes jambes, je voyais qu'il les sentait aussi, quand ses yeux ont envoyé des éclairs cobalt dans toutes les directions. Mais qu'importe à quel point il était sexy, à quel point il me rendait chaude et impatiente, il n'y avait aucun moyen que cette arme de destruction massive rentre dans mon corps.

Mon appréhension devait se voir sur mon visage, car le sourcil sous sa cicatrice s'est soulevé et il a enfin arrêté de me toucher, arrêté de déposer de petits baisers sur ma clavicule, et arrêté de passer ses doigts légers sur les fleurs qui décoraient mon flanc. Il me regardait et j'ai été fascinée par une goutte de sueur qui est née à sa tempe, a suivi la crête de sa joue, a continué son chemin dans son cou et a glissé sur son pectoral musclé qui semblait appartenir à une statue grecque. Je n'étais pas habituée à une telle retenue, à une telle volonté, donc j'ai suivi la route de la goutte avec mon doigt jusqu'à son téton.

– Ça ne va jamais passer.

Mes mots étaient étouffés, comme si je n'avais pas bu d'eau depuis au moins un siècle. Nous étions si proches, c'était si brut et si honnête. J'avais parlé pour essayer d'être drôle, de ralentir les choses, mais j'avais l'air apeurée, je l'entendais moi-même et je savais que ce n'était pas seulement parce qu'il était beaucoup plus imposant que tous les hommes que j'avais connus, ou peut-être que si. Cet unique sourcil froncé est monté encore plus haut et son petit demi-sourire qui m'avait fait craquer l'autre jour est passé sur son visage. Je suppose qu'il a pris cela comme un défi plutôt que comme un avertissement car sans que j'aie le temps de rien faire, toute son attention s'est focalisée sur l'endroit déjà mouillé et impatient entre mes jambes. Il a écarté mes jambes avec sa cuisse, a relevé mes hanches et a plongé ses doigts dans mes plis qui étaient déjà engourdis et électrisés par son toucher. Il s'apprêtait à trouver une autre surprise que les gars ne pouvaient voir et toucher que quand je me déshabillais, et je l'ai senti à l'instant où ses doigts explorateurs sont entrés en contact avec le petit anneau qui était caché en bas.

Lorsqu'il l'a touché, il s'est immobilisé une fraction de seconde. J'avais mon piercing du capuchon depuis toujours. Au départ, je l'avais fait parce que je trouvais cela osé et cool, et maintenant que j'étais plus vieille, je le gardais car ça aidait pas mal de mecs qui avaient besoin d'un GPS pour trouver la partie intéressante. Rome n'était pas de ceux-là, il n'avait pas non plus peur et n'était pas dégoûté par le piercing. Il a tiré doucement sur l'anneau, cela a fait rouler mes yeux dans leurs orbites et m'a fait prononcer son nom dans un halètement. Lorsqu'il a vu le résultat, il a joué avec le métal glissant, sans oublier le reste de mon corps, créant un raz-de-marée de sensations qui allait me casser en deux d'une seconde à l'autre. Il me touchait, me caressait, passait son pouce de façon continue et sans se fatiguer sur l'anneau et le petit bourgeon en dessous. Il s'occupait de moi comme personne ne l'avait encore fait, et alors que je me frottais contre lui, que j'enfonçais mes talons dans le matelas, que je m'ouvrais en deux et que je voyais des étoiles, il a enlevé ses doigts talentueux, m'a fait bouger en dessous de lui et a poussé toute cette chair gonflée et tendue en moi. Je n'étais pas prête pour cela, mais il est rentré en entier et m'a remplie au point que j'ai cru que j'allais m'étouffer avec tout ce que je ressentais, tout ce que je voyais brûler dans ses yeux brillants.

Il est resté immobile pendant une seconde, il attendait de voir si j'allais le repousser, lui dire que c'était trop. N'importe quel autre jour, j'aurais apprécié ce geste, mais à cet instant précis j'ai eu envie de l'étrangler. Je me sentais transpercée, épinglée, coincée, et je détestais adorer cela. C'était un aspect du sexe que je n'avais jamais vécu auparavant, et cela le faisait passer à un tout autre niveau.

– Ça va ?

C'étaient les seuls mots qu'il avait prononcés depuis que tout cela avait commencé et c'était plus un souffle qu'une parole. Je savais que si je lui disais non, que cela me faisait mal, que c'était trop, il s'arrêterait, me laisserait me glisser en dessous de lui et partir sans poser de question, et c'est cette compréhension instinctive qui m'a poussée à hocher subtilement la tête et à passer mes mains derrière son cou. Je voulais le voir jouir, je voulais voir ce qui arrivait à ces yeux spectaculaires quand il basculait de l'autre côté. J'étais à fond de toute façon, il n'y avait aucun intérêt à revenir en arrière maintenant.

Il a bougé lentement au début, je crois qu'il avait une peur justifiée de me faire vraiment mal, mais il avait fait du très bon boulot pour me préparer, et en peu de temps je me suis mise à onduler sans cesse sous lui, pour le pousser à bouger plus vite, à y aller plus fort, à se lâcher. Il savait lire les signaux, il a regardé mon visage, ses yeux se sont fixés aux miens, et sans que je m'en rende compte, mes deux jambes se sont repliées haut sur sa taille et il fonçait en moi comme s'il essayait de me faire passer à travers le matelas. C'était génial.

Les muscles sur le côté de son cou se sont tendus, une fine couche de sueur perlait sur ses pectoraux massifs, ses biceps se gonflaient juste assez pour être un beau spectacle, et ses yeux, nom de Dieu, ses yeux se sont allumés comme les feux d'artifice qu'il avait loupés le 4 Juillet. Des étincelles argentées ont explosé au milieu, courant après des éclairs bleu nuit, lorsqu'il a grogné son plaisir avant de laisser tomber son front dans le creux de mon cou. Il a fait attention à ne pas mettre tout son poids sur moi, à faire redescendre mes jambes, à sortir doucement, ce qui nous a tous les deux fait prendre une inspiration.

Il s'est retourné sur le dos et nous avons tous les deux fixé le plafond, en respirant fort et toujours sans rien dire. Je ne savais pas ce que nous aurions pu dire. Dans toutes les visions que j'avais de ce que je faisais, de qui j'attendais, il n'y avait jamais eu l'ombre de quelqu'un comme Rome Archer. J'étais assez émerveillée de voir qu'il arrivait à me cacher le soleil, mais aussi ce qui m'attendait à l'horizon. Il était un problème littéralement trop gros pour être ignoré, même si j'allais tout faire pour l'ignorer le temps de comprendre ce que je venais de faire.

CHAPITRE 6

ROME

J'ai cru que je rêvais. Quelque part dans le brouillard de sang et de mort, et dans le sentiment tourbillonnant et nauséeux d'une gueule de bois après un blackout, j'ai fait le rêve qu'une lutine était arrivée et m'avait sauvé de tout cela. Tout était flou après le cinquième ou sixième verre. Tout ce que je savais était que les seules choses qui m'avaient empêché de complètement partir en vrille étaient les effets anesthésiants de l'alcool et les rappels doux et gentils de Brite que les choses merdiques de la vie n'étaient pas toutes directement liées à moi.

Lorsque j'avais ouvert les yeux à cause du soleil, je n'avais pas la moindre idée d'où je me trouvais. Putain, je savais à peine qui j'étais : ma tête tapait, j'avais un peu l'impression que j'allais vomir, et tout ce que je savais était que j'étais entouré de rose des pieds à la tête. J'avais aussi toutes sortes de formes féminines coincées sous moi, et elle sentait la barbe à papa et les fleurs. C'était forcément un rêve car dans ma réalité, je ne m'étais jamais réveillé après la pire journée de merde de toutes les journées de merde pour trouver ces yeux bicolores incroyables tournés vers moi avec appréhension. Cela devait donc être un rêve, et comme je rêvais, j'allais faire ce que je mourais d'envie de faire depuis qu'elle m'avait baptisé Capitaine Grognon et m'avait fait son sourire en coin comme si elle connaissait déjà mes secrets les mieux cachés. J'allais embrasser cette bouche insolente jusqu'à ce que nous ne puissions plus respirer ni l'un ni l'autre, jusqu'à ne plus avoir mal à la tête, jusqu'à oublier ce qui m'avait mis dans un état aussi vulnérable et pathétique au départ.

Seulement je n'avais pas imaginé qu'un simple baiser avec cette fille minuscule, autoritaire et grande gueule allait me retourner la tête. Je voulais l'embrasser parce qu'elle était mignonne, et douce, et je trouvais vraiment qu'elle avait les plus beaux yeux que j'aie jamais vus, mais surtout, je voulais l'embrasser car je savais qu'elle allait me dire d'arrêter, qu'elle me repousserait sans l'ombre d'un doute et qu'elle allait exploser dans une indignation légitime. Je me sentais déjà au plus bas, donc je ne risquais rien à faire un pas de plus.

Mais visiblement, Cora ne jouait pas selon les mêmes règles. Elle a fait l'inverse de ce à quoi je m'attendais, et très vite j'ai eu peur de parler, trop paniqué même pour respirer, craignant qu'un petit mouvement dans le mauvais sens lui fasse mettre un stop à la seule chose qui me faisait du bien depuis très longtemps. Cela ressemblait toujours à un rêve, mais elle était tellement sexy, tellement inattendue, que j'avais maintenant l'impression que c'était un rêve qui se réalisait.

Lorsque tout a été terminé, alors que j'étais allongé, haletant, à essayer de penser à une réponse adaptée autre que « merci », qui ne faisait pas l'affaire, elle a roulé de l'autre côté du grand lit et a baissé les yeux vers moi, des yeux à la fois vifs et brillants, et sombres et tourbillonnants. Ces yeux vairons étaient vraiment surprenants.

– Je vais prendre une douche et après il faut que tu me ramènes pour que j'aille chercher ma voiture dans le trou à rat où tu étais hier.

Elle s'est retournée pour fouiller dans un petit placard de l'autre côté de la chambre très rose, et j'ai pris un moment pour admirer la vue. Elle était souple, tout en lignes courbes et en peau décorée et colorée. Elle avait une sorte de dessin japonisant représentant de l'eau et du feu autour d'une de ses cuisses, qui dansait jusqu'à son genou, il y avait aussi ces fleurs sur ses côtes avec la pluie de bijoux implantés dans sa peau, et ce bras avec toutes les fleurs du monde connu. Elle était petite mais putain, elle envoyait. Qui aurait cru que du métal à des endroits où je n'aurais jamais imaginé qu'une fille veuille se faire percer serait si sexy, si excitant ? Chez cette fille, tout était une surprise.

– Euh… Je ne veux pas paraître ingrat, mais comment suis-je arrivé ici ?

J'ai choisi de ne pas préciser « dans un lit avec toi ». Elle m'a regardé par-dessus son épaule et a passé ses mains dans ses cheveux courts. J'ai tendu le bras de l'autre côté du lit et ai commencé à remettre mon jean, mais j'ai dû m'arrêter une seconde car les coups ont repris dans ma tête, au même rythme que mon cœur.

– Le barman a appelé le salon pour joindre Rule, mais il était déjà parti. Il devait gérer le genre de crise qui arrive quand on vient d'acheter une maison, et Nash n'était pas à l'appart. Tu n'étais pas en état de rester tout seul, donc je t'ai ramené ici.

Non seulement elle était incroyablement bien foutue, mais sous son sale caractère, elle avait un grand cœur. Je n'étais déjà pas une partie de plaisir dans mes bons jours, et sachant l'état dans lequel j'étais la veille avant que l'alcool inonde mon organisme, elle avait eu beaucoup de courage de s'attaquer à cela toute seule. La plupart des gens ne le feraient pas pour un quasi-inconnu. J'ai passé mes mains calleuses sur mes cheveux tondus, cela n'avait pas été totalement gênant jusqu'ici, mais la situation me semblait plus personnelle, maintenant.

Elle n'a rien dit d'autre, elle a disparu dans la salle de bains, et j'ai entendu la douche se mettre en route. J'ai trouvé mon tee-shirt roulé en boule à côté de mes bottes et j'ai fini de m'habiller. J'avais une odeur de sexe et de vieil alcool. J'avais l'odeur que Rule trimballait tout le temps, avant. Penser à mon frère m'a fait chercher mon téléphone et mes clefs. J'aurais dû donner des instructions plus claires à Brite avant de m'assommer, la veille. Bien que Cora ne semble pas avoir l'intention de m'humilier, cette situation avait tout ce qu'il fallait pour prendre une mauvaise tournure en un rien de temps, et je ne pouvais pas me débarrasser de l'impression que j'avais oublié quelque chose.

Je ne savais pas quoi faire de ma peau dans cette chambre excessivement féminine, et j'ai décidé d'affronter le monde extérieur pour chercher un verre d'eau et un antidouleur pour ma tête. La maison était petite et mignonne. Le style éclectique de Cora était disséminé partout. Le canapé était violet, les tapis avaient des pois, et j'ai supposé que l'énorme écran plat et les consoles de jeu étaient à Jet car c'étaient les seules choses non multicolores dans le salon. J'ai trouvé la cuisine au fond et ai fait une grimace intérieurement en voyant qu'elle n'était pas vide.

Asa buvait un café sur la petite table et semblait ignorer sa sœur, qui l'assaillait de questions. Leurs deux paires d'yeux ambrés se sont écarquillées quand je suis entré dans la pièce. Asa a haussé un sourcil et Ayden a cligné des yeux comme si elle ne m'avait jamais vu de sa vie. Je me suis senti rougir de gêne et je me suis éclairci la gorge. J'ai prié Dieu pour me souvenir de ce que j'avais fait la veille, si j'avais fait quoi que ce soit.

– Euh, salut.

J'ai accepté avec gratitude la tasse de café qu'Asa m'a tendue et ai appuyé ma hanche contre le comptoir tandis qu'ils continuaient à me fixer.

– C'est ton pick-up, dehors ?

J'aimais bien la voix d'Ayden. Elle était teintée d'une pointe d'accent du Sud, et toute douce et lisse. J'aimais bien aussi ses longues jambes dans son pantalon de sport, mais Jet était comme un frère pour moi, donc c'était impossible que je l'admette un jour à voix haute.

– Ouais. Il me fallait un chauffeur et Cora a décidé de se dévouer.

– Tu as dormi ici ?

Je n'appréciais pas le sous-entendu.

– Ouais, enfin, je suis tombé K.-O. sur son lit, donc il n'y avait pas vraiment le choix.

J'ai vu Asa qui réfléchissait au fait qu'il n'avait pas vu Cora sur le canapé ni nulle part ailleurs ce matin.

– Intéressant.

Il a rigolé et n'a rien dit d'autre, ce pour quoi je lui serai éternellement reconnaissant. Il y avait quelque chose dans sa façon de regarder les gens, de les évaluer, qui était perturbant et déstabilisant.

– Qu'est-ce qui est intéressant ?

Cora est entrée dans la pièce accompagnée d'une odeur de propre et de frais. J'ai essayé de ne pas remarquer que ma barbe avait rougi toute sa mâchoire et sa gorge.

Ayden a fait une drôle de tête et lui a tendu une banane.

– Que tu aies dû t'occuper de l'Archer supposément responsable hier soir.

Cora a froncé les sourcils et est passée devant moi pour aller dans le salon. Elle portait un short noir taille haute et un haut à rayures noires et blanches qui n'avait presque pas de dos. La seule chose qui semblait le maintenir en place était un gros nœud à l'arrière, et son tatouage avec tous les petits bijoux était entièrement visible.

– On a tous des mauvaises journées. Il faut que je récupère ma voiture, tu es prêt ?

J'ai hoché la tête et ai rendu la tasse de café à Asa. Nous avons échangé un petit signe de tête, comme s'il comprenait la potentialité que cela soit la situation la plus gênante de l'histoire, et j'ai fait un petit sourire à Ayden. Elle a haussé les sourcils en me regardant et a pris ma place contre le comptoir. Je savais que dès que nous serions sortis, ils allaient disséquer ce que signifiait ma nuit dans cette maison.

J'ai remarqué que Cora se déplaçait un peu plus lentement qu'à son habitude. Je voulais lui demander si je lui avais fait mal ; elle était tellement plus petite que les filles avec qui je couchais d'habitude. Mais il me semblait que nous étions sur la même longueur d'onde et qu'elle ne souhaitait pas parler de cette nuit, et je ne voulais pas faire de remous. Elle a récupéré mes clefs dans son sac et me les a jetées.

– J'ai laissé ton portefeuille et ton portable dans la boîte à gants.

– Est-ce que j'ai fait, ou dit, quelque chose qui dépassait les limites, hier soir ?

Il fallait que je sache si je lui devais des excuses… à part pour l'avoir dévorée comme si elle était mon dernier repas.

– Non. Tu étais juste triste, très triste.

Je ne savais pas si cela voulait dire que j'avais été pathétique et qu'elle avait eu pitié de moi. Je ne pourrais plus jamais la regarder dans les yeux si nous avions baisé par pitié. C'était trop bon, trop intense, et si je lui avais juste fait de la peine, je ne pourrais plus jamais me regarder dans le miroir.

– J'ai eu un coup de fil du désert hier. Mauvaise nouvelle.

Je me suis engagé entre les voitures et me suis dirigé vers Broadway. Il fallait que je découvre si je m'étais ridiculisé devant Brite et l'équipe du Bar aussi.

– C'est ce que tu m'as dit. Tu as aussi dit qu'en étant ici, ça te rendait un peu responsable de ce qui s'est passé, et j'espère que tu sais que c'est n'importe quoi. Les gens dont le boulot est de faire la guerre ont de gros risques de finir blessés ou tués, tu dois le savoir. Que tu sois ici ou là-bas, ça ne fait aucune différence.

J'ai soupiré et ai resserré mes mains autour du volant.

– Peu importe. Quand j'étais déployé, mon frère est mort, quand je suis ici, les hommes de mon unité meurent. Je ne peux pas y échapper, pourtant chaque fois, moi, j'arrive à éviter la mort de justesse.

Elle m'a regardé avec ses yeux dépareillés, de la compassion dans le bleu, du reproche et une menace dans l'autre, couleur café.

– Cela fait trop de choses à porter tout le temps pour une seule personne, Rome. Tu ne peux pas être responsable pour tout le monde ou te sentir coupable en permanence parce que tu es plus chanceux que d'autres.

– Comme toi ?

Je lui ai lancé un regard de côté.

– Tu passes ton temps à sauver les gars, Shaw, Ayden, et maintenant moi. Tu veux sauver tout le monde tout autant que moi.

J'essayais d'évacuer ce qu'elle avait dit sur mon sentiment de culpabilité.

– Oui, c'est vrai, la différence c'est que quand ils souffrent à cause des choix qu'ils ont faits, je n'en prends pas la responsabilité. Quand Rule faisait le con et qu'il s'est éloigné de Shaw, ce n'était pas ma faute. Quand Ayden faisait comme si elle pouvait vivre sans Jet, ça n'avait rien à voir avec moi. Je suis juste là pour les aider à traverser ça et ramasser les morceaux après. Toi, tu crois que tu as un effet direct sur les mauvaises choses qui se passent, et c'est idiot.

Elle avait un peu raison, donc je n'ai pas répondu et nous avons passé le reste du trajet sans rien dire. J'ai allumé la radio et j'ai laissé du bon vieux Pink Floyd remplir la voiture. Quand nous sommes arrivés au Bar, j'ai fait le tour par-derrière et elle a montré du doigt une Mini Cooper ridicule peinte en vert fluo. Évidemment qu'elle conduisait une voiture comme celle-là. Je n'aurais même pas pu rentrer là-dedans. Je me suis garé à côté et ai coupé le moteur. Je me suis penché sur le siège pour prendre mes affaires dans la boîte à gants. Elle a eu le souffle coupé quand mon bras a frôlé sa poitrine. Nous nous sommes regardés en silence pendant une longue minute avant qu'elle prenne la poignée de la portière. Je ne pouvais pas la laisser partir sans évoquer ce qui s'était passé entre nous, même si je ne savais pas du tout quoi dire.

– Pour ce matin…

Elle a levé une main avant même que je puisse commencer.

– Non.

Elle a secoué la tête.

– C'était ce que c'était, et restons-en là. Tu es affreusement sexy, mais je ne veux pas rester seule pour toujours et le genre de mec que je cherche ne sera pas livré avec toutes les questions et tous les tourments qui ont l'air de te ronger de l'intérieur. Je veux quelqu'un de stable, quelqu'un qui est prêt à se poser à long terme, et à tout donner pour moi. Tu es très loin d'être prêt à tout donner pour toi, alors encore moins pour quelqu'un d'autre. Je comprends que tu as traversé une période très difficile, tu as vu plus de choses horribles que nécessaire, mais j'ai besoin d'un mec qui vit comme si l'avenir était important, pas comme si c'était une malédiction. Je suis désolée, Rome. Mon homme parfait doit arriver déjà entier et être bien comme ça, sans que j'aie besoin de le construire. J'ai appris cette leçon à la dure.

J'ai explosé de rire et me suis adossé au siège. Elle m'a regardé, confuse, et j'ai hoché la tête.

– Tu as raison, je suis cassé. La moitié du temps, je ne sais même pas si ce qu'il se passe dans ma tête est vrai ou si c'est le souvenir d'un souvenir. Mais je ne pensais pas que ça se voyait autant.

Je n'allais même pas relever son « affreusement sexy ». Elle avait raison, j'étais en un million de morceaux éparpillés et il me manquait sûrement plus d'un boulon pour tout remettre en place. Elle a secoué la tête et a ouvert la portière.

– Ce n'est pas ce que je voulais dire. Tu n'es pas heureux et tu n'essaies même pas de l'être. Putain, Rome, on a plus de militaires que de gens normaux dans le Colorado. Va demander de l'aide, trouve quelqu'un à qui parler. Laisse quelqu'un te sauver, pour une fois. Je sais que ton frère et les autres personnes qui t'aiment seraient contents.

Et elle est partie comme ça, comme si elle ne venait pas de changer l'axe sur lequel mon monde tournait. Comme si elle n'avait pas été la meilleure expérience sexuelle de ma vie. Comme si elle ne m'avait pas entièrement démonté et n'avait pas laissé les pièces détachées apparentes pour tout le monde. Cela m'a donné encore plus mal à la tête.

Le téléphone que j'avais dans la main a vibré car j'avais reçu un message, et j'ai tiqué en voyant que j'avais pas moins de dix appels manqués. Tout le monde voulait prendre des nouvelles, s'assurer que je n'étais pas mort d'avoir trop bu, et mes parents avaient appelé pour savoir si je venais pour le brunch. La réponse était « certainement pas », et les raisons étaient compliquées. En l'occurrence le SMS venait de Shaw et je ne voulais pas faire le connard et l'ignorer.

J'ai sauté le brunch familial.
Tu veux manger un bout ?

Pourquoi pas.

Rule essaie de réparer le chauffe-eau.
Ce n'est pas Bob le bricoleur.
Juste toi et moi ?

Je n'avais pas été en tête à tête avec Shaw depuis qu'elle avait largué la révélation explosive que non seulement Rule et elle étaient en couple, mais que Remy était homo. Je l'aimais comme une sœur, j'adorais qu'elle fasse autant de bien à mon frère, mais j'avais toujours du mal à accepter qu'elle nous ait menti pendant si longtemps. Pourtant j'avais promis à Rule que j'allais prendre sur moi, alors c'était exactement ce que j'allais faire et je rêvais d'un burrito à ce moment précis.

PAS DE PROBLÈME. AU DENVER DINER ?

BEURK. NON, SI TU VEUX UN VRAI REPAS, ON VA À STEUBEN'S.

D'ACCORD.

C'EST DANS LES QUARTIERS CHICS, SUR LA 17e.

À TOUT À L'HEURE.

Le resto n'était pas très loin de l'appartement et du salon, j'avais donc le temps de passer me changer avant de la rejoindre. Nash sortait alors que j'arrivais et il m'a lancé un regard inquiet en allant vers sa voiture.

– Tout va bien ? Tu n'étais pas là, ce matin.

– J'ai passé une mauvaise soirée mais c'est bon.

Il devait être pressé car il ne s'est pas arrêté pour me poser de questions. Comme je doutais que Cora veuille que les gars soient au courant de tous les détails, j'étais content de ne pas avoir à discuter avec lui.

J'ai pris une douche en vitesse et ai décidé de ne pas m'embêter à me raser. Je me sentais très mal, et je me fichais que ça se voie. J'ai mis un jean et un tee-shirt propres. J'ai calé mes lunettes de soleil devant mes yeux injectés de sang et ai pris la voiture pour aller jusqu'au restaurant. Le SUV Porsche très classe de Shaw était déjà garé sur le parking et je me suis surpris à être un peu stressé de la voir seul à seul.

Shaw était une fille adorable. Il n'y avait rien de méchant ni de malveillant en elle. Elle n'avait qu'un cœur gigantesque et de l'amour inconditionnel, qui lui permettaient de pousser mon imbécile de frère à faire ce qu'il fallait la plupart du temps. Il y avait quelque chose dans ses yeux verts et innocents qui donnait envie d'être son héros, d'être la meilleure version de soi possible, et tout cela faisait que j'avais du mal à avaler la rancune et l'agacement que j'éprouvais à son égard. Sa tête blonde était facile à repérer dans la foule et on voyait sur son joli visage que notre rendez-vous la mettait aussi mal à l'aise que moi.

Elle m'a adressé un faible sourire quand je me suis assis en face d'elle sur la banquette, et j'ai vu de l'inquiétude passer dans ses yeux lorsque j'ai enlevé mes lunettes et commandé un café à une serveuse qui passait.

– Tu as mauvaise mine.

– Je ne suis pas en forme.

Elle jouait avec ses couverts et je voyais qu'elle voulait me dire quelque chose mais elle se retenait.

– Quoi, Shaw ? Dis-moi.

Elle s'est mordu la lèvre.

– Rule s'inquiète pour toi.

J'ai ricané et ai fait un signe de tête à la serveuse quand elle m'a apporté mon café.

– Oh, comme les choses ont changé. Avant, je passais ma vie à m'inquiéter pour lui.

C'était vrai. Je ne savais pas d'où m'était venu ce besoin impérieux d'être le protecteur de mon frère, mais cela faisait partie de moi tout autant que mon sens du devoir et de l'honneur. Elle a froncé les sourcils.

– Tu bois trop, tu fais le con, tu ne parles plus à Margot et Dale, et tu repousses tous ceux qui tiennent à toi, c'est comme si tu faisais ton maximum pour que ton retour soit le plus difficile possible. On t'aime tous, Rome. Oui, on avait l'habitude de t'aimer quand c'était facile et que ça ne demandait aucun effort, mais on peut tous apprendre à t'aimer différemment maintenant que c'est plus dur, si tu nous donnes une chance.

Je me suis éclairci la voix et j'ai attendu que la serveuse prenne notre commande avant de lui répondre.

– Écoute, j'essaie de trouver mes repères dans ma nouvelle vie. J'ai eu des petits accrochages en cours de route, mais je vais m'en sortir. Je suis désolé d'avoir été un gros con avec toi. C'est dur de te regarder sans voir Remy et ses mensonges, c'est dur de voir Rule et toi comme un tout. Je n'ai pas l'habitude d'observer ma propre famille de l'extérieur.

Elle a sifflé entre ses dents comme si je l'avais frappée. J'ai vu la douleur passer comme un éclair dans ses yeux de jade et je me suis senti tout merdeux.

– Ce n'était pas à moi de dire son secret. Remy a vécu sa vie comme il le voulait, selon ses conditions. Je n'étais pas d'accord avec lui, avec ses secrets et ses cachotteries, mais ce n'était pas mon rôle de le forcer à quoi que ce soit. Il était heureux, il était amoureux, et il n'avait ni le besoin ni l'envie que Rule ou toi vous en mêliez, même si c'était avec de bonnes intentions. Et pour Rule et moi…

Elle m'a regardé droit dans les yeux sans ciller.

– Je suis amoureuse de lui depuis toujours et tu le savais. Je l'ai mérité, Rome. J'ai mérité le droit d'être heureuse avec lui et de le rendre heureux. Je ne m'excuserai pas pour ça, jamais. Je suis désolée que tu aies du mal à te faire au changement.

La serveuse a choisi cet instant pour poser nos assiettes sur la table. Nous nous sommes regardés en silence pendant un bon moment jusqu'à ce que ma migraine et mon estomac vide ne tiennent plus le coup.

– J'essaie de m'y faire, petite fille. Tout le monde a laissé Rule faire n'importe quoi pendant un bon moment avant qu'il ne se stabilise, pourquoi je ne pourrais pas avoir un peu de marge de manœuvre moi aussi, le temps d'y arriver ?

Un sourire a enfin illuminé son visage. J'adorais vraiment cette fille et elle me manquait.

– Un peu de marge, OK. Mais le géant énervé et glacial que tu as été ces derniers temps, j'en ai marre.

– Capitaine Grognon.

Elle a rigolé et m'a lancé un regard interrogateur.

– Cora m'appelle Capitaine Grognon.

– Elle a tendance à dire ce qu'elle pense. C'est ce que j'aime chez elle.

J'ai gratté le début de barbe sur mon menton et ai essayé de rester impassible.

– Elle a l'air pleine de surprises.

Elle a levé sa fourchette et l'a pointée vers moi.

– Comment tu sais ça ? Tu as déjà passé du temps avec elle ?

Bon, c'était une question à laquelle je ne souhaitais pas répondre, j'ai donc décidé de changer de sujet.

– Les parents n'ont pas été énervés que tu annules leur repas du dimanche ?

Elle a cligné des yeux, surprise.

– Un peu. Ce n'est pas la première fois que ça arrive. Rule et ta mère ont encore un peu de mal, et parfois il n'est juste pas d'humeur à y aller. Ils font tous les deux des efforts et je suppose qu'on ne peut pas leur en demander beaucoup plus, mais c'est dur. Tu leur manques. Ils nous posent tout le temps des questions sur toi. Tout le monde est tellement content que tu sois rentré en un seul morceau.

Je n'avais pas envie d'avoir cette conversation non plus, mais c'était une torture moindre que de parler de ma matinée avec Cora ou de ce que je savais de la dynamo blonde.

– Je suis revenu en un seul morceau physiquement, je ne suis pas sûr qu'on puisse dire la même chose de ma tête.

Elle a froncé les sourcils avec un air inquiet tandis que je poussais mon assiette vide et reprenais du café.

– Qu'est-ce que tu veux dire ?

Je me suis reculé sur la banquette et ai fait tourner mon doigt près de ma tempe comme si j'étais fou.

– Mon cerveau part en couille. Je vois des choses qui n'existent pas, je ne dors pas bien, et j'ai l'impression que les gens n'arrêtent pas de mourir autour de moi et que je ne peux rien y faire. Je n'arrive pas à trouver ce que je suis censé faire de ma peau maintenant que je ne suis plus dans l'armée, et ça me rend fou. Je ne me reconnais plus vraiment.

Elle s'est raclé la gorge et a tendu le bras au-dessus de la table pour poser sa petite main sur la mienne, qui avait formé un poing sur la table sans que je m'en rende compte. Je pouvais répéter en boucle que j'étais en colère contre mon père et ma mère parce qu'ils m'avaient menti et qu'ils avaient pourri la vie de Rule, mais en vérité, j'avais peur qu'ils me regardent comme s'ils ne me connaissaient plus. J'étais tellement différent du fils, du soldat qu'ils avaient vu la dernière fois, je ne savais pas ce que cela me ferait de les voir me regarder comme si j'étais un inconnu.

– Rome.

La voix de Shaw était douce et je ne pouvais pas la regarder dans les yeux. Si j'y voyais de la pitié, de la tristesse pour moi, cela me tuerait. J'étais tellement habitué à la protéger, à lui donner des conseils et à la réconforter que l'idée que ce soit son tour de le faire pour moi me faisait l'effet d'une écharde de glace sous la peau.

– Je suis en face de toi, et je vois le gars qui a toujours été un frère génial, un fils merveilleux, et le mec le plus fort que j'aie jamais rencontré. Tu es super et peut-être que c'est dur pour toi en ce moment, mais sérieusement, Rome, tu as dû être fort toute ta vie, supporter la merde de tout le monde, tu as le droit de te reposer une minute et de nous laisser porter le fardeau.

J'ai levé les yeux vers elle et j'ai dû ravaler le nœud d'émotion qui montait dans ma gorge. Je n'arrivais pas à lui répondre, donc j'ai simplement serré ses doigts pour lui faire comprendre que ce qu'elle me disait me faisait du bien. Mon frère était un sacré veinard que cette fille fantastique soit aussi dingue de lui. Je pensais que j'étais tranquille, mais j'avais omis que Shaw était maligne comme un singe et n'oubliait jamais rien.

– Qu'est-ce que tu voulais dire, tout à l'heure, quand tu as dit que Cora était pleine de surprises ? Je pensais que vous ne vous connaissiez pas vraiment.

J'avais envie de grogner.

– Rien. Ça ne voulait rien dire de spécial. Elle est mignonne et elle dit tout ce qu'elle veut, ça surprend, c'est tout.

Elle a haussé un sourcil.

– Tu sais qu'on est très proches, non ? Et s'il y a quelque chose qu'elle ne me dit pas, Ayden me le dira.

Merde, j'avais oublié combien les filles bavardaient et se mêlaient des affaires des autres.

– Je me suis pris une murge hier.

– De toute évidence.

Son ton monocorde m'a arraché un rire étonné.

– J'ai donné mon téléphone au barman pour qu'il appelle Rule et lui dise de venir me chercher, mais il a appelé le salon et c'est Cora qui a répondu. Comme il était occupé avec son chauffe-eau et que Nash avait disparu, elle est venue me récupérer. Elle a fait en sorte que je ne me tue pas, moi ou quelqu'un d'autre. J'ai été étonné qu'elle prenne la peine de le faire parce que je ne crois pas être sa personne préférée au monde.

Shaw m'a regardé gravement pendant une minute. Je devais faire beaucoup d'efforts pour ne pas me tortiller sur ma chaise comme un petit garçon coupable.

– Il ne faut pas se fier aux apparences, avec elle.

Ça, je le savais, mais je n'allais pas en parler.

– Elle a été fiancée il y a un moment. Le mec lui a brisé le cœur, et maintenant elle se fait des illusions sur sa rencontre avec un mec parfait, comme dans les films, et une fin heureuse. Elle met son grain de sel dans nos vies à tous, distribue des conseils à la ronde et fourre son nez partout, mais elle ne nous écoute pas quand on lui dit qu'elle vise quelque chose qui n'existe pas. C'est nul parce qu'elle a plus souvent raison que tort, et on finit par se rendre compte qu'on aurait dû l'écouter dès le début, alors forcément elle ne nous prend pas au sérieux. Honnêtement, je crois qu'elle est terrifiée par l'idée d'être proche de quelqu'un au point qu'il pourrait lui briser le cœur une nouvelle fois.

J'ai haussé les épaules et ai commencé à me décaler sur la banquette.

– Il n'y a rien de mal à viser les étoiles.

– Si, quand tout ce qu'il y a de disponible est ici, sur la terre ferme. J'aime Rule de tout mon être, mais il est loin d'être parfait. Les relations ne sont pas vendues toutes prêtes et les gens ont des défauts. Il faut s'en accommoder et aimer l'autre quand même. Nos défauts sont ce qui nous rend uniques, et peut-être que Rule n'est pas parfait, mais il est absolument parfait pour moi.

J'ai passé un bras autour de son cou et lui ai fait un petit câlin qui l'a fait couiner. Quelque chose de chaud et de familier s'est réinstallé dans ma poitrine quand elle m'a serré dans ses bras. Cela m'avait manqué et c'était ma faute.

– Tu m'as manqué, petite fille.

Je l'ai sentie souffler contre mon torse et ses bras se sont resserrés un tout petit peu.

– Tu m'as manqué aussi, Rome. Je suis tellement contente que tu sois revenu.

Je n'étais pas revenu à cent pour cent, mais pour je ne sais quelle raison, j'avais l'impression que mes yeux étaient plus ouverts, et que je voyais mieux ce que j'avais loupé ces derniers temps. Shaw avait raison. J'avais toujours été un mec assez fiable, un fils sur qui l'on peut compter, un grand frère solide. J'étais encore cet homme, mais maintenant j'avais aussi d'autres choses qui n'étaient pas aussi jolies, qui étaient plus difficiles à accepter. En revanche, les gens dans ma vie qui m'aimaient m'aimeraient toujours, même s'ils devaient le faire différemment, et cela faisait de moi un gars chanceux. Il fallait que j'arrête de prendre cela pour acquis et, comme l'avait dit Cora, que j'arrête de culpabiliser de faire partie des chanceux.

CHAPITRE 7

CORA

Cela faisait une bonne semaine que je n'avais pas pensé une seule fois à Jimmy et à son mariage, sans l'ombre d'un espionnage facebookien. Cela faisait également une semaine que je marchais sur des œufs en attendant que le trio terrible me tombe dessus, me fasse passer un interrogatoire sur ma nuit passée avec le grand frère, mais cela n'est jamais arrivé. Apparemment, l'idée que Rome et moi puissions avoir une autre relation que celle d'ennemis mortels était risible. J'avais juste subi quelques sous-entendus de la part d'Ayden et des regards étranges de Shaw. S'ils avaient su que j'avais fait passer cette nuit-là de « babysitting de mec bourré » à tout autre chose, cela aurait été une autre histoire. Et cela craignait car je n'arrivais pas à me sortir le « tout autre chose » de la tête, quoi que je fasse.

Rome était passé une fois au salon pour déposer le portable de Nash car il l'avait oublié, et une autre fois pour demander à Rule s'il voulait bien l'aider à décaper le parquet de ce bar miteux où il semblait passer le plus clair de son temps. Les deux fois, il avait été excessivement poli et totalement normal. Il n'y avait rien de déplacé dans son attitude, ni même rien de séducteur. Il se comportait comme si nous n'avions jamais été tout nus tous les deux, comme si nous n'avions pas baisé à nous vider le cerveau, et cela m'agaçait au plus haut point, surtout parce que chaque fois que je le voyais, cela me rappelait combien il était extraordinairement bien foutu. Ce n'était pas juste. Certes, c'était moi qui avais nié que cet acte était autre chose que le simple assouvissement d'un besoin, mais cela me contrariait qu'il ait l'air si blasé et indifférent. Je réagissais en étant encore plus désinvolte et sarcastique que d'habitude, ce qui ne semblait pas le déranger le moins du monde.

J'étais au Cerberus après une journée particulièrement longue au salon, je prenais des verres avec tout le monde en attendant que le groupe de Jet monte sur scène. C'était un samedi soir classique, à l'exception du fait que, au lieu de m'amuser avec mes amis, j'étais occupée à essayer de ne pas faire attention à Rome et à la fille au pantalon en cuir qui se frottait contre lui comme un petit chien. Je savais que cela n'aurait pas dû me déranger, nous n'étions même pas vraiment amis, mais il me fallait rassembler toute ma retenue, et je n'en avais pas beaucoup, pour m'empêcher de lui hurler dessus et même d'assassiner la fille avec son propre collier tout kitsch. Il faut admettre que Rome n'avait pas l'air intéressé par ce que la fille lui proposait, mais il était quand même loin de la repousser. J'avais envie de retourner le pichet de bière en face de moi sur leur tête.

– Qu'est-ce qu'il y a, la grincheuse ?

La voix amusée de Rowdy a percé mes sombres pensées et j'ai arraché mes yeux de Rome pour le regarder. Jet avait embarqué Ayden dans les coulisses en disant qu'il devait lui faire visiter la salle de bains des loges ici aussi ; Shaw et Rule étaient en pleine conversation avec Nash à propos de Phil, car personne n'avait vu ou eu de nouvelles du patron depuis plus d'une semaine et tout le monde s'inquiétait. Rome était occupé avec Catwoman, donc il n'y avait plus que Rowdy et moi, seuls autour de la table. Ce n'était pas le pire des compagnons de boisson, mais à ce moment précis, je n'avais pas besoin que ses yeux bleu océan trop observateurs m'examinent attentivement.

– Je ne suis pas grincheuse, juste fatiguée. Ça a été une longue journée.

Il a haussé un sourcil blond et a repris sa pinte de Coors Light.

– Tu as été bizarre toute la semaine. Discrète. Ce n'est pas normal.

J'ai haussé les épaules et ai espéré que mon silence le pousserait à laisser tomber, mais la fille qui était avec Rome a lancé sa tête en arrière et a émis un rire bruyant qui m'a fait me mordre la langue pour éviter de déclencher un scandale.

– Ce n'est pas possible qu'il ait dit quelque chose de si drôle que ça. Je ne crois même pas qu'il ait le sens de l'humour.

J'étais consciente de paraître mesquine et méchante, mais il semblait que je ne pouvais pas m'en empêcher. Rowdy a étiré son bras sur le dossier de ma chaise et a posé ses doigts dans ma nuque. J'ai soupiré un peu quand il a commencé à me masser pour évacuer un peu de tension de mes muscles.

– Tu veux me dire ce qu'il se passe vraiment ou tu veux que je tire mes propres conclusions hâtives, qui sont probablement justes, de toute façon ?

Je lui ai jeté un regard noir et ai ramené mon regard sur Rome et la pute en cuir. Je n'ai pas pu retenir le minuscule grognement qui m'a échappé lorsque je l'ai vue passer ses doigts sous la ceinture en cuir qu'il portait.

– C'est possible, je veux dire très probable, que je trouve que le grand frère Archer est un super beau gosse.

Rowdy a rigolé.

– Sans blague.

Je lui ai donné un coup de coude et ai levé les yeux au ciel.

– C'est également tout à fait possible qu'il soit dur de résister audit beau gosse, et que j'aie éventuellement laissé la nuit à la maison déraper.

Son massage léger s'est arrêté et il a sifflé longuement. J'ai levé les yeux vers lui et j'ai froncé les sourcils quand j'ai vu qu'il faisait la même chose.

– Quoi ?

– C'est juste surprenant, et un peu merdique.

– Pourquoi ? Vous le faites tout le temps, vous.

– Pas avec un membre de la famille de quelqu'un d'autre. On aime s'en sortir sans faire de taches.

Je lui ai donné un autre coup de coude dans les côtes.

– Sale cochon.

– Si c'était juste un coup d'un soir, alors pourquoi tu lances ce regard de tueuse à la brune qui se colle à lui ?

J'ai lâché un profond soupir.

– Je ne sais pas.

Et je ne savais vraiment pas. Rome ne faisait pas partie de mon programme, il n'était pas celui que je recherchais, mais je ne pouvais pas arrêter de penser à lui et à toutes ses imperfections. Ce n'était pas bon. J'ai posé mon menton sur ma main et ai regardé Rowdy.

– Tu ne te sens pas seul, parfois ? Rule est avec Shaw, Jet s'est même marié, bordel de merde. Quand tu regardes autour de toi, tu ne te demandes pas quand ton tour viendra ? Je te connais assez bien pour savoir que les défilés de filles, les histoires d'un soir, c'est ce que c'est. Tu pourrais faire sans, et si tu croisais la bonne, tu ne la lâcherais pas.

Il a ri jaune et s'est adossé à sa chaise. Lorsque la serveuse est passée, il a commandé une tournée de shooters de Jäger.

– J'ai croisé la bonne il y a bien longtemps, sauf que je n'étais pas le bon pour elle, donc maintenant les choses sont ce qu'elles sont, et je passe le temps.

Je suis restée bouche bée. Il ne parlait jamais beaucoup de son passé. Je savais qu'il avait grandi au Texas, qu'il avait joué au football américain, et qu'il avait arrêté le sport et la fac subitement et avait décidé de devenir tatoueur à la place, mais c'était tout.

– Donc tu penses qu'il n'y aura personne d'autre après ça ? Tu vas juste passer le reste de ta vie à sauter de fille en fille en restant seul ?

Cela me faisait penser à Jimmy, à la vie que je croyais que je devais avoir à mon âge. J'avais tout investi sur lui, je croyais qu'il était tout pour moi, et maintenant je ne savais plus quoi penser. Rien ne m'avait autant retournée que la douleur et la passion qui brûlaient dans les yeux bleus et brillants de Rome. Peu de choses me touchaient, mais lui, il me touchait, pas de doute là-dessus. Il était aussi stable et fiable qu'une tempête tropicale, en revanche, et cela le rendait plus que dangereux.

– Pour l'instant, je passe juste du bon temps et un jour, une fille va arriver et je serai le bon pour elle, et si j'ai de la chance je l'aimerai assez pour faire en sorte que ça marche. Je ne crois pas que l'idiot que tu as laissé à New York était ton seul et unique, Clochette. Je crois que tu étais jeune et fatiguée d'être trimballée par ton père, donc tu t'es accrochée à la première chose stable que tu as trouvée. Tu pensais que Jimmy allait être ta famille, ta maison, et quand ça s'est révélé faux, tu t'es retrouvée perdue et effrayée. Je crois que tu sauras quand tu trouveras le bon, parce que, parfait ou pas, il va te mettre une claque et peut-être, pour une fois, te laisser médusée au point que tu ne diras plus rien. Et tu n'auras plus le temps d'avoir peur.

Je n'ai pas répondu quand son regard a sauté vers Rome. Merde. J'ai avalé le shooter et lui ai fait une grimace.

– Va te faire foutre.

– Seulement si tu me le demandes gentiment.

Nous avons ri tous les deux et j'ai levé les yeux, surprise qu'une ombre s'abatte sur le côté de la table. J'ai dû tordre le cou pour lever la tête et regarder Rome, et je détestais cela. La cicatrice de son front se détachait en relief avec la lumière tamisée du bar. Un muscle sautait dans sa joue et ses yeux d'ordinaire irisés avaient l'air sombres et nuageux.

– Vous pourrez dire à Rule et Shaw que j'en ai marre ? Je vais y aller.

Il avait l'air bougon et agacé par quelque chose. Sa bernique tout de cuir vêtue s'était volatilisée.

– Enmity n'a même pas encore joué.

Pourquoi lui ai-je dit cela ? Je n'en ai aucune idée. Bien sûr que le groupe n'était pas encore passé sur scène. Mais j'essayais d'être impertinente et je cherchais la confrontation. Il a plissé les yeux et a ouvert la bouche, puis l'a refermée comme s'il voulait réfléchir à ce qu'il allait dire. Il a secoué un petit peu la tête comme s'il remettait ses idées en ordre.

– Je connais Jet depuis que c'est un gamin. Je l'ai vu jouer mille fois. Je fais de mon mieux pour essayer de ne pas boire, et si je reste dans le coin une seconde de plus, ça ne va pas être possible.

Nous nous sommes fixés en silence. Je ne savais pas si je devais comprendre qu'il ne voulait pas boire car il voulait éviter les erreurs comme celle qu'il avait commise avec moi, ou qu'il devait arrêter de boire parce qu'il partait en sucette et que cela n'aidait en rien. Rowdy nous a commandé une autre tournée de shooters et j'ai vu la mâchoire de Rome se crisper. Je ne comprenais pas ce qui se passait, donc je suis revenue à mon naturel léger.

– Le retour du Capitaine Grognon.

J'ai vu ses sourcils foncés se baisser et j'ai senti Rowdy se tendre à côté de moi. C'était malpoli et ce n'était pas mérité, mais avant que j'aie le temps de lui demander pardon, il a posé ses mains sur la table en face de moi et s'est penché pour que nous soyons face à face. Il y avait une tempête qui se préparait dans ce regard bleu et je ne voulais pas y avoir affaire, ou peut-être que j'avais envie d'en être à l'origine, et c'était pour cela que je me comportais aussi bêtement.

– Il me semble que tu sais ce que je considère comme un bon moment. Je serais ravi de te le rappeler au cas où tu aurais oublié.

Mon souffle s'est coupé dans ma gorge et j'ai vu Rowdy bouger, mal à l'aise à côté de moi.

– Non merci. Je crois que Catwoman attend son tour.

Il m'a fait un sourire méprisant et est parti en lançant derrière lui :

– Tu es bien placée pour savoir qu'il y en a assez pour tout le monde, Minipouss.

Il m'a fallu une seconde pour reprendre mon souffle après son départ. Je n'arrivais pas à regarder si la brune était partie avec lui ou pas. Rowdy a lâché un nouveau sifflement grave.

– Putain, je ne pensais pas vivre assez longtemps pour voir quelqu'un avoir le dernier mot face à toi. C'est le monde à l'envers.

Je l'ai ignoré et j'ai repris ma bière. Je ne pouvais pas faire cela avec Rome. Je ne pouvais pas le faire fuir, c'était sa famille et ses amis aussi. Je ne pouvais pas faire ma salope avec lui simplement parce que j'étais jalouse et que j'enviais son attirance indéniable. J'allais devoir être une grande fille et avoir une conversation que je ne voulais pas vraiment. Je n'étais pas sûre de ce que j'allais faire exactement avec lui, mais selon moi, nous ne pouvions pas ignorer notre étrange façon d'être lorsque nous étions ensemble. Mais d'abord, j'allais boire toute la Jäger du Colorado et essayer de bloquer l'image de cette pouffe tout en cuir avec ses sales pattes sur lui. J'allais aussi soigneusement éviter les regards entendus que Rowdy n'arrêtait pas de me lancer ; sinon j'allais lui mettre un coup de poing dans le nez.

***

Le lendemain matin, je ne me sentais pas très bien mais c'était gérable, surtout que tout ce que j'avais à faire était d'enfiler une robe d'été et de mettre un peu de produit dans mes cheveux et un coup de gloss. Les cheveux courts, ça déchire. Ma robe était turquoise, de la même couleur que mon œil bleu, et il y avait un gros tournesol jaune au-dessus de l'ourlet. Elle était vive et joyeuse, je me suis donc dit que Rome pourrait être ronchon à souhait, il ne pourrait pas rester de mauvaise humeur en présence d'une robe aussi géniale. En plus, elle me faisait de belles jambes et donnait l'impression que j'avais un petit décolleté.

Quand je me suis garée devant l'immeuble victorien, Nash descendait les marches. Il était resté jusqu'à la fermeture du bar avec Rowdy et moi, aussi avait-il l'air aussi exténué que moi. Il avait une casquette baissée très bas sur son front, et des lunettes noires qui cachaient la moitié de son visage.

Il s'est arrêté net en me voyant et est venu s'appuyer sur le pare-chocs de la Mini.

– Qu'est-ce que tu fais là ?

J'ai essayé de ne pas jouer avec mes mains et ai remonté mes lunettes sur mon nez.

– Il faut que je parle à Rome.

J'ai vu ses sourcils descendre sous ses lunettes et le coin de sa bouche s'affaisser.

– Pourquoi ?

– Parce que. Laisse-moi tranquille.

– Je t'ai dit que c'était une mauvaise idée.

– Ouais, eh bien c'est ma mauvaise idée, alors ne t'en mêle pas. J'ai juste besoin de lui parler. Où est-ce que tu vas, à cette heure-là ?

– Je vais parler à ma mère.

J'ai cligné des yeux, choquée. Ce n'était pas un secret que la relation de Nash avec sa mère et son beau-père était loin d'être toute rose.

– Mais pourquoi tu veux faire ça ?

– Parce qu'il se passe quelque chose avec Phil et j'ai besoin d'aide pour le trouver. Il m'évite dès qu'il peut, donc c'est mon dernier recours.

– Phil n'est pas le frère de ton père ?

Il a hoché la tête et a passé sa main sur sa nuque. Je voyais que le simple fait de parler de ces histoires le mettait mal à l'aise.

– Ouais, mais depuis que je suis petit, je veux dire même longtemps avant que je comprenne que mon père s'était tiré, Phil n'a jamais su dire non à ma mère. Elle lui dit de sauter, il lui demande de quel pont. C'est bizarre, mais je pense qu'il n'y a qu'elle qui pourra me donner des réponses.

J'ai tapoté son bras et me suis dirigée vers la façade de l'appartement qu'ils partageaient.

– Bonne chance, alors, je sens que tu vas bien t'amuser.

– Il n'est pas là.

J'ai fait un pas en arrière et ai regardé Nash par-dessus mon épaule. Des images indésirables de Catwoman et de sa main dans le pantalon de Rome sont passées dans ma tête. Je n'aimais pas du tout l'effet que cela avait sur mon ventre.

– Il n'est pas rentré hier soir ?

J'ai entendu le mécontentement dans ma voix, et il était clair que Nash aussi, car il m'a regardée de travers.

– Si, il était là quand je suis rentré hier. Tout seul. Mais il ne dort pas très bien, tu sais. Il s'est levé très, très tôt. Je crois qu'il est allé courir, ou un truc comme ça. Tu veux que je t'ouvre pour que tu puisses l'attendre ?

J'ai hoché la tête. J'avais besoin d'une tasse de café et d'un temps de pause pour réfléchir à ce que je voulais dire à Rome.

– J'espère que tu sais ce que tu fais, Cora. Rome n'est pas le genre de mec qu'on peut manipuler et faire tourner en bourrique. Je croyais que tu attendais monsieur Parfait ?

J'ai fait comme chez moi dans la petite cuisine, j'ai enlevé mes lunettes de soleil et les ai posées sur le comptoir qui séparait le salon très masculin de la cuisine encore plus virile.

– Arrête de t'angoisser, je veux juste lui parler.

Il est retourné vers la porte d'entrée mais ses mots ont résonné dans ma tête longtemps après que la porte s'est fermée derrière lui.

– En général, c'est parler avec toi qui apporte le plus d'ennuis aux gens.

Cela me faisait plaisir que les gars s'inquiètent pour moi. Je n'avais pas la meilleure histoire possible par rapport aux garçons, et cela faisait longtemps que je radotais sur mon homme parfait. Ils savaient tous que je cherchais un mec solide, qui ne traînait pas une tonne de bagages émotionnels, qui paraîtrait heureux et content de ce qu'il avait dans la vie. Ils savaient que j'étais prête pour un mec qui me promettrait « pour toujours » et un avenir aussi radieux et ensoleillé que moi. Je voulais le « ils vécurent heureux pour l'éternité » que Rule avait offert à Shaw et la tranquillité d'esprit que Jet avait donnée à Ayden. Je voulais un partenaire et quelqu'un qui était prêt à voyager sur la longue route sinueuse de l'engagement avec moi.

Ils voyaient tous que Rome était l'exact opposé de ce que je décrivais, donc ils essayaient juste de m'éviter un chagrin d'amour inutile car, présentement, c'était évident qu'il ne me laissait pas indifférente. Il se passait quelque chose entre nous ; plus que de la chimie, plus qu'une attente fébrile, et plus qu'un petit faible. Je savais reconnaître un projet qui tombait à l'eau. J'avais vu mon premier projet de vie avec Jimmy s'effondrer et maintenant je voyais l'idée de monsieur Parfait, cet idéal fictif que j'avais construit dans ma tête, commencer à trembler sous la force de Rome Archer. Cela ne faisait rien qu'il ait l'air perdu comme un enfant dans le noir, que son passé soit plus lourd et plus dur à affronter que les autres, ou qu'il ne pense pas à demain, encore moins à l'avenir. Si je n'étais pas sûre d'être prête à complètement abandonner mon rêve, Rome se posait comme un obstacle m'empêchant d'y parvenir. Je ne pouvais pas ignorer qu'il y avait quelque chose entre nous, et il était temps de ne plus avoir peur et de savoir précisément de quoi il s'agissait.

J'ai entendu la porte d'entrée s'ouvrir et de lourds bruits de pas s'approcher de moi, vers la cuisine. Je rinçais la vaisselle dans l'évier, principalement parce que je voulais faire quelque chose de mes mains, mais aussi parce qu'elle semblait être là depuis un bon moment. Crade.

– Qu'est-ce que tu fais là ?

Le ton de sa voix n'était pas engageant. Il n'y avait pas de bienvenue, rien du ton charmeur et provocateur qu'il m'adressait en temps normal. C'était comme si chaque mot devait se battre pour sortir d'un endroit profond dans sa poitrine, et ils étaient amers et tranchants sur sa langue. Je me suis essuyé les mains dans un torchon et me suis retournée pour le regarder.

Putain de merde. Comment étais-je censée formuler une pensée cohérente et avoir une conversation adulte avec cet homme alors qu'il ne portait qu'un bas de survêtement noir et un brassard pour iPod autour de son biceps ? Ses cheveux bruns étaient encore plus foncés à cause de la sueur, tous ces muscles qui faisaient son physique incroyable ressortaient car il était torse nu et venait clairement de courir un paquet de kilomètres. Ce n'était vraiment pas juste.

– La vaisselle. De rien.

Il a grogné et a enlevé son iPod. Il est passé devant moi pour sortir une bouteille d'eau du frigo. J'ai essayé de ne pas baver trop ostensiblement quand un peu d'eau a coulé de sa bouche et a laissé une trace humide sur son torse. Il me regardait pour ainsi dire sans aucune expression sur son beau visage extrêmement fatigué.

– J'allais le faire cet après-midi. Il faut que je prenne une douche. Je pue.

Je me suis éclairci la voix et me suis appuyée contre l'évier.

– J'espérais qu'on pourrait parler un peu.

Et peut-être qu'il mettrait un tee-shirt pour que je sois capable de formuler des mots complets et que je ne passe pas pour une débile. Il a frotté ses deux mains sur son visage et sa tête, en appuyant fort, et j'ai vu combien il avait l'air épuisé. Ses yeux bleus étaient comme délavés et des ombres noires se cachaient en dessous.

– Écoute Cora, je comprends. Je suis foutu, ça ne t'intéresse pas, peu importe. Mais ça fout le bordel dans ma tête, qui est déjà surchargée, quand tu dis ça tout en me regardant comme si tu voulais me lécher comme un cône de glace. J'essaie de comprendre mon bordel. Je n'ai pas la force mentale ni la patience d'essayer de comprendre le tien aussi. Je viens de courir dix kilomètres avec moins de deux heures de sommeil. Il faut que je prenne une douche et peut-être, si j'ai de la chance, que je fasse une sieste.

Il ne m'a pas donné une chance de répondre. Il a tourné les talons dans ses baskets et m'a laissée là, interloquée. Pour la deuxième fois en deux jours, j'étais non seulement muette mais aussi incapable d'avoir le dernier mot. Je détestais cela. Cette tête de nœud ne m'avait même pas laissé le temps de m'excuser de m'être conduite comme une salope sans raison la veille. Je me suis poussée du comptoir et j'ai descendu le couloir jusqu'à la chambre au fond de l'appartement. C'était l'ancienne chambre de Rule quand il habitait ici avec Nash, donc je savais qu'il y avait une salle de bains à côté.

J'entendais l'eau couler et il avait allumé la radio quelque part, où passait du Tom Petty. C'était étonnamment approprié. Je voyais exactement Rome comme un mec qui écoute du classic rock. Sa chambre était hyper rangée. Toutes ces années passées dans l'armée lui avaient visiblement donné de bonnes habitudes. Il avait même fait son lit king size. Il n'y avait pas une seule chaussette qui traînait par terre, mais il n'y avait pas non plus grand-chose pour personnaliser l'espace. Le seul truc visible était une photo en noir et blanc d'un Rome beaucoup plus jeune avec les jumeaux.

Rule ressemblait à Rule, mais avec moins de tatouages, et il souriait, une chose qu'il ne faisait pas souvent avant que Shaw et lui stabilisent leur situation. Rome avait l'air grand et fier, le frère protecteur d'un bout à l'autre. Et l'autre jumeau, Remy – c'était fou de voir une réplique exacte de Rule dans une version « mec normal » –, beau aussi, mais tellement ennuyeux, ordinaire. J'étais perdue dans mes pensées, les yeux rivés sur la photo, et je n'ai pas entendu l'eau s'arrêter. Un bras est passé au-dessus de mon épaule et a pris la photo. Surprise, je me suis retournée et me suis retrouvée face à face avec Rome vêtu seulement d'une serviette. Putain, cette journée se transformait en véritable épreuve pour mon self-control. Le bas de survêtement, c'était sympa, la serviette, c'était mieux. Il sentait le propre mais avait toujours l'air énervé que je sois dans son espace.

– J'ai emporté cette photo partout. Je l'ai emmenée en formation. Elle est allée en Corée. Elle est allée au Pakistan et en Irak, et elle vient de revenir d'Afghanistan avec moi. Les gens qui sont dessus ont toujours été là pour me rappeler pour quoi je me battais, pour qui je devais garder le pays sûr.

J'ai mis une main sur ma gorge et j'ai été étonnée de sentir que ses mots faisaient monter des larmes dans mes yeux.

– Tu as de la chance d'avoir une relation comme ça avec eux.

Il a ricané, et j'ai dû me contrôler très fort pour ne pas tendre la main et tirer sur le petit nœud de sa serviette. Je ne savais pas ce qui, chez lui, faisait passer mon corps en pilote automatique, mais c'était puissant et plutôt perturbant. Je n'avais jamais été attirée aussi fortement par un homme avant, pas même par Jimmy.

– C'est ce que je pensais aussi, jusqu'à ce que j'apprenne que Remy nous cachait une vie secrète, et que Shaw pouvait prendre soin de Rule mieux que moi.

J'ai penché la tête sur le côté et l'ai regardé attentivement.

– Et toi ?

Il m'a lancé un regard furtif et est reparti de l'autre côté de la chambre vers son placard. La vue de dos était tout aussi sympa.

– Et moi, quoi ?

– Tu dis toujours que tu t'es battu pour eux, que tu as fait des choix pour eux. Et toi ? Qui a pris soin de toi ? Qui s'est battu pour rendre le monde meilleur pour toi ?

Je lui ai posé ces questions avec un air choqué, car je n'arrivais pas à croire qu'il ne comprenait pas l'importance qu'il avait, et qu'il avait toujours eue, pour ses frères. Ses yeux bleus n'ont jamais lâché les miens.

– Je crois que tu essaies de minimiser tout ce que tu étais pour Rule et Remy, et ce n'est pas une bonne chose. Remy n'a peut-être pas été honnête, mais en tout cas il était amoureux et heureux. Et oui, Rule était en vrac, mais il a réussi à se reprendre quand il le fallait, donc tu as fait ton devoir fraternel. Il est temps de te concentrer sur ta propre vie.

Il s'est retourné pour me regarder, un tee-shirt dans la main. J'ai pris une grande inspiration et me suis forcée à garder mes yeux sur son visage et pas sur son torse nu, ni sur l'endroit sous sa taille où sa serviette tenait dangereusement sous son nombril.

– Écoute, il faut que je te présente des excuses pour avoir été une conne hier. Je trouve ça bien que tu essaies de ne plus boire. Admirable, même. Honnêtement, je n'ai pas adoré la bimbo tout en cuir et ses mains dans ton pantalon. Ça m'a peut-être rendue un peu de mauvaise humeur, mais je n'aurais pas dû m'en prendre à toi.

Son sourcil s'est levé sous sa cicatrice.

– Qui ?

– La fille, hier soir.

Il a haussé les épaules comme s'il ne s'en souvenait pas et a jeté le tee-shirt sur son lit.

– Eh bien, Rowdy et toi, on aurait dit des figurines de gâteau de mariage rock and roll assorties. Tous les deux blonds, beaux, percés et tatoués. Si j'avais dû rester et le regarder te masser la nuque ou te chuchoter à l'oreille une seconde de plus, ça se serait mal terminé.

J'ai senti mes yeux s'écarquiller et mon cœur s'accélérer.

– Rowdy est comme mon frère.

– Et je ne me souviens pas de la fille en cuir.

Nous sommes restés là, sans rien dire, à nous regarder. J'ai vu son pouls battre dans son cou et je me suis mordu la lèvre. Soudain, nous avions l'impression d'être les deux seules personnes sur Terre, comme si le temps s'était arrêté dans cette pièce. Je commençais à avoir l'impression que ma vision de la perfection était d'un ennui mortel et que j'avais été bête de croire que c'était ce que je voulais. Sauvage et déchaîné, cela me semblait bien plus excitant que stable avec les pieds sur terre.

– Alors voilà. Je n'ai pas besoin que tu trouves des réponses à ma place, je peux le faire toute seule. Je te regarde comme si j'avais envie de te lécher partout, parce que j'en ai envie. Je ne sais pas vraiment comment faire pour commencer quelque chose avec un mec comme toi, mais si tu me promets de ne pas me mentir et de ne pas me tromper, je voudrais essayer.

Et c'était vrai. Je voulais commencer, terminer et profiter de tout entre les deux. Il était tellement différent de Jimmy et, honnêtement, qu'il soit perturbé ou pas, je voyais déjà qu'il était tellement mieux que lui. Rome Archer était une force qu'il fallait voir à l'œuvre, une tempête en préparation faite de pensées brisées et de démons dangereux, de culpabilité mal placée et d'un avenir incertain. Je n'en étais pas sûre, mais j'avais le pressentiment que j'étais peut-être l'une des seules personnes capables de résister à la destruction que laissait la tempête dans son sillage. Et même si mon ancienne peur était encore là, elle n'était pas aussi forte que l'attirance que j'éprouvais pour cet homme énigmatique.

Il n'a pas répondu, mais j'ai vu sa poitrine monter et descendre tandis qu'il prenait une grande inspiration.

– Cora.

J'entendais de l'hésitation dans sa voix.

– Je ne joue pas avec les femmes et je crois que je ne pourrais pas être plus honnête avec toi que je ne le suis déjà. Mais je ne suis toujours pas le mec que tu cherches, ça n'a pas changé depuis l'autre matin. Parfait, ça ne fait même pas partie de mon vocabulaire, même si tu es assez mignonne pour me donner envie d'essayer de l'être.

Il a tapé un doigt contre sa tempe, et j'ai vu l'ombre bouger sur ses yeux. Il n'était peut-être pas à cent pour cent, mais je commençais à penser qu'une portion de Rome était mieux que la plupart des hommes au meilleur de leurs capacités. Je savais manier les mots, je pouvais lui dire que quelque chose chez lui me touchait, que je le trouvais plus sexy qu'aucun mec ne devrait l'être, que j'aimais le fait qu'il ne recule pas devant moi. Au lieu de cela, comme c'était un homme d'action, j'ai décidé que j'allais lui montrer que je savais ce que je faisais et que je savais exactement ce que je voulais. Je voulais avoir le dernier mot et il n'y avait qu'un seul moyen de m'assurer que cela arrive.

J'ai pris le bas de ma robe pour la soulever et la passer au-dessus de ma tête. Le tissu coloré a atterri en tas par terre et je ne portais plus que mes chaussures jaunes compensées et mes sous-vêtements roses. L'un des avantages des petits seins, c'était que je n'avais pas besoin de porter de soutien-gorge si je n'en avais pas envie. Apparemment, Rome était un fan des petites poitrines, car ses yeux se sont allumés comme un briquet. Même dans mes grosses chaussures, et lui pieds nus, quand je me suis approchée de lui debout et immobile, le haut de ma tête atteignait à peine son menton. Je devais lever la tête pour le regarder, et quand je l'ai fait, j'ai posé une main de chaque côté de son visage pour qu'il ne puisse pas regarder ailleurs.

Ces yeux bleus, si bleus, ont eu les paupières lourdes et se sont un tout petit peu refermés, ce qui a rendu mon sang chaud et glissant sous ma peau.

– N'aie pas peur, Capitaine Grognon, ça va le faire.

Il a posé ses grandes mains sur ma taille et a commencé à me faire marcher à reculons jusqu'au lit au milieu de la pièce. Cela aurait été tellement facile de se laisser intimider par un gars comme lui, mais il me regardait comme si j'étais unique et précieuse.

Ce sourire qui allait probablement me faire tomber amoureuse de lui s'est installé sur son visage, et j'ai su que ce que je faisais avec cet homme, qui était si opposé à ce que je croyais vouloir, était la meilleure chose à faire. Il n'était pas stable, il n'était clairement pas un homme satisfait de sa vie en ce moment, et son idée de ce que voulait dire « être avec quelqu'un » était certainement complètement différente de la mienne. Je ne savais toujours pas s'il voulait se donner à fond pour moi, ou même pour lui, mais l'attraction et le courant irrésistible de désir qui semblait tourner autour de nous étaient trop forts pour que je le rejette au nom d'un rêve que je ne voyais toujours pas arriver.

– Hier, je t'ai dit que tu savais mieux que quiconque ce que recouvrait mon idée d'un bon moment.

Son pouce a caressé les bijoux sur mes côtes et a frôlé un téton qui était maintenant dressé et suppliait qu'on s'y intéresse. L'arrière de mes genoux a touché le lit et avant que je puisse faire quoi que ce soit, j'étais allongée sur le dos et il flottait au-dessus de moi, tout en peau nue et en yeux brillants. C'était beau, il était beau, et quoi qu'il arrive après cet instant, je savais que j'avais de la chance d'être ici avec lui.

– Tu vas dire quelque chose, cette fois ?

J'ai passé mes mains dans ses cheveux courts alors qu'il essayait d'enlever mes chaussures et ma jolie petite culotte. J'aimais bien qu'il soit un peu brutal, un peu impatient, mais qu'il y ait toujours du respect quand ses doigts touchaient ma peau. Il m'a embrassée et a laissé tomber la serviette.

– Probablement pas.

Il a mis ses mains sous mes hanches et m'a déplacée vers le bord du lit. J'ai glissé mes mains sur ses épaules et ai remonté son menton avec mon doigt pour qu'il me regarde.

– Pourquoi ?

Il a passé ses mains sur une de mes jambes et s'est installé entre mes genoux. J'étais exposée, ouverte devant lui, et j'aurais dû me sentir vulnérable ou même timide, mais c'était impossible de ne pas se sentir sexy lorsque ces yeux brûlaient en me regardant. Mon souffle s'est bloqué dans mes poumons quand il a touché le tout petit anneau avec le bout de son index. Tout était glissant et mouillé, et son toucher me faisait brûler encore plus.

– Parce que j'ai peur de ne pas dire ce qu'il faudrait. Et là tout de suite, être avec toi est la seule chose qui me semble concrète et réelle… Tu es tellement pleine de couleurs et énergique que tu ne te noies jamais dans tous le gris qu'il y a dans ma tête. Je ne veux pas perdre ça.

Mon cœur s'est arrêté. C'étaient des mots qu'une femme ne pouvait jamais oublier venant d'un homme, particulièrement d'un homme comme lui. J'ai passé mes bras autour de son cou et l'ai tiré pour l'embrasser, en espérant que ce baiser dirait ce que je ressentais. Je me suis cambrée quand son doigt a abandonné le bijou pour partir à la conquête d'un territoire plus profond et plus intime. J'ai senti ses doigts habiles glisser, caresser mes terminaisons nerveuses frémissantes, jouer avec toutes les parties de moi qui étaient engourdies et avides de son toucher. Il s'est servi de son pouce pour appuyer sur mon clitoris, ce qui avait l'avantage de faire frotter mon piercing lisse contre tous les centres du plaisir. Il savait parfaitement comment me toucher, comment jouer avec moi pour obtenir le meilleur résultat.

Je l'ai embrassé jusqu'à ce que nous ne puissions plus respirer, je l'ai embrassé jusqu'à ce qu'il me fasse haleter son nom, je l'ai embrassé jusqu'à ce que je ne puisse plus tenir. J'ai explosé, je l'ai senti baisser la tête et embrasser le côté de mon cou. Je m'agrippais à ses larges épaules comme à une bouée de sauvetage. J'avais l'impression que si je le lâchais, cette chose qui montait entre nous allait disparaître dans un nuage de fumée ; c'était magique et unique. Il m'a tirée contre lui et j'ai senti son érection pulser et palpiter contre les muscles de mon ventre. Mes seins étaient aplatis contre son torse, et nous étions aussi proches que pouvaient l'être deux personnes sans être cousues. Je sentais les muscles de son ventre se contracter contre moi. J'ai passé une main sur la courbe dure de son cul et j'ai lentement cligné des yeux en le regardant. J'ai vu qu'il avait l'air un peu hésitant, ce qui m'a fait froncer les sourcils. Je voulais toute cette chair rigide et prête en moi, maintenant.

– Est-ce que je t'ai fait mal, l'autre fois ?

Sa voix était rauque, et je n'appréciais pas le fait qu'il soit trop fort pour que je puisse le tirer là où je voulais qu'il soit. Je me suis vengée en enroulant mes deux jambes autour de sa taille et en me relevant contre lui. Je l'ai entendu lâcher un juron, mais il n'a fallu qu'une fraction de seconde pour qu'il se mette à la page et s'enfonce entièrement en moi. J'ai soupiré à cause de cette sensation, de l'étirement et de la traction que mon corps devaient effectuer pour faire de la place à toute cette longueur et cette grosseur. J'ai serré mes mains sur les muscles épais de sa nuque. J'avais envie de grogner mais j'ai essayé de lui répondre, car ses yeux étaient résolument fixés sur les miens et il ne bougeait pas.

– Nooon…

Je ne pouvais pas réellement former de mots car il avait baissé la tête et pris mon téton dans sa bouche. Le frottement de ses dents m'a presque fait perdre la tête une deuxième fois, et sa façon de lécher ma peau gonflée avec le plat de sa langue m'empêchait de respirer.

– C'était génial. Tu étais génial. Je n'ai pas pu m'asseoir pendant une semaine, et alors ? Ça valait carrément le coup.

J'ai étouffé un rire quand il s'est relevé sur ses bras pour me lancer un regard noir. C'était dur pour lui d'avoir l'air menaçant tout en frissonnant alors que je me contractais autour de sa queue.

– Ce n'est pas drôle.

J'ai déplacé mes mains pour suivre la ligne claire de sa cage thoracique, en ralentissant sur la partie en train de cicatriser. J'aimais ce que je ressentais en le touchant, et quand il bougeait. J'aimais le fait qu'il soit si grand et fort, et pourtant capable d'admettre qu'il avait du mal avec la vie et qu'il soit assez humain pour avoir des faiblesses. Le fait est que je l'aimais bien, et même si cela voulait dire qu'il allait falloir s'habituer à l'écart de taille, nous nous entraînerions. Mon corps le voulait, c'était ma tête et toutes les choses que je m'étais convaincue d'attendre qui avaient été un obstacle jusque-là. J'ai embrassé son sternum et me suis efforcée de le faire redescendre là où son sexe tendu et impatient me faisait le plus de bien. J'aimais bien me sentir encerclée par lui, engloutie dans toute sa masculinité.

– C'est bon. Maintenant, bouge ou je vais devoir te taper.

Il a grogné pour me dire qu'il était d'accord. Il a caressé mes jambes jusqu'à ce que je les remonte de chaque côté de son corps. Une de ses mains s'est emmêlée sur le dessus de mes cheveux courts et tous ces muscles forts et beaux ont commencé à tirer et à pousser contre moi. À travers chaque geste, chaque mouvement, ses yeux se réchauffaient et brûlaient plus vivement. Je ne pouvais pas le lâcher des yeux. C'était encore mieux, encore plus intense que la première fois. Il ne laissait vierge aucune partie de moi. Ma bouche, mon cou, mes seins. Ses mains, sa bouche… Elles faisaient tout ce qu'elles pouvaient pour encore m'ouvrir en deux.

Il a dit mon nom, je suis presque sûre que j'ai hurlé le sien lorsqu'il a passé la main entre nous deux, et juste avant de me faire basculer de l'autre côté, il s'est remis à jouer avec ce fameux anneau. Ses doigts épais étaient si doux, si délicats, mais j'étais déjà partie, trop loin pour arrêter, donc il a suffi d'un frôlement de peau et d'un petit tiraillement sur le métal dans ma chair excitée pour que je me décompose, que je jette ma tête en arrière et me cambre contre lui assez fort pour qu'il puisse passer un bras sous le bas de mon dos. En me tenant ainsi, il a plongé en moi avec une vigueur renouvelée, moins soucieux de mon bien-être. C'était génial. Je l'ai senti frémir quand il s'est relâché, je l'ai senti passer sa langue sur le tendon dans mon cou qui pulsait au même rythme que son cœur, puis il s'est retourné et nous nous sommes retrouvés tous les deux allongés sur le dos avec les jambes qui pendaient sur le côté du lit. J'étais sûre que s'il était aussi doué avec sa bouche qu'il l'était avec ses mains, je ne survivrais jamais. Il était dangereux mais d'une tout autre manière, maintenant.

Nous respirions fort tous les deux, sans rien dire. J'étais certaine que Rome était le meilleur remède que j'aie trouvé contre la gueule de bois. Il a pris une de mes petites mains dans la sienne et a passé son pouce sur mes ongles fluo.

– Bon, tu veux bien me laisser sortir avec toi, Cora Lewis ?

J'ai tourné la tête pour le regarder et j'ai dû me retenir de rire. Il avait vraiment l'air de vouloir connaître ma réponse.

– Tu veux me donner un rencard, Rome Archer ?

– Ouais, je crois que oui. Ne te méprends pas. Si tu veux que je t'emmène faire un tour au lit dès que tu en as envie, ça me va aussi, mais je t'aime bien, donc oui, j'aimerais bien qu'on sorte tous les deux.

Je me suis relevée en m'appuyant sur mes coudes pour le regarder dans les yeux, lorsque je me suis rendu compte que nous étions tous les deux très nus et qu'il se passait plein de choses post-sexe. J'ai senti mes yeux devenir énormes sur mon visage et j'ai dû prendre un air paniqué car il a froncé les sourcils.

– Sérieux, on n'est pas obligés si tu ne veux pas.

– Euh… C'est bon pour le rencard, mais on a un problème.

Il s'est gratté le torse et a bâillé.

– Les gars ?

Je lui ai donné une claque sur le bras.

– Non, enfin oui, peut-être, mais quelque chose de plus sérieux que ça.

Il a pris la même pose que moi.

– Quoi ?

– Je ne prends pas la pilule.

Nous nous sommes fixés pendant ce qui m'a paru durer cinq bonnes minutes, sans nous parler. J'étais plus intelligente que cela, je l'avais toujours été. Je n'arrivais pas à croire que j'avais laissé filer quelque chose d'aussi essentiel que ma protection. Il a fini par se laisser tomber sur le lit et par poser son bras sur ses yeux.

– Je savais que j'avais l'impression d'avoir oublié quelque chose l'autre fois.

Et merde, je n'avais même pas pensé à la première fois. Je me suis éclairci la voix.

– Et ?

Il a haussé sa grande épaule.

– Ce n'est pas comme si on pouvait remonter le temps et découcher ensemble.

J'ai grogné un peu et ai plissé les yeux.

– Et si le résultat est un bébé ?

– Alors on verra.

– Juste comme ça ?

– Juste comme ça. Ça ne sert à rien de paniquer pour l'instant.

Oh, on était bien au-delà d'un début d'une ébauche de panique, mais il ne me connaissait pas assez bien pour savoir cela, et c'était d'ailleurs le problème dans cette éventualité d'être tombée enceinte. J'allais me mettre à hyperventiler, à péter un câble, mais avant que je le fasse, il m'a enveloppée dans ses bras et m'a tirée pour que je m'allonge sur lui. J'ai senti ses lèvres passer sur le dessus de ma tête et cette large poitrine monter et descendre à un rythme régulier. Ce con allait s'endormir alors que j'étais au beau milieu d'une grosse crise.

– Cora.

J'ai posé ma tête sur son cœur et j'ai essayé de me calmer.

– Ne t'inquiète pas, Minipouss, on va s'en occuper.

Puis il s'est endormi. Il ne me restait plus qu'à me demander comment un mec aussi évidemment imparfait avait pu envahir mon monde à ce point, et combien Rowdy avait eu raison, c'était le monde à l'envers. Tout était à l'envers en ce moment, et je ne savais plus du tout où étaient le haut et le bas.

CHAPITRE 8

ROME

J'étais étalé sous la table de billard, en train de m'évertuer à remettre ce truc bien à l'horizontale, lorsque plusieurs paires de bottes de moto usées ont rempli mon champ de vision. C'était le début d'après-midi, le Bar était calme, et Brite était parti faire quelques courses. Je suppose que cela faisait de moi le responsable, et si une bande de bikers venait pour foutre en l'air tout le travail que j'avais fourni ces dernières semaines, cela allait très vite devenir désagréable. Je les ai comptés rapidement, ils semblaient être cinq, avant de sortir de sous la table et de m'essuyer les mains sur mon jean.

Les motards ressemblaient à des motards, mais ces mecs faisaient clairement partie de la branche supérieure du club. Je reconnaissais la classe quand je la voyais et je sentais les « faut pas me faire chier » qui émanaient de cette bande. Ces mecs-là n'étaient pas des prétendants, pas des motards de trottoir qui cherchaient la bagarre. Ces gars, c'était du sérieux, et s'ils voulaient s'en prendre à moi, j'allais devoir faire beaucoup plus d'efforts pour rester en vie que la dernière fois. Celui qui était clairement le chef du groupe a fait un pas vers moi et j'ai dû me raidir pour ne pas faire un pas en arrière instinctivement. J'ai haussé mon sourcil qui avait une cicatrice et ai croisé les bras. Je pouvais faire le gros dur aussi bien que n'importe qui.

– C'est toi, Archer ?

J'ai fait un petit oui de la tête en gardant un œil sur les quatre autres qui s'étaient placés pour encadrer le mec qui me parlait.

– Brite m'a dit que des nouveaux étaient venus et avaient foutu la merde. Qu'ils avaient essayé de t'embrouiller et étaient passés pour des petites merdes une fois que tu en as eu fini avec eux. C'est vrai ?

J'ai hoché la tête une seconde fois. Je ne savais pas pourquoi ils étaient venus me voir, et encore moins si cela jouerait en ma faveur de donner plus de détails. Le mec a échangé un regard avec les autres gars par-dessus mon épaule et a fait un geste pour relever sa manche. Je suis resté coi quand j'ai vu qu'il avait exactement le même tatouage que Brite sur son avant-bras.

– Frères d'armes, gamin. Ces conneries, ça ne passe pas avec moi et ça ne passe pas avec les Sons of Sorrow. Le club sait qu'on ne touche pas au Bar, et que tous ceux qui ont passé du temps à l'armée méritent le respect. Le petit trou du cul va se faire couper son badge. On ne peut pas avoir des prétendants qui ne respectent pas les règles.

Je n'étais pas vraiment sûr de savoir ce que signifiait se faire couper son badge, mais cela avait l'air d'aller dans mon sens, donc j'ai hoché la tête une fois de plus et me suis éloigné de la table.

– Merci. Je suis juste content que personne n'ait été plus blessé que ça ou que le Bar n'ait pas été complètement défoncé.

– Brite t'aime bien. Il pense que tu es un bon gamin avec beaucoup de potentiel. Pour moi, ça veut dire que tu es un mec bien. On fait gaffe aux mecs bien.

Je n'étais pas sûr que cela soit entièrement vrai. Cora m'avait dit qu'Asa s'était retrouvé dans le plâtre à cause d'un passage à tabac par une branche des SoS dans le Sud, mais je suppose que tant qu'ils ne cherchaient pas la merde avec moi, je n'avais pas de quoi me plaindre. J'ai serré la main du mec mais j'ai retenu mon soupir de soulagement tant qu'ils n'étaient pas tous ressortis. Je suis allé jusqu'au bar, où Darcy avait passé la tête par la porte de la cuisine pour vérifier que tout allait bien.

– C'était intense.

Elle a hoché la tête et m'a tendu un verre d'eau depuis l'autre côté du bar.

– Brite traînait avec eux quand il est revenu après son premier déploiement. Il faisait plein de sales trucs. C'est pour ça que son ex-femme est partie.

– Je peux comprendre. Ils sont vraiment flippants.

– Brite faisait tout aussi peur. Il peut toujours, quand il veut. Tu as de la chance qu'il ait l'impression de se voir jeune quand il te regarde.

Je commençais à être d'accord avec elle. Je pensais de plus en plus que, même si j'étais paumé, j'étais vraiment chanceux. J'aimais bien être au Bar et, grâce à mon travail appliqué, il ressemblait moins à un trou à rats et plus à un établissement respectable. J'apprenais le nom des habitués, leurs histoires, et plus je prenais ma place ici, moins je me sentais seul. Par ailleurs, j'avais passé toute la semaine avec Cora, soit chez elle, soit chez moi, et plus je la fréquentais, plus c'était dur de la quitter.

Elle m'avait laissé l'inviter au restaurant et au cinéma, et nous avions terminé la soirée chez moi. La soirée suivante, elle m'avait surpris en se pointant au bar et en exigeant que je me laisse porter. Cela ne m'était jamais arrivé de ma vie, mais je l'ai laissée faire car elle était sacrément mignonne, et malgré son attitude impertinente habituelle, je voyais qu'elle stressait vraiment à cause du risque « bébé ». J'aurais sûrement dû être plus inquiet que je ne l'étais, mais maintenant je m'assurais de toujours avoir ce qu'il fallait et je faisais de mon mieux pour rester calme, car elle avait l'air de se faire assez de souci pour nous deux.

Mon frère n'avait pas sauté de joie en apprenant les dernières nouvelles de ma vie amoureuse. J'avais subi pas moins de cinq leçons venant de lui, de

Nash, de Shaw, d'Ayden et de Rowdy, et même Asa m'avait prévenu de toutes les mauvaises choses qui allaient m'arriver si je la laissais en plan ou si je décidais que sa grande gueule était trop dure à supporter. J'étais sûr que Jet aurait rejoint l'équipe d'intimidation s'il avait été là. Je ne voulais même pas savoir ce qui arriverait s'ils apprenaient qu'elle avait peur d'être enceinte.

J'aimais vraiment passer du temps avec elle. Elle était audacieuse, disait ce qu'elle pensait, et cela ne la dérangeait pas de me bousculer si je partais à la dérive, si je me perdais dans ma tête. Nous n'étions pas d'accord sur beaucoup de choses, mais elle me donnait envie de rire, et la regarder me donnait le sourire. Sans parler du fait que je n'arrivais pas à décoller mes mains et ma bouche d'elle. Elle était trop douce et trop facile à exciter. Je n'avais jamais été avec quelqu'un comme elle, avant. Elle était toute brillante et scintillante, je n'avais donc pas de problème pour la trouver dans le noir qui obscurcissait parfois ma vision, et jusqu'à présent, j'avais eu de la chance. Avec elle étalée sur moi, j'arrivais plus ou moins à faire mes nuits. Pas un seul cauchemar, pas de réveil à cause de mes cris à glacer le sang. C'était un changement vraiment appréciable et une raison de plus de la garder près de moi.

J'allais demander à Darcy si elle pouvait me préparer un casse-croûte pour le dîner avant que je passe chercher Cora au salon, lorsque le tabouret à côté de moi s'est reculé et que la dernière personne que j'aurais imaginé voir dans ce bar s'est assise dessus. Des yeux qui ressemblaient aux miens m'ont regardé et j'ai été choqué de constater à quel point mon père avait vieilli au cours de cette dernière année. Nous avions le même genre de cheveux bruns et les mêmes yeux bleus, les siens étaient plus clairs, comme ceux de Rule, et il était grand et large, mais pas autant que moi. Il avait toujours été un gars solide et robuste, mais apparemment, il avait pris un coup depuis la dernière fois que j'étais rentré à la maison. Il avait presque l'air d'un inconnu pour moi, probablement autant que j'avais l'air d'un inconnu pour lui après tout ce temps. Visiblement, c'était la journée des visiteurs non désirés.

– Qu'est-ce que tu fais là ?

Il a soupiré et a demandé une tasse de café à Darcy. Il m'a regardé du coin de l'œil.

– C'est tout ce que tu as à me dire après nous avoir ignorés, ta mère et moi, pendant un an ?

– Comment as-tu su où me trouver ?

J'ai haussé un sourcil et ai répondu à ma propre question.

– Shaw. Cette petite fille ne peut pas s'empêcher d'essayer de rassembler cette famille.

– Rome…

Son soupir était si lourd que j'en ai senti le poids sur mes épaules. J'avais toujours voulu que mes parents soient fiers de moi. Ils n'avaient jamais vraiment apprécié mon choix de m'engager dans l'armée quand j'étais plus jeune, mais avec le temps, ils avaient compris ma motivation, mon désir d'aider les autres, de tenter activement de faire du monde un endroit plus sûr pour mes frères et pour eux. Cela m'a dérangé de voir la déception dans ses yeux et marquée sur son visage.

– Il faut que ça s'arrête, à un moment. Je me suis battu pour ramener Rule au bercail, j'ai menacé ta mère de divorce pour que cette famille soit à nouveau entière. Je ne laisserai pas partir un autre de mes garçons, pas sans me battre de toutes mes forces. Je t'ai laissé mariner, je vous ai laissés, Rule et toi, réagir comme si c'était un affront personnel qu'on ne vous ait jamais parlé de Remy, mais vous avez eu assez de temps pour ça. Il faut qu'on trouve comment aller de l'avant. Un point c'est tout.

J'avais l'impression d'être un petit garçon qui se faisait réprimander parce qu'il avait sali ses vêtements en jouant dehors. J'ai passé ma main dure sur ma nuque et j'ai baissé les yeux vers le bar que je devais encore décaper.

– Ce n'est pas seulement Remy et ses secrets. C'est la façon dont maman a traité Rule, la façon dont tout le monde a laissé Remy se servir de Shaw. C'est le fait que je n'ai pas du tout l'impression d'être le même homme que la dernière fois que je suis parti. Je ne sais plus comment me réintégrer à cette famille. Je ne sais pas quel rôle je dois remplir.

Je n'avais pas le culot ni les mots justes pour essayer de lui expliquer que je ne savais pas comment je m'en sortirais quand maman et lui me regarderaient comme s'ils ne me connaissaient plus. La déception, je pouvais y survivre, le rejet, je ne pouvais pas, donc je préférais me cacher et tout éviter.

Il a juré doucement et a tendu le bras pour me donner une tape sur l'épaule.

– Tu n'as pas besoin de te réintégrer. Tu es notre fils, quoi qu'il se passe ; c'est ton rôle pour toujours. C'est ce que j'ai dû faire comprendre à ta mère pour Rule, et ce qu'on aurait dû dire à Remy avant qu'il ne soit trop tard. On t'accepte, peu importe comment tu es, Rome, même si tu es très différent de celui que tu as été. La vie que tu as vécue, mon fils, ça change un homme. Je comprends ça, et ta mère aussi.

Il s'est éclairci la voix et a reculé le tabouret du bar pour se mettre debout à côté de moi.

– Viens pour le brunch, dimanche. Shaw m'a dit que tu voyais une de ses copines, dis-lui de venir aussi. Je fais beaucoup d'efforts toutes les semaines pour que ton frère et Shaw sachent combien je les aime. On doit beaucoup plus à Shaw que tout ce qu'on pourra jamais lui offrir. Elle a fait plus pour ces deux garçons qu'on ne peut l'imaginer. Viens passer du temps avec ta famille, Rome.

Il ne m'a pas donné une chance de dire « on verra », ou « non merci », il s'est retourné et est reparti là d'où il était venu. Être un Archer n'avait jamais été vraiment facile, mais c'était comme un badge d'honneur d'en être un et d'y survivre. J'aurais vraiment voulu pouvoir me glisser derrière le bar et me servir un verre, mais j'arrivais à rester sobre et à calmer toutes les choses folles qui se passaient dans ma tête par la seule force de ma volonté. Je ne voulais pas foutre cela en l'air parce que je ne supportais pas de me faire gronder par mon père. C'était dur de continuer à faire l'autruche alors qu'il venait de balayer d'un revers de main toutes ces craintes injustifiées qui m'empêchaient d'aller à la maison et de les voir.

J'ai enfin demandé ce sandwich à Darcy et suis retourné essayer de mettre la table de billard à plat. Brite est revenu une fois que j'avais fini et que je m'apprêtais à partir. Je lui ai dit que les gars de Sons of Sorrow étaient venus et il a ricané, avant de dire que le petit jeune qui m'avait agressé n'était qu'un petit con. Il m'a aussi dit que je devrais surveiller mes arrières, car se faire couper un badge sur une veste de motard n'était pas rien, et le maigrichon allait sûrement être très en colère. Cela voulait dire qu'il n'y avait aucun moyen qu'il fasse partie d'un club de moto, en tout cas pas ici à Denver, et probablement nulle part ailleurs. Je n'ai pas accordé trop d'importance à sa mise en garde, me disant que, de toute façon, j'avais l'habitude de surveiller mes arrières.

Ce qui n'a pas été si facile à ignorer, ç'a été la conversation qu'il a tentée d'avoir après que Darcy lui a parlé de l'échange gênant avec mon père. J'étais sur le pas de la porte pour aller chercher ma petite lutine punk, mais il m'a suivi jusqu'à la Harley. J'ai lancé ma jambe par-dessus la bécane et j'ai levé les yeux vers lui.

– Qu'est-ce qu'il y a ?

Il a passé la main sur sa barbe, je commençais à bien connaître ce geste. En général, il signifiait qu'il voulait vraiment que j'écoute ce qu'il avait à me dire.

– Ton vieux est venu voir si tu étais là, aujourd'hui ?

J'ai hoché la tête.

– Il m'a trouvé.

Il a croisé ses gros bras sur son torse costaud et m'a fait un signe du menton.

– Tu sais qu'on a une fille, Darce et moi ?

J'ai fait non de la tête. Ils ne m'avaient jamais parlé d'une fille, ni l'un ni l'autre.

– Elle est plus jeune que toi. Elle vient d'avoir vingt ans et elle est sacrément pénible. Elle n'a pas bien pris que sa mère et moi, on se sépare. Je ne peux pas passer cinq minutes dans la même pièce qu'elle sans qu'elle me saute dessus pour une raison x ou y.

J'ai enlevé la béquille de ma moto et j'ai équilibré son poids entre mes jambes.

– Ça craint, mais qu'est-ce que ça a à voir avec moi ?

– Rien. Mais je sais que quand on est parents, on fait des erreurs. On n'est pas parfaits mais ça ne veut pas dire qu'on n'aime pas nos gosses. Il se passe beaucoup de choses dans ta vie en ce moment, Rome. Ne laisse pas filer les gens qui ont toujours été là.

Je n'ai fait que le fixer car je ne savais pas quoi répondre à cela. J'aimais beaucoup Brite, je l'admirais, je commençais vraiment à le considérer comme un mentor, mais je n'avais pas besoin qu'il essaie de réparer tous les aspects de ma vie. J'allais lancer le moteur et partir, quand il a posé une main sur mon épaule pour m'en empêcher.

– Je vais avoir pas mal de choses à faire ces prochaines semaines, et ça me ferait plaisir si tu pouvais garder un œil sur le bar et les gars quand je ne serai pas là. Je peux te payer.

– Je ne sais pas du tout tenir un bar, Brite.

– J'ai dit garder un œil, pas faire des cocktails. Darcy peut s'occuper du bar, ou tu peux trouver quelqu'un pour t'aider jusqu'à la fin du mois. C'est vrai que les pourboires ne sont pas faramineux, mais tu es en train de bien nettoyer ce bar donc ça va peut-être changer dans pas si longtemps.

– Qu'est-ce que tu veux que je surveille, exactement ?

– Les clients, le soir. Les habitués. Vérifie que personne ne déraille. Que tout le monde se comporte bien et peut rentrer chez lui le soir. Je te remercie pour tout le travail que tu as fait ici, et j'imagine que tu n'as pas particulièrement envie de le voir détérioré. Je demanderai à Darce de te montrer comment faire la caisse à la fin de la journée et comment déposer les sous.

– Je suppose que je peux m'en sortir avec tout ça. Juste quelques semaines ?

Il m'a semblé le voir sourire, mais avec toute cette barbe, c'était difficile à dire.

– Pour l'instant. Ne continue pas à ignorer ta famille indéfiniment, fiston. Ils ont autant besoin de toi que tu as besoin d'eux.

Je me demandais si c'était vrai. Avant, ils avaient besoin de moi car je servais d'amortisseur et que je gardais Rule sur le droit chemin, ensuite ils ont eu besoin que je garde la face tandis que tout le monde s'évanouissait dans un nuage de chagrin. Maintenant, je ne savais plus vraiment comment faire partie de l'ensemble sauf en tant que fils aîné perturbé, et c'était en grande partie pour cela que je restais à l'écart.

J'ai fait démarrer la Harley et suis sorti du parking. Cela ne prenait qu'une dizaine de minutes de rejoindre Capitol Hill. En général, je garais la moto ou le pick-up à l'appart et j'allais au salon à pied, car c'était une galère de se garer là-bas. En plus, je refusais de monter dans cette petite voiture de clown fluo que Cora conduisait, donc nous devions souvent faire des échanges pour aller chez l'un ou chez l'autre. J'ai ouvert la porte et ai avancé jusqu'au comptoir. Elle n'était pas derrière, ce qui était rare, mais mon frère était appuyé contre le bureau et parlait à Rowdy.

– Salut.

Il a levé le menton pour me dire bonjour et a fait un geste vers la porte fermée sur le côté.

– Elle a eu un client en retard. Elle en a encore pour quelques minutes, je pense. Tu veux aller manger un bout quand elle aura fini ?

– J'ai déjà mangé au Bar. D'ailleurs, tu connais quelqu'un qui sait tenir un bar et qui pourrait m'aider quelques jours ? Brite m'a demandé de superviser quelque temps et je n'y connais rien du tout.

– Tu sais boire de la vodka comme si c'était de l'eau.

Je lui ai donné un coup dans l'épaule.

– Je me rappelle quelques soirées où le Crown Royal t'avait bien maté, alors tu es mal placé pour parler.

Rowdy a rigolé et est venu nous rejoindre. J'aurais vraiment voulu ne pas aimer ce mec. Je n'aimais pas qu'il soit aussi proche de Cora, qu'ils aient un rapport de camaraderie naturelle, mais c'était dur de le détester. Il était sympathique. En plus, il avait un sens de l'humour décalé.

– Demande à Jet. Il connaît plus de gens dans cette ville que nous tous réunis. Je suis sûr qu'il trouvera quelqu'un pour t'aider.

C'était une bonne idée, mais Jet était plus souvent en voyage que chez lui, et quand il était là, il était généralement collé à Ayden. Je n'aurais pas aimé être à leur place, essayer de jongler entre un mariage tout frais et peu de temps à passer ensemble, mais ils avaient l'air heureux et cela semblait très bien marcher pour eux.

– Je vais faire ça.

Je me suis retourné pour regarder la porte, d'où sortait un mec, suivi par Cora. Ses cheveux formaient une grande boucle sophistiquée au-dessus de son front aujourd'hui, et elle portait une courte jupe orange. Son haut était violet et elle avait des rangers noires qui lui montaient jusqu'aux genoux. Elle m'a souri quand elle m'a vu à côté de Rule et j'ai vu son œil turquoise s'éclaircir tandis que son œil marron s'assombrissait. Elle était comme un kaléidoscope de couleurs et d'émotions, et chaque fois que je la regardais, je ne savais jamais ce qu'elle allait me renvoyer.

Le mec qui sortait de la pièce devant elle m'a regardé, puis a jeté un regard à Cora alors qu'elle se rasseyait derrière le bureau.

– N'oublie pas, fais attention. Ils mettent longtemps à cicatriser.

Il a hoché la tête, a sorti une quantité d'argent étonnante et lui a lancé un dernier regard. Elle lui a souri gentiment et a levé les yeux vers moi.

– Tu es prêt à y aller ?

J'ai haussé les épaules et elle a commencé à faire sa caisse pour la fin de la journée.

– Dans quelle partie du corps de ce gars viens-tu d'enfoncer une aiguille ?

Elle a haussé ses sourcils pâles et j'ai donné un coup de coude à Rule quand il a demandé :

– Tu es sûr que tu veux vraiment connaître la réponse à cette question ?

J'ai fait une grimace.

– Sérieux ?

C'était à son tour de hausser les épaules.

– Ne juge pas tant que tu n'as pas essayé, le géant.

L'idée d'avoir une chose pointue et piquante à cet endroit me donnait des boutons. Non merci, j'allais garder mon sexe tel quel. Non pas que je n'apprécie pas son joli petit anneau, c'était incroyablement sexy, mais je ne voulais pas d'une poignée de porte qui pende sur ma bite.

– Je ferai sans, merci.

Elle s'est arrêtée de compter pour me faire un sourire narquois, et j'ai eu envie de l'embrasser pour le lui ôter.

– Ce n'est pas grave, ton petit frère a assez de matériel en bas pour toi et nous tous réunis.

Rule a explosé de rire et Rowdy a ricané, sûrement parce qu'après avoir imaginé Cora avec ses mains sur ce qu'il y avait dans le pantalon de Rule, je leur avais lancé un regard noir à tous les deux.

– J'aurais pu vivre toute ma vie sans savoir ça.

Elle a ri et s'est levée pour faire le tour du bureau. Elle a jeté ses mains autour de mon cou et m'a embrassé sur la tempe, où la cicatrice s'arrêtait à côté de mon œil.

– Ne t'inquiète pas, pour lui, c'était professionnel. Allez, on y va.

J'ai les ai suivis dehors pour qu'elle puisse fermer la porte. Les mecs allaient au Goal Line pour prendre une bière et des ailes de poulet. J'avais envie d'avoir Cora toute seule avec moi et à l'horizontale, pour lui faire oublier qu'elle avait vu l'anatomie de mon frère d'aussi près. Elle voulait passer la nuit chez elle, même si mon appartement était plus près, car elle avait prévu de petit-déjeuner avec Shaw et Ayden le lendemain matin, aussi lui ai-je dit que je la rejoindrais là-bas après avoir récupéré mon pick-up. C'était assez bien équilibré : mon appart était plus près du salon et sa maison était plus près du Bar. Il y avait généralement moins de monde chez moi, mais j'aimais bien Ayden et Jet, et Asa était un personnage. Et puis son lit était génial, même s'il était recouvert de rose.

Cora était dans la cuisine lorsque j'ai passé la porte d'entrée. Elle s'affairait à préparer quelque chose pour le dîner en parlant au téléphone. Je ne voulais pas l'interrompre, alors je me suis laissé tomber sur le canapé et j'ai levé la tête quand Asa est entré dans la pièce. Il n'avait plus son attelle au pied, mais il se déplaçait encore assez lentement.

– Tu l'as enlevée aujourd'hui ?

Il s'est affalé maladroitement dans le fauteuil inclinable en face de moi.

– Hier. J'ai l'impression qu'il va tomber.

– J'en ai eu une l'année dernière, mais ce n'était pas aussi grave. C'est mon épaule qui a pris le plus.

– Ah merde.

J'allais lui dire qu'il devrait peut-être éviter de se mettre dans des situations où une bande de motards était énervée contre lui, mais cela m'a semblé un peu hypocrite, donc je lui ai juste demandé s'il savait quand Jet revenait en ville. Il a fait non de la tête et s'est penché pour masser son tibia.

– Aucune idée. Je crois qu'il a dit qu'il revenait une semaine et ensuite il voulait qu'Ayden aille à Los Angeles avec lui, une fois que ses cours d'été seront finis.

– Il faut que je trouve quelqu'un pour m'aider à surveiller le bar où je bosse, je me suis dit qu'il connaissait peut-être quelqu'un.

Ses yeux dorés ont étincelé de l'autre côté de la pièce.

– Je peux le faire.

J'ai penché la tête en le regardant.

– Tu es sûr ?

– Ouais, pourquoi pas ? J'en ai marre d'être cloîtré à la maison. Ayd est sur mon dos pour tout et n'importe quoi, et je manque sérieusement d'un peu de… compagnie, si tu vois ce que je veux dire.

Je voyais parfaitement, mais je n'étais pas sûr que le Bar soit le genre d'endroit où il pourrait en trouver.

– Tu as déjà été barman ?

Asa a ri un peu.

– Il n'y a pas grand-chose que je n'aie pas déjà fait. Tout ce qu'il y a à faire, c'est rester debout derrière le bar et parler aux gens. Crois-moi, je peux parler à n'importe qui.

Je me suis dit que c'était sûrement un peu plus compliqué que cela, mais s'il voulait m'aider, pourquoi pas ?

– Cool. Ce n'est pas une espèce de bar chic et haut de gamme où tu vas trouver des nénettes et te faire du fric.

– Rome, il faut juste que je sorte de cette maison avant qu'on s'entre-tue, avec ma sœur. Elle en est encore à essayer de me pardonner et j'en ai marre de me supporter. Ça me donnera quelque chose à faire, le temps que je trouve où je veux aller et ce que je veux faire.

Cela me rappelait bien des choses, et même si je connaissais à peine Asa, j'acceptai son aide. Cora a enroulé ses bras autour de mon cou depuis l'arrière du canapé et a posé sa joue contre la mienne.

– Qu'est-ce qu'il y a au programme pour ce soir, grand gaillard ?

Elle, moi et beaucoup moins de vêtements, voilà ce qu'il y avait au programme, mais je n'allais pas dire cela devant Asa. Heureusement, les grands esprits se rencontrent et il a suffi que je la regarde et que je frôle le haut de sa jambe nue avec mes doigts pour lui faire comprendre mon programme.

Sérieusement, avoir cette fille dans ma vie faisait paraître toutes mes autres emmerdes beaucoup moins importantes. Ma famille, mon avenir, le bar… Tout cela passait au second plan face aux éclairs et aux étincelles dans ses yeux bicolores.

***

Il n'aura fallu attendre que le week-end suivant pour que tout parte en couille. Je ne pouvais plus passer autant de temps avec Cora car je restais au Bar jusqu'à la fermeture. Ce n'était peut-être pas un endroit ultra fréquenté mais je n'imaginais pas le boulot que c'était d'empêcher les clients de s'agiter et de démolir les murs. En revanche, j'ai été étonné de voir combien cela me plaisait. J'aimais bien les interactions avec les clients, avec les représentants des marques d'alcool et les commerciaux. J'avais vraiment l'impression de travailler, pour la première fois depuis que j'étais rentré. Ma meuf me manquait, mais elle était super et je crois que j'avais besoin d'un peu d'espace. À chaque jour qui passait sans que ses règles n'arrivent, elle devenait de plus en plus anxieuse. Elle avait dû cracher le morceau aux filles car je ne pouvais plus échapper aux regards assassins d'Ayden chaque fois que je la croisais, ou de Shaw quand je les voyais, Rule et elle.

J'étais surpris qu'Asa soit aussi doué derrière un bar. Ce mec était un embrouilleur-né, et à la fin de la soirée, rien qu'avec une poignée d'habitués et de piliers de bar désabusés, il avait gagné plus en pourboires que je n'en avais jamais vu dans les mains de Brite. C'était un barman correct, mais son bagou et sa cargaison de charme faisaient la différence. J'ai même remarqué une augmentation de la clientèle plus jeune et plus féminine, en l'espace de quelques jours. Je me suis dit que je pourrais peut-être convaincre Brite de le garder quand il reviendrait.

Le samedi soir, je suis parti le plus tôt possible et j'ai chargé Asa de fermer le bar. Quand j'avais dit à Jet qu'Asa allait bosser au bar avec moi, il m'avait pris à part pour m'expliquer un peu son histoire. Il m'avait prévenu que dans l'ensemble c'était un mec bien, mais que je ne devais pas me laisser avoir par son charme sudiste. Jet m'avait dit de surveiller mes arrières et de ne pas faire trop confiance à Asa. Je tenais toujours compte de ce genre de mises en garde quand elles venaient de gens en qui j'avais confiance, mais jusqu'à présent Asa avait été un complice génial et cela me manquait de ne pas passer de temps avec Cora. J'étais prêt à prendre le risque de lui donner les rênes ce soir.

Lorsque je suis arrivé à la maison, elle était endormie sur le canapé. Jet et Ayden passaient la soirée ailleurs, alors je l'ai soulevée et l'ai emmenée dans sa chambre pour la mettre au lit. Elle s'est réveillée alors que je lui enlevais sa robe rose vif et tourbillonnante. Elle m'a regardé en clignant ses yeux aux couleurs de fou et en essayant de se concentrer.

– Salut.

– Salut.

Elle a bâillé et a étiré ses bras au-dessus de sa tête. Celui avec toutes les fleurs colorées s'est enroulé autour de mon cou en retombant.

– Je suis crevée.

Je l'ai laissée me tirer vers elle pour pouvoir l'embrasser.

– Grosse journée au boulot ?

Elle a secoué la tête et a passé ses doigts sur les cheveux courts à l'arrière de ma tête.

– Non. J'ai juste été fatiguée toute la journée. Je voulais rester réveillée pour t'attendre mais je n'arrivais pas à garder les yeux ouverts.

Je l'ai encore embrassée et elle a passé ses mains sous le bas de mon tee-shirt.

– Tu n'es pas obligée de m'attendre. J'allais juste te mettre au lit et m'allonger à côté de toi.

– Si on est dans un lit tous les deux, on n'a pas besoin de dormir.

Putain, cette fille était exceptionnelle, et il n'a fallu que deux secondes pour que nous soyons tous les deux nus. Je me suis endormi assez vite après, et comme d'habitude, elle s'est étalée sur moi de mes épaules à mes hanches. En réalité, cela faisait très peu de temps que nous avions envahi la vie de l'autre, mais quelque chose faisait que cela nous semblait normal, comme si c'était censé se passer comme cela. En tout cas, ç'a été ce que j'ai ressenti, jusqu'au lendemain matin.

J'avais du sable sur le visage et je n'arrivais pas à respirer. J'avais chaud, plus chaud que d'habitude dans tout mon équipement, et je n'arrivais pas à voir au-delà du brouillard rouge devant mes yeux. Mes oreilles sifflaient et j'entendais des voix qui criaient, très loin. Je voulais lever ma main pour essuyer mon visage et enlever mon casque, pour voir si cela m'aiderait à respirer. Je n'arrivais pas à faire fonctionner mon bras. Je ne pouvais pas bouger la majeure partie de mon corps. J'ai réussi à tourner la tête sur le côté, juste assez pour que le sang qui couvrait mon visage coule le long de mon nez et libère mes yeux, à peine de quoi jeter un coup d'œil autour de moi.

Je n'étais plus dans le Hummer. J'étais sur le dos, le regard vers le ciel, et un nuage de poussière et de terre collait au sang et à la sueur qui recouvraient toute ma peau visible. Je n'avais plus mon arme dans les mains, et je ne voyais plus aucun des gars qui étaient partis avec moi. En tout, nous étions six dans le Hummer. Je voulais appeler quelqu'un, je voulais crier car mon épaule était en feu et que je n'étais pas sûr de ce qui se passait sous mon casque, mais la rivière de sang qui coulait sur mon visage ne semblait pas avoir l'intention de s'arrêter et je ne voyais pas très bien. Je ne savais pas si nous étions dans un endroit sûr. Je ne savais pas si c'était un EEI ou des tirs ennemis. Si je n'étais pas le seul à m'en être sorti, je n'allais pas révéler notre position aux rebelles, même si cela voulait dire que j'allais me vider de mon sang en territoire ennemi.

Je ne sais pas combien de temps je suis resté allongé là. J'ai perdu et repris connaissance plus de fois que je ne pourrais compter, et enfin, après ce qui m'a semblé durer des jours, j'ai ouvert les yeux lorsqu'un infirmier a enlevé mon équipement et a essayé de me déplacer. Je crois qu'ils m'ont dit que c'était un EEI. Je crois qu'ils ont essayé de me dire que j'allais être rapatrié à la maison. Je suis sûr qu'ils ont parlé de lésion cérébrale et d'une possible paralysie de mon épaule, mais tout ce que j'ai vraiment entendu, c'était « seul survivant de l'explosion ».

Je me fichais que mes oreilles sifflent. Je me fichais d'être probablement à quelques minutes de me vider de mon sang. Je me fichais que ce soit la guerre et que des choses comme les EEI et des soldats morts fassent partie de la vie quotidienne. Je me suis mis à hurler, hurler et hurler, jusqu'à me sentir creux et vide de l'intérieur. Je crois qu'ils m'ont drogué pour me calmer et pour limiter les dégâts, car quand je me suis réveillé, j'étais en Allemagne et ils étaient en train d'opérer mon épaule et d'essayer de recoudre ma tête.

Tout le monde disait que j'avais eu beaucoup de chance. Je pouvais rentrer à la maison et me remettre sur pied. Je pouvais vivre. Après cela, toutes les nuits, je me suis réveillé en criant ou étouffé par le sang et par des larmes qui ne pouvaient pas couler.

J'ai bondi du lit, j'avais complètement oublié que je tenais Cora. Des sueurs froides dégoulinaient de mon torse et de mes bras, et j'avais l'impression de m'étouffer à cause du sang et du sable alors que le désert appartenait à une autre vie. Mes poumons se gonflaient et se dégonflaient, ma poitrine montait et descendait, et je savais qu'il fallait que je parte.

J'ai balancé mes jambes hors du lit et ai fouillé pour trouver mon pantalon. J'ai senti que Cora s'asseyait sur le lit derrière moi. J'ai évité ses mains quand elle les a posées sur mon dos. Je ne voyais que du pourpre et du sable. Je ne sentais que la perte et le désespoir. Je ne voulais pas qu'elle s'en approche.

– Il faut que j'y aille.

Au son de ma voix, on aurait cru que je parlais à travers des lames de rasoir et du sel.

– Quoi ?

Elle a à nouveau tendu la main vers moi et j'ai sauté du lit. J'ai enfilé mon tee-shirt en refusant de la regarder. J'ai entendu les draps bouger comme elle se relevait sur le lit.

– Rome, qu'est-ce qui se passe ?

Sa voix était basse, comme si elle avait peur de me faire fuir. Elle n'avait pas la moindre idée des choses terribles qui tournaient comme un film muet derrière mes yeux. C'était horrible. J'ai pris mon téléphone, mes clefs sur sa table de nuit et me suis dirigé vers la porte. Je ne pouvais même pas la regarder. Il fallait que je dise quelque chose, que j'essaie de lui expliquer, mais la folie, la douleur, les souvenirs étaient trop près de la surface et je ne pouvais pas l'atteindre à travers eux. Je faisais le connard, mais c'était soit la lâcher, soit m'effondrer en un tas de gelée en sanglots sur le sol de sa chambre. Je ne pouvais pas la laisser me voir ainsi, je ne voulais pas qu'elle soit associée aux choses si moches et dures à oublier qui étaient en moi.

Je n'ai recommencé à respirer normalement qu'avec la Harley en dessous de moi et le vent sur mon visage. L'avantage de la moto, c'était que si l'émotion sous la surface parvenait à remonter, l'air l'effaçait. J'avais l'impression que je ne dormirais plus jamais.

CHAPITRE 9

CORA

Cette soirée filles du jeudi se distinguait de toutes celles que nous avions passées toutes les trois. Ayden était adossée à l'encadrement de la porte de la salle de bains et alternait entre pianoter sur son téléphone et me regarder avec inquiétude. Shaw était assise sur les toilettes et sautillait quasiment sur place ; ses yeux verts étaient immenses sur son visage pâle et je savais qu'elle mourait d'envie de dire quelque chose. J'étais assise sur le rebord de la baignoire, et j'essayais de décider si je voulais hurler, vomir, pleurer, m'arracher les cheveux ou juste rire. Peut-être tout cela à la fois. Qu'est-ce que je savais de la façon dont on élève une autre personne ? J'avais passé toute mon enfance à sauter d'adulte en adulte que je connaissais à peine. Je n'imaginais même pas à quoi cela ressemblait d'être un parent à temps plein.

– Alors ?

Shaw ne pouvait plus se taire.

Le petit bâton blanc sur le bord de la baignoire à côté de moi me fixait avec ses deux lignes rose vif. Non pas que je sois vraiment surprise. J'étais fatiguée et irritable depuis deux semaines, et pas uniquement parce que Rome avait disparu et ne répondait pas au téléphone. J'avais aussi des nausées, et avec ma chance, j'allais payer le fait d'avoir renoncé à monsieur Parfait pendant les dix-huit prochaines années. J'avais vraiment commencé à croire que Rome valait le coup de laisser tomber ce rêve d'un homme stable et sûr et que j'étais assez forte pour maîtriser la tempête qui l'accompagnait. Mais maintenant j'étais toute seule, à regarder mon ancien rêve de perfection en secouant la tête.

Ayden a pouffé et est entrée dans la pièce pour prendre le test de grossesse posé à côté de moi.

– Sérieux ? Regarde sa tête. C'est forcément positif.

Shaw a sorti un son entre la surprise et le couinement. Je lui ai jeté un regard noir et elle a mis ses mains devant sa bouche. Ses yeux étaient brillants et me regardaient au-dessus de ses doigts, et j'ai eu envie de lui mettre une claque. Ayden s'est appuyée contre le lavabo et m'a regardée en fronçant les sourcils.

– Bon, c'est quoi le plan ?

J'ai grogné et j'ai appuyé mes mains contre mes yeux. Quel était le plan ?

– Tu veux dire à part ne plus jamais, jamais coucher avec personne ? Je n'en ai pas la moindre idée.

Avoir des enfants n'était pas une chose à laquelle j'avais réellement pensé. Quand j'étais avec Jimmy, je me disais que la question se poserait quelques années après notre mariage, quand nous aurions une situation financière stable. Maintenant… Eh bien maintenant, à part vouloir tuer Rome, son visage et son corps parfait à la noix, je ne savais pas ce que devrait être le plan. Je ne laisserais jamais mon enfant se sentir mal-aimé ou non désiré. Je ne laisserais jamais mon enfant se sentir perdu dans une marée d'adultes sans lui offrir un véritable foyer. J'espérais juste, avec toutes les fibres de mon corps, pouvoir dire que Rome pensait la même chose du fait d'être parent. Mais le problème était que je ne savais pas ce qu'il pensait de quoi que ce soit en ce moment car il ne disait rien.

Shaw s'est mordu la lèvre et a parlé si doucement que je ne l'ai presque pas entendue.

– Il faut que tu le dises à Rome.

J'ai soupiré et appuyé sur mes yeux encore plus fort. Évidemment, il fallait que je le dise à Rome. Un jour.

En parler à Rome était beaucoup plus facile à dire qu'à faire, étant donné que ce grand imbécile n'avait pas fini son pétage de plombs monumental. Je ne savais pas vraiment ce qui s'était passé l'autre nuit, il avait fui mon lit comme si les draps étaient en feu, il tremblait pâle comme un cachet d'aspirine. C'était dix jours plus tôt, et je n'avais eu aucune nouvelle depuis. Les premiers jours, je l'avais appelé sans cesse, lui avais envoyé des messages, et je m'étais fait du mouron. À la fin de la semaine, j'étais en colère pour de bon et, de toute évidence, j'avais d'autres chats à fouetter que de penser à Rome Archer car j'étais quasi certaine de porter son bébé. Asa m'avait dit qu'il passait tout son temps au Bar et que son aventure avec la sobriété avait tourné court. Apparemment, il s'était remis à boire comme un trou et à grogner dès que quelqu'un s'approchait un peu trop de lui.

J'avais assez de fierté, assez de mauvais souvenirs, et une quantité raisonnable de peur en moi pour savoir qu'aller trouver sa tête de mule et le forcer à me parler n'était pas envisageable. Je me suis dit qu'il savait où j'habitais et où je travaillais, et que s'il voulait rattraper le coup, il savait où me trouver. C'est vrai que je pensais qu'il viendrait beaucoup plus tôt, mais maintenant il semblait que je n'avais plus le choix.

– Je sais, Shaw.

Elle s'est éclairci la voix et a lancé un regard vers moi, puis vers Ayden.

– Il n'est pas en super forme, en ce moment. Je ne sais pas ce qui s'est passé, il commençait à redevenir qui il était avant, à retrouver des habitudes, et boum, il est retombé dans le même état qu'en revenant d'Afghanistan. J'ai cru que Dale allait pleurer quand il n'est pas venu au brunch dimanche dernier.

J'ai passé mes mains crispées dans mes cheveux courts et ai levé les yeux au ciel.

– Je ne sais pas non plus. Ça se passait bien, je pensais qu'il y avait quelque chose de bien entre nous même si c'était tout neuf. Et puis en une nuit, ça a changé. Je n'arrive pas à croire que j'aie été aussi bête.

Ayden a claqué la langue et a pointé son doigt vers moi.

– Arrête de te flageller. Jet et moi, il a failli nous arriver la même chose juste avant qu'on se sépare. Parfois, les mecs sont trop chauds et le bon sens disparaît tout bonnement.

Shaw a acquiescé.

– Ouais, si je ne prenais pas la pilule depuis la nuit des temps, on aurait été dans la même situation, avec Rule. Tu es humaine, et Rome peut être assez étourdissant.

Tout était étourdissant.

– Je suis baisée.

Cela me semblait bien résumer la chose. Ayden a rigolé et a baissé la main pour m'aider à me remettre debout.

– Je crois que c'est ce qui t'a mis dans la merde au départ. Allez, on va manger.

J'ai grogné mais je l'ai suivie hors de la salle de bains.

– Je crois que je ne peux pas manger.

Je l'ai tirée pour qu'elle s'arrête et ai aussi attrapé Shaw par le bras.

– Vous ne pouvez rien dire. Rome ne doit pas l'apprendre de Rule ou de Jet. Je lui parlerai quand je serai prête.

Ayden a levé les yeux au ciel et Shaw a hoché la tête gravement.

– Je n'arrive pas à croire que Rule va être tonton. Margot et Dale vont devenir fous.

Et merde. C'était toute une autre prise de tête à laquelle je n'avais pas pensé.

– Mon père va me tuer.

Elles ont toutes les deux rigolé et je suis allée me jeter sur le canapé. Même si, techniquement, nous ne nous voyions que depuis quelques semaines, je pensais vraiment qu'il y avait quelque chose de profond entre Rome et moi. Je le sentais dans la façon dont l'air changeait quand nous étions ensemble. Il était essentiel, inimaginable. Je voyais encore la fracture dans ses yeux bleus, les choses qu'il essayait d'accepter, mais je pensais que cela allait entre nous. Maintenant, je ne savais plus quoi penser et nous n'avions pas assez de passé commun pour savoir dans quel sens aller avec lui. Et maintenant ma vie n'était qu'un tas de problèmes. Je ne l'aurais jamais laissé se rapprocher de moi si j'avais su qu'il partirait aussi facilement. Shaw est revenue de la cuisine et a posé une assiette de pâtes devant moi. Ayden a apporté une bouteille de vin et je lui ai lancé un regard mauvais. Elle a haussé les épaules et s'est laissée tomber à côté de moi.

– Prends rendez-vous avec un médecin demain matin, Cora. C'est très important, et il faut que tu prennes soin de toi. J'irai avec toi, si tu veux.

– Ne t'inquiète pas, Cora, on est là. Pour tout ce qu'il te faudra, a ajouté Shaw debout sur ses talons.

Je savais que je n'aurais pas pu rêver de meilleures amies pour m'aider à traverser cette première phase de choc qui s'abattait sur moi. Mais ce dont j'avais besoin, c'était que le père de ce gamin ne soit pas si compliqué et pas aussi atrocement sexy. S'il avait été un mec moyen, comme des millions, j'aurais sans problème continué ma quête infructueuse de monsieur Parfait et je n'aurais jamais pris la route touristique pour admirer son imperfection glorieuse et infinie. Rome ne m'avait jamais donné l'impression que je me contentais de moins que ce que je méritais, il m'avait donné l'impression qu'avoir un nouveau rêve, dont il était au centre, était parfaitement logique.

– Je sais que vous, vous êtes là. Pour Rome, ça va peut-être être une autre histoire. C'est un peu lourd à balancer à un mec qui a déjà du pain sur la planche, niveau bagage émotionnel.

Shaw a plissé les yeux en me regardant.

– Arrête. Il va s'en sortir. Il a besoin d'aide, comme Margot en a eu besoin, mais au fond, Rome est en béton. Il déteste qu'on le voie faible, il déteste l'idée que ce n'est pas lui qui porte le monde sur son dos. Même si je dois le lui faire rentrer dans le crâne à coups de marteau, il va se remettre.

J'ai secoué la tête et l'ai laissée tomber en arrière contre les coussins bigarrés du canapé. Rome n'était pas solide, il était instable et débridé. Je crois que c'était ce qui m'avait aussi irrésistiblement attirée chez lui au départ.

– Je ne veux pas être avec un mec qui se sent obligé d'être avec moi, Shaw. Je ne veux pas être avec quelqu'un qui n'est pas à cent mille pour cent avec moi, autant que je le suis. Même si je suis enceinte de lui, je ne vais pas terminer de la même façon qu'avec Jimmy, plus jamais.

Elle m'a fait une grimace.

– Rome n'est pas Jimmy, il ne te trahirait jamais comme ça.

– Non, ce n'est pas Jimmy. Je croyais qu'il était mieux, mais je ne peux pas le laisser se tirer chaque fois qu'il passe une mauvaise période. Ça ne peut pas fonctionner comme ça, surtout maintenant.

Et je ne voulais pas m'étendre sur ce que sa désertion soudaine avait fait à mon cœur. Ce genre de douleur était incompréhensible à propos d'une relation si fragile et récente, et cela me faisait flipper que ma sensation de l'avoir perdu soit plus puissante, plus forte qu'elle ne l'avait été lorsque j'avais quitté Jimmy.

– Il vaut le coup de se battre.

– Parce que c'est un Archer ?

Je ne voulais pas paraître aussi cynique, mais Rome et ses soucis n'étaient plus mon plus gros problème.

– Non, parce que c'est un mec super et qu'il n'a pas eu la vie facile ces derniers temps. Tu ne te souviens pas m'avoir dit combien Rule était brisé, après la mort de Remy ? Rome a traversé les mêmes choses, Cora, mais il a dû le faire en combattant et en regardant ses camarades soldats mourir à ses côtés. Il a peut-être juste besoin de quelqu'un qui lui fait voir qu'il a le droit de prendre enfin une pause.

Je ne voulais pas me disputer avec elle à ce sujet, car je pensais qu'elle n'avait pas entièrement tort, mais c'était moi qui me sentais seule et perdue après son départ en pleine nuit sans un mot. Peut-être était-ce dû au fait que je ne souffrais pas seulement pour moi, mais pour lui aussi. L'horreur qui brillait dans ses yeux bleus, même dans le noir, et le désespoir marqué sur les beaux traits de son visage me serraient la poitrine quand j'y repensais, mais je ne pouvais pas l'obliger à s'ouvrir à moi. Nous ne pouvions rien faire marcher entre nous s'il s'enfuyait chaque fois que cela devenait compliqué. Je n'avais pas besoin qu'il me protège de lui-même. J'étais largement capable de le faire toute seule.

– Donne-moi quelques jours pour me faire à l'idée que je suis en train de faire pousser un être humain, et peut-être qu'après on pourra parler de ce que je vais faire avec le grand frère Archer.

Ayden a acquiescé et a lancé un regard appuyé à Shaw.

– C'est une bonne idée. Maintenant, tout le monde se calme. Shaw, aide-moi à finir cette bouteille. Ce n'est pas parce que Cora ne peut pas boire que ça ne doit pas être une vraie soirée filles.

Elle a haussé les sourcils plusieurs fois et m'a jeté un regard exagérément lubrique.

– En plus, ça fait des siècles que Jet n'a pas passé un jeudi à la maison et le sexe alcoolisé m'a manqué.

Cela a suffi à m'arracher un rire et j'ai fait de mon mieux pour me détendre et pour profiter du reste de la soirée avec mes amies. L'avenir était une inconnue si énorme et si pesante, pourtant je refusais de me laisser aspirer. J'allais m'en sortir, que je finisse par avancer toute seule, ou que je force Rome à se sortir la tête du cul. J'étais terrifiée, mais un peu excitée derrière mon mur de peur. Ce n'était pas quelque chose que j'aurais prévu pour ma vie, mais si quelqu'un pouvait accepter l'idée d'une grossesse non prévue et d'élever un enfant seule, c'était bien moi. Je savais, d'expérience, ce que c'était que de grandir sans mère, sans se sentir chez soi et sans avoir de racines. Il n'était pas possible que mon enfant ait un jour à vivre cela. Je remuerais ciel et terre pour m'en assurer.

À la fin de la soirée, j'ai dû mettre Ayden au lit, sans Jet. Il était toujours en piste avec Rowdy et Nash, mais je lui faisais confiance pour trouver un moyen de la réveiller, et plus si affinités, en rentrant. Shaw était déjà partie, je crois qu'elle avait du mal à s'empêcher de me poser mille questions et de chanter les louanges de Rome. C'était une très bonne amie, mais dans ce cas précis, elle avait le cul entre deux chaises. Si je n'avais pas été une des chaises et Rome la seconde, j'aurais peut-être pu avoir un peu d'empathie pour elle. Mais dans l'état actuel des choses, je lui avais fait promettre une deuxième fois de ne rien dire à Rule à propos du bébé tant que je n'en avais pas parlé à l'autre Archer. Elle avait accepté sans insister et était partie avec un câlin et un regard complice.

Je savais que tout le monde voulait que je sois heureuse et que Rome trouve la paix et l'équilibre, mais je n'étais plus si sûre que ces deux choses aillent de pair. J'avais l'impression que s'il se rapprochait assez pour me briser le cœur, les dégâts que cela provoquerait seraient aussi dévastateurs pour lui que pour moi. Je n'étais pas sûre que cela vaille le coup de prendre le risque. Pas avec tant de choses en jeu.

J'ai eu un peu de mal à me lever le lendemain matin. C'était bizarre de me mettre dans la tête que je ne fonctionnais plus en tant que personne autonome. Je ne savais absolument rien sur la grossesse ni sur l'accouchement, je me suis donc dit que j'avais intérêt à poser des questions à Google, et vite. J'ai aussi appelé pour prendre rendez-vous avec un médecin et essayé de trouver ce que j'allais bien pouvoir dire à mon père. En revanche, je n'ai pas appelé Rome. Je n'imaginais pas de conversation que j'avais moins envie d'avoir que celle-ci.

Quand je suis arrivée au salon, les gars étaient déjà là en train de préparer leur matériel pour la journée. En général, nous arrivions tous une heure avant midi pour que le salon soit prêt à tourner. Les mecs finissaient des dessins à la dernière minute, et j'appelais les clients pour leur rappeler leurs rendez-vous. Ce matin, tout le monde avait l'air assez calme et j'étais contente que Rule et Nash soient parfaitement normaux. Shaw avait tenu parole et n'avait rien dit à son copain. Je n'arrêtais pas de regarder mon téléphone comme si, par magie, il allait contenir toutes les réponses dont j'avais besoin, lorsqu'il a sonné pour me signaler un nouveau message. Cela m'a fait sursauter, et quand j'ai vu le nom de Rome en haut de l'écran, mon ventre a fait un tel bond que j'ai dû courir jusqu'aux toilettes avant de vomir mon jus d'orange sur mon bureau et sur mon ordinateur.

J'y suis restée plus longtemps que nécessaire. J'ai dû m'asperger le visage d'eau fraîche et prendre une minute pour retrouver mon souffle. Je voulais vraiment savoir ce qu'il avait à dire après ces deux semaines de silence radio alors j'ai remonté mes cheveux, mis du rouge à lèvres rouge vif, et j'ai eu l'impression d'avoir une sorte d'armure pour faire face à ce que contenait le message. Seulement, égal à lui-même, Rome a rendu les choses un million de fois plus difficiles que nécessaire. Lorsque je suis sortie de la salle de bains, je me suis arrêtée net en le voyant debout dans la salle d'attente du salon, avec Rule et Nash en face de lui. Rule avait l'air furieux et Nash stressé. Rome avait une sale gueule, mais il ne disait pas un mot tandis que son frère lui criait dessus et poussait sur son torse avec son doigt tatoué.

– On t'a dit de la laisser tranquille. Est-ce que tu aurais pu nous écouter ? Non ! Comme toujours, tu sais tout mieux que tout le monde, et maintenant regarde ! Elle est mal depuis deux semaines, elle est plus méchante que d'habitude, et maintenant tu l'as tellement énervée qu'elle en est malade.

Rule a poussé Rome tellement fort que cette fois, il a fait un pas en arrière. Aucun d'entre eux ne m'avait vue, et je ne savais pas comment les interrompre sans encore faire empirer les choses. Nash a secoué la tête et a fait reculer Rule.

– Je t'ai dit de laisser tomber, mec.

Rome a posé ses yeux bleu azur par terre et le peu de couleur qu'il restait sur son visage s'est envolé. On aurait dit qu'il n'avait pas dormi depuis des mois ; il était d'une pâleur sans nom, la forme de sa bouche était stricte et inquiétante. Tout ce que je voulais était lui faire un câlin et lui dire que tout allait bien se passer.

– Tu ne comprends pas.

– Non, je ne comprends pas. Tu m'as menacé de me casser la gueule si je me foutais de la gueule de Shaw. Eh bien, c'est exactement ce que tu fais avec Cora et c'est dégueulasse.

Rome a pris une inspiration. Pendant une seconde, j'ai cru qu'il allait se retourner et partir, mais à ce moment il a levé les yeux et a croisé mon regard. Il a cligné des yeux, une fois, puis deux, et j'aurais juré voir une sorte d'ombre se lever et disparaître pour laisser briller leur lumière saphir étourdissante.

– Rule, je ne me fous de la gueule de personne. Je te l'ai dit, tu ne comprends pas, mais je ne te dois pas d'explication. Cora, en revanche, je lui dois beaucoup plus que ça.

Rule a juré une fois de plus et Nash a littéralement dû le retenir.

– Tu dois une explication à tout le monde, Rome. On en a assez de cette merde, et il faut que ça s'arrête. Tu ne peux pas continuer à faire du mal à tout le monde parce que tu es malheureux.

Leurs yeux bleus se sont affrontés et j'ai vu le feu s'allumer chez Rome. Cela allait devenir sérieux.

– Tu veux dire, comme ce que tu as toujours fait ? C'est drôle comme tu peux être moralisateur maintenant que tu t'es casé avec Shaw. Il n'y a pas si longtemps, elle devait traîner ta carcasse de dragueur encore imbibée d'alcool et ta gueule de bois chez papa et maman. Lâche-moi, Rule. Je ne te dois rien.

OK, nous allions avoir droit à un vrai combat de catch entre Archer si je n'arrêtais pas cela tout de suite.

– Rome.

Ils se sont enfin tous tournés vers moi.

– Qu'est-ce que tu fais là ?

Il n'avait pas l'air de savoir quoi répondre, alors je me suis approchée de lui et des gars et me suis placée entre eux. Je sentais l'hostilité qui émanait de Rule et le remords qui dégoulinait de Rome.

– Euh… J'espérais que je pourrais te parler vite fait avant que tu commences à travailler.

J'ai soupiré.

– Eh bien, j'ai voulu te parler toute la semaine dernière et tu m'as ignorée.

– Je sais. Je suis désolé.

– Je suis désolée aussi, parce que maintenant je ne sais pas si j'ai envie d'entendre ce que tu as à me dire. Ce n'est pas dur de me trouver, grand gaillard.

Il a soupiré.

– Je sais.

Nous nous sommes fixés longuement en silence jusqu'à ce qu'il baisse les yeux et regarde à nouveau par terre. J'ai senti Rule bouger derrière moi et je me suis dit qu'il valait mieux que je les sépare avant de devoir nettoyer du sang frais. J'ai attrapé Rome par le bras et l'ai tiré jusqu'à la porte d'entrée, sur le trottoir. Rule a crié un truc par la porte, et j'ai senti Rome se crisper.

– Arrête. Une bataille à la fois.

Il a levé les mains en l'air dans un grand geste.

– C'est bien le problème, Cora. J'en ai marre de me battre.

Ses yeux brûlaient, ils semblaient si chauds que j'avais l'impression qu'ils allaient percer des trous sur moi.

– Je me bats avec mes parents. Je me bats avec Rule. Je me bats contre mes défauts. Je me bats contre ma peur de l'avenir. Je me bats contre ma propre tête, et je suis fatigué. Je suis retraité. J'étais censé laisser la guerre dans le désert.

Je voulais le réconforter, lui dire que je comprenais, mais il y avait des choses plus importantes que lui et moi.

– Alors, qu'est-ce que tu vas faire ?

C'était la clé. Il pouvait continuer à se battre, continuer à tout combattre tout seul jusqu'à s'user et devenir l'ombre d'un homme, le pâle reflet de celui qu'il avait été, ou il pouvait demander de l'aide. Je ne m'étais pas rendu compte que j'avais retenu mon souffle jusqu'à ce qu'il me réponde enfin.

– Brite m'a donné le nom d'un mec. C'est un psy à la retraite et un vétéran. Il ne prend que des gens sur recommandation. Je suis allé lui parler hier. C'est un gars très sympa.

J'ai lâché mon souffle et ai senti mon cœur revenir à un rythme un peu moins chaotique.

– J'ai passé toute l'heure et demie avec lui à parler de toi. Du fait que je me sentais merdeux de t'avoir laissée tomber, que je pensais que quelque chose de vraiment génial commençait entre nous, et de la façon dont j'ai tout foutu en l'air en faisant ma chochotte.

Il m'a regardée et j'ai senti mon cœur se retourner dans ma poitrine. La supplication dans son regard, l'envie claire et pure que je comprenne une toute petite partie de ce qu'il traversait, m'a vraiment touchée. Tout ce que je demandais à un compagnon était de l'honnêteté, et on ne trouvait pas plus honnête que cela.

– Je veux que personne ne me voie jamais comme ça, Cora. Ça me déchire en deux de revivre cette merde en boucle, et rien, même des choses vraiment super, comme toi et moi, ne fait que ça s'arrête. Ça me fait honte d'être aussi vulnérable devant quelqu'un d'autre. Je suis vraiment désolé de ne pas avoir réagi comme il fallait.

– Rome…

Je n'étais pas sûre de ce que je voulais dire, mais de toute façon je n'ai pas eu le temps car il m'a prise par les bras et m'a soulevée pour que nous soyons face à face.

– S'il te plaît, Cora.

Sa voix était cassée et tellement triste.

– Tu es tellement plus bénéfique pour moi qu'une bouteille de vodka. Je ne peux pas être parfait pour toi, mais je peux être quelqu'un sur qui tu peux compter, quelqu'un que tu veux garder avec toi, même si ça ne sera pas toujours facile.

J'ai posé mes mains sur ses larges épaules et j'ai explosé de rire. J'ai ri si fort que j'ai dû poser mon front contre sa gorge pour reprendre mon souffle. J'ai senti sa confusion lorsqu'il s'est tendu et m'a reposée par terre. J'ai reculé un peu et j'ai croisé les bras.

– Je suis enceinte.

Ses yeux se sont écarquillés comme des assiettes et sa bouche s'est ouverte d'une façon qui aurait été comique si la situation n'avait pas été aussi sérieuse.

– J'ai acheté un test hier, et il était positif de chez positif.

– Tu… Je… On…

Il a perdu le fil et j'ai cru qu'il allait tomber dans les pommes.

– Pour de vrai ?

– Pour de vrai.

– Tu vas bien ?

Son regard a couru de mes pieds à ma tête comme s'il cherchait déjà un signe de changement chez moi.

– Ça va. Écoute, je sais que ça fait beaucoup de choses à assimiler. Je n'attends rien de toi, mais si tu cherches une bonne raison de reprendre ta vie en main, je crois que tu en as une, maintenant.

– Comment ça, tu n'attends rien de moi ?

J'ai soupiré.

– Écoute Rome, on s'est vus pendant moins d'un mois. On n'a jamais vraiment été amis, puis on est devenus amants et maintenant futurs parents. Ça ferait beaucoup de choses à gérer pour n'importe qui. Je tiens à toi et je pense vraiment que tu es un mec formidable, mais je ne vais pas faire prendre de risques à ce bébé ou à mon cœur pour quelqu'un qui n'est pas à fond avec moi. J'ai déjà vécu ça et sérieusement, j'aimerais bien pouvoir revenir en arrière.

– Donne-moi une chance, Minipouss, je serai à fond.

Je le voyais, juste là, aveuglant et brillant dans un bleu aussi tranchant qu'une lame de rasoir. Il y croyait, il le voulait, mais je ne savais pas si je pouvais être sûre qu'il tiendrait sa parole et qu'il ne me laisserait pas encore en plan.

– L'alcool…

Il a secoué la tête.

– Fini. C'est terminé. Ça ne me fait aucun bien et Brite ne me laisse pas rester au bar si je suis plein. Il n'était pas tout le temps là ces dernières semaines, et il a fini par me dire que si je ne me remettais pas la tête sur les épaules, c'était fini pour moi. J'avais déjà l'impression de t'avoir déçue, je n'aurais pas pu supporter l'idée de le décevoir en plus, et c'est pour ça que j'ai appelé son ami pour qu'il m'aide.

Il a fait une grimace qui ressemblait à un rictus de douleur.

– Il y a de fortes chances que je souffre des effets secondaires des troubles de stress post-traumatique pendant longtemps. Je ne vais pas me réveiller demain matin tout frais et pimpant, tout parfait, mais je peux aller mieux. La différence, c'est que je n'avais pas vraiment la motivation d'aller dans cette direction jusqu'à ce que je craque et ne puisse plus te regarder en face. Je ne veux pas que tu fasses partie de mes cauchemars, Cora, mais je suis assez égoïste pour te demander si toi, tu le voudrais.

Il disait toutes les bonnes choses, il se mettait beaucoup plus en danger pour moi que Jimmy ne l'avait jamais fait, et j'avais envie de croire que ce qu'il disait était vrai. Je ne voulais pas encore le laisser partir, mais je devais être sûre qu'il comprenait les règles à partir de maintenant.

– Les cauchemars, ce sont juste des mauvais rêves. Si tu veux que je fasse partie de tes rêves, je n'imagine pas de meilleur endroit où être. Rome, je suis plus que prête à tenir le coup avec toi, mais ce bébé est plus important que nous deux. Tu ne peux pas t'en aller quand tu paniques ou parce que ton passé fait blocage entre nous. Il faut que tu m'en parles, il faut que tu restes pour qu'on le traverse ensemble. Je ne suis pas parfaite non plus, Capitaine Grognon, mais je crois que tous les deux, on peut s'approcher de quelque chose d'assez spectaculaire, si on le veut assez fort.

J'ai couiné de surprise quand il m'a soulevée et m'a écrasée contre son torse. J'ai pensé que je ne me lasserais jamais de ce que je sentais quand j'étais serrée contre lui. Il a posé un baiser ferme sur ma bouche, et j'ai mis mes mains de chaque côté de son visage pour qu'il reste là. Il m'avait manqué, cela m'avait manqué, mais je ne me faisais pas d'illusions et je savais que cela ne serait pas le dernier obstacle que nous aurions à franchir si nous arrivions à rester ensemble. Ce n'était pas n'importe quel homme, s'il pouvait rester alors que la réalité de la parentalité le regardait droit dans les yeux. Nous ne nous connaissions pas assez bien pour savoir si nous allions passer notre vie ensemble, mais il me touchait de nombreuses façons, toutes plus surprenantes les unes que les autres. J'aimais penser qu'avec un peu de travail, il pourrait très bien être mon nouveau rêve, qu'il pourrait correspondre à ma nouvelle idée de la perfection.

Lorsqu'il m'a reposée sur mes pieds, j'ai rigolé un peu et ai descendu mes mains sur ses épaules.

– On va peut-être devoir ralentir un peu les choses tous les deux. Car même si la compatibilité sexuelle entre nous ne fait aucun doute, on devrait vérifier qu'on est capables de se supporter sur le long terme.

Il a penché sa tête en avant pour appuyer son front contre le mien.

– D'accord.

J'ai tapé sur son menton avec mon index.

– Et il faut que tu sois gentil avec Rule. La famille, c'est important, et il va être l'oncle de ce petit. En plus, Shaw va rendre tout le monde fou à essayer de recoller les morceaux si vous ne le faites pas vous-mêmes. Pareil pour tes parents.

Je ne laisserais jamais la famille s'émietter, et pour que cette histoire fonctionne, il allait devoir se mettre cela dans la tête. Il s'est reculé et a mordu le bout de mon doigt, et je lui ai fait la grimace.

– Repentir, c'est mon nouveau nom. Rule et moi, on est tous les deux atteints de l'entêtement des Archer, et je ne peux pas vraiment lui en vouloir d'essayer de te protéger. Il a raison, je lui ai fait la même chose pour Shaw. La seule différence, c'est que je n'ai pas la réputation d'un don juan. Je vais trouver des solutions, je te jure que c'est important pour moi.

J'ai enfin enroulé mes bras autour de sa taille et lui ai fait le câlin dont je mourais d'envie depuis que je l'avais vu dans le salon.

***

Bien sûr, dès que je suis rentrée dans le salon, les garçons m'ont sauté dessus. Rule était encore à cent à l'heure et en colère, Nash se comportait comme un grand frère inquiet alors qu'il était plus jeune que moi, et Rowdy regardait le tout avec un sourire qui me donnait envie de taper sur sa belle gueule. Nous n'avions qu'une dizaine de minutes avant d'ouvrir, donc je les ai traînés tous les trois dans l'arrière-boutique et me suis mise face à eux. Leur dire de se calmer et de s'occuper de leurs oignons n'allait pas suffire, donc je leur ai tout expliqué noir sur blanc, dans des termes que même des gars entêtés, bornés mais avec de bonnes intentions, pouvaient comprendre.

Je leur ai dit que j'allais avoir le bébé de Rome et que je ne voulais pas entendre un seul mot car il était encore très tôt. J'ai cru que Rule allait passer à travers le plafond jusqu'à ce que je lui tape le ventre avec le dos de ma main et lui dise de se calmer. Nash avait l'air sous le choc, et Rowdy a été le seul à me faire un bisou sur le dessus de la tête et à me féliciter. J'ai expliqué que ce que je faisais ou ne faisais pas avec Rome n'avait rien à voir avec eux, et qu'ils avaient tous intérêt à se tenir tranquilles car le plus important était que j'allais avoir un gamin, et que tous les gens que j'aimais et qui comptaient pour moi allaient faire partie de sa vie, que cela leur plaise ou non. Rule et moi nous sommes fixés un bon moment, mais en réalité c'était mignon, et au fond il était tout ému. Il a fini par céder et m'a soulevée en me serrant dans ses bras, tellement fort qu'il aurait pu me casser une côte.

Il m'a dit qu'il allait quand même foutre un coup de pied au cul de Rome s'il continuait à faire le con avec moi, et je l'ai informé qu'il ne serait pas le seul. Nash a été plus dur à faire craquer. Il n'arrêtait pas de me regarder, puis de regarder mon ventre, et ainsi de suite, en secouant lentement la tête de droite à gauche. J'ai attendu. Nash était un sentimental. Il était plus rationnel que les autres, mais son enfance avait laissé de méchantes traces et je crois qu'il n'était pas à l'aise avec les humains qui mesuraient moins qu'une huche à pain.

– Ça va aller. Pour moi. Pour nous.

Il a passé son bras sur mon épaule et m'a fait un câlin d'un bras, si serré que cela faisait presque mal.

– Comprends-moi bien, Rome est un mec cool. Je l'ai toujours admiré, mais ces derniers temps il n'a pas l'air de se comporter comme devrait le faire un futur papa.

– Je ne le sais que depuis hier.

– Mais tu savais avant, non ?

– Peut-être.

– Fais juste attention. Je vous aime tous les deux et je ne veux pas devoir choisir entre vous deux.

– Arrête. On ne ferait pas ça.

Nash a fait un sourire triste qui paraissait hors sujet sur son beau visage et sous l'anneau dans son nez.

– C'est ce que tous les parents disent.

Il est parti en me laissant bouche bée. Rowdy s'est glissé à côté de moi et a passé son bras sous le mien.

– Tu vas être une super maman. Tout le reste va se mettre en place et les autres n'ont qu'à gérer leurs merdes tout seuls.

J'ai grogné et ai posé ma tête sur son épaule.

– Merci.

– Et le mec ? C'est un bon choix pour faire ça ?

– Je crois.

Et je le croyais vraiment. Il me faudrait peut-être un peu bosser pour y arriver, mais je pensais vraiment qu'il valait le coup. J'étais heureuse qu'il ait fait le premier pas pour demander de l'aide à propos de ces cauchemars qui le poursuivaient.

Je pouvais chasser les ombres avec lui, tant qu'il voulait bien faire entrer la lumière.

– Je n'ai pas eu l'occasion d'être souvent debout depuis le début de tout ça.

J'ai fait danser mes sourcils de façon suggestive, ce qui l'a fait rire.

– Au propre comme au figuré.

– Le monde à l'envers, je te dis.

Rowdy a baissé sa main et a tapoté mon ventre encore plat.

– Ça va être tellement drôle à observer.

J'ai ricané et lui ai donné un coup de coude. En réalité, le monde à l'envers m'allait. Je pouvais faire dans l'inattendu. Ce qui n'était pas envisageable, c'était d'avoir le cœur brisé, donc le grand frère avait intérêt à avoir compris cela, sinon je ne répondrais plus de mes actes. Putain, j'allais même pouvoir mettre ça sur le compte de mes hormones.

CHAPITRE 10

ROME

Faire les choses doucement, c'était nul. Comprenez-moi bien, j'étais plutôt persuadé d'être en train de tomber amoureux de Cora. J'avais passé les deux dernières semaines à essayer de boire assez pour la sortir de ma tête, et à me sentir comme un trou du cul de l'avoir lâchée sans un mot. C'était encore une réaction de mauviette à ajouter à une liste qui s'allongeait à vue d'œil. J'avais honte de ne pas arriver à tenir le coup, honte qu'elle m'ait vu ainsi brisé. Je savais dès le début qu'elle se méfiait des montagnes russes de ma personnalité, et le fait qu'elle soit témoin de mon enfer personnel était trop dur pour mon ego et pour ma fierté déjà bien attaquée, donc j'avais fui. C'était lâche et faible, mais je crois que je n'aurais pas supporté qu'elle me voie comme quelqu'un à plaindre, quelqu'un qu'il fallait réparer. Alors j'avais enfoncé ma tête dans une bouteille de vodka et avais essayé de noyer tout cela. Mes raisons de l'éviter ne tenaient pas debout, pas plus que celles que j'invoquais pour éviter mes parents, un fait que je ne pouvais plus ignorer ni noyer sous l'alcool.

Dès le lendemain, il est devenu évident que ne pas lui parler, ne pas la toucher, la tenir, me faisait beaucoup plus souffrir que ma fierté. Je l'avais dans la peau, si profondément que je m'étais rendu compte que si pour être avec elle il fallait que je me fasse aider, alors c'était ma seule option, et il était temps d'arrêter de fuir. J'étais tellement heureux qu'elle accepte de me donner une deuxième chance. J'avais besoin d'elle, et maintenant, avec le bébé, que je sois en bordel ou pas, j'étais sûr qu'elle aussi avait besoin de moi. J'étais prêt à faire n'importe quoi pour que cette histoire fonctionne, même si cela voulait dire que toute l'attraction sexuelle qui nous avait fait commencer tout ça devait être mise de côté. Se faire reléguer dans la friendzone par sa copine enceinte, c'était particulier.

J'ai passé tout le mois de septembre les mains dans les poches et la bite dans le caleçon. Je suis allé chez le médecin avec Cora, ce qui était à la fois enthousiasmant et terrifiant. Nous sortions pour dîner, nous vivions comme un couple normal qui commence à se fréquenter, et j'ai même envisagé de faire la paix avec mes parents comme je l'avais plus ou moins fait avec Shaw, car je savais que cela lui ferait plaisir et que j'en avais marre d'avoir peur. Reconstruire cette relation avec eux la rendrait heureuse, ce qui me rendrait heureux, même si rien que le fait d'y penser était une torture. Je ne savais pas quoi leur dire pour lancer la conversation.

C'était bien, ce rythme plus lent. J'aimais bien passer du temps avec elle, nous nous entendions super bien, et aux moments où cela n'allait pas, ses yeux bicolores qui émettaient des éclairs et des étincelles d'un million de couleurs différentes me promettaient de futures parties de sexe classées triple X. Ce n'était pas comme si j'étais avec elle uniquement pour cela, mais je serais un bon gros menteur si je disais que cela ne me manquait pas, qu'elle ne me manquait pas avec toute sa peau colorée. Le sexe avec Cora ne ressemblait à rien de ce que j'avais connu, et ce n'était pas seulement dû au fait qu'elle était percée en bas et avait tous ces petits bijoux colorés incrustés dans la peau. Malgré le refrain qu'elle avait répété disant qu'elle se préservait pour une vision de la perfection inaccessible, elle me comprenait, me comprenait vraiment, alors que j'étais tout l'opposé de la perfection.

Je ne savais pas non plus comment elle supportait l'absence de sexe. Ses hormones partaient dans tous les sens. Elle était plus bavarde et plus sarcastique que d'habitude, mais il y avait quelque chose dans ses yeux. Je la surprenais à me regarder du coin de l'œil, comme si elle ressentait le même désir réprimé que moi. Comme si nous étions à l'orée de quelque chose de phénoménal, de quelque chose de plus grand que tout ce que nous avions vécu jusqu'alors, mais c'était comme si elle avait peur de sauter le pas. Elle me laissait l'embrasser, la câliner sur le canapé quand nous regardions des films, elle était affectueuse, elle me tenait la main, enroulait ses bras autour de moi et me montrait qu'elle était là. Mais elle était toujours la première à s'éloigner, à couper le contact, et elle restait du bon côté de l'insatisfaction sexuelle. Je voyais le regret et la frustration sur son joli visage, mais je ne voulais pas trop tirer sur la corde, donc je n'insistais pas, sans poser de questions. Elle était prête à m'accepter en l'état, j'étais prêt à l'accepter avec tous les obstacles qu'elle mettrait sur mon chemin. Parfois, j'avais l'impression qu'elle était terrifiée lorsqu'elle me regardait, pas par moi, mais par ce qu'elle pensait ou ressentait à cause de moi.

Je rattrapais mes heures au Bar et j'essayais de rétablir la complicité avec Brite et les habitués. Brite était revenu, je crois que c'était surtout pour être sûr que je ne vide pas le bar et ne le mette en faillite comme je l'avais fait le mois passé. Je pense qu'il craignait que je parte en vrille et que je perde le contrôle. Pour lui prouver que je n'avais nullement l'intention de gâcher ma vie, ou de laisser Cora élever ce bébé seule, je travaillais encore plus dur et j'avais presque terminé toutes les améliorations qu'il m'avait demandées. J'avais même trouvé quelques idées à ajouter aux rénovations. Le bar avait l'air tout neuf ; c'était propre, poli, il n'y avait plus une seule surface qui n'avait pas été retapée. Une marée de sang neuf passait les portes désormais, et les affaires marchaient assez bien pour que Brite ait demandé à Asa de rester pour de bon comme barman le soir. Mon interprétation de la chose était qu'il appréciait la vue. Tous les soirs, le Bar était assailli de jolies jeunes filles, qui essayaient toutes d'attirer l'attention du joli blondinet de la campagne. Asa était vraiment bon.

Je ne savais toujours pas ce que j'allais faire une fois que j'en aurais fini avec le Bar, mais j'essayais de ne pas trop y penser. Il y avait bien assez d'autres choses qui m'empêchaient de dormir. Mon avenir me réservait assez de virages, m'en vouloir parce que je n'avais pas toutes les réponses était simplement épuisant et je n'avais plus l'énergie de le faire.

C'était aussi une lutte quotidienne de gérer les cauchemars et les drôles de failles dans ma tête qui me ramenaient dans le désert avec tout ce sang et cette mort, sans alcool pour m'anesthésier. Une vodka tonic de temps en temps, c'était une chose ; essayer de tuer mon foie en était une autre. Maintenant, quand je me réveillais, j'allais courir ou j'allais faire un grand tour sur la Harley jusqu'à reprendre mes esprits. Cela prenait plus longtemps mais c'était tout aussi efficace, et parler à l'ami de Brite me faisait comprendre que c'était comme tout le reste : il fallait que j'y travaille, que je m'entraîne à aller mieux. Il m'a aussi fait voir que si je laissais les personnes qui m'aimaient m'aider, cela accélérerait le processus. Exactement comme Shaw me l'avait dit, ils allaient devoir apprendre à m'aimer d'une nouvelle façon, et je devais être d'accord avec ça. Ce n'était pas un problème de leur demander de l'aide, cela ne faisait pas de moi un être faible, et je devrais être content d'être encore là pour les écouter, sans me sentir coupable.

Un soir, Cora et moi étions étalés sur le canapé, chez moi. Nash était sorti avec Rowdy et elle était roulée en boule contre moi. Elle avait choisi de regarder un film de filles débile après le dîner et il était tellement chiant que j'avais du mal à garder les yeux ouverts. J'aimais la façon dont elle s'imbriquait contre moi, elle était si petite et si délicate en apparence, elle faisait remonter tout mon instinct protecteur, ce qui était ironique car elle était parfaitement capable de se protéger toute seule. C'était dur de me souvenir à quoi ressemblait mon monde en noir et blanc avant qu'elle arrive pour l'asperger de couleurs dans tous les coins.

– Tu détestes, hein ?

Elle passait son pouce sur le dos de ma main et sur les jointures de mes doigts. Je sentais qu'elle s'arrêtait et s'inquiétait sur les cicatrices et les marques en relief sur ma peau.

– Nan, ça va.

Elle a rigolé contre moi.

– Tu es en train de t'endormir.

C'était vrai, mais je me suis dit qu'elle n'avait pas à s'en soucier. Mon attention n'arrêtait pas de divaguer. Elle voulait voir la fille du film avoir sa fin heureuse, et je me suis dit que je pourrais tenir jusque-là. En plus, être affalé avec elle sur le canapé était ce qui se rapprochait le plus du sexe depuis un mois. J'ai bougé pour passer mon bras autour d'elle et la tirer contre moi. J'ai posé un baiser sur le dessus de ses cheveux doux et j'ai dit à ma moitié inférieure bien trop tendue de se calmer. Elle avait un bras autour de ma taille et son autre main était posée sur ma cuisse. C'était très innocent, mais ce n'était pas évident à faire comprendre à ma libido contrariée. La seule solution pour survivre à cette soirée sans problème était peut-être de faire un petit somme.

En une seconde, je me suis retrouvé entre deux eaux, pas complètement endormi ni totalement réveillé. Je n'arrivais pas à me concentrer sur le film débile et mon esprit a fait un détour sur un chemin qu'il n'aurait pas dû emprunter. Tout s'est assombri et je suis revenu à un jour que je revivais sans cesse. C'était un cauchemar éveillé et je ne pouvais pas arrêter l'avalanche de souvenirs qui s'abattait sur moi. J'aurais donné tout ce que j'avais pour que cela cesse, pour garder ce jour précis enfermé dans une boîte, où il ne pourrait plus m'atteindre.

Je n'étais revenu du Pakistan que quelques mois plus tôt, les jumeaux avaient à peine vingt ans, et j'avais appris que j'allais partir en Irak. Mes parents étaient paniqués, tout le monde voulait que je quitte l'armée après ce déploiement, mais j'avais hâte d'y aller. Rule et Remy avaient déménagé, Shaw avait presque fini le lycée, et je m'ennuyais à rester à la maison avec les parents. Je n'en pouvais plus d'entendre « Rule est horrible, Remy est parfait, tu es bête et tu pourrais faire quelque chose de bien plus important de ta vie ».

J'aimais être dans l'armée. Je grimpais vite les échelons. J'étais bon avec les autres soldats et j'avais une aptitude naturelle pour les diriger. Quand j'étais à la maison, je n'étais que le grand frère des jumeaux. Tout avait toujours tourné autour des jumeaux. Ce n'était pas que je n'aimais pas mes frères. Putain, j'étais même parti faire la guerre pour être sûr qu'ils vivent dans un monde sans danger, mais cela devenait lassant d'être le gars dont le boulot était de surveiller Rule et de laisser briller Remy. Dans l'armée, j'étais sergent Archer. C'était moi qui prenais les décisions. C'était moi qui dirigeais les missions et j'avais toute une section d'hommes et de femmes à protéger, pas seulement deux garçons qui étaient deux opposés mais tout aussi perturbateurs.

Maman avait insisté pour que nous dînions en famille, mon dernier soir. Je ne voulais pas. Rule était toujours horrible avec tout le monde, et il se passait quelque chose entre Remy et Shaw. Ils avaient une relation bizarre, de toute façon. Ils ne se touchaient quasiment jamais, ils se comportaient plus comme deux copains que comme un couple, et ils avaient beau répéter qu'ils n'étaient que meilleurs amis, je savais qu'il y avait quelque chose de plus. Je n'arrivais pas non plus à comprendre pourquoi elle lançait des regards dégoulinants au mauvais jumeau quand elle pensait que personne ne la voyait. Cela semblait compliqué et trivial, donc je n'avais pas hâte.

Le dîner s'était déroulé comme prévu. Rule s'est pointé avec des cheveux bleus décoiffés et un cocard. Remy était distrait et vague, tandis que Shaw semblait maussade et patraque. J'ai fait ce que j'avais toujours fait et ai essayé de jouer l'intermédiaire. J'ai demandé à Rule comment se passait son apprentissage au salon de tatouage, j'ai parlé à Remy de son nouveau travail et ai posé des questions à Shaw sur sa préparation pour sa première année d'université. Mes parents me laissaient faire le médiateur, comme ils l'avaient toujours fait, tout en laissant entendre peu subtilement combien je manquais à la maison. C'était agaçant et énervant, mais j'ai tenu le coup en me disant qu'à la même heure, le lendemain, je serais à l'autre bout du monde. Nous avons terminé le dîner tant bien que mal et Remy a trouvé une excuse pour partir avec Shaw. Il se passait quelque chose, mais apparemment ni l'un ni l'autre n'avait envie de nous en parler. Nous sommes sortis tous les quatre après avoir dit bonne nuit à mes parents, et nous sommes restés dans l'allée. Rule m'a serré dans ses bras et m'a donné un coup de poing dans le ventre.

– Fais attention à toi. Tu vas me manquer, grincheux. Regarde tes e-mails plus souvent, cette fois.

J'ai décoiffé ses cheveux ridicules et lui ai rendu son coup de poing.

– Essaie de ne pas finir en prison avant que je revienne.

Il a ricané.

– Mais ce n'est pas drôle !

Shaw a levé les yeux au ciel et m'a fait un câlin.

– Je t'aime. Reviens en un seul morceau, s'il te plaît. Je t'enverrai un million de colis de provisions.

Rule a dit d'une voix traînante « Envoie-lui du porno », ce qui lui a valu un regard noir, et ils ont commencé à se chamailler comme des enfants. Remy m'a serré la main et m'a donné une tape dans le dos. Quand il s'est reculé, je jure que j'ai vu quelque chose bouger dans ses yeux clairs. J'avais envie de m'asseoir sur son dos et de le forcer à me parler, mais je n'avais pas le temps.

– Sois prudent. Prends soin de toi, Rome. Cette famille ne pourrait pas fonctionner sans toi.

J'ai rigolé car c'était lui, le fils adoré. Nous voulions tous être comme lui. J'ai fait un signe de tête vers Rule et Shaw debout à côté de nous, toujours en train de se disputer.

– Je prendrai soin de moi, et tu prends soin d'eux. Essaie que ta moitié stupide n'ait pas d'ennuis.

Il m'a juste souri un peu tristement.

– Laquelle ?

– Les deux.

Nous nous sommes pris dans les bras à nouveau et je suis rentré. Le lendemain matin, je repartais vers un nouveau désert et nous n'avons eu que des discussions sans intérêt que j'ai complètement oubliées. Je me suis mis tout de suite au travail en arrivant, je suis passé en mode survie et sans aucune communication dès que j'ai atterri. J'ai mené une mission de reconnaissance avec une équipe des forces spéciales pendant près de deux semaines avant d'avoir le moindre contact avec la base.

Ils essayaient de me contacter depuis trois jours quand ils ont enfin trouvé quelqu'un pour me transmettre un message important. Remy était mort. Il avait eu un accident. Il avait éclaté sa voiture sur l'autoroute et ne s'en était pas sorti. On m'accordait quelques jours de perm pour rentrer à la maison pour l'enterrement et j'étais censé revenir prêt au combat. J'avais l'impression que quelqu'un m'avait enfoncé un couteau cranté en plein milieu de la poitrine.

Remy était le mec bien, le meilleur de nous trois. Il était gentil, aimant, attentionné, et ce n'était pas possible que ce soit lui qui parte avant l'heure. Rule allait se faire tirer dessus par le copain d'une fille, ou énerver une armoire à glace dans un bar. J'allais marcher sur une mine ou tomber sous les tirs ennemis. Ce n'était pas possible que l'heure de Remy soit venue.

J'ai pris l'avion, hébété. Je n'arrivais pas à penser, à ressentir quoi que ce soit. J'étais paralysé. Je crois que c'est pour cela que je n'ai pas vu que ma mère n'était plus distante et incisive avec Rule, mais qu'elle était passée à l'étape glacier arctique. Nous avons tous plongé dans un puits de deuil et de désespoir pour nos raisons propres, et aucun d'entre nous ne pouvait tendre la main vers l'autre.

Tout ce à quoi je pensais était que je ne lui avais pas dit combien je l'aimais avant de partir. Je lui avais ordonné de prendre soin de Rule, je lui disais toujours de faire attention à son frère difficile, mais je ne lui disais jamais combien j'étais impressionné et admiratif de l'homme qu'il était devenu. Je ne lui ai jamais dit que j'étais peut-être son héros, mais que lui était le mien. Le fait d'avoir gaspillé mes dernières minutes avec lui était une pilule que je n'avais jamais réussi à avaler. Si l'on ajoute à cela le fait que je savais qu'il se passait quelque chose, quelque chose dont il fallait qu'il me parle, un morceau de mon cœur a été enterré avec lui.

Je suis retourné dans le désert sans parler à mes parents, sans pouvoir regarder Rule dans les yeux car cela me faisait trop mal de voir les yeux de Remy me regarder. Toutes les nuits de l'année suivante, peu importait la mission sur laquelle j'étais, peu importait la caserne où j'étais, peu importait la partie du globe où j'étais envoyé, je me couchais le soir en pensant à tout ce que je ferais différemment si je le pouvais. J'avais beaucoup vu la mort dans mon travail, c'était toujours horrible et c'était toujours dur à oublier, mais c'était le souvenir de mes dernières secondes avec mon petit frère qui me réveillait en pleine nuit avec des larmes sur les joues.

J'avais un poids sur moi. Pas le poids lourd et accablant du chagrin avec lequel je me réveillais lorsque ce souvenir précis m'aveuglait, mais un poids doux et chaud qui n'arrêtait pas de chuchoter mon nom. Je me suis débattu pour sortir de l'obscurité et ai trouvé Cora sur mes genoux. Elle me chevauchait littéralement, avec ses mains de chaque côté de mon visage. Elle répétait mon nom, elle le murmurait contre la cicatrice sur mon front et contre les traces humides sur mes joues que je sentais couler de mes yeux.

Mon premier instinct aurait été de la pousser et de sortir de là, d'enfouir la honte et la tristesse au fond de moi et de les recouvrir d'une couche de vodka si épaisse que je ne pourrais plus jamais les ressentir, mais je savais que si je faisais cela, elle ne me donnerait pas d'autre chance, donc je l'ai regardée et l'ai laissée déposer des baisers partout sur mon visage jusqu'à ce que mon rythme cardiaque redescende et que je puisse à nouveau respirer normalement. J'ai mis mes mains sur sa taille et ai compté à rebours en partant de vingt jusqu'à être absolument certain que je n'allais pas encore déguerpir.

– Tu veux en parler ?

Non, je ne voulais vraiment pas en parler, mais j'avais promis de m'ouvrir à elle, donc j'allais faire un effort, et si cela voulait dire qu'elle restait sur moi à caresser ma tête avec ses doigts, j'allais résister même si j'avais l'impression que cela me tuait.

– Remy. Je pensais, ou peut-être que je rêvais, à Remy.

Si penser à son petit frère mort ne pouvait pas faire pleurer un homme à chaudes et tristes larmes dans son sommeil, alors rien ne le pouvait. Je ne voulais pas que Cora voie à quel point j'étais fracturé et déchiré à l'intérieur, mais elle m'a regardé sans dire un mot. Le bleu-vert de son œil turquoise était plein de compassion et de bonté ; le chocolat fondu de son œil marron était beaucoup plus dur, il attendait de voir ce que j'allais faire maintenant que j'étais mis à nu et à vif devant elle.

– La dernière fois que je l'ai vu, j'étais énervé. Mes parents me tapaient sur les nerfs, Rule était odieux, Shaw était bizarre, et il se passait quelque chose entre elle et Remy mais ils ne voulaient pas m'en parler. Maintenant, je sais que c'était à cause de son secret et que Shaw était toute tourneboulée par Rule, mais sur le moment, tout ce que je voulais était repartir au travail. Je lui ai dit de prendre soin de Rule, pas que je l'aimais, qu'il me manquait, ou que j'étais fier d'être son frère. Je lui ai juste dit d'empêcher Rule de se mettre dans la merde.

J'ai dû ravaler la vague de souvenirs pour parvenir à continuer à lui parler. Elle a gardé ses yeux fixés sur les miens. Elle ne m'a pas interrompu, ne m'a pas dit que tout irait bien, elle m'a juste regardé et a laissé le bout de ses doigts glisser sur mes cheveux courts.

– Quand je suis revenu pour l'enterrement, c'était la merde. Rule avait décidé que la meilleure manière de supporter cette perte était d'être encore plus con que d'habitude. Shaw s'était transformée en une machine de conciliation et de négociation, et mes parents ont tout de suite voulu trouver un coupable. C'était la faute de Rule parce qu'il l'avait appelé pour qu'il vienne le chercher, c'était ma faute parce que je n'étais pas à la maison pour garder un œil sur lui, et c'était la faute de Shaw parce qu'elle l'avait laissé partir. Ils l'ont enterré, et on est tous partis six pieds sous terre en même temps que lui.

J'ai dû cligner des yeux et faire un effort pour garder mon regard sur elle. Mes doigts se sont contractés involontairement alors que j'essayais de décider si je voulais la tirer plus près de moi ou la repousser.

– Je suis retourné dans le désert et j'ai regardé d'autres gamins mourir, j'ai donné plus de moi-même au sable et à l'ennemi, et la dernière fois que je suis rentré à la maison, les choses étaient pires que jamais. Ma mère s'était transformée en un monstre de chagrin qui voulait dévorer Rule. Shaw était folle amoureuse de lui et il ne voyait rien, et ça la tuait à petit feu. Et puis il y avait Remy. Il était parti mais il était toujours là entre nous tous, avec son putain de secret que tout le monde semblait connaître à part Rule et moi. J'étais tellement en colère contre lui. J'étais énervé qu'il ait menti, qu'il se soit servi de Shaw, qu'il ne soit plus là, mais surtout, j'étais furieux contre moi-même car je l'avais quitté sans rien dire d'important. Peut-être que si j'avais été différent, si j'avais agi autrement, il aurait été assez à l'aise pour me parler de sa vie. J'y pense tout le temps.

Nous sommes restés assis en silence pendant longtemps, juste à nous regarder. Elle continuait à caresser ma tête et c'était intéressant de voir ses pensées dans ses yeux bicolores. Dans l'un, j'ai vu passer des regrets pour moi, et dans l'autre, de la désapprobation et autre chose. Elle n'aimait pas que je me flagelle à cause d'une chose sur laquelle on ne pouvait pas revenir, mais il était clair qu'elle n'allait pas le condamner pour autant.

– Tu ne penses pas sincèrement que les gars aient douté de l'amour que tu leur portes, de ce que tu as sacrifié pour eux ? Si ?

J'ai fait non de la tête, lentement.

– Non.

– Tant mieux. Parce que peu importe ce que tu lui as dit, les mots ne sont pas importants. Il savait. Rule sait. Tu aurais pu dire toutes ces choses à Remy, et il serait quand même monté dans cette voiture ce soir-là. Le perdre comme ça t'aurait quand même fait souffrir et aurait quand même plongé ta famille dans le désarroi. Il savait que tu l'aimais. C'est tout ce qui compte, Rome. S'il avait voulu que Rule et toi soyez au courant, il vous l'aurait dit. C'est aussi simple que ça. Ce n'est pas ta faute, ce n'est pas celle de tes parents, et ce n'est certainement pas la faute de Shaw. Au bout d'un moment, il faut simplement laisser tomber.

– Je ne sais pas comment faire ça.

C'était la vérité.

– Tu crois qu'il y a quelque chose qui pourrait te faire prendre du recul ? T'aider à dépasser ça ?

J'ai apprécié qu'au lieu de me laisser être défaitiste et paumé, elle veuille m'aider activement à trouver une solution au problème.

– Pas vraiment. Des réponses, ça m'aiderait. Demander à Remy ce qu'il pensait, ça m'aiderait, mais comme rien de tout ça n'est possible, je vais juste devoir m'en sortir tout seul.

Un éclair est passé dans ses yeux, et j'ai vu l'ombre de quelque chose traverser son regard. Je voulais lui demander ce que c'était, mais elle s'est levée et j'ai été distrait par l'envie de la rattraper et de la remettre sur moi. J'avais envie de l'embrasser du dessus de sa tête jusqu'à ses orteils. J'avais envie de l'amener dans le lit et de ne jamais la laisser en sortir. J'avais envie de la respirer et de la laisser répandre toute cette couleur et cette lumière qui émanaient d'elle sur tout le froid et le vide qui m'entouraient, mais je faisais encore attention à mes bonnes manières.

Je me suis donc levé lourdement et me suis préparé à la raccompagner jusqu'à sa petite voiture ridicule et à me contenter d'un petit smack sur les lèvres.

Je ne me sentais pas forcément mieux après lui en avoir parlé, mais je ne me sentais pas mal non plus. Je ne ressentais pas le besoin d'avaler une bouteille de Belvédère et j'étais sûr de pouvoir finir la nuit sans devoir fuir les cauchemars. J'ai failli lui rentrer dedans quand elle s'est arrêtée devant moi et s'est retournée. J'ai dû enrouler mes bras autour de son petit corps pour l'empêcher de tomber par terre. Elle a rigolé un peu contre mon torse et a attrapé le tissu de mon tee-shirt avant de me tirer vers ma chambre.

Je ne voulais pas jouer le rabat-joie, mais je ne voulais pas non plus me lancer dans quelque chose qui allait l'énerver plus tard.

– Euh… Qu'est-ce que tu fais, Minipouss ?

Ses sourcils blonds ont dansé sur son front alors qu'elle continuait à marcher à reculons, en me tirant à sa suite. Ses yeux étaient brillants et vivants, avec un petit sourire sur cette bouche dont j'aurais voulu rêver plutôt que de faire des cauchemars, et elle me regardait d'une façon qui non seulement me faisait bander, mais me serrer le cœur.

– Tu fais de mauvais rêves. Je ne veux pas que tu en fasses. Donc je vais te donner quelque chose de mieux à emmener dans ton lit.

Oh, merci, mon Dieu. J'ai fermé la porte derrière nous avec mon pied, et je l'ai laissée retirer mon tee-shirt. Elle était trop petite pour y arriver complètement, et j'ai dû me pencher pour qu'elle l'enlève de mes épaules.

– Je croyais qu'on devait ralentir ?

Mon sens de la moralité à la con. Elle a haussé un sourcil et a penché la tête pour poser ses mains sur la boucle de ma ceinture.

– Est-ce que tu m'aimes moins depuis qu'on ne couche plus ensemble ?

J'ai pouffé de rire et l'ai regardée tirer le cuir d'un coup sec.

– Non. Pourquoi ?

Elle a levé une épaule puis l'a laissée retomber. J'essayais de suivre le fil de sa pensée mais j'ai fini par loucher car elle a passé ses petites mains sous ma braguette et a frôlé une érection qui essayait de s'échapper de mon pantalon. J'étais en train de louper quelque chose. Elle était quasiment aussi vulnérable que moi, mais je ne comprenais pas bien ses raisons.

– Je ne sais pas. Je me disais que c'était peut-être qu'une question de chimie et d'attraction sexuelle, et que si on faisait une pause, les choses seraient plus claires, seraient plus logiques.

– On n'est pas logiques ensemble ?

Elle avait baissé ma braguette et descendait mon jean sur mes hanches et mon cul. Je n'allais pas être capable de continuer à lui parler de façon compréhensible pendant très longtemps, mais j'avais le sentiment qu'il fallait vraiment que je comprenne les choses qu'elle ne me disait pas.

– Si, mais entre nous, les choses ont avancé à la vitesse de la lumière.

Elle n'avait pas tort.

– Et c'est grave ?

Ses yeux se sont posés sur mon visage et elle s'est léché la lèvre inférieure. Putain de merde, j'allais jouir rien qu'en la regardant.

– Non. Ça peut faire peur et être intimidant, mais maintenant je m'en fous parce que je te veux. Ça m'a manqué de ne pas être avec toi dans un lit, en plus je suis enceinte et excitée et j'ai tout le temps envie de te sauter dessus. La retenue, ça n'a jamais été ma plus grande qualité.

J'ai pris une inspiration lorsqu'elle a fait tomber mon jean et qu'elle s'est mise à genoux.

– Pourquoi tu n'as rien dit, alors ?

– Parce qu'on essaie de bien faire les choses, de construire quelque chose qui dure, et quand tu enlèves ton tee-shirt, je n'arrive plus à réfléchir.

Cela m'a fait rire, mais la chaleur mouillée de sa bouche s'est refermée autour du bout de ma queue et je n'arrivais plus à respirer. Elle était tellement belle, tellement originale avec toute sa peau colorée et bon Dieu, elle savait mettre un homme à genoux avec un coup de langue. J'avais envie d'attraper le dessus de sa tête et d'enfoncer ma bite jusqu'au fond de sa gorge, mais non seulement cela ne passerait pas, mais de plus je doute qu'elle aurait apprécié ce geste. Donc à la place, j'ai passé les doigts dans ses cheveux courts et ai laissé mon autre main prendre l'arrière de son cou.

– Cora…

Je n'ai pu sortir que son nom lorsqu'une de ses mains a glissé entre mes jambes et que l'autre s'est enroulée à la base de ma queue tendue. C'était tellement bon ; elle inondait mes cinq sens. L'image d'elle à genoux devant moi, sa façon de marmonner son plaisir quand j'ai sursauté sans le vouloir contre sa bouche, sa bouche si chaude et si mouillée, qui glissait sur une peau dont j'avais l'impression qu'elle allait exploser. Cela faisait trop longtemps, elle était trop forte, je n'allais pas tenir très longtemps, surtout si elle continuait à jouer avec mes boules tendues et endolories comme elle le faisait. Je savais que son but était de me distraire, pour que je sois fatigué et vidé, et que je puisse m'endormir. Je l'ai laissée sucer, rouler sa langue autour de mon gland jusqu'au point où j'allais me perdre dans sa jolie bouche. Heureusement, j'étais un de ces mecs qui ont une discipline d'acier, je l'ai tirée juste avant qu'elle me fasse passer de l'autre côté. Elle a fait un bruit de mécontentement du fond de sa gorge qui a fait hurler ma bite, mais ses yeux étaient brillants et amusés. Elle a resserré un peu sa main autour de ma base et m'a fait un sourire.

– Oh bon sang, tu m'as manqué.

J'essayais sans succès de descendre son short et de remonter son haut car elle n'avait pas l'air pressée de lâcher mon érection palpitante.

– Tu me parles à moi ou à ma bite ?

Elle a gloussé, un son si insouciant et plein de joie que cela a débloqué quelque chose en moi. Je sentais cette boule de tension, ce nœud de désespoir que je tenais si serré à l'intérieur, se détacher de ce à quoi il s'accrochait. J'ai mis mes mains de chaque côté de son visage et l'ai penché vers moi pour pouvoir attaquer sa bouche souriante. Je l'ai tellement envahie qu'elle a finalement dû lâcher ma queue pour attraper mes poignets, pour que je ne la fasse pas tomber en arrière. Elle avait un goût sucré. Elle avait un goût de rédemption. Elle avait le goût d'un avenir que je n'avais plus à deviner.

Quand elle a frotté sa langue contre la mienne, quand elle s'est levée sur la pointe des pieds pour passer ses bras autour de mon cou, je suis tombé en arrière sur le lit et l'ai emportée. Cela nous a fait rire tous les deux. Je ne me rappelais pas la dernière chose qui m'avait fait rire ; encore moins alors que j'étais en plein en train d'essayer de baiser. Qu'elle puisse me faire cela, le faire pour moi, rendait très clair le fait que je ne pourrais pas la laisser partir. Jamais. Elle s'est tortillée et je me suis retrouvé allongé sur le dos en dessous d'elle, ses mains au milieu de mon torse. Elle avait encore trop de vêtements mais elle avait l'air bien plus intéressée par le fait de me déshabiller entièrement, et elle prenait tout son temps pour le faire.

Elle a sauté sur ses pieds et a enlevé mes bottes et mon jean, puis s'est mise debout au-dessus de moi en baissant les yeux avec une lueur explosive dans son regard aux deux couleurs.

– C'est peu dire que tu es beau.

Je n'en étais pas si sûr. Ma bite tenait debout en l'air, les veines de mon cou ressortaient, et je suis sûr que j'avais l'air un peu fou. Cela faisait trop longtemps sans elle, mais si elle aimait ce qu'elle voyait, avec les cicatrices et tout le reste, je n'allais pas me plaindre.

– Je crois que c'est moi qui devrais te dire ça.

Elle a rigolé délicatement et a relevé son tee-shirt par-dessus sa tête. J'ai senti mes yeux s'écarquiller, car j'avais été assez souvent tout nu avec elle pour savoir que ses seins ne faisaient pas cette taille, normalement. Elle a pris tout son temps pour sortir de son short et de sa culotte rose en dentelle ; quand elle a eu fini, je pensais sérieusement à lui sauter dessus, à la jeter par terre et à passer aux choses sérieuses. Je n'ai pas pu le faire car elle est revenue au-dessus de moi, mais cette fois elle n'avait plus que sa belle peau tatouée et sa chair chaude et pleine de désir. J'ai posé ma main sur le tatouage autour de sa cuisse tandis qu'elle s'installait sur moi et ramenait la paume sur mon érection.

J'ai passé mon autre main sur ses côtes, en m'arrêtant pour caresser chacun des petits bijoux comme s'ils allaient me porter chance. J'ai appuyé mon pouce sous le gonflement de son sein et j'ai haussé un sourcil.

– Pas mal.

J'ai continué mon voyage vers le haut jusqu'à faire le tour d'un téton en relief. Elle a esquissé une grimace et s'est mordu la lèvre inférieure. Elle était infiniment mignonne ; je voulais la manger tout entière. Si elle ne lançait pas le mouvement très vite, j'allais m'y employer.

– Il y a au moins un avantage aux rapports non protégés.

Mon humour était sec et elle n'était plus intéressée par mes blagues, et j'ai soudain fait rouler son petit corps sous moi. J'aurais pu regarder dans ses yeux dépareillés jusqu'à la fin des temps, surtout lorsqu'ils étaient embrumés par le désir et lourds. Je l'ai embrassée fort, j'ai léché toute sa clavicule, j'ai pris une seconde pour rendre hommage à ses seins, ai enroulé ma langue autour des bijoux implantés sur son flanc et me suis dirigé jusqu'à cette encre colorée qui faisait le tour du haut de sa cuisse.

J'ai écarté ses jambes repliées en suivant le motif qui décorait l'intérieur de sa cuisse, à côté de ma destination. Je l'ai sentie frémir d'impatience, j'ai vu son ventre trembler et j'ai souri contre la peau douce que je tirais entre mes dents lorsque le bout de ses ongles s'est enfoncé dans la peau de mon crâne car elle était trop impatiente.

– Rome…

Sa voix était grave et essoufflée, me rappelant qu'elle avait attendu cela tout aussi longtemps que moi. Cela m'a encore plus excité, même si je croyais cela impossible. J'ai passé ma langue le long du creux de sa cuisse, qui m'a mené jusqu'à sa fente humide. Le petit éclat argenté enfoui dans toute cette belle chair rose était une vision que je n'étais pas capable d'ignorer. J'ai aspiré dans ma bouche tout l'anneau et la chair sensible qu'il décorait. Cette action a fait se cambrer tout son corps qui s'est soulevé du lit, et ses mains sont devenues encore plus insistantes sur ma tête et sur mes épaules. Elle était un mélange acidulé de métal et de femme, et je n'avais jamais rien goûté d'aussi bon de toute ma vie. J'ai fait tourner ce petit anneau et l'ai abandonné quand j'ai senti qu'elle arrivait au pic. Je l'ai entendue me lancer une insulte, j'ai ri un peu en enfouissant ma langue en elle, ce qui la faisait tour à tour m'insulter et me dire que j'étais le meilleur qu'elle ait connu.

J'ai laissé l'entrée de son vagin mouillée et gourmande et ai reporté mon attention sur son clitoris dur et suppliant. Je l'ai embrassée partout, l'ai sucée, l'ai mordue assez fort pour lui faire comprendre que je ne rigolais pas, et lorsque j'ai invité ma main et utilisé mes doigts en même temps que ma bouche pour enfin la faire jouir, les sons qui sortaient de sa bouche étaient un mélange entre des gémissements de reddition et des hoquets d'abandon. Elle a joui comme elle faisait tout le reste, pleine de couleur, de lumière et aveuglément honnête dans sa façon de me montrer ce qu'elle avait ressenti.

Il lui a fallu quelques minutes pour se remettre, donc je l'ai tirée contre moi et nous ai fait rouler pour qu'elle me recouvre comme une couverture humaine chaude et satisfaite. Lorsqu'elle s'est enfin réveillée, elle n'a pas perdu de temps et s'est assise sur moi en s'enfonçant entièrement. Elle était mouillée et glissante. Nous avons tous les deux pris une inspiration surprise en même temps. Ses yeux se sont fermés et les miens se sont écarquillés. C'était si bon avec elle, et quand elle a commencé à bouger sur moi, mon pauvre cerveau s'est éteint. Elle a déplacé une de ses mains derrière ma tête et s'est penchée pour poser sa bouche sur la mienne. Cette position l'a ouverte juste assez pour que je puisse poser mes doigts sur ce satané petit anneau tandis qu'elle bougeait de haut en bas sur un rythme qui nous a tous les deux arraché des grossièretés pendant que nous nous frottions l'un contre l'autre. Le frottement de ses tétons pointés sur mon torse, la douce succion de son corps, la pression infime de ses lèvres insolentes sur les miennes, et il ne m'a pas fallu longtemps pour la retourner et plonger en elle.

Elle a couiné un peu quand je l'ai fait et j'ai essayé d'y aller doucement avec elle, mais elle était tout aussi sauvage et affamée que moi, et il a suffi qu'elle serre ses muscles gourmands qui se convulsaient pour me tirer de l'autre côté. J'ai dit son nom, je l'ai entendue murmurer le mien dans mon oreille, et j'ai possiblement eu une absence d'une seconde lorsque le plaisir a mis une claque à tout mon corps avec un frisson. Je n'avais pas l'intention de m'effondrer sur elle, et pourtant. J'ai enfoui mon visage dans son cou et l'ai ramenée contre mon torse avant de rassembler assez d'énergie pour nous retourner. Elle s'est pelotonnée sur mon torse et a calé sa tête sous mon menton. J'ai passé une main le long de sa colonne vertébrale, puis j'ai embrassé le dessus de sa tête. J'aurais pu rester comme cela avec elle pour toujours.

– Fais de beaux rêves, Rome.

Lorsque j'ai fermé les yeux, je ne voyais qu'elle, les couleurs et les nuances qu'elle apportait à mon monde terne. Je me suis endormi avec elle tout autour de moi, son souffle doux sur ma peau, en train d'évacuer les éclats d'obus émotionnels qu'il restait en moi. J'ai dormi comme un foutu bébé.

CHAPITRE 11

CORA

– Arrête de me regarder comme ça, Shaw. Je crois que c'est une super idée ; non, je sais que c'est une idée franchement géniale.

Si elle n'arrêtait pas de me regarder avec la bouche ouverte et ses grands yeux verts écarquillés, j'allais lui mettre un coup dans sa jolie gueule blonde. Nous étions en train de déjeuner. Nous nous étions retrouvées en ville pour qu'elle puisse aller prendre son service au Goal Line dès que nous aurions fini. C'était dimanche après-midi et les gars Archer n'étaient pas d'humeur à voir leurs parents, donc ils avaient prévu de passer la journée ensemble à faire des trucs de mecs, même si je ne savais pas trop ce que cela voulait dire. Shaw soutenait que cela signifiait qu'ils iraient à la salle de sport essayer de se battre, ou alors ils allaient rester dans le salon à jouer aux jeux vidéo. Rome ne jouait pas beaucoup. Je me suis dit que l'histoire de la salle de sport était plus probable, mais cela m'inquiétait car ils ne savaient pas quand s'arrêter ni l'un ni l'autre, et l'un des deux pourrait finir par se faire mal.

J'avais eu une idée brillante pour aider mon grand soldat maussade à calmer au moins un de ses démons, mais Shaw semblait penser que je déraillais complètement quand je la lui ai expliquée. Elle continuait à secouer la tête en mordant sa lèvre avec inquiétude. Elle pouvait s'inquiéter et me prendre pour une folle autant qu'elle le voulait, mais Rome avait besoin de réponses, d'une sorte de point final pour pouvoir avancer, et je ne voyais qu'une seule solution pour que cela arrive. Je savais que combler ce vide lui apporterait la tranquillité d'esprit dont il avait besoin, mais ferait aussi des miracles contre son besoin actuel de garder ses parents à distance. Il avait déjà perdu un frère ; cet exil qu'il s'imposait loin de ceux qui l'aimaient devait cesser. Malheureusement, j'avais besoin de l'aide de Shaw pour cela.

– J'étais là, Cora. C'est moi qui ai vu leur réaction, c'est moi qu'ils ont abandonnée quand ils ont appris pour Remy. Crois-moi, les Archer n'aiment pas les surprises.

J'ai soupiré et ai soufflé vers les mèches sur mon front.

– Écoute, Rule arrive à dormir la nuit. C'est vrai, il a eu du mal pendant un moment mais il est à peu près venu à bout de son deuil maintenant. Mais Rome, non. Il s'enfonce dans un bourbier de

« et si » et de « et maintenant » ; si je peux lui lancer une bouée de sauvetage, je vais le faire, avec ou sans ton aide.

Elle a tapé ses ongles sur la table et nous nous sommes regardées fixement.

– Je connais les garçons depuis beaucoup plus longtemps que toi, Cora. Crois-moi, ce n'est pas une idée qu'ils vont bien accueillir, sans parler de l'effet désastreux que ça pourrait avoir sur Margot. Ça ne fera que rouvrir des vieilles blessures. Je n'ai pas envie de faire ça à Rule, ni à Rome.

J'ai secoué la tête.

– Tu connaissais le Rome qu'il était avant qu'il apprenne que son petit frère avait une vie secrète et que son autre petit frère n'a plus besoin de lui parce qu'il a trouvé l'amour de sa vie. Ce Rome-là, Shaw… Tu n'imagines même pas ce qui se passe dans sa tête. Je suis désolée, mais c'est vrai. C'est un autre homme, maintenant. Il a besoin de ça.

Je ne voulais pas paraître aussi dure, mais c'était la vérité. Certes, Rome avait tendance à garder les gens à distance et à cacher les choses contre lesquelles il se battait en permanence derrière un regard noir et une attitude méprisante, mais je savais que si l'on prenait la peine d'y regarder de plus près, on voyait combien il était brisé dans son regard bleu qui faisait mal au cœur. J'aurais pu déplacer toutes les montagnes du Front Range pour lui donner cela. En plus, ce gamin que je portais allait avoir toute la famille que je n'avais jamais eue, même si cela voulait dire que j'allais devoir secouer les bases de la famille Archer.

– Je l'aime, Cora. C'est ma famille et je ne veux pas lui faire du mal.

– Il a besoin de réponses, il m'a dit qu'il ne savait pas comment passer à autre chose, Shaw, et personne d'autre ne peut les lui donner ni l'aider avec ça. Je crois que ça ferait aussi du bien à Rule d'avoir des réponses qui ont un sens, mais ça, c'est à toi de voir ; le grand frère, c'est mon problème.

Il était à moi. Le moindre centimètre écrasant, imprévisible et paumé de lui était à moi, et j'allais faire tout ce qu'il faudrait pour améliorer les choses pour lui. Je prenais soin de mes amis car je voulais qu'ils vivent la meilleure vie possible. J'allais prendre soin de Rome car cela me faisait quelque chose à un niveau très profond de le voir galérer, de le voir souffrir. J'avais l'impression que si je pouvais faciliter les choses pour lui, même un tout petit peu, ce serait le cadeau le plus enrichissant que j'aurais offert. Et puis il le méritait. C'était un homme bien. Il avait mérité que quelqu'un travaille pour faire de son monde un endroit meilleur, et pas l'inverse, pour une fois.

Elle a ouvert la bouche pour continuer le débat, mais elle a été interrompue par mon téléphone qui a sonné. J'avais attribué Creedence comme sonnerie à Rome car il était vraiment du genre classique et cela me faisait toujours sourire de voir sa trogne déprimante me regarder sur l'écran. Cela l'aurait fait rire de savoir que CCR jouait *Fortunate Son* chaque fois qu'il m'appelait, surtout que je préférais les groupes de rock de filles, en principe.

– Ça va ?

Il avait l'air vraiment décidé à passer la journée avec Rule pour parler de certains de leurs problèmes, raison pour laquelle j'étais étonnée d'avoir de ses nouvelles.

– Est-ce que tu peux me rejoindre au Bar le plus vite possible ?

Il avait l'air stressé et il parlait très vite. J'ai froncé les sourcils et ai fait signe à Shaw de demander l'addition pour que je puisse y aller.

– Ouais. Qu'est-ce qui se passe ?

– Ils se sont fait braquer.

J'ai senti mes yeux s'agrandir et j'ai compris la panique sous-jacente dans sa voix. Il était très proche de Brite, le propriétaire du bar, et s'il lui était arrivé quelque chose, cela n'allait pas être facile pour Rome. Il avait besoin que je lui garde les pieds sur terre ; je le savais même s'il ne l'avait pas dit. Il me demandait de l'aide et mon cœur s'est retourné dans ma poitrine.

– Je suis là dans dix minutes.

Je l'ai senti lâcher un souffle et il semblait moins anxieux quand il m'a répondu.

– Asa m'a appelé, les flics sont déjà là-bas. Je ne sais rien de plus.

J'ai froncé les sourcils et me suis levée tandis que Shaw payait l'addition.

– Pourquoi s'en prendre à un vieux bar un dimanche en plein jour ?

– Je ne sais pas. Mais putain, je n'aime pas ça.

J'ai hoché la tête, même s'il ne pouvait pas me voir.

– À tout de suite.

– Merci, Minipouss.

– Pas de problème, Capitaine Grognon.

Shaw m'a suivie tandis que je me dépêchais de sortir du restaurant. Je courais presque vers ma Mini Cooper quand elle m'a arrêtée en posant sa main sur mon coude. Elle avait de grands yeux perplexes, mais maintenant, un nouveau genre de compréhension y brillait.

– Est-ce que tu es amoureuse de lui, Cora ?

Je ne savais pas comment répondre à cela, alors je l'ai fixée pendant une seconde. Je faisais beaucoup d'efforts pour éviter de me poser cette question tous les jours. La réponse me faisait peur car si j'étais amoureuse de lui et qu'il me lâchait encore, je serais incapable de lui pardonner une seconde fois et maintenant, nos deux avenirs étaient inexorablement liés, donc ce n'était pas un scénario envisageable. Si je gardais le contrôle sur mes sentiments, si je niais combien il était important, cela me permettrait de ne pas m'effondrer.

– Je vais avoir son enfant, Shaw.

– Mais est-ce que tu l'aimes ?

Merde, elle était insistante quand elle voulait.

– Je ne sais pas. La dernière fois que j'ai aimé quelqu'un, il a failli me détruire et cela ne me semble même pas à moitié aussi intense que ce truc avec Rome. Je crois que si je l'aimais, ça pourrait être ma fin si ça ne marchait pas.

– Mais si ça marche ? Et si c'était ton monsieur Parfait imparfait ?

Je me suis reculée car être amoureuse de lui, ce n'était pas ce qui m'importait en ce moment. Il avait besoin de moi, et je ne le laisserais jamais en plan.

– Alors il sera le premier à le savoir. Appelle Ayden et dis-lui qu'Asa s'est fait agresser. Elle voudra sûrement savoir comment il va.

Je ne me suis pas embêtée à lui dire au revoir, j'étais trop pressée de rejoindre mon mec.

Quand je suis arrivée au Bar, tout le monde était dehors. Rome était avec Brite, ils parlaient à deux policiers, et quelques habitués étaient rassemblés avec un air perdu et stressé sous la lumière crue du soleil, mais ce qui a attiré mon attention, c'est le fait qu'Ayden et Jet étaient là aussi. Mais au lieu de s'inquiéter pour son frère, elle avait l'air furieuse. Elle poussait son index sur son torse, et Jet faisait de son mieux pour la retenir.

J'ai marché jusqu'à Rome et ai passé un bras autour de sa taille. Il portait un bas de survêtement noir et un tee-shirt noir. De toute évidence, il était allé à la salle de sport. Il aurait pu faire la couverture d'un magazine de fitness pour hommes.

– Qu'est-ce que c'est que ce bordel ?

– Je ne sais pas. Elle lui est tombée dessus dès qu'elle est sortie de la voiture.

– Je vais voir ce qui se passe. Ça va ?

Il a hoché la tête et Brite s'est contenté de grogner.

– Je deviens trop vieux pour ces conneries. Les bastons de bar avec les motards, les agressions à main armée le dimanche, ça devient trop pour moi.

J'ai vu Rome faire une petite grimace mais le vieil homme lui a mis une tape dans le dos et a secoué la tête.

– Je vais terminer avec les flics ; va voir ce qui se passe avec le don juan du Kentucky.

J'ai pris sa main dans la mienne et l'ai tiré de l'autre côté du parking. Il a fait un signe de tête à quelques habitués puis a baissé les yeux vers moi.

– Merci d'avoir tout lâché pour venir ici. Je n'arrivais pas à joindre Brite. J'avais peur qu'il lui soit arrivé quelque chose. Asa m'a juste dit qu'il s'était fait braquer, et il a raccroché. J'ai imaginé le pire.

Je lui ai donné un coup d'épaule et lui ai fait un sourire.

– Mais au lieu de sombrer, tu m'as appelée pour demander de l'aide. C'est tout ce qu'on peut faire, grand bonhomme.

Je crois qu'il allait répondre quelque chose mais il a émis un grognement de surprise lorsqu'Ayden a poussé Asa des deux mains, assez fort pour le faire reculer et trébucher sur nous. Jet a juré et a pris fermement sa femme, visiblement énervée, dans ses bras.

– Ayd, calme-toi. Il y a des flics partout et je ne veux pas passer une de mes rares journées ici à sortir ton joli petit cul de garde à vue.

Elle respirait fort et ses yeux clairs brillaient de colère. J'ai pris le coude d'Asa et l'ai retourné pour qu'il me regarde. Sa bouche était tordue par une grimace, et il répondait aux yeux noirs de sa sœur par le même regard.

– Eh, toi. C'est quoi, ce bazar ?

Il s'est reculé et a passé ses mains dans ses cheveux blonds décoiffés.

– Demande-lui. Ça ne suffit pas qu'on me mette un flingue sur la tempe pour que je file toute la caisse à un connard en cagoule de ski, il fallait que mademoiselle Timing Parfait se pointe et m'accuse d'être dans le coup.

Jet a lâché un gros mot, Rome a froncé les sourcils, et Ayden est restée les bras croisés.

– Je te connais mieux que personne, Asa. Je sais que c'est loin d'être impossible.

– Ayd.

Le ton de Jet était comme un avertissement, mais il passait ses mains sur ses bras pour la calmer.

– Ce n'est peut-être pas le bon moment, ni le meilleur endroit, non ?

Elle a secoué sa tête aux cheveux bruns et a continué à fixer son frère. Rome a regardé Asa du coin de l'œil.

– Qu'est-ce qui s'est passé, exactement ?

Asa a soupiré et s'est mis à faire les cent pas devant nous. Je savais qu'il avait un passé louche, une réputation discutable, mais ce qui s'était passé me semblait assez grave. Je ne voulais pas imaginer qu'il avait quelque chose à voir là-dedans, mais l'expression glaciale d'Ayden me faisait douter.

– Je préparais le bar à Bloody Mary, comme je le fais le dimanche. Il n'y avait que quelques habitués au comptoir et Brite m'avait dit qu'il avait quelques courses à faire, donc j'étais tout seul. Je suis allé chercher une caisse de vodka derrière, et quand je suis revenu, il y avait un mec avec un masque noir, une chemise en flanelle et un jean qui était derrière le bar en train de toucher à la caisse. Je n'ai pas compris, je lui ai demandé ce qu'il faisait là, et quand il s'est retourné, il m'a pointé un putain de Glock sur la gueule.

Il racontait tout cela à sa sœur, il refusait de regarder qui que ce soit d'autre. C'était comme s'il essayait de l'obliger à le croire, même s'il y avait peu de chance qu'il réussisse.

– Il m'a dit de passer de l'autre côté du bar. Il a vidé la caisse et est sorti par la porte d'entrée. Ça s'est passé en à peine une minute.

– Il n'a rien dit d'autre ?

La voix de Rome était rauque et j'ai compris qu'il vivait mal le fait que le braquage soit arrivé quand il n'était pas là. Cet endroit comptait beaucoup pour lui, et Brite aussi. Ce qui était arrivé était le meilleur moyen de faire remonter toute cette culpabilité qui fermentait en lui et contre laquelle il se battait tous les jours.

Asa a ramené ses yeux dorés et brillants sur nous.

– Il a dit : « Vous l'avez cherché. »

J'ai levé les yeux vers Rome, qui avait maintenant un air renfrogné.

– Tu sais ce que ça veut dire ?

Il a grogné.

– Tu as dit ça à Brite ?

Asa a acquiescé.

– Ouais, et il m'a dit de ne pas en parler aux flics.

– Quoi ? Pourquoi ?

Rome a posé sa main sur ma nuque et a déposé un baiser sur le dessus de ma tête.

– Je crois qu'il sait qui a fait le coup.

Rome a reporté son attention sur Ayden.

– Laisse ton frère tranquille, petite. Les gens changent, pas toujours en positif, mais ils changent. Vous ne pourrez jamais aller de l'avant si vous pensez toujours le pire l'un de l'autre.

Il a redescendu son regard vers moi.

– Donne-moi quelques minutes pour parler à Brite et on pourra y aller. C'est Rule qui m'a déposé.

J'ai ricané un peu.

– Tu vas monter dans la Mini ?

Il a grogné et est parti sans rien ajouter. J'étais en train de mater son cul lorsque la voix d'Ayden a interrompu mes rêveries.

– Asa.

Son ton était mi-apaisant, mi-résigné. Son frère a levé une main et a secoué la tête. Je trouvais qu'il avait l'air triste, ou peut-être qu'il avait accepté le fait que sa sœur ne le verrait jamais différemment.

– Arrête. Je te suis reconnaissant de tout ce que tu as fait pour moi, je sais que tu aurais pu me laisser à l'hôpital, et que je ne pourrai jamais, jamais assez te remercier, Ayd. Mais je ne vais pas rester le méchant pour toujours. J'aime bien être ici. J'aime bien ce bar, et crois-le ou non, je respecte Rome pour de vrai. C'est un mec bien. Je ne ferai jamais rien qui puisse le foutre dans la merde. Je sais que tu crois que je ne suis capable de ne penser qu'à moi, mais depuis que j'ai failli mourir, j'ai une nouvelle vision de la vie. Crois-moi, c'est fatigant d'avoir ta petite sœur qui sauve ta peau à chaque fois.

Ayden était pétrifiée et silencieuse, alors Jet a essayé.

– Asa, mec, allez. Vous pourrez régler ça plus tard.

La tête blonde s'est secouée de gauche à droite.

– Non. Je crois que c'est clair qu'il n'y a plus rien à régler.

Il a tourné ses yeux en or liquide vers moi et je sentais la sincérité qui en coulait.

– Je serai parti d'ici à la fin de la semaine prochaine.

J'ai soupiré.

– Tu n'as pas besoin de faire ça.

– Si, je suis obligé. De toute façon, il va vous falloir de la place pour ce bébé, à un moment ou à un autre.

Et merde. Pourquoi je n'y avais pas pensé ? Rome et moi n'avions pas parlé de cet aspect de notre avenir. Cela semblait encore tellement loin ; à part des gros seins, des sautes d'humeur et un renflement infime de mon ventre, je n'avais pas l'air différente, donc je suppose que c'était facile d'oublier qu'il y avait un bébé pour lequel il fallait se préparer. Nous allions de chez lui à chez moi, mais aucun des deux n'avait vraiment un environnement idéal pour un nouveau-né. Enfin, ma maison était super, et il y aurait assez de place si elle n'était pas actuellement entièrement occupée.

– Je suis désolée.

La voix d'Ayden était fatiguée et toute petite. Jet l'a serrée plus fort et murmurait des mots doux contre ses cheveux bruns. Asa lui a fait un sourire triste.

– Je suis sûre que c'est vrai, et je suis désolé aussi, mais je ne peux pas être près de toi si tu crois tout le temps que je prépare quelque chose.

Elle a laissé échapper un petit rire cassé.

– Mais tu prépares toujours quelque chose.

– Avant, oui.

Sur ce, il a tourné les talons et est allé voir les habitués grisonnants qui étaient encore là. Je les ai regardés lui serrer la main et lui donner des tapes dans le dos. Ils avaient clairement intégré l'âme égarée d'Asa parmi eux, tout comme ils l'avaient fait pour Rome.

– Ça va bien ?

La voix de Jet était légère tandis qu'il embrassait Ayden sur la bouche. Elle a passé ses bras autour de sa taille et a posé son front au milieu de son torse. Ils étaient le couple le mieux assorti qui existe.

– Je ne sais pas.

– Il s'en remettra.

– Mais il a raison. Je crois toujours qu'il a quelque chose derrière la tête. J'ai cru qu'il avait cambriolé ton studio, je l'imaginais très bien organiser le braquage ici… Je crois qu'il est capable d'à peu près n'importe quoi si ça lui apporte un bénéfice. Je l'aime, mais je ne lui fais pas confiance.

– Vous allez vous en sortir.

J'ai regardé mon téléphone qui m'indiquait un nouveau message. Il venait de Shaw et disait seulement :

JE SUIS D'ACCORD.

J'ai lâché un soupir de soulagement et ai rangé mon portable.

– On est tous de la même famille, Ayd. Les bonnes choses, les mauvaises et les moches, on y trouve une solution.

– Avec notre passé, je ne crois pas que ce soit si facile, Cora.

Je pensais à Rome et à combien tout le monde l'aimait avant qu'il ne revienne perdu. Et tout le monde l'aimait encore, mais ils avaient dû trouver un moyen de l'aimer différemment. C'était la même chose pour Asa.

– Tu peux l'aimer, Ayden. Il faut juste que tu trouves un moyen d'aimer le nouvel Asa.

Elle ne m'a pas répondu, mais Rome est arrivé derrière moi et m'a demandé si j'étais prête à partir. J'ai hoché la tête. Jet a poussé Ayden dans sa Challenger et ils sont sortis du parking.

– Qu'est-ce que c'était que tout ça ?

– Elle a du mal à faire la distinction entre l'Asa de Denver et l'Asa du Kentucky, ce qui est bête, parce qu'elle a dû faire exactement la même chose avec elle-même il n'y a pas si longtemps.

Il n'a rien dit, mais il a fait la grimace en montant dans la Mini. Cela m'a fait sourire.

– Eh.

Il m'a regardée par-dessus la voiture et a haussé ce sourcil noir sous la cicatrice de son front. Cela lui donnait un air sexy et un peu mystérieux en même temps.

– Il faut qu'on parle de ce qu'on va faire quand le petit sera là.

Il a froncé les sourcils et a plié son corps massif pour s'asseoir sur le siège minuscule. Je devais bien admettre qu'il était ridicule. Tellement que j'ai pris une photo. Il m'a maudite et s'est tortillé jusqu'à trouver une position confortable dans cet espace limité.

– Qu'est-ce que tu veux dire ? Un enfant, ça naît, ça s'éduque, ça va à l'école, on l'empêche de se faire manger par des loups ou de vendre son corps, et c'est bon.

– Ne l'appelle pas « ça ».

– Je devrais l'appeler comment ?

– Je ne sais pas, mais pas « ça », et je voulais dire : où est-ce qu'on va l'élever ? Chez moi ? Chez toi ? Tous les deux sous le même toit, ou on fait des allers et retours ? J'ai l'impression qu'on n'a pas vraiment réfléchi.

– Merde, c'est vrai…

Je lui ai jeté un regard du coin de l'œil.

– Exactement.

Nous n'étions pas ensemble depuis assez longtemps pour penser à franchir une étape aussi importante qu'emménager ensemble, mais en considérant qu'avoir un bébé changeait les règles du jeu, je n'étais pas sûre que nous puissions suivre les étapes classiques. Comme il restait assez silencieux, j'ai jeté un coup d'œil vers lui. Il semblait réfléchir sérieusement, mais il n'avait pas l'air inquiet ou paniqué par ces questions. Je l'ai laissé méditer sur tout cela en silence tandis que je me dirigeais vers son appartement. Quand je me suis garée devant, il s'est tourné pour me regarder avec des yeux cobalt où brillait beaucoup de sérieux.

– Qu'est-ce que tu veux faire, Cora ?

Je ne m'attendais pas à cela.

– Je ne sais pas. Je ne veux pas que tu fasses quelque chose juste à cause du bébé. Je ne veux pas que tu te sentes forcé de faire quoi que ce soit.

– Je suis là par choix à cent pour cent, Minipouss.

Lorsqu'il disait des choses comme cela, mon cœur palpitait.

– Je me dis qu'on n'a pas besoin de se décider dans la seconde, mais c'est sûrement quelque chose qu'il faudra prévoir à un moment donné.

– Je prévois de faire exactement ce que tu as besoin que je fasse.

Toutes les filles devraient avoir, au moins une fois dans leur vie, la chance qu'un mec comme lui leur dise ces mots. Je savais qu'il le pensait, aussi je me suis dit que ce n'était pas un mauvais moment pour user de ma chance. J'ai mis une main sur son genou et ai tourné des yeux suppliants vers lui.

– Tant mieux, alors ce dont j'ai besoin, c'est que tu acceptes d'aller voir tes parents avec moi le week-end prochain.

Je l'ai vu se raidir et un moment de panique est passé dans son regard.

– Pourquoi ?

– Parce qu'ils vont bien finir par apprendre qu'ils vont être grands-parents, et je crois qu'on devrait briser la glace les premiers. Allez, ça ne sera pas si dur, et je serai là pour te protéger.

Je n'allais pas parler du fait qu'il était plus que temps qu'il laisse de côté sa peur. Il a juré dans sa barbe et a ouvert la portière de la voiture. J'ai essayé de ne pas rigoler en l'observant en sortir, mais c'était tellement drôle. Je l'ai suivi et il m'a lancé un regard dur par-dessus le toit.

– Ça fait plus d'un an que je ne me suis pas retrouvé dans la même pièce qu'eux.

– Eh bien, ça fait trop longtemps. Je ne te demande pas de ravaler tout ton ressentiment. Je te demande de le maîtriser et de le gérer pour que ce soit une chose de moins qui t'empêche de dormir.

– Est-ce que je peux y réfléchir ?

Je me suis mordu la lèvre et ai mis mes mains de chaque côté de sa taille pour poser ma joue au milieu de son dos tandis qu'il tournait la clef dans la serrure.

– Tu peux, mais j'ai déjà demandé à Shaw de leur dire qu'on serait là.

Il est devenu raide devant moi mais n'a rien répondu. Une fois la porte ouverte, il s'est retourné et m'a plaquée contre la porte en bois avec mes mains au-dessus de la tête. J'ai levé mon regard vers lui en refusant de cligner des yeux.

– Tu peux être une grosse chieuse, parfois. Tu le sais, non ?

Je lui ai souri et me suis soulevée pour passer une jambe sur sa hanche.

– Je sais. Mais je me rattrape dans d'autres domaines.

Il a rigolé et a baissé la tête pour pouvoir m'embrasser. C'était tellement facile de se perdre en lui. Plus je le faisais, moins j'avais envie que l'on me retrouve.

– Prouve-le.

Voilà un défi que j'étais tout à fait prête à relever. Et j'avais tout le reste de la journée pour le faire.

***

– Pourquoi viens-tu avec nous, déjà ?

Rule et Rome étaient à l'avant du gros pick-up, et j'étais à l'arrière en train d'échanger des textos avec Shaw. Au début j'avais vraiment pensé que c'était une idée géniale, mais maintenant, j'avais l'impression qu'on allait droit vers un scénario catastrophe. Cela allait déjà être une réunion assez tendue, et ajouter ma petite surprise pouvait faire basculer la famille entière. Je voulais simplement aider, mais si Rome n'appréciait pas mon effort et que je foutais tout en l'air de façon irréparable, je n'étais pas sûre d'y survivre. J'avais le sentiment que s'il m'abandonnait, cela me tuerait littéralement, contrairement à la trahison de Jimmy, qui ne m'avait que gravement blessée.

– Parce que Shaw m'a dit que si je voulais baiser encore une fois dans ma vie, j'allais devoir traîner mon cul à Brookside même si elle avait une migraine et qu'elle ne pouvait pas venir. Elle m'a dit qu'il fallait que je sois là pour toi.

J'ai rigolé.

– Bien joué.

Ils se sont tous les deux retournés pour me lancer un regard noir. Apparemment, ce n'était pas drôle de toucher à l'approvisionnement en sexe d'un mec.

Les cheveux de Rule n'étaient plus verts, mais décolorés à blanc et éblouissants, aussi clairs que ceux de sa copine. Sa coiffure en pics désordonnés contrastait avec ses sourcils noirs et les tatouages aux couleurs vives qui ornaient son cou. En réalité, c'était une coiffure plutôt sage pour lui – non pas que ses parents apprécieraient pour autant.

– Elle m'a dit qu'elle nous rejoindrait là-bas si elle se sentait mieux, un peu plus tard.

Oh oui, elle allait venir, mais je ne pensais pas qu'ils avaient besoin de cette information pour l'instant. Il nous a fallu un moment pour arriver à Brookside, car c'était dans les montagnes et en été, dans le Colorado, tout le monde va dans les montagnes le week-end pour profiter du soleil et des millions d'activités que l'on peut pratiquer dans cet État. La maison était très jolie, et quand nous sommes tous sortis du pick-up, j'ai senti mon petit déjeuner se balader dans mon ventre. C'était sûrement un mélange de stress et de grossesse, mais je me suis forcée à sourire et ai laissé Rome me guider jusqu'à la porte d'entrée avec sa main dans mon dos.

Les garçons semblaient tous les deux avoir autant d'appréhension que de résignation à l'idée de passer la journée coincés dans des discussions de famille maladroites, et j'espérais juste que ma surprise n'allait pas complètement mal tourner. La porte s'est ouverte sur un homme plus âgé qui était le portrait craché de Rome. Il avait les mêmes yeux bleus, la même carrure imposante, mais il faisait plusieurs centimètres de moins que lui. Ses yeux ont sauté d'un fils à l'autre, puis il leur a fait un câlin à tous les deux qui m'a fait monter les larmes aux yeux.

– Les garçons.

Il a dû s'éclaircir la voix avant de pouvoir continuer.

– Je suis tellement content que vous soyez là tous les deux.

Rome était rigide mais il n'a pas repoussé son père ; en revanche, il m'a tirée en avant.

– Papa, je te présente Cora.

J'ai tendu la main en pensant que j'aurais droit à une poignée de main ; au lieu de cela, je me suis retrouvée enfouie dans un câlin si serré qu'il m'a fait couiner.

– Je ne sais pas comment tu as fait pour qu'il vienne, mais quoi qu'il en soit, merci.

Il a parlé assez bas pour que je sois la seule à l'entendre. Il aurait peut-être dû attendre pour tous ces remerciements, mais je ne voulais rien dire pour l'instant.

– Allez, on rentre. Votre mère a hâte de vous voir.

Nous sommes tous entrés à l'intérieur, les garçons traînaient volontairement derrière nous tandis que

Dale bavardait gaiement. J'ai été distraite par toutes les photos des garçons sur les murs. Rome avait l'air tellement différent, jeune et insouciant. Il n'y avait pas une seule photo de Rule sans Remy, et c'était vraiment intéressant de voir sa transformation de tombeur adolescent à mouton noir sexy. Je ne pouvais pas les lâcher des yeux. J'avais l'impression d'avoir une toute nouvelle connaissance des gars Archer.

– Oh, Rome.

Une voix féminine a traversé le salon et une belle femme avec des cheveux bruns s'est approchée de mon homme. Je l'ai vu se tendre quand elle l'a pris dans ses bras tremblants.

– Tu m'as tellement manqué.

Sa voix était triste à pleurer, et j'ai eu du mal à m'empêcher de donner un coup de pied à Rome pour avoir fait souffrir inutilement des gens qui l'aimaient autant.

– Salut, maman.

Il n'avait pas l'air naturel, mais lorsqu'elle l'a lâché pour prendre Rule dans ses bras, j'ai vu la ligne plate de sa bouche se détendre un peu.

– Rule, merci d'être venu.

Je savais que cette famille avait une histoire difficile et douloureuse, mais quand les gens s'aiment et veulent faire un effort, il est évident que toutes les blessures peuvent guérir. Mon gamin allait faire partie du clan Archer, ce n'était pas négociable.

– Pas de problème, maman.

Margot s'est reculée et a levé les yeux vers lui. J'ai retenu mon souffle car j'ai cru qu'elle allait dire du mal de ses cheveux, mais elle lui a simplement adressé un faible sourire et lui a demandé :

– Shaw t'a soudoyé, hein ?

Il a haussé les épaules et Margot a reporté son attention sur moi.

– Tu dois être Cora. Rule et Shaw parlent tellement souvent de toi que j'ai l'impression de déjà te connaître. Merci d'être venue.

Elle m'a serré la main et j'ai serré la sienne avec une boule dans la gorge. Shaw venait de m'envoyer un texto pour me dire qu'elle serait là dans une dizaine de minutes, le spectacle n'allait pas tarder à commencer.

– Merci de m'accueillir.

– Ça fait combien de temps que vous vous voyez, tous les deux ?

J'ai ouvert la bouche pour lui dire que cela ne faisait que deux mois, mais Rome m'a coupée sèchement en disant :

– Ça fait assez longtemps.

Je l'ai regardé en plissant les yeux pour l'avertir de faire attention, et il m'a répondu par un grognement. Nous sommes tous tombés dans un silence gêné avant que Rule ne lance un rire sec qui a relâché la tension.

– Alors voilà ce que ça fait d'être de l'autre côté du drame familial. Je m'étais toujours demandé.

Rome a juré, Dale a prononcé son nom durement, et Margot a soupiré. Je m'apprêtais à intervenir mais la sonnette a retenti à cet instant. Tout le monde s'est retourné, surpris, donc j'ai pris mon courage à deux mains et ai serré rapidement le bras de Rome.

– C'est Shaw. Donne-moi une minute.

– Quoi ?

Rome et Rule ont aboyé la même question, sur le même ton.

– Je lui ai demandé de me rendre un service, c'est pour ça qu'elle t'a fait venir avec nous.

J'ai regardé Margot et Dale et j'ai haussé les épaules.

– Vos deux fils sont très importants pour moi. Rule est un de mes meilleurs amis et Rome… Eh bien, Rome a complètement changé ma vie. Cette famille s'aime, je crois que ça se voit, mais les secrets, la disparition de Remy, c'est du poison qui vous infecte encore. Je vais aspirer le venin, alors soyez indulgents.

Rome a grondé :

– Qu'est-ce que tu as fait, Cora ?

J'ai secoué la tête de droite à gauche.

– Vous avez tous besoin de mettre fin à cette histoire, et c'est la seule façon que j'aie trouvée pour y parvenir. Tu m'as dit que tu devais trouver des réponses tout seul, mais ce n'est pas vrai, Rome.

Je me suis décollée de lui et suis allée vers la porte pour laisser entrer Shaw et son invité. C'était un jeune homme dont la beauté sautait aux yeux. Il était grand et élégant, dans un costume gris ajusté. Ses cheveux auburn épais tombaient devant ses yeux marron et gentils et il avait l'air aussi nerveux que moi. Shaw avait un sourire jusqu'aux oreilles, et lorsqu'elle m'a prise dans ses bras, j'ai enfin eu le sentiment que j'allais peut-être pouvoir tenir le coup sans vomir partout.

– Merci.

– Ce n'est pas moi qu'il faut remercier, c'est lui.

J'ai soufflé et lui ai tendu la main.

– Bonjour, je suis Cora. Merci beaucoup d'avoir accepté de faire ça.

Il a souri, et son sourire était aussi triste que celui de Rome ou de Rule.

– Enchanté. Je m'appelle Orlando, mais on m'appelle Lando. J'ai été surpris quand Shaw m'a contacté, mais je suis content de pouvoir aider. Remy adorait sa famille, s'il savait qu'il était la raison de sa division ou de ses difficultés, il détesterait ça.

– Ils ne savent pas que tu viens, ni qui tu es, c'est possible que ça tourne mal.

Il a hoché la tête tandis qu'ils s'avançaient dans l'entrée, et j'ai vu Rule et Rome penchés par-dessus la balustrade de l'escalier, qui observaient notre petit groupe.

– Je peux supporter. Je m'y connais bien, en gestion d'Archer en colère.

– C'est qui, le costard ?

La voix de Rule était claire et nous a tous fait lever les yeux. J'ai senti Lando se crisper à côté de moi en lâchant un long souffle.

– Ils se ressemblent tellement.

Sa voix était à peine un début de son, et Shaw a posé une main rassurante sur son bras.

– Ouais, mais on se rend très vite compte que la ressemblance n'est qu'extérieure.

– Cora ?

Le ton de Rome ne laissait pas de place au doute, donc je me suis dépêchée de monter les marches pour les rejoindre. J'ai serré mes mains nerveusement et j'ai attendu que Shaw et Lando aient monté l'escalier.

– Je sais que vous vous posez tous des questions par rapport à ce que Remy a fait, pourquoi il se cachait derrière Shaw et ne vous disait pas ce qu'il faisait de sa vie. Je sais que Rome, en particulier, a beaucoup d'interrogations qui l'empêchent de dormir. J'ai pensé que la seule personne qui pouvait y répondre était le gars dont il était amoureux. Orlando Fredrick, les Archer. Les Archer, je vous présente le copain de Remy, Lando. J'ai demandé à Shaw de le chercher pour moi. Au départ, elle ne voulait pas le faire, mais je l'ai convaincue que c'était ce dont vous aviez tous besoin pour aller de l'avant. Je pourrais présenter des excuses pour avoir dépassé les limites, mais je crois vraiment que c'était nécessaire.

On entendait les mouches voler. L'ambiance était tellement tendue, tellement silencieuse que j'attendais qu'un volcan entre en éruption. Shaw se tenait à côté de moi tandis que les autres se regardaient entre eux, bouche bée. Lando ne pouvait pas lâcher Rule des yeux, et les deux frères observaient le bel amoureux de leur frère décédé. Je pensais que j'allais devoir faire quelque chose, n'importe quoi, pour débloquer la situation, mais mon mec m'a surprise en s'éclaircissant la voix et en tendant la main.

– Ravi de te rencontrer. Merci d'être venu.

J'ai compris à ce moment-là à quel point je m'étais trompée auparavant, sur ce qui était parfait pour moi. Je savais que cela ne devait pas être facile pour Rome, mais il faisait un effort, et c'était ce que faisait un gars parfait. Et l'idée que j'aimais cet homme remarquable était aussi évidente que terrifiante ; j'allais devoir décider des risques que j'allais prendre. Rule a suivi et Lando a visiblement dû reprendre ses esprits.

– Ces yeux ne sont pas faciles à oublier.

Rule a fait un sourire chagrin et s'est déplacé pour tirer Shaw contre sa poitrine.

– Ne m'en parle pas. Je le vois chaque fois que je regarde dans un miroir.

Margot et Dale ont mis un peu plus de temps à réagir, mais j'ai été contente de voir qu'ils étaient accueillants, bien que réservés.

– Eh bien, entre. Shaw, pourquoi tu n'irais pas mettre un autre couvert, et on pourra tous s'asseoir et faire connaissance.

La suggestion de Margot a donné à tout le monde le temps d'assimiler le choc avant de se mettre à disséquer le passé. Sincèrement, j'étais étonnée qu'elle reste aussi calme. Nous nous sommes tous assis autour de la table et j'ai regardé Rome sous mes cils quand il a posé sa grande main sur ma cuisse et l'a serrée sous la table.

– Tu veux toujours que tout soit parfait, hein, Minipouss ?

Je lui ai fait un clin d'œil et j'ai posé ma petite main par-dessus la sienne.

– Non, j'ai découvert que j'aimais que les choses ne soient pas parfaites, mais si j'ai l'occasion d'améliorer ta vie, je ferai tout ce que je peux pour que ça arrive.

Le brunch a été agréable, en réalité. Lando était intéressant, charmant, et c'était facile de voir dans chaque mot, chaque expression sur son visage quand il parlait de Remy, combien il avait sincèrement et profondément aimé le jumeau de Rule. Cela me brisait le cœur, mais c'était tout de même beau à voir. Il était aussi évident que Rome avait énormément manqué à ses parents et qu'ils avaient souffert de son entêtement. Ils ne le voyaient pas autrement qu'un membre de la famille qu'ils aimaient, et je crois qu'il s'en est rendu compte. J'ai aidé Shaw à débarrasser la table et nous nous sommes tapé discrètement dans la main quand j'ai enfin entendu Rule demander :

– Pourquoi est-ce qu'il ne voulait pas qu'on sache ? Maman et papa avaient compris, mais il ne voulait pas que Rome et moi soyons au courant. Pourquoi ?

– Remy ne voulait pas être défini par la personne qu'il avait choisi d'aimer. Rome était le héros, tu étais le fauteur de troubles, et sa plus grande peur était d'être limité au « frère homo ». Cela l'empêchait de dormir.

– Il devait bien savoir qu'on n'aurait pas essayé de le mettre dans un stéréotype, de le cataloguer dans un rôle. On l'aimait.

Lando a secoué la tête.

– Il était certain que si vous aviez su, ça aurait changé les relations. Il avait peur que tu le forces à vivre ouvertement et que Rome s'inquiète trop pour lui alors qu'il était censé se concentrer sur sa survie dans le désert. Il avait ses raisons, qu'elles soient bonnes ou pas. Il pensait qu'il faisait ce qu'il fallait et c'était uniquement par amour.

– Ça m'a donné l'impression que je ne connaissais même pas mon frère.

La voix de Rome était rauque et j'avais envie de lui faire un câlin, mais la famille devait traverser cela seule.

– Pourquoi ? Il était toujours drôle, gentil, intelligent, et plus aimant que personne. Rien de tout ça ne change. Tu étais son héros, Rule était sa moitié, et Shaw était sa meilleure amie. Il ressentait ça pour vous, et il aurait ressenti la même chose, qu'il soit homo ou hétéro.

Les garçons se sont tus et Dale a décidé d'intervenir.

– Et toi ? Apparemment, vous avez eu une relation assez sérieuse pendant un bon moment. Comment vivais-tu le fait de ne pas faire partie de son quotidien ? Tu n'étais même pas à l'enterrement.

Toute la couleur a disparu du beau visage de Lando et de la douleur s'est immiscée dans son expression. Ce jeune homme ressentait la perte de Remy tout aussi fortement que le reste de sa famille.

– J'en avais assez. Je n'ai jamais eu de souci avec qui j'étais ou avec la façon dont je vivais ma vie. Ma famille m'a beaucoup soutenu, et même si je comprenais pourquoi il voulait que notre relation reste secrète, je ne l'ai jamais vraiment accepté. Le soir de l'accident, je lui ai posé un ultimatum. C'était moi ou le secret. Il a choisi le secret. On a eu une grosse dispute et il m'a raccroché au nez. La dernière chose que je lui ai dite est « J'espère que ton secret te tiendra compagnie toute ta vie ». Je n'ai jamais pu lui présenter des excuses, jamais pu me racheter. Je le regrette encore aujourd'hui. Je sais qu'il m'aimait, que nous étions faits l'un pour l'autre, mais je ne pourrai jamais retirer ce que j'ai dit.

Cela me rappelait tellement de choses, et j'ai vu Rome tiquer sans le vouloir.

– Je suis allé à l'enterrement. Je me suis assis au fond. Je voulais m'approcher du cercueil, mais c'était trop dur. Je suis parti pendant l'éloge funèbre de Shaw.

Tout cela était si triste. Le deuil et le chagrin emplissaient l'air. Je n'ai pas pu résister, j'ai marché jusqu'à Rome et ai enroulé mes bras autour de son cou par-derrière. Je l'ai embrassé derrière l'oreille, et il a levé le bras pour passer sa main sur mon avant-bras.

Lando s'est éclairci la voix et a reculé sa chaise.

– Il faut que vous sachiez tous qu'il vous aimait. Il était fier d'être un Archer, il était fier d'être votre fils et votre frère. Il parlait de vous tout le temps et il pensait vraiment faire ce qu'il y avait de mieux. Nous regrettons peut-être tous les derniers mots que nous lui avons dits, mais je sais au plus profond de moi qu'il aurait regretté que son secret vous déchire comme c'est le cas. Il faut juste qu'on pardonne et qu'on oublie, et qu'on aille de l'avant. Le souvenir de Remy le mérite. Maintenant, excusez-moi mais il faut que je retourne en ville. Il se trouve que je vois ma famille pour dîner dans quelques heures.

Shaw s'est levée et est allée lui faire un câlin.

– Merci d'être venu. Je vais juste chercher mes clés.

Rule s'est levé aussi.

– Est-ce que je peux rentrer avec vous ?

La pomme d'Adam de Lando est montée et redescendue lentement.

– Je crois que ça me ferait très plaisir.

Dale s'est raclé la gorge et s'est levé pour serrer la main du jeune homme.

– Fils, tu es le bienvenu ici quand tu veux.

Margot a acquiescé, bien qu'elle soit restée muette pendant tout le repas. Ils se sont échangé des câlins et des au revoir jusqu'à ce qu'il ne reste plus que Rome, ses parents et moi à table. Sa mère me fixait et Dale regardait Rome. Cela aurait pu être gênant, mais j'avais plutôt l'impression qu'une porte géante venait de claquer, en laissant un tas de passif derrière elle.

– C'était culotté, jeune fille.

Le ton de Margot n'était pas vraiment reconnaissant, mais elle n'avait pas non plus l'air énervée.

– Je suis du genre culottée, madame Archer.

Dale a tapé son poing sur la table, a lancé sa tête en arrière et a ri.

– Avant, je pensais que rien ne dépasserait les singeries de Rule pendant le brunch, mais ça… c'est un cran au-dessus, clairement !

Rome s'est levé, puis m'a soulevée et m'a posée sur son épaule. Il m'a tapé sur le cul avec le plat de la main et a commencé à me porter jusqu'à la porte d'entrée. Je lui ai crié de me reposer par terre, que ce n'était pas une façon correcte de sortir de la maison de ses parents après notre première rencontre, mais il m'a ri au nez et m'a jetée par-dessus son autre épaule.

– Je peux faire encore pire. Cora est enceinte. On va avoir un bébé. Merci pour le brunch. À la semaine prochaine.

J'ai entendu sa mère crier et son père jurer et ils lui ont tous les deux ordonné de me ramener, mais il était déjà sorti. Il m'a reposée par terre à côté du pick-up et s'est appuyé sur moi jusqu'à ce que mon dos soit appuyé contre le métal chaud.

– Tu es une fouteuse de merde.

J'ai passé mes bras autour de son cou et l'ai tiré vers le bas jusqu'à pouvoir poser ma bouche sur la sienne. Ses cheveux étaient plus longs que d'habitude, et j'ai joué avec les mèches brunes qui caressaient mes doigts.

– Mais je vaux carrément la peine.

Il m'a encore embrassée, et j'ai essayé de ne pas grogner à voix haute quand sa langue a glissé contre la mienne.

– Oui, c'est vrai, Minipouss. C'est vrai.

CHAPITRE 12

ROME

Je me suis essuyé les mains sur l'arrière de mon Carhartt et ai jeté un coup d'œil dans la salle où était l'alcool. Les nouvelles étagères que j'avais construites avaient la classe, la pièce était nickel et bien organisée, et pas une seule bouteille ni un seul fût n'était au mauvais endroit. C'était la dernière tâche de la liste que Brite m'avait donnée plusieurs mois plus tôt. Le reste du bar était fini. Poli, verni, l'air tout neuf et prêt à accueillir une nouvelle génération. Les habitués étaient toujours là tous les jours, mais il y avait un nouveau public et un afflux de sang neuf commençait à arriver. Je n'avais pas demandé à Brite ce que cela avait changé financièrement car il était moins bavard et plus dur à cerner ces derniers temps. Depuis le braquage, il s'en allait avant qu'il y ait trop de monde le soir et nous laissait, Asa et moi, faire tourner le bar. Cela ne me dérangeait pas, mais je trouvais bizarre qu'il n'ait pas l'air plus enthousiasmé que ça par toutes les améliorations.

J'étais en train de ranger les outils lorsque la porte s'est ouverte. Ce n'était pas un très grand espace, donc avec ma carrure et celle de Brite, nous n'avions pas beaucoup de place pour manœuvrer. J'ai froncé un peu les sourcils quand il s'est assis sur un fût vide et a fait un geste pour me dire de l'imiter.

– Tu as tout fini ?

J'ai baissé ma casquette sur mon front et ai hoché la tête gravement. J'étais fier du travail que j'avais accompli. J'avais l'impression d'avoir ressuscité le Bar pour lui, mais j'allais être triste de partir, et pas seulement parce que je n'avais nulle part où aller.

– Je crois.

Il a hoché la tête et m'a tapé sur l'épaule avec sa grande main.

– Le Bar a de la gueule, fils. Tu as fait un boulot épatant. J'aurais été honoré de suivre quelqu'un comme toi sur le front, Rome. J'espère que tu le sais.

J'ai gardé les yeux fixés sur lui. Ce n'était pas un petit compliment, d'un soldat à un autre.

– Merci. Je ne sais pas vraiment ce qui me serait arrivé si je n'avais pas atterri ici le 4 Juillet.

Il a pouffé de rire et s'est reculé pour toucher sa barbe.

– Tu t'en serais bien sorti, gamin. Un mec comme toi… L'univers prend soin des bons, Rome.

Je n'étais pas sûr d'être d'accord avec cette affirmation, mais je lui étais reconnaissant d'avoir vu cela en moi. J'allais lui demander la raison de cette conversation à cœur ouvert, mais il m'a surpris :

– Eh, tu as cent balles sur toi ?

J'ai cligné des yeux et ai sorti mon portefeuille de ma poche arrière.

– Ouais, pourquoi ?

Il a attendu que je lui donne le billet et s'est relevé. J'ai fait de même car je ne comprenais pas ce qui se passait. Il y avait un courant étrange qui passait entre nous que je n'arrivais pas à définir. Mon anxiété s'est encore un peu amplifiée quand Brite m'a tendu la main comme s'il me disait au revoir.

– Rome, il n'y a pas assez d'hommes bons sur cette planète. D'hommes qui se battent pour ce en quoi ils croient. D'hommes qui sont prêts à tout sacrifier pour le bien commun. Je t'ai observé cet été, j'ai vu comment tu parlais aux anciens et comment tu as réagi face à tes propres démons qui te couraient après. Tu as trébuché quelques fois, mais tu es un jeune homme en béton et je ne ferais confiance à personne d'autre que toi pour s'occuper de mon bar et de mes clients. Tu as mis de ton cœur et de ton âme dans cet endroit, cet été. Tu l'as mérité.

Je suis resté bouche bée face à lui car je n'étais toujours pas certain de comprendre ce qu'il voulait dire. J'ai croisé les bras et l'ai regardé fixement. Il a levé le billet de cent dollars et l'a très théâtralement plié pour le mettre dans son portefeuille. Son regard d'acier me clouait sur place et son visage était marqué par une détermination inébranlable.

– Tu viens d'acheter le Bar. Félicitations. Je te donnerai les papiers d'ici à la fin de la semaine.

J'ai lâché un juron et ai tendu le bras pour le rattraper alors qu'il allait sortir comme si c'était la fin de notre conversation.

– C'est quoi, ce bordel ?

Il a soupiré et s'est retourné face à moi.

– Je suis trop vieux. Ma famille est cassée, j'ai rempli mon rôle ici. Quand j'avais quelques années de moins que toi, j'ai atterri dans ce bar après une série de très mauvaises journées. Le mec derrière le comptoir m'a donné un coup de pied au cul, m'a fait retaper tout le bar pour l'adapter au siècle présent. C'était un colonel des forces aériennes à la retraite et il ne me laissait pas me foutre de sa gueule. Une fois que j'ai eu terminé, il m'a demandé vingt dollars. Et juste comme ça, je suis devenu le propriétaire. Je n'avais pas à me demander ce que j'allais faire, où aller. Cet endroit, c'était chez moi. Je te fais confiance pour en prendre soin et l'honorer, fils.

Je ne disais toujours rien, il plaisantait forcément.

– Garde Asa. Le petit gars s'en sort bien derrière le bar. Garde Darce en cuisine, elle sait ce qu'elle fait. Ne t'inquiète pas pour le braquage. J'ai parlé à Torche, le président des SoS, et il sait qu'il a un problème à régler. Le bras de la Justice passe pour un rigolo à côté de la justice des motards.

J'ai secoué la tête et ai fourré mes mains dans mes poches arrière.

– Le gars qui m'a éclaté la tête avec une bouteille ? Tu crois que c'est lui qui a braqué le bar ?

– Ouais, et je crois qu'il n'en a pas fini. Louper sa chance de rentrer dans un club, ça représente beaucoup. Tu pourras gérer tout ce qui t'arrivera, Rome. Le bar, le bébé, la petite colérique qui te rend fou, c'est la récompense d'une vie de sacrifice. Tu as donné tout ce que tu avais pour les autres, et c'est l'univers qui te le rend. Tu as gagné tout cela, fils, alors arrête de culpabiliser et profites-en.

J'étais éberlué. J'ai baissé la tête et ai lâché un souffle qui semblait contenir ma vie entière.

– Brite…

– Non, fils. Tu n'as pas besoin de me dire merci. Je ne veux pas de ta gratitude, pas plus que je ne veux de ton argent. C'est la meilleure chose, la seule chose qui peut arriver, pour toi et pour ce bar. Vous avez besoin l'un de l'autre, fils.

– Je ne sais pas quoi dire.

– Tant mieux, parce que la moitié du temps, j'ai envie de te taper quand tu ouvres la bouche. Je serai toujours dans le coin, gamin, même si je ne pense pas que tu auras besoin de moi.

Je l'ai suivi, encore étourdi, tandis qu'il sortait de la réserve. Je voulais essayer de lui exprimer ma gratitude, mes remerciements immenses, mais Asa a soudain passé une tête.

– Rome, il faut que tu sortes.

J'ai ramené mon attention sur lui et ai fait la grimace.

– Quoi ?

Il a levé son sourcil blond puis s'est renfrogné aussi.

– Il faut que tu ailles sur le parking et que tu jettes un coup d'œil à ton pick-up.

Brite et moi avons échangé un regard et nous sommes dirigés vers la porte de derrière. Dès que mes bottes ont touché l'asphalte, j'ai vite vu de quoi parlait Asa. Le gros 4 x 4 penchait d'un côté, le pare-brise était éclaté, tous les phares étaient cassés, et on aurait dit que quelqu'un avait tabassé toute la carrosserie à coups de batte de base-ball.

Brite a juré et je suis resté sur place, muet sous le choc.

– Tu veux que j'appelle les flics ?

L'accent d'Asa était plus prononcé que d'habitude. Je ne l'avais même pas entendu arriver derrière moi.

– Nan. Je suis sûr que c'est le même gars qui t'a menacé l'autre jour. Il est énervé contre moi et essaie de m'envoyer un message.

– Le message n'est pas dur à interpréter, Rome.

J'ai acquiescé.

– En effet.

Je l'ai regardé du coin de l'œil.

– Au fait, tu viens d'être promu gérant du bar.

Asa a fait un pas en arrière et Brite a explosé de rire.

– Quoi ?

– Apparemment, le bar est à moi maintenant, mais j'ai aussi un bébé qui arrive donc je ne pourrai pas être là tout le temps. J'ai besoin de quelqu'un sur qui compter, et c'est toi que je choisis.

Ses yeux ambrés se sont plissés et je voyais qu'il essayait d'évaluer la véracité de ma déclaration.

– Tu me fais confiance pour ça ?

J'ai haussé une épaule et ai sorti mon téléphone de ma poche pour appeler une remorqueuse.

– Je te fais confiance tant que tu ne me donnes aucune raison de ne pas te faire confiance, Asa. Si tu as l'intention de me faire un coup dans le dos, essaie de te rappeler toutes les techniques que je connais pour tuer un homme.

Je l'ai vu avaler sa salive, et il s'est retourné pour rejoindre le comptoir.

– Merci, Rome. Personne ne m'avait encore jamais accordé le bénéfice du doute.

Brite a fait un geste vers le pick-up.

– Tu veux que j'appelle les gars du club ?

– Ouais, et tu peux leur faire comprendre que si je trouve le petit trou du cul avant eux, il ne restera pas grand-chose de lui.

Nous avons ri ensemble et il m'a tendu la main pour que je la lui serre.

– Merci, Brite.

– Mais c'est tout naturel, fils. Tu veux que je te ramène chez toi ?

J'ai accepté sa proposition pour m'éviter l'humiliation de monter dans la Mini. Je lui ai demandé de me déposer chez Cora et il a refusé de parler du fait qu'il venait de m'offrir le Bar. Apparemment, tout était déjà réglé dans sa tête, même si c'était encore bouleversant pour moi. Trouver quelque chose à faire, quelque chose dans quoi investir mon temps et mon avenir, cela avait été ma plus grande inquiétude depuis que j'étais rentré. Uniquement avec ce geste désintéressé, Brite l'avait fait tomber. C'était génial, et bien qu'il l'ait répété plus d'une fois, je n'étais pas sûr de le mériter.

Je suis entré dans la maison de Cora. Qui était toujours lumineuse, joyeuse, comme elle. Je ne voyais ni Jet ni Ayden, mais ma copine était dans la cuisine et chantait un truc qui aurait pu être de la musique si la chanteuse ne hurlait pas à pleins poumons. Je me suis appuyé contre le long comptoir qui séparait la cuisine du salon et l'ai regardée danser entre le four et l'évier. Ses cheveux courts étaient plaqués sur sa tête, aujourd'hui. Elle portait une jupe rouge bouffante avec des volants qui la faisaient ressembler à la princesse d'un conte de fées punk. Son haut était large et fluide, sur son ventre qui commençait tout juste à s'arrondir. Les fleurs sur son bras, l'eau et le feu sur sa jambe paraissaient éclatants et exotiques et je ne m'imaginais pas rentrer chez moi pour retrouver quelqu'un d'autre qu'elle. J'étais amoureux d'elle. Tout simplement.

– Qu'est-ce que tu fais ?

Elle a laissé échapper un cri de surprise et s'est retournée. Elle avait les yeux écarquillés et une main sur sa poitrine.

– Tu m'as fait peur. Qu'est-ce que je fais, à ton avis ? De la gymnastique ? Je prépare à manger.

Je suis arrivé derrière elle et ai passé mes bras autour de sa taille. J'ai aplati la paume de ma main sur son ventre et ai écarté mes doigts. Elle a posé ses petites mains au-dessus de la mienne et a caressé la cicatrice sur les jointures de mes doigts avec son pouce.

– Je ne savais pas que tu savais cuisiner.

Elle a ricané et s'est retournée entre mes bras pour passer les siens autour de mon cou. J'aimais bien qu'elle soit si petite qu'elle doive se mettre sur la pointe des pieds pour m'attraper. Cela faisait remonter sa jupe et pressait ses formes contre moi.

– Ce n'est pas de la haute gastronomie, mais ça ne nous tuera pas non plus. Je n'ai pas entendu la moto, ni le pick-up. Comment es-tu arrivé ?

– Brite m'a déposé.

Je l'ai fait marcher à reculons jusqu'à atteindre le comptoir.

– J'ai eu des petits soucis de voiture.

Elle a baissé ses sourcils clairs et a couiné un peu quand je l'ai soulevée par la taille et l'ai posée sur la surface plate du plan de travail. Ses jambes se sont immédiatement écartées et je me suis installé entre elles. Ses yeux me riaient au nez mais ont vite gagné en sérieux lorsque j'ai passé mon pouce sur le tracé de sa mâchoire délicate.

– Cora.

Elle a enroulé ses mains derrière ma nuque et a lancé ses jambes pour croiser ses chevilles autour de ma taille.

– Rome.

– Brite m'a vendu le Bar aujourd'hui, et je suis amoureux de toi.

C'était mon avenir en quelques mots ; rien d'autre ne comptait.

Ses yeux sont devenus immenses sur son joli visage et sa bouche s'est ouverte en formant un petit O. Ses jambes se sont tendues autour de moi, mais c'était peut-être dû au fait que je remontais mes mains sous sa jupe bouffante avec la ferme intention d'arriver dans sa culotte.

– QUOI ?

J'ai posé un baiser sur sa bouche et l'ai poussée avec mes hanches pour avoir assez de place pour passer un doigt sous le bord en dentelle et descendre sa culotte sur ses hanches et ses cuisses décorées. Elle était toujours si douce et lisse, cela contrastait avec sa personnalité piquante à l'esprit vif. J'ai mis la dentelle dans ma poche arrière et l'ai embrassée sur l'épaule, où le col de son tee-shirt descendait. Elle avait toujours ce goût si doux.

– Je suis propriétaire d'un bar et je te veux pour toujours.

– Rome.

Elle était essoufflée et j'entendais un soupçon de peur dans sa voix. Je savais qu'elle n'en était pas encore là. Elle avait toujours des réserves à cause de cet enfoiré qu'elle avait connu jeune, et à cause de ma crise débile, elle n'était pas entièrement persuadée que je ne lui ferais plus de mal, mais elle y arriverait. Je n'en doutais pas. De toute façon, il n'y avait pas d'autre option. Pour moi, c'était elle. J'ai secoué la tête et ai fait passer sa jupe au-dessus de mes poignets, et je lui ai souri en la regardant d'au-dessus.

– Tu n'es pas obligée de dire quelque chose, Minipouss. Je veux juste que tu saches ce que ça veut dire pour moi, et que je ne m'enfuirai plus. Je te le promets, et je te le prouverai, peu importe le temps que ça prendra.

Elle me regardait dans les yeux et les siens étaient lumineux. Je voyais mille et une questions passer de son œil clair au foncé, mais elle ne m'a pas repoussé quand je me suis penché pour l'embrasser avec passion. Ses doigts se sont serrés dans mes cheveux derrière ma tête et elle m'a tiré plus près avec ses jambes. J'avais envie de me plonger en elle, de me souvenir de ce moment, de l'expression de son visage, pour toujours. Peu importait à quoi ressemblait mon avenir, tant qu'elle en était le centre, je savais que je pourrais y faire face.

Je me laissais vraiment emporter par le baiser. J'avais ma langue dans sa bouche, une main sous son tee-shirt et sous son soutien-gorge, et l'autre sur la boucle de ma ceinture. Elle ondulait sur le comptoir devant moi quand la minuterie du four a sonné fort, ce qui lui a fait tourner la tête. Elle a haleté pour reprendre son souffle, ses yeux étaient hébétés et tourbillonnants à cause d'une chaleur que je savais égaler la mienne.

– Ça va brûler. Il faut que je le sorte.

Je lui ai lancé un regard lubrique.

– J'ai quelque chose de plus chaud qu'il faut que tu sortes.

J'ai touché la bosse dans mon jean pour insister, et cela l'a fait rire comme une folle. Lorsqu'elle s'est penchée pour sortir sa préparation du four, j'ai eu du mal à ne pas l'attraper et la jeter par terre dans la cuisine pour m'intéresser à ce petit aperçu de fesses nues sous le tissu écarlate. Je ne me lasserais jamais, jamais de cette fille ; je le savais au plus profond de mon être.

Elle a posé le plat en verre sur la cuisinière et a remis les boutons à zéro. Elle a jeté la manique et s'est retournée d'un coup pour être face à moi. J'ai grogné de surprise quand elle s'est jetée sur moi. Je l'ai rattrapée avec une main sous son cul nu et l'ai soulevée pour que nos yeux soient au même niveau.

– Même si je suis très excitée à l'idée que tu me dévores dans la cuisine avec ton look de bricoleur dans ce pantalon et ces bottes, Ayden peut arriver n'importe quand. Et j'ai beau être tombée sur elle et Jet en position compromettante plus d'une fois, je ne tiens pas à revivre cette situation. Emmène-moi au lit, grand gaillard.

Je l'ai portée jusqu'au fond de la maison, vers sa chambre. Quand je l'ai mise sur le lit, je me suis soulevé au-dessus d'elle avec une main de chaque côté de sa tête. Nous étions presque nez contre nez et elle me souriait. À ce moment précis, j'ai su que tout irait bien dans mon monde.

– Il faut qu'on trouve un endroit où vivre.

– Pardon ?

J'ai levé le bras et ai retiré mon tee-shirt d'une main.

– Si je veux faire ça dans la cuisine, sur le canapé, ou au milieu du foutu salon, je ne veux pas me soucier d'être interrompu. C'est ce que je veux, Cora. Il nous faut un endroit où vivre ensemble.

Elle n'était peut-être pas entièrement prête à me dire qu'elle m'aimait, mais l'idée d'être coincée avec moi à long terme ne devait pas l'effrayer tant que cela car elle a levé ses hanches lorsque j'ai tiré sa jupe et enlevé son haut. J'ai embrassé le léger gonflement de son ventre et elle a emmêlé ses doigts dans mes cheveux bruns. Je l'ai sentie soupirer tandis que je léchais la peau délicate qui recouvrait notre bébé.

– OK, Rome. Il nous faut notre endroit.

J'avais envie de célébrer ma victoire, mais mon attention était focalisée sur cette jolie peau rose blottie entre ses jambes. J'ai léché le feu encré sur sa jambe et je l'ai sentie trembler contre ma bouche. Faire un cunni ne m'avait jamais dérangé, c'était un bon moyen pour exciter une fille et pour avoir l'air d'un mec attentif à ses besoins. Mais avec Cora, c'était autre chose. Peut-être était-ce dû au fait qu'elle prenait toujours soin de moi, peut-être parce qu'elle était plus importante pour moi qu'aucune autre ne l'avait été, ou peut-être que c'était le contraste entre sa chair douce et impatiente et le métal dur mais la faire jouir avec ma langue était toujours comme une friandise.

Je l'ai vaguement entendue dire mon nom dans un hoquet et j'ai senti ses mains s'impatienter dans mes cheveux. Du plat de la langue, j'ai joué avec l'anneau et ai pris le bord de son clitoris entre mes dents. Elle a juré et j'ai dû tenir ses hanches en place car elle s'est cambrée sous mon visage. Elle était toute chaude et liquide, elle n'arrêtait pas de bouger ses jambes et j'ai dû m'ôter de son chemin pour qu'elle ne frappe pas dans mon attirail. J'ai ri et ai fait tourner ma langue en elle tout en tirant sans merci sur son piercing, dont j'avais décidé que je ne pouvais plus me passer. Il n'a fallu qu'une minute pour la faire monter, et quand elle a explosé, je jure que c'était la plus belle chose que j'avais jamais vue. Elle ressemblait moins à un lutin et bien plus à une femme très satisfaite par son amant.

Je me suis relevé pour enlever mon pantalon et mes bottes. J'étais décidé à ramper au-dessus d'elle et à m'enfoncer en elle, mais elle m'a poussé sur le dos et s'est mise sur moi. Elle avait l'air comme chez elle, là-haut. Elle a mis sa main à la base de ma bite pour la tenir là où elle la voulait et a glissé jusqu'en bas, ce qui m'a coupé le souffle. J'ai croisé les bras derrière ma tête et me suis installé pour la regarder faire de moi ce qu'elle voulait. Elle passait son doigt sur les lignes qui délimitaient mes abdos et a posé ses mains sur le creux des deux os de mes hanches. Elle m'a lancé un sourire coquin et s'est soulevée pour redescendre terriblement lentement.

– Tu sais que tu vas devoir travailler deux fois plus dur quand je vais enlever ce piercing.

Ma réponse a été un grognement car elle me serrait avec des palpitations délicates à l'intérieur. Cela me semblait impossible, mais ma queue a durci encore plus et s'est mise à pulser plus fort. J'ai plié ma main sur un de ses seins et ai tapoté son téton dressé avec mon pouce, pas vraiment en douceur. Je l'ai vue prendre son souffle et son rythme s'est accéléré, elle bougeait d'avant en arrière sur moi.

– Mais tu pourras le remettre après, non ?

J'ai lancé un juron très fort car elle avait glissé sa main entre nous pour passer légèrement ses ongles sur mes boules. Comme si j'avais besoin d'encore plus de stimulation. J'ai passé mes doigts dans ses cheveux et l'ai tirée pour pouvoir aspirer sa lèvre inférieure dans ma bouche.

– Tu l'aimes bien, hein ?

Elle a murmuré ces mots contre ma bouche et je lui ai répondu en ricanant. Tous les mecs devraient trouver une fille qui les rende aussi heureux au lit et en dehors.

– J'aime tout chez toi.

Elle a cambré son dos et a posé ses mains sur les miennes qui malaxaient les collines tendres de ses seins. Elle a jeté sa tête en arrière et a dit mon nom dans un souffle qui s'est transformé en gémissement quand j'ai écarté un peu plus mes jambes, pour l'étirer et donner plus de friction à ses mouvements. Parfois, notre différence de taille était clairement à mon avantage. L'ouvrir, la remplir, c'était encore meilleur pour moi, et d'après le brouillard nuageux de désir dans ses yeux, je savais que ça marchait carrément pour elle aussi.

La traction et la pression du doux et du dur, le frottement de son anneau sur mon sexe, l'image des fleurs contre ma peau balafrée, cela faisait trop de choses auxquelles résister et nous avons tous les deux atteint le sommet en même temps. J'avais envie de hurler que je l'aimais, qu'elle était la meilleure chose qui me soit arrivée, mais je ne voulais pas lui faire encore plus peur. Elle s'est effondrée sur moi et a embrassé l'endroit, sur mon torse, où mon cœur commençait à reprendre un rythme normal. J'ai passé une main le long de sa colonne vertébrale et l'ai sentie frissonner contre moi.

– Tu es un fouteur de merde.

Sa voix rieuse était contagieuse et je me suis marré, ce qui nous a tous les deux fait inspirer car nous étions encore intimement liés.

– Mais j'en vaux la peine.

Toutes ces couleurs dans ses yeux m'ont éclairé quand elle a levé son regard vers moi. Elle a déposé une série de petits bisous sur ma mâchoire et a pris mon petit doigt avec le sien.

– Il était temps que tu t'en rendes compte. Maintenant, dis-moi exactement comment tu t'es retrouvé propriétaire du Bar.

Nous sommes restés nus et étalés ainsi tandis que j'essayais de lui expliquer la folie de Brite et ma chance inouïe d'avoir autant de personnes décidées à me sauver de moi-même. Le temps que nous allions manger, le dîner était froid, mais ç'a été quand même le meilleur repas de ma vie car c'était elle qui l'avait préparé et que j'allais bientôt l'avoir pour moi tout seul dans notre chez-nous. Le bonheur n'était pas une chose dont je me souvenais clairement, mais ce sentiment était assez puissant pour me faire comprendre pourquoi des hommes se battaient à mort pour lui.

CHAPITRE 13

CORA

J'étais en retard. J'avais déjà appelé les gars au salon pour leur dire qu'ils allaient devoir ouvrir les portes sans moi. Je me dépêchais d'enfiler une paire de ballerines pailletées mignonnes et de dompter mes cheveux qui partaient dans tous les sens à cause des mains de Rome. Il s'était levé aux aurores et était parti courir avec Ayden. Je ne savais pas comment il avait pu, car après sa déclaration surprenante, un dîner froid et cinq minutes de télé, il avait décidé de me ramener au lit pour toute la nuit. J'étais courbatue, complètement épuisée, et terriblement apeurée.

Il avait accepté la proposition d'Ayden de le conduire au Bar pour ne pas avoir à me réveiller. Enfin, c'était ce qu'il m'avait dit, mais j'étais sûre qu'il aurait préféré se déplacer à dos de mule que dans la Mini Cooper. Cela faisait partie des choses que j'étais sûre d'aimer aussi chez lui. Mais je ne pouvais pas le lui dire.

L'amour m'avait déjà cassée une fois. Il m'avait donné des attentes irréalistes et m'avait changée au plus profond de moi-même. Ce que j'avais ressenti pour Jimmy n'arrivait pas à la cheville des émotions que Rome Archer provoquait chez moi. Le grand soldat bourru avait fait son chemin jusqu'à des endroits dont je ne connaissais même pas l'existence. J'étais remplie de lui jusqu'en haut et j'avais vraiment peur, si je lui disais ce que je ressentais, que toutes ces émotions débordent et que nous ne sachions ni l'un ni l'autre comment nettoyer ce bazar. Je ne voulais pas vivre sans lui, mais je n'étais pas non plus prête à lui tendre mon cœur en lui donnant carte blanche.

C'était assez enivrant d'entendre un homme comme Rome parler d'amour. Toutes les choses géniales qui faisaient de lui qui il était, ses forces, sa loyauté, son attention, sa conviction inébranlable que j'étais celle qu'il voulait pour le reste de l'éternité… Ce serait si facile de m'abandonner totalement à lui mais j'avais tellement peur de ce qui arriverait si cela ne fonctionnait pas. Je ne pouvais qu'espérer que le grand bonhomme serait patient le temps que j'essaie de clarifier tout cela dans ma tête. Il se passait beaucoup de choses, là-haut ; le bébé, l'emménagement ensemble, la reprise du Bar, et le fait que j'étais complètement accro à son corps absurde. Il me fallait une minute pour reprendre mon souffle, mais je n'avais pas le temps. Juste au moment où j'ouvrais la porte pour sortir, mon téléphone a sonné et je ne pouvais pas l'ignorer car c'était mon père. Je me suis arrêtée et me suis assise sur les marches devant la maison. J'ai étendu mes jambes devant moi et me suis préparée pour l'interrogatoire classique auquel j'avais droit si je ne lui avais pas parlé depuis plus d'un mois.

– Salut, papa.

– Tu as été sage, ma chérie ?

Mon père était un homme brut qui ne se laissait pas faire, mais je n'avais jamais douté une seule seconde de sa complète dévotion pour moi.

J'ai regardé mes nichons, qui étaient bien plus gros qu'un mois plus tôt, et le gonflement rond de mon ventre.

– Pas vraiment.

Je ne savais pas exactement comment lui annoncer la nouvelle. Quand je m'étais écroulée après Jimmy, mon père avait fait de son mieux pour me relever, mais il y avait certaines choses que le père d'une fille ne pouvait pas réparer, et un cœur brisé en faisait partie. Je l'ai entendu soupirer.

– Donc, tu as vu que le mariage était annulé ?

Je faisais claquer le bout de mes chaussures étincelantes en caressant mon ventre et je ne l'écoutais que d'une oreille.

– Quel mariage, papa ?

– Cora, est-ce que tu m'écoutes, au moins ?

– Ouais, c'est juste que j'ai beaucoup de choses dans la tête. Ma vie est un peu folle, ici. Tu devrais venir me voir.

Il a ri et le son était celui de casseroles rouillées qui s'entrechoquent.

– Il n'y a pas d'air là-bas, mon bébé.

Il n'avait pas tort. Alors j'ai souri, et j'ai coincé mon portable entre ma joue et mon épaule.

– J'ai rencontré un mec, papa.

– Oh, Cora.

Je lui ai ri au nez.

– Non, papa, il va te plaire.

– J'en doute.

Il souffla, comme le font tous les pères qui ne veulent pas admettre que leur fille a des relations sexuelles.

– Il est différent. Pas du tout comme Jimmy. Il a été dans l'armée.

– Tu sors avec un soldat ?

Il avait l'air tellement incrédule que j'ai hésité à me vexer sérieusement.

– Je sors avec un ancien soldat, mais surtout, je sors avec un homme très bien. Il est particulier, papa.

– C'est tout ce que je voulais pour toi. Et avec Jimmy qui annule son mariage, je suis content que tu aies quelqu'un pour ne pas être tentée de revoir cette petite merde. Laisse ce chien où tu l'as laissé.

Le téléphone a failli me tomber des mains. J'avais été tellement occupée avec Rome, absorbée par le bébé en essayant de décider ce que j'allais faire, que je n'avais plus du tout pensé à Jimmy ni à son mariage, et que je l'avais encore moins espionné sur Internet.

– Quoi ?

J'ai entendu mon père soupirer et jurer dans sa barbe.

– Apparemment, la petite poulette avec qui il te trompait a suivi son exemple. Il l'a chopée avec un des autres tatoueurs du salon. Il a contacté ta tante parce qu'il te cherchait. Je lui ai dit de lui dire que ça faisait trop longtemps, que trop d'eau avait coulé sous les ponts. La prochaine fois, je lui ferai savoir que tu es passée à autre chose.

J'étais passée à autre chose. Jimmy faisait évidemment partie de mon passé, mais cela n'empêchait pas mon cœur de battre fort dans ma poitrine, ni mes oreilles de siffler. J'ai dû émettre un bruit de détresse car mon père m'a demandé si cela allait. J'ai dû rapidement secouer la tête pour remettre mes idées en ordre.

– Ça va, papa. C'est juste une claque du passé à laquelle je n'étais pas préparée.

– Mais ça ne change rien parce que tu es passée à autre chose, non ?

– Oui.

Mais je n'avais pas l'air aussi convaincue que je l'aurais voulu. J'ai pris une grande inspiration et l'ai relâchée lentement.

– Papa, je suis enceinte, donc qu'il y ait de l'air ici ou pas, il faudra que tu viennes à Denver quand le bébé arrivera.

Il était ma seule famille et j'avais besoin qu'il soit là pour la naissance. Ma déclaration a été accueillie par un silence sonore. Je savais qu'il n'allait pas me taper dans la main à distance, mais je ne m'attendais pas non plus à ce mutisme absolu.

– Papa ?

Il s'est éclairci la voix, et quand il s'est décidé à parler, sa voix était encore plus rugueuse que d'habitude.

– Tu es heureuse, chérie ?

– J'ai été surprise et j'ai eu peur, mais oui, je suis contente. Comme je te l'ai dit, c'est un homme bien, papa. Il ne nous laissera pas tomber. Il me dit qu'il est investi à cent pour cent, et je le crois.

– Tu lui accordes beaucoup de confiance après ce que tu as traversé, Cora.

Mon père, l'éternel marin ultra pragmatique. J'aurais aimé pouvoir lui dire que je ne lui avais pas encore accordé grand-chose car j'avais trop peur de lâcher prise.

– Je sais. Mais je lui fais confiance.

– Eh bien je suis fier de toi. Peut-être que je ne te le dis pas assez souvent, mais avoir reconstruit ta vie comme ça, c'est extraordinaire. Je sais que je n'ai jamais su gérer toutes ces histoires de fille, mais j'aurais voulu être un meilleur père, et tu vas être une mère formidable.

Je me suis un peu étouffée et je me suis levée.

– Personne n'est parfait, Amiral Tête de Cul. Je n'ai pas si mal fini et tu as fait ce que tu as pu. J'aurais dû être un garçon.

Il a ricané.

– Je suis content que ce ne soit pas le cas, sinon j'aurais dû te mettre un coup de pied au cul chaque fois que tu m'appelles comme ça. Le bébé est prévu pour quand ? Il faut que j'achète un billet d'avion.

Je lui ai dit que ce serait vers la fin mars et il m'a juré qu'il serait là. Il m'a posé un million de questions sur Rome et sur la façon dont je me sentais, et je ne me suis pas rendu compte que des larmes silencieuses coulaient de mes yeux avant de raccrocher. Mon père et moi avions une relation compliquée, mais je l'aimais et j'oubliais combien il me manquait jusqu'à ce genre de moments.

La famille était importante, c'était pourquoi j'allais tout faire pour que ce bébé en ait autant que possible. J'ai passé mes mains sur mon visage et ai couru jusqu'au salon.

Quand j'ai débarqué par la porte d'entrée, les gars étaient déjà occupés à travailler sur leurs clients, mais Nash a été le premier à lever la tête et à froncer les sourcils en me voyant.

– Vous vous engueulez encore, avec Rome ?

Je lui ai fait une grimace et j'ai jeté mes affaires sur le bureau avant de m'asseoir.

– Non. Je suis enceinte et émotive. Je vais pleurer souvent et ce ne sera pas toujours la faute de Rome, donc relax.

Il m'a répondu par un grognement et est retourné à son client tandis que j'allumais l'ordinateur. Je me suis dit que je n'allais pas regarder, que je ne devrais pas regarder, mais évidemment, la première chose que j'ai faite a été de me connecter sur Facebook et de chercher la page de Jimmy. Forcément, toutes les photos de lui avec la pute à tattoo avaient disparu et son statut était passé de fiancé à célibataire. Je n'arrivais pas à savoir ce que cela me faisait. Je n'étais ni contente, ni triste, ni vengée… Je me sentais juste bizarre, et je n'aimais pas cela. J'allais revenir sur la page des rendez-vous du salon et commencer à lire les messages privés que nous recevions quand l'un d'eux a attiré mon attention. Il y avait mon nom au début et il avait été envoyé quelques jours plus tôt.

J'ai senti mon corps s'immobiliser quand je l'ai ouvert et que j'ai vu le visage souriant de Jimmy dans la case expéditeur. Il fallait que je l'efface, il fallait que je m'éloigne de l'ordinateur. Cela faisait trop longtemps pour qu'il essaie de me contacter, trop de mal avait été fait, mais malgré tout cela, je n'ai pas pu résister à la tentation de le lire.

Cora,

Je sais que cela fait des années et que je ne mérite pas que tu me pardonnes, mais je veux que tu saches que, maintenant, je comprends combien je t'ai fait du mal. Ce serait dur de ne pas s'en rendre compte alors qu'il m'est arrivé exactement la même chose. Au salon, tout le monde savait qu'Ashley et Drake se voyaient dans mon dos alors qu'elle avait ma bague au doigt, et personne n'a rien dit. Je voulais juste essayer de rattraper les choses. Tu étais une super copine et j'aurais dû beaucoup mieux m'occuper de toi. Ta tante m'a dit que tu avais déménagé à Denver et je me suis dit que tu avais trouvé un plan avec Phil. Le salon a l'air sympa. Si tu es d'accord, tu peux m'appeler. J'aimerais vraiment me racheter. Tu m'as manqué.

Il avait laissé une adresse e-mail et un numéro de téléphone, mais j'ai cliqué sur « supprimer » et je suis restée les yeux fixés sur l'écran. Eh bien, voilà qui me retournait la tête dans tous les sens.

– Qu'est-ce qu'il y a ? On dirait que tu as vu un fantôme.

J'ai fait tourner le fauteuil pour croiser le regard curieux de Nash.

– Tu as déjà eu le cœur brisé, Nashville ?

Il a grondé, ce qui a fait rire son client.

– Ne m'appelle plus jamais comme ça.

Il n'utilisait jamais son prénom entier et il se vexait quand quelqu'un le faisait.

– Eh oui, mon cœur a été brisé par la première fille que tous les garçons aiment. Ma mère. À la seconde où elle a choisi ce couillon plutôt que moi, elle m'a brisé le cœur.

– Qu'est-ce qu'elle t'a dit, pour Phil ? Elle a accepté de lui parler ?

– Elle était bizarre. Elle m'a dit que Phil était grand, et que s'il ne voulait pas parler de ce qui se passait, je devrais être assez adulte pour le respecter. Je n'arrive toujours pas à le trouver et ça commence à me saouler.

Phil s'était fait rare au salon ces derniers temps, et quand j'avais réussi à l'avoir au téléphone, il avait encore l'air crevé. Je n'aimais pas cela du tout, et le fait qu'il évitait toujours Nash ne présageait rien de bon.

– Je viens de me prendre une petite claque par un morceau de mon passé, mais ça va. Pas de quoi se prendre la tête.

– Tu es sûre ?

C'était la question que je me posais aussi, mais heureusement, j'avais une fille qui devait venir pour se faire le même piercing que celui que j'avais et il fallait que je me prépare. Je suis donc allée dans la salle pour m'installer et vérifier que tous les instruments étaient prêts. Il fallait que je m'occupe, sinon le passé allait me tirer vers le fond, et c'était l'opposé de ce que je voulais ou de ce dont j'avais besoin.

***

Rome a compris qu'il y avait quelque chose. Je l'ai rejoint au Bar car il devait rester plus tard que d'habitude à cause d'un groupe, ou quelque chose comme cela. Il m'a donné à manger et a essayé de me tirer les vers du nez, mais je l'ai évité car je ne savais tout simplement pas quoi lui dire. Il n'avait pas à s'inquiéter. Je ne voulais plus avoir affaire à Jimmy. C'était de l'histoire ancienne et ses excuses arrivaient un siècle trop tard, mais je ne pouvais pas nier qu'une partie de moi était curieuse de savoir ce qu'il pourrait bien me dire après tout ce temps. J'évitais d'offrir mon cœur à Rome car j'avais toujours les cicatrices que Jimmy avait laissées lorsqu'il me l'avait rendu à coups de pied, et je me demandais s'il existait des mots qui pourraient rendre cette peur obsolète.

Le dîner a été un peu tendu mais il n'a pas insisté, même si je sentais ses yeux m'examiner de près. J'étais énervée qu'il ne m'ait pas dit ce qui était arrivé au pick-up et qu'Asa ait vendu la mèche. J'étais inquiète car quelqu'un semblait en avoir après lui ou après le Bar, et il n'avait pas l'air de prendre la menace très au sérieux. Il m'a dit que Brite connaissait les Sons of Sorrow, et ça ne m'a pas rassurée le moins du monde dans cette situation, mais comme je n'étais pas dans mon assiette, j'ai laissé tomber.

J'étais mentalement épuisée quand je suis rentrée à la maison. J'ai discuté une minute avec Ayden qui était en train de réviser dans le salon, avec des papiers partout. Je lui ai dit que j'allais probablement déménager et prendre une maison avec Rome d'ici à la fin de l'été, donc Jet et elle pourraient garder la maison pour eux. Elle était contente pour moi mais déçue car Jet était tout le temps sur les routes. Je crois qu'Asa lui manquait et qu'elle ne savait pas comment reconstruire le lien. C'était une chose qu'ils allaient devoir régler entre frère et sœur, car j'avais trop de pain sur la planche en ce moment.

J'ai pris une douche et me suis recroquevillée dans le lit. C'était bizarre d'être toute seule, mais Rome m'avait dit qu'il rentrerait le plus tôt possible. Je dormais plus sur lui que sur le matelas, ce qui faisait que mes mains se retrouvaient souvent à des endroits très intéressants et coquins le matin, car en général il dormait nu. Il était tellement chaud et solide qu'il me donnait l'impression qu'il ne pouvait absolument rien m'arriver.

J'ai mis un tee-shirt et une culotte, et le temps que je pose ma tête encore mouillée sur l'oreiller, j'étais déjà endormie. J'ai vaguement entendu mon mec rentrer bien après minuit et s'affairer dans la salle de bains, mais j'étais trop assommée pour me lever. Même lorsqu'il m'a soulevée pour m'installer sur lui avec un baiser ferme sur ma bouche endormie, je n'ai eu la force que de tapoter son torse avant de sombrer à nouveau dans le pays des rêves. J'ai senti ses bras s'enrouler autour de moi et, pour la première fois depuis l'appel de mon père, j'ai eu l'impression d'être revenue dans ma réalité. Nous étions aujourd'hui, ce qui s'était passé hier n'allait pas déstabiliser ce que j'avais maintenant. Je refusais de laisser cela se produire.

J'ai été réveillée brusquement un peu avant l'aube. J'ai dû cligner plusieurs fois des yeux pour qu'ils s'habituent à la lumière diffuse qui filtrait par les stores, mais je n'en ai pas eu le temps : Rome m'avait fait rouler sur le dos et me surplombait avec un regard effrayant. Ses yeux étaient fous, sa bouche était tirée, et la veine qui passait dans son cou battait un rythme rapide que je voyais malgré le manque de lumière.

– Rome ?

J'ai prononcé son prénom comme une question car il avait la même expression que lorsqu'il avait disparu dans la nuit, la dernière fois. Je ne voulais pas lui faire peur et qu'il parte, mais je n'étais même pas sûre qu'il me voyait vraiment à cet instant. Ses mains étaient plus dures que d'habitude, et elles tremblaient un tout petit peu quand il a enlevé mon tee-shirt par-dessus ma tête. Il n'a même pas eu à m'ôter ma culotte, elle s'est désintégrée sous les torsions et les tiraillements de ses doigts impatients. Il a levé la tête. La lumière qui émanait de ses yeux bleus étaient torturée et inconnue, mais je voyais encore assez de mon mec là-dedans. Je savais au plus profond de moi-même qu'il ne me ferait jamais de mal volontairement. Il avait simplement besoin de s'éloigner de ce qui l'obsédait et c'était sa seule façon de le faire sans m'abandonner encore une fois. Je lui avais demandé de l'honnêteté, et cela, c'était le plus honnête et le plus vrai que je pouvais avoir à ce moment-là.

Il m'a placée là où il voulait et sa tête a disparu entre mes jambes. J'étais encore à moitié endormie et loin d'être prête pour ce genre d'attaque, j'ai donc passé mes doigts dans ses cheveux, qui étaient maintenant assez longs pour s'enrouler autour de mes doigts, et me suis accrochée. Je me suis cambrée contre sa langue acharnée et j'ai serré mes cuisses autour de sa tête.

– Rome…

Cette fois, c'était un souffle et pas une question. Il n'était pas un grand bavard pendant les rapports, même dans les bons jours, et j'avais déjà eu des relations silencieuses et vraiment intenses avec lui par le passé. Mais cette fois, nous étions à un niveau totalement différent. Il était un amant très généreux et appliqué. Il faisait des efforts pour être sûr que je sois satisfaite et prête à accueillir tout ce qu'il voulait me donner. Ce matin, ce n'était pas le cas. Il avait clairement un objectif en tête, et c'était de me faire craquer le plus rapidement et le plus violemment possible. Un objectif qu'il allait vite atteindre avec son agression orale. C'était tellement bon que je ne pouvais pas vraiment me plaindre, et je savais qu'il en avait besoin, mais s'il pensait qu'il allait me baiser à m'en paralyser sans m'en parler après, il allait avoir des surprises.

Je ne pouvais pas me retenir longtemps, pas alors que sa langue et ses dents faisaient toutes sortes de choses merveilleuses en bas, mais avant que le premier spasme de mon orgasme arrive, il s'est redressé, m'a roulée sur le ventre et m'a soulevée pour que je sois sur mes genoux. Sa large main a caressé la courbe de mes fesses et il a murmuré mon nom.

– Cora…

Je l'ai senti se préparer derrière moi, et bien que je sois toute détendue et malléable grâce au plaisir et à l'intensité qu'il venait de m'imposer, je ne peux pas nier que j'ai eu un peu l'impression de m'ouvrir en deux quand il s'est poussé tout entier à l'intérieur. J'ai marmonné un juron, pas parce que j'avais mal, mais parce que c'était une explosion de sensations soudaine et envahissante. Il faisait toujours tellement attention avec moi, il était conscient de notre différence de taille, mais ce matin, c'était comme si une autre partie de lui avait été libérée. Ce n'était pas une de mes positions préférées au lit, mais avec lui, je me suis dit que je pourrais peut-être apprendre à l'adorer.

Je le sentais dans mon dos et ses mains entouraient mes seins. Mes tétons étaient déjà particulièrement sensibles à cause de la grossesse, mais lorsqu'il tirait dessus et les faisait rouler entre son pouce et son index, j'étais presque sûre que j'aurais pu jouir rien qu'avec cela. J'ai grogné et lui ai jeté un coup d'œil par-dessus mon épaule. C'était une vision que je ne pourrais jamais oublier.

Il était tout en muscles bandés, en peau couverte de sueur, en abdos contractés, en yeux bleus enflammés… C'était une image de pure intensité mâle et je n'aurais jamais pu me plaindre d'être le centre d'intérêt de tout cela. J'aimais comme il était fait de lignes droites et de surfaces planes alors que j'étais faite de douceur et de rondeurs, maintenant plus que jamais. J'aimais aussi voir ses mains contre ma peau éclaboussée de couleur. C'était un beau contraste, qui semblait le fasciner également. Cela serait aussi difficile d'effacer l'image de lui qui poussait, fonçait, frappait en moi comme s'il courait après sa libération. Cela faisait beaucoup de Rome Archer à absorber ; heureusement pour moi, j'en étais capable. Même si ma tête n'était pas sûre à cent pour cent, mon corps était plus que prêt à relever le défi. Mes muscles intérieurs se serraient autour de lui au rythme de ses coups de reins, mes tétons se pointaient et suppliaient qu'il les touche, et on ne pouvait pas ignorer le flot d'humidité qui lui ouvrait le chemin là où nous nous rejoignions. J'ai tourné la tête en arrière et me suis préparée à l'explosion et à l'effondrement inévitables ; mais ce n'est pas ce que j'ai observé. Une fois qu'il m'a eu renvoyée vers l'orgasme, il a eu l'air de revenir de la brèche sur laquelle il avait été. J'étais au bord des larmes, usée par le plaisir et par l'intensité des sensations dont il m'avait abreuvée, mais il m'a retournée sur le dos, m'a embrassée durement sur la bouche et s'est à nouveau enfoui en moi.

Il était lent, et le mouvement de son érection était une torture contre ma peau hyper sensibilisée. Il a embrassé mes paupières, les coins de ma bouche, le bord de ma clavicule. Il chuchotait mon nom encore et encore, et quand il a enfin frissonné et grogné contre ma gorge, j'ai eu le sentiment que c'était la première fois de ma vie que je savais ce que cela signifiait d'être pleinement et complètement indispensable pour une autre personne. J'ai passé mes bras autour de son cou épais et l'ai laissé se blottir contre moi, reprendre son souffle et se calmer.

Je pensais que j'allais devoir lui poser mille questions, mais après cinq longues minutes de silence, où tout ce que nous avons fait était de nous accrocher l'un à l'autre, il a commencé à tout m'expliquer. L'accident. Comme il a cru qu'il allait mourir. Comme il vivait chaque jour avec la culpabilité d'être le seul à avoir survécu. Comme il était énervé que l'accident soit non seulement la cause de ses limitations physiques, mais aussi le précurseur de beaucoup de blocages psychologiques. Il semblait qu'il donnait à cet accident la responsabilité de la fin de sa carrière militaire. C'était triste. Mon cœur s'est brisé pour lui cent fois, mais quand il a eu fini de m'en parler, il a tourné son visage vers moi et m'a embrassée sur la joue si délicatement que j'ai cru que j'allais pleurer.

Il a voulu sortir de moi, se retourner, mais je ne l'ai pas laissé faire. J'ai coincé mes bras et mes jambes autour de lui pour le maintenir en place.

S'il mettait son âme à nu pour moi, pas parce qu'il le voulait mais parce que je le lui avais demandé, je devais faire la même chose. Il méritait au moins cela. S'il me donnait tout, je devais arrêter d'avoir peur et accepter de faire pareil. Pas à pas. J'ai léché le pavillon de son oreille et ai murmuré :

– J'ai reçu un e-mail de mon ex, hier. Ça m'a complètement perturbée. C'est pour ça que j'étais bizarre au dîner.

Son grand corps s'est raidi au-dessus du mien, et il s'est relevé en m'adressant un regard noir. Nous étions toujours collés intimement, donc je pensais que cela serait impossible qu'il soit agacé, mais j'avais tort. Ses yeux se sont plissés et la cicatrice qui ornait son front s'est mise à battre sur un rythme énervé.

– Le mec avec qui tu étais fiancée ?

J'ai passé mes mains sur ses côtes comme si j'essayais d'apaiser un animal sauvage et j'ai fait un petit hochement de tête.

– Oui. Apparemment, la fille avec qui il devait se marier a inversé les rôles et lui a fait exactement la même chose que ce qu'il m'avait fait. Je suppose qu'il cherchait juste quelqu'un pour compatir avec lui.

– Pourquoi tu ne me dis ça que maintenant ?

Je n'aimais pas le ton accusateur de sa voix, alors j'ai planté le bout de mon ongle dans sa peau.

– Parce que je l'ai effacé. Je me fous de lui ou de tout ce qu'il a à me dire. C'était il y a longtemps, et si pendant un moment, tout ce que je voulais était qu'il s'excuse, maintenant je n'en ai plus besoin. Maintenant, je t'ai, toi.

Je lui ai rendu son plissement d'yeux.

– En plus, tu ne m'avais pas parlé du pick-up ni du fait que tu as un biker en colère au cul, qui cherche à se venger, parce que tu ne voulais pas que je m'inquiète. C'est la même chose, mon grand.

– Non, Cora, ce n'est certainement pas la même chose.

Il nous a retournés et je me suis retrouvée assise sur lui. Il a croisé les bras derrière sa tête et a continué de me regarder de travers. C'était une position étrange pour s'engueuler et apparemment mon vagin en avait assez d'être plein de toute cette chair délicieuse sans rien en faire de productif. Je me sentais onduler contre sa queue. Et bien sûr, Rome étant le superhéros qu'il était, il n'a eu aucun problème à repartir et à bander de plus belle.

– Je n'étais pas amoureux de ce petit con de biker. Je n'ai pas accepté de l'épouser. Il ne m'a pas brisé le cœur en un million de morceaux, ce qui rendrait difficile de voir ce qui est sous mon nez. Ce mec, ce n'est pas seulement ton ex, Cora. Il a changé ta vie.

J'ai froncé les sourcils car je n'aimais pas le fait qu'il puisse aussi facilement lire entre les lignes.

– Je te vois, Rome.

J'ai pris une de ses mains et l'ai posée sur mon ventre.

– Ce serait impossible de ne pas te voir. Et en matière de gens qui changent la vie, tu gagnes. De loin.

Il a enlevé son autre main de derrière sa tête et l'a posée de l'autre côté de la petite bosse pour qu'elle soit encadrée par ses deux mains.

– Je sais que tu me vois, Cora. Mais est-ce que tu me vois uniquement comme le père de ce petit ? Tu ne me vois que comme un mec qui a une tonne de problèmes et essaie tranquillement de s'en sortir ? Tu me vois comme quelqu'un qui fait l'affaire pour le moment parce que tu sais combien toi et ce bébé comptez pour moi, et tu trouveras peut-être mieux plus tard ? Ou est-ce que tu me vois comme quelqu'un qui est à toi, quelqu'un qui est là pour de bon ? Parce que si tu ne fais ça que le temps de trouver M. Parfait, j'ai un scoop pour toi… il va avoir du boulot pour me passer sur le corps.

Je l'ai regardé en silence car je ne trouvais pas la moindre chose à dire. Tout ce que je voulais était qu'un mec soit à cent pour cent avec moi, et voilà que cet homme extraordinaire demandait la même chose de moi.

– Je vois tout ça, Rome, et peu importe à quoi ça ressemblera, c'est déjà parfait. Ça…

J'ai posé ma main sur son cœur et me suis assurée qu'il pouvait sentir que je le serrais de l'intérieur.

– C'est le plus parfait qui existe. Tu es mon homme, personne d'autre ne me fait ce que tu me fais, et c'est tout ce qui compte. Je ne savais pas ce que voulait dire « parfait » avant toi.

Je ne pouvais pas encore lui dire que je l'aimais. Je n'étais pas encore prête à faire ce saut dans le vide, mais je pouvais bien lui montrer et espérer qu'il comprendrait le message que j'essayais de transmettre. Je voyais Rome Archer aussi clairement que je voyais mon propre visage dans le miroir. Il était simplement la meilleure des choses imparfaites dont je pouvais rêver. Je ne pouvais qu'espérer qu'il n'en aurait pas marre d'attendre que je mette mes craintes de côté pour lui dire exactement ce que je ressentais.

CHAPITRE 14

ROME

Le juke-box électronique dans lequel je venais de mettre une pièce jouait les Eagles et mon frère était encore plus irritable que d'habitude. Il n'avait pas touché à la bière devant lui, et chaque fois que je lui demandais si cela allait, il me fusillait du regard. Je ne savais pas pourquoi il était venu ici alors que le bar où il allait généralement avec les gars était juste à côté du salon dans Capitol Hill. Mais je voyais qu'il voulait parler de quelque chose ; il fallait juste lui laisser le temps d'y venir.

Asa était occupé à papoter avec une étudiante très jolie à l'autre bout du bar, et Dixie, la rousse très sexy qu'il m'avait convaincu d'engager à la fois pour l'aider et pour faire le service, car nous avions de plus en plus de monde, s'occupait des autres clients. Je me suis servi un soda, j'ai vérifié que tout allait bien pour Darcy dans la cuisine avec le coup de feu du dîner, puis je suis allé me poser à côté de mon petit frère. Ses yeux clairs se sont levés et sa bouche s'est tirée vers le bas.

– Vous arrivez à trouver des maisons qui vous plaisent, toi et Clochette ?

– Non.

Je voulais rester à Capitol Hill et elle voulait rester à Washington Park. Nous pensions tous les deux qu'il fallait trouver une maison en location avec un jardin et un garage, mais c'était la seule chose sur laquelle nous étions d'accord.

– Ça ne te fait pas peur de passer une étape aussi importante avec quelqu'un que tu ne connais pas depuis très longtemps ?

J'ai ricané et l'ai regardé du coin de l'œil.

– Je crois qu'avoir un bébé est une étape un peu plus importante qu'emménager ensemble. C'est ce qui doit arriver. Je l'aime, Rule.

Il a hoché la tête et a pris sa bière entre ses deux mains.

– Je pense beaucoup à ça ces temps-ci.

J'ai haussé un sourcil.

– Au fait que j'aime Cora ?

Il a fait une grimace et m'a donné un coup de coude dans les côtes.

– Non. Au fait que j'aime Shaw. Je n'aurais jamais cru ressentir pour personne ce que je ressens pour elle, tu vois. Elle est juste… Elle est tout mon monde.

Je lui ai donné une tape sur l'épaule.

– Je sais. Ça se voit. Je suis super fier de toi, que tu aies réussi à réaliser ça. Je sais que j'ai été dur avec toi quand je suis revenu, et ce n'était pas juste. Vous êtes vraiment bien ensemble.

Il a avalé sa salive et ses yeux ont fondu juste un instant.

– Je la veux pour toujours.

– Je crois que tu l'as, c'est bon.

– Je veux lui demander de m'épouser.

J'ai failli tomber de mon tabouret. Pas parce que je pensais qu'il n'aimait pas Shaw ou qu'il ne serait pas un mari génial, mais c'était mon petit frère, ingérable, impulsif et sauvage. Un mec que je n'avais jamais imaginé s'installer dans le rôle de propriétaire responsable et mari fidèle. Je l'ai fixé jusqu'à ce qu'il s'énerve et craque.

– Quoi ?

– Rien. C'est juste que je n'aurais jamais cru t'entendre dire ça. Est-ce qu'elle t'a donné des indices laissant entendre qu'elle veut que tu le lui demandes ?

Il a fait non de la tête et a pris une grande gorgée de bière. Les néons des panneaux de marque de bière rendaient ses cheveux encore plus extravagants avec leur lumière colorée sur ses mèches blanches.

– Non. Elle est parfaite. Elle ne fait pas de scandale, elle ne me fait pas de réflexions, elle me fait confiance même quand je fais des choses complètement débiles, et elle ne me reproche jamais, jamais mon passé. Et, honnêtement, ce serait vraiment facile de le faire. En plus de ça, elle est exceptionnelle au lit. Elle est trop belle pour être vraie, alors pourquoi elle voudrait passer le reste de sa vie avec moi ?

Je pensais que la réponse était évidente. Shaw aimait Rule depuis toujours. Depuis probablement plus longtemps qu'il ne le croyait. Il était tout ce qu'elle voulait, et cela avait toujours été ainsi. Je n'avais jamais vu Rule douter ou manquer autant de confiance en lui. Cela m'a ouvert les yeux. Il aimait vraiment cette petite fille autant qu'elle l'aimait.

– Demande-lui. Elle va te dire oui. Elle t'aime. Elle a toujours été amoureuse de toi et elle sera toujours amoureuse de toi. Pour elle, tu étais aussi trop beau pour être vrai. Vous avez tous les deux de la chance de vous avoir.

Il a laissé tomber sa tête entre ses mains et a soupiré. Ses doigts où était tatoué le nom de Shaw ont attiré mon regard. Je les ai montrés du doigt.

– Tu l'as déjà avec toi pour toujours, une bague ne fera pas de grande différence, frérot.

– Je dois attendre qu'elle ait fini son prochain semestre. Il faut qu'elle ait son diplôme, et qu'elle se concentre sur la suite de ses études en médecine. Je ne veux pas qu'elle se soucie de moi ou d'un mariage pendant ce temps-là. Honnêtement, j'y pense depuis qu'on a parlé avec Lando. Si jamais il m'arrivait quelque chose, ou à elle. Je veux que tous les habitants de la planète sachent combien elle est importante pour moi. À quel point elle a changé ma vie et m'a donné envie d'être un homme meilleur pour elle, et rien que pour elle.

J'ai fait non de la tête quand Asa a aligné une tournée de shooters sur le bar et a levé un sourcil pour me demander si j'en voulais un. Je m'en sortais plutôt bien avec l'alcool. Je buvais une bière de temps en temps, je prenais parfois un shooter avec Asa à la fin de la soirée, mais la plupart du temps j'étais trop occupé à faire tourner le bar et à garder un œil sur les clients pour vraiment être tenté. En plus, ma lutine et son aide toute particulière pour ma gestion du stress étaient tellement plus agréables – et un baume plus apaisant pour mon âme – que la vodka, avec sa gueule de bois inévitable, ne m'attirait pas du tout.

– Rule, elle a toujours été une Archer. Lui mettre un caillou sur le doigt, ce n'est qu'une formalité. Personne ne doute du point auquel tu l'aimes, ni du fait que tu es engagé à fond avec elle et rien qu'avec elle. On se fout de sa famille odieuse et de la prise de tête avec papa et maman qui se profile peut-être ; si tu la veux pour toujours, demande-le-lui.

Il a levé les yeux vers moi et a haussé ses deux sourcils avec un air interrogateur. On aurait dit que les barbells qui les décoraient me faisaient des clins d'œil.

– Donc tu ne veux pas te marier avec Cora ? Tu vas juste la foutre en cloque et vivre dans le péché ?

Venant de n'importe qui d'autre, cette phrase m'aurait énervé, mais j'ai bien saisi le second degré qui passait dans sa voix. Je l'ai poussé fort, ce qui l'a fait rire.

– Je ne sais pas. Peut-être. C'est déjà assez dur d'essayer de faire marcher une relation toute neuve avec un bébé surprise à l'horizon.

– Ouais. Comment c'est arrivé, ça ? Tu me fourrais des capotes dans les poches avant que je fasse le mur, le soir. Tu m'as implanté le « sortez couverts » dans la tête alors que je n'avais même pas encore vu les seins d'une fille. Ça ne te ressemble vraiment pas d'avoir un accident de cette taille-là.

J'ai croisé les bras sur le bar et me suis appuyé dessus. J'ai regardé mes mains, et les cicatrices qui y étaient disséminées.

– Parfois, c'est le destin. Je n'avais jamais pensé à avoir des enfants, jamais pensé au genre de fille avec qui j'aurais envie de m'installer, je voyais rarement plus loin que la mission suivante, et quand je suis rentré, plus loin que la prochaine journée interminable. Tout était en noir et blanc et je disparaissais dans un brouillard. Je pensais que j'avais besoin d'une direction, de quelque chose qui me définisse. Mais non. Ni avant, ni maintenant. Je peux simplement être un mec, un mec qui se foire parfois, mais tant que je prends mes responsabilités, ce n'est pas grave.

Rule a fini sa bière et a posé ses mains sur mes épaules pour que nous soyons face à face.

– Tu ne seras JAMAIS « juste un mec », Rome. Tu es le meilleur frère qu'on puisse avoir. Tu es un foutu héros. Personne, et je dis bien personne, ne m'a jamais soutenu comme tu l'as fait. Tu es une personne incroyable, que ce soit dans l'armée pour faire la guerre ou assis sur ton canapé en train de regarder un match. Ne l'oublie pas.

Il était sérieux, et c'était important pour moi. Nous avions toujours été proches, mais après avoir appris la vérité sur Remy et avoir essayé de trouver ma place dans sa vie maintenant qu'il avait Shaw, j'avais laissé ma propre fierté faire obstacle entre nous. J'ai fait tinter le bord de mon verre contre le bord de sa chope de bière.

– Je suis bien tombé aussi, côté frangin. Déjà, je pense que tu vas faire un mari qui déchire, et en plus je crois que tu seras l'oncle préféré de ce bébé.

Il a ri et s'est retourné pour regarder l'intérieur du bar.

– Je ne serai pas son seul oncle ? Cora est fille unique.

– Tu joues sur les mots.

J'ai pris la même position que lui et je voulais voir si je pouvais lui soutirer des infos sur l'ex de Cora lorsque la porte du bar s'est ouverte et que nous nous sommes tous les deux tendus, alertes. Je n'ai pas eu de mal à reconnaître Torche et ses lieutenants du club de moto. De toute manière, on ne pouvait pas louper leurs vestes ni l'aura de motards menaçants qui les accompagnait.

– Brite m'a dit qu'il t'avait vendu le Bar, petit. Félicitations.

Je lui ai serré la main, car franchement, qu'est-ce que j'étais censé faire d'autre ? Je lui ai présenté Rule et ai penché la tête sur le côté.

– Pourquoi j'ai l'impression que ce n'est pas une simple visite de courtoisie ?

– Parce que tu as raison.

Le président a fait un signe de tête vers le fond du bar, où étaient les tables de billard. J'ai hoché la tête et demandé à Dixie de libérer l'espace pour quelques minutes. Rule a posé sa main sur mon bras et m'a lancé un regard inquiet.

– Tu sais ce que tu fais ? Ces mecs-là ont mis Asa dans le coma et l'ont laissé pour mort.

– Pas ces gars-là en particulier, et d'après ce que j'ai compris, Asa avait fait une belle connerie pour en arriver là. Torche, le président de la branche d'ici, connaît Brite depuis longtemps. Il a viré le mec qui a défoncé le Dodge et braqué le bar. Il faut que j'écoute ce qu'il a à dire.

Il n'avait pas l'air content mais il ne m'a pas retenu quand j'ai suivi le groupe de motards vers la salle du fond.

– Le Bar a l'air tout neuf, gamin.

– J'ai bossé dur pour ça.

– J'avais deviné ce que la vieille chèvre avait derrière la tête dès qu'il m'a parlé de toi. Le Bar est un repaire des Sons ; ça veut dire qu'on est derrière toi, petit. Les conneries avec le prétendant rebelle, ce n'est pas comme ça qu'on fonctionne.

– On ne touche pas au véhicule d'un homme.

– Non, c'est vrai. Il faut que tu saches qu'il se planque. Tout le monde le cherche depuis que Brite m'a appelé pour me parler du braquage, mais on n'a rien vu ni entendu. Son vieux était dans un club depuis des années, il est parti au trou pour du lourd, donc le gosse connaît du monde. Pas dur pour lui de se faire discret, puis de se débrouiller pour te créer des ennuis, toi et tes proches. Tu comprends ce que je veux dire, petit ?

Ouais, je ne comprenais que trop bien. Le petit con maigrichon était énervé, mais en plus il était probablement armé jusqu'aux dents. Apparemment, Asa avait eu de la chance qu'il ne prenne que de l'argent.

– J'entends parler des gens dans le cercle des Sons. Je sais que tu fais partie des bons, gamin. Je sais aussi que tu portes un gros bagage que tu as ramené du désert. Tu vas pouvoir gérer ça et surveiller tes arrières ?

Je n'étais pas sûr d'avoir envie de savoir comment ce mec, ce chef de club de moto, savait ce qui se passait dans ma tête, mais je ne pouvais pas nier qu'il avait l'air plus compréhensif que la plupart des gens qui essayaient de m'en parler. Je me suis éclairci la voix et ai appuyé ma hanche contre la table de billard. Je l'ai regardé dans les yeux, car c'est que l'on fait quand on essaie de se mettre au niveau d'un homme qui offre non seulement son respect, mais aussi sa protection et sa bénédiction. La grisaille n'allait pas m'engloutir, j'avais trop de couleurs en moi grâce à Cora.

– La plupart du temps, ça va. J'ai passé quelques mauvais mois, failli foutre en l'air la meilleure chose qui me soit arrivée, avant ou après la guerre. Brite m'a remis les idées en place, m'a donné le numéro de Neil et il m'a dit d'aller lui parler. Quand je n'arrive pas à émerger tout seul, je vais le voir. Sinon, une personne prend bien soin de moi et rien dans ce monde n'est plus important pour moi que de garder un œil derrière la tête.

Torche a rigolé et a acquiescé.

– J'en ai eu une comme ça, une fois. J'ai été trop idiot et trop têtu pour m'y accrocher. Si tu as une fille qui reste avec toi quand tu te réveilles au milieu de la nuit en train de trembler, couvert de sueur sans savoir où tu es, c'est une fille qu'il ne faut jamais lâcher.

J'aurais pu renchérir et lui dire que j'avais une fille qui restait, et qui en plus me remettait au lit en me suçant ou en me chevauchant, mais je doutais que Cora apprécie que le pire du pire des clubs de moto connaisse autant de détails sur notre vie sexuelle.

– Je n'ai pas l'intention de la laisser partir, ou de laisser un petit con rancunier s'approcher d'elle, ni de moi, d'ailleurs. Il faut en finir avec ça, et le plus tôt sera le mieux.

– On est d'accord. S'il se passe encore quelque chose, appelle-moi, pas les flics.

Je ne savais pas si j'appréciais d'avoir son numéro dans mon téléphone, mais je l'ai enregistré et me suis reculé de la table, lorsqu'il m'a arrêté en posant une main sur mon épaule.

– On a tous été toi, à un moment ou à un autre, petit. Rejeté, perdu, à essayer de savoir ce qui va nous arriver. Pour certains, ce qui est arrivé après est sorti de nulle part. La route, la fraternité, la famille, c'était comme être revenu en arrière mais selon nos propres conditions.

Il a frappé sur son torse avec sa main, là où son cœur de motard était recouvert par son blouson de cuir.

– Certains l'ont trouvé dans l'amour d'une femme et en fondant une famille ; d'autres, comme Brite, ont trouvé leur avenir en aidant les plus paumés d'entre nous à trouver une meilleure voie. Quel que soit ton avenir, petit, il va te trouver ou tu vas le trouver. Ne te prends pas trop la tête avec ça.

Sur ce conseil profond, lui et sa cohorte sérieusement intimidante sont ressortis du bar. Il m'a fallu une minute pour me remettre les idées en place, réfléchir à la façon dont ma vie s'était retrouvée sens dessus dessous ces derniers mois, et je suis retourné vers mon frère qui m'attendait nerveusement au comptoir.

– Tout va bien ?

En temps normal, j'aurais minimisé, je lui aurais dit que c'était mon problème et que je m'en occupais. J'étais le grand frère, le protecteur, mais je commençais à voir que tout ce par quoi je me définissais avant devait changer, car à mesure que la vie avançait, je n'étais plus le même mec que quand nous étions gosses.

– Personne n'a l'air de savoir où est le petit con qui m'en veut. Torche et le club disent qu'il a des contacts, qu'il pourrait être armé, et qu'il est bien énervé que sa baston avec moi l'ait fait bannir. Ils veulent que je surveille mes arrières, et avec tout ce qui se passe là-dedans, Torche avait peur que je ne sois pas bien armé pour gérer le problème.

J'ai tapé deux doigts sur ma tempe et il a froncé les sourcils.

– Et ? Tu peux faire attention à toi, je veux dire ?

– Je crois. Mon instinct de survie et de protection, c'est une seconde nature.

– Si tu as besoin de moi, ou des gars, il suffit de demander, hein ?

– Je sais. Garde juste un œil sur ma meuf. Je ne veux pas qu'elle s'inquiète, avec le bébé et la crise quand elle a reçu le mail de son ex.

J'ai vu les yeux clairs de Rule durcir comme du diamant et ses mains tatouées former des poings sur le dessus du comptoir.

– Le trou du cul a eu le culot de lui envoyer un mail après tout ce temps ?

J'ai baissé le menton pour dire que j'étais d'accord avec lui et ai levé mes coudes pour m'appuyer sur le bar. Je ne voulais pas paraître trop impatient d'entendre ce qu'il avait à dire sur l'ex de Cora, mais le savoir, c'est le pouvoir ; plus j'en aurais, plus je pourrais briser ce voile de peur que je voyais dans son regard aux tons multiples chaque fois que je lui disais que je l'aimais.

– Je crois que sa meuf le trompait avec un autre artiste du salon. Apparemment, il a eu une révélation et s'est rendu compte que toute la merde sous laquelle il avait enseveli Cora faisait peut-être de lui un gros connard, donc maintenant il est motivé pour se racheter. Elle prétend que c'est de l'histoire ancienne, mais parfois elle ne dit plus rien et je vois qu'elle est ailleurs, mais elle ne m'en parle pas.

Il a libéré un chapelet de grossièretés et ses mains se sont serrées et desserrées.

– Ce mec s'est bien foutu de sa gueule, Rome.

Il a soupiré et a fait signe à Asa de lui servir une deuxième bière.

– Quand Phil est revenu au salon après son passage à New York et nous a dit qu'on allait avoir une nouvelle gérante, on ne savait pas comment le prendre. Mais Cora est arrivée et c'était clair qu'elle avait besoin que quelqu'un la sauve. Elle se laissait dépérir. Je veux dire, elle est déjà toute petite au départ, mais on voyait qu'elle ne mangeait pas, qu'elle ne dormait pas. Elle était discrète, effacée. On essayait de rigoler avec elle, de la secouer pour la sortir de là, mais rien ne marchait. Elle avait le cœur brisé. Je n'avais jamais rien vu de tel. Ce n'était pas juste une fille triste parce qu'elle s'était fait plaquer… Elle était en train d'en mourir.

Il a lâché un soupir et a lentement secoué la tête de droite à gauche.

– Rowdy a toujours dit que si ça avait été si dur pour elle, c'était parce que son père n'était jamais là et que Jimmy était la seule constante dans sa vie. Je ne sais pas si c'est vrai, mais je sais que ce mec l'a tellement fait souffrir que je voudrais l'écorcher vif et le laisser se faire bouffer par des fourmis, juste pour lui donner une leçon. Aucun homme ne devrait faire ça à une femme qui l'aime, même s'il n'est plus amoureux d'elle.

J'avais un mauvais pressentiment au fond du ventre. Je n'aimais pas entendre tout cela.

– Qu'est-ce qui l'a fait revenir ? Qu'est-ce qui l'a empêchée de disparaître complètement ?

Sa bouche a formé un sourire ironique et il a mordu son piercing à la lèvre.

– Remy est mort.

J'ai eu un mouvement de recul par surprise.

– Remy est mort et j'étais en train de sombrer, et elle a plongé pour me sauver. Elle était tellement concentrée sur moi et mon bordel qu'elle a oublié qu'elle souffrait aussi. Elle allait mieux de jour en jour, et elle s'accrochait à moi des deux mains. J'étais dans une très mauvaise période mais je suis resté du bon côté de la barrière grâce à Cora. Elle est plus qu'une grande sœur de substitution, c'est ma voix de la raison.

J'ai explosé de rire.

– Fée Clochette.

– C'est carrément la Fée Clochette, mais une Fée Clochette qui peut te fouetter en quelques mots et te remettre à ta place avec un seul regard. Ne laisse pas ce mec reposer ses sales pattes sur elle, Rome. Ça ne peut être qu'une mauvaise nouvelle.

J'ai grogné.

– Tu connais Cora, Rule. Elle fera ce qu'elle a envie de faire. Je peux juste espérer que ce qui se passe entre nous est assez bien pour qu'il ne soit même pas envisageable qu'il la convainque de quoi que ce soit.

Nous avons échangé un regard entendu.

– Ça craint.

– Ça craint carrément.

Nous sommes tombés dans un silence gênant tandis que le juke-box passait des Rolling Stones aux Clash. Je suis retourné derrière le bar pour aider Asa à faire la vaisselle et avoir quelque chose à faire de mes mains.

– Tu aimes bien être ici, Rome ? Tu veux rester là pour tenir le bar ou c'est juste parce que tu ne sais pas quoi faire d'autre ?

J'ai dû prendre une seconde après la question de Rule pour trouver une réponse construite.

– Un peu des deux. J'aime bien ; j'aime bien les clients et les habitués, j'aime bien pouvoir choisir mes horaires et j'ai retapé ce bar planche par planche. Mais je n'ai pas la moindre idée de ce qui m'attend, de ce que je devrais ou ne devrais pas faire avec les années de formation que j'ai. Pour l'instant, je me sens bien ici et je ne peux pas demander mieux.

– Quoi que tu fasses, qui que tu veuilles être, Rome, putain, je suis tellement content que tu sois rentré en un seul morceau. Tu m'as manqué, tu nous as manqué. Même quand tu étais un emmerdeur de première. Savoir que tu es là, que je peux t'appeler, que tu es là pour moi même quand tu es énervé contre moi, tu n'imagines pas combien j'ai besoin de ça.

Et voilà. Mon frère avait encore besoin de moi. Oui, il avait Shaw pour prendre soin de lui. Oui, il était devenu assez dur, et assez adulte pour se protéger de la plupart des choses, mais il avait toujours besoin que je le soutienne. Il avait besoin que je sois le gars qui le regarde, sans le juger. C'était une redéfinition de notre relation qui m'allait parfaitement. J'allais également vers cela avec mes parents. Je commençais à comprendre que je pouvais simplement être Rome, ni plus, ni moins.

– Tu m'as manqué aussi, petit con, et je suis vraiment désolé d'avoir pris autant de temps à me sortir la tête du cul.

Il a hoché la tête, a fini sa bière et est rentré retrouver sa copine. C'était une soirée pour le moins intéressante, et après l'avertissement crypté de

Torche et du club, je suis resté jusqu'à la fermeture avec Asa et l'ai regardé partir avec non pas une, mais deux jolies étudiantes. Je voulais être sûr que tout le monde quitterait le parking sain et sauf, et que personne ne traînait dans le coin. Ce mec avait un bagou que je n'avais jamais vu et j'aurais probablement ressenti une pointe de jalousie si je ne rentrais pas chez moi, où une lutine très sexy serait sûrement étalée sur mon lit, attendant mon retour.

La grosse voiture de Nash n'était pas là quand je suis arrivé à l'appart, mais la Mini était garée à sa place. J'étais fatigué d'appeler pour des tonnes d'appartements avec elle. Je voulais que nous ayons un endroit à nous, mais après les révélations de Rule sur son ex, je commençais à me poser des questions sur les vraies raisons de nos difficultés à nous mettre d'accord. J'ai attrapé une bière dans le frigo et me suis dit que j'allais prendre une douche en vitesse et me glisser dans le lit à côté d'elle, mais lorsque j'ai ouvert la porte de ma chambre, j'ai été surpris de trouver la lampe allumée sur la table de chevet, et le lit vide. J'ai froncé les sourcils et ai posé la bière tout en enlevant mes bottes et mon tee-shirt.

J'avais peur qu'elle ne se sente pas bien. Jusqu'à présent, elle avait eu de la chance et elle n'avait pas eu beaucoup de nausées. Elle était souvent fatiguée mais ne m'avait pas demandé d'aller lui chercher des cornichons ou de la glace en plein milieu de la nuit, donc je pensais que cela se passerait comme sur des roulettes durant toute la grossesse. J'ai frappé à la porte avec un doigt et ai dit son prénom.

– Tout va bien, Minipouss ?

La poignée a tourné sans difficulté dans ma main et je suis entré dans la salle de bains. Elle était toute nue, toute tatouée et parée de bijoux, et elle se regardait dans le grand miroir. Ses cheveux blonds partaient dans tous les sens, comme si elle avait été réveillée par quelque chose, et elle se mordait la lèvre. Elle était parfaite. Tout chez elle était absolument parfait, putain. J'ai levé les bras au-dessus de ma tête dans l'encadrement de la porte et je l'ai regardée me regarder. Ses yeux ont fait ce lent voyage sur mon torse, mon ventre, et se sont arrêtés sur l'avant de mon pantalon, comme elle aimait le faire. Il fallait que je me rappelle de toujours enlever mon tee-shirt en rentrant à la maison… Cela l'empêchait vraiment de réfléchir.

– Regarde.

Elle s'est retournée pour être face à moi, et je crois qu'elle voulait que je regarde autre chose que ses seins remontés et la jonction délicate entre ses jambes, mais j'étais un mec et elle était nue, donc c'était loupé.

– Regarde quoi ?

J'avais envie de la prendre sous le bras et de l'emmener au lit. J'avais envie de lécher chacun de ces bijoux qui décoraient sa cage thoracique et de suivre la ligne des lys jusqu'en haut avec mes dents.

– Regarde notre bébé.

Elle a aplati ses deux mains sur le très léger gonflement de son ventre. Elle était tellement petite que la moindre petite bosse donnait effectivement l'impression qu'elle était plus ronde que la veille. Elle était vraiment trop mignonne avec ses grands yeux pleins d'émerveillement.

– Je me suis endormie il y a quelques heures et je me suis retournée sur le ventre, ce qui est tout pourri quand tu n'es pas là pour me servir de coussin, d'ailleurs, et ça m'a réveillée. Je n'ai jamais eu de ventre de ma vie et maintenant si, et il y a une toute petite personne là-dedans. C'est incroyable.

Elle avait l'air complètement ébahie, et je n'aurais pas échangé ce moment même contre toute l'assurance et la prévoyance du monde. Je me suis avancé de l'encadrement de la porte et j'ai foncé vers elle. J'étais tellement proche que je la surplombais, les yeux baissés sur elle, et elle continuait à me regarder. Je l'ai vue inspirer entre ses dents et souffler lentement quand je me suis mis à genoux devant elle. J'ai mis mes mains sur ses hanches et l'ai tirée vers mon visage pour poser ma bouche sur la peau douce juste au-dessus de son nombril. Je l'ai entendue souffler rapidement et elle a mis ses doigts dans mes cheveux. J'ai laissé mes doigts s'enfoncer dans la douce courbe de ses hanches.

– J'ai mis ce bébé là-dedans, Cora. Dès que tu veux en parler, l'admirer, tu me le dis. D'accord ?

Elle a laissé échapper un petit rire et a posé sa joue sur le dessus de ma tête.

– D'accord, Rome.

Je l'ai serrée pour lui faire comprendre que j'étais sérieux et j'ai décidé que comme j'étais à genoux devant elle, autant profiter de la situation, donc j'ai passé le bout de ma langue dans le creux de son nombril et l'ai sentie frissonner contre moi.

– Je t'aime, Minipouss. J'aime ce petit bébé. Tu comprends où j'en suis avec tout ça ?

Elle a hoché la tête mais je descendais avec ma langue et je crois qu'elle n'avait plus la capacité de former des mots complets. J'ai lâché un petit souffle contre sa fente que je voyais mouillée et prête.

– Je sais que tu n'en es pas encore au même chapitre que moi, Cora, et pour le moment je suis déjà content qu'on lise le même livre. Mais un jour ou l'autre il faudra que tu tournes la page, tu comprends ?

Ses doigts se sont resserrés dans mes cheveux et je savais qu'il n'y avait personne sur cette planète pour qui je me mettrais à genoux, sauf pour cette fille avec sa langue bien pendue et ses yeux tourbillonnants.

– Je te comprends, Rome.

Et c'était vrai. Elle pouvait faire de moi exactement ce qu'elle voulait, et j'étais ravi de le lui montrer, comme elle était déjà nue et mouillée pour moi.

CHAPITRE 15

CORA

– Pourquoi tu ne veux pas admettre que tu changes de sujet et qu'on ne trouvera pas de maison avant que notre gamin sache déjà marcher ?

Il n'avait pas l'air content, et je ne pouvais pas vraiment lui en vouloir. Nous avions visité trois maisons ce matin avant que j'aille travailler, et aucune ne correspondait à ce que je cherchais. J'avais du mal à lui expliquer que j'avais dans la tête un idéal de ce que devrait être un foyer, où je voudrais vivre avec lui et élever notre petit. J'avais passé tellement de temps à droite à gauche, d'oncle en cousine, quand mon père était sur le terrain, que je savais précisément ce que je voulais et que je ne ferais pas de compromis, même si cela rendait mon mec grognon. Il ne s'agissait pas seulement de trouver une maison, mais de trouver un chez-nous et de fonder une famille, et je devais complètement abandonner la peur qui me retenait encore.

– Sois patient, mon grand. On va trouver. En plus, il n'y avait de la place que pour une voiture dans le garage de la dernière, et je sais bien que tu ne veux pas laisser la Harley dans la rue.

Il a grogné et m'a regardée de travers. J'étais contente qu'il ait enfin récupéré le pick-up car il ne voulait pas que je monte à l'arrière de la moto dans mon état, et le convaincre de monter dans la Mini était mission impossible. Il me déposait au salon en allant au Bar, et au moins, cela ne créait pas de dispute.

– Je la laisse dans la rue, maintenant.

– Mais tu râles tout le temps, et il n'a même pas commencé à neiger.

Il savait que j'avais raison, donc il a encore grogné et a tapé ses longs doigts sur le volant. Il avait peu de patience avec moi, ces derniers temps. Il le cachait, mais je voyais qu'à chaque fois qu'il me disait qu'il m'aimait, cela lui faisait quelque chose que je ne lui réponde pas la même chose. Mais je ne pouvais pas. Je le voulais. J'étais certaine de l'aimer plus que je n'avais aimé personne d'autre, mais lui donner cela… Je ne pouvais simplement pas le faire. En voyant cet homme, ce guerrier, à genoux devant moi, prêt à me donner tout ce que j'avais toujours voulu, je savais que je devais terrasser la peur. Je savais que je pouvais lui montrer ce que je ressentais, mais je ne pouvais pas encore le lui dire. Et c'était pour cela que je lui avais demandé si je pouvais emprunter ses plaques d'identité pour quelques jours.

J'ai changé de sujet parce que j'étais fatiguée de me disputer à cause de la maison, même si je le trouvais douloureusement sexy quand il n'était pas content.

– Bon, je peux les avoir ou pas ?

– Je ne comprends pas pourquoi tu veux les prendre.

J'étais étonnée qu'il ne les porte plus, elles avaient fait partie de son uniforme pendant tellement longtemps. Comme il tenait à sa routine de musculation et gardait ses cheveux courts, j'avais pensé qu'il aurait aussi gardé les plaques. En plus, c'était super sexy autour de son large cou. Je lui demanderais peut-être de les mettre, sans rien porter d'autre, un de ces jours.

– C'est un secret. Je te promets de ne pas les perdre et de leur accorder tout le respect et la révérence qu'elles méritent. Arrête d'être Capitaine Grognon parce qu'on n'est pas d'accord sur les maisons et donne-les-moi.

J'ai essayé de garder une voix légère et taquine, mais je n'arrivais pas à faire partir sa mauvaise humeur. Il m'a lancé un regard du coin de l'œil et a arrêté le gros pick-up devant le salon. Je voyais déjà du monde dans la salle d'attente et Nash nous a fait signe de la main alors qu'il fumait dehors.

– Elles sont dans une boîte dans mon tiroir à caleçons. Prends-les la prochaine fois que tu passes à l'appartement. Remets-les quand tu n'en auras plus besoin.

J'ai gloussé un peu et me suis penchée pour passer mes bras autour de son cou et l'ai tiré pour l'embrasser. Même quand il n'était pas particulièrement content, il ne m'empêchait jamais de le papouiller. C'était un géant gentil, mais je n'aurais jamais osé lui dire cela en face.

– Pourquoi tu as un tiroir à caleçons ? Tu n'en mets jamais.

Il a haussé sa large épaule et m'a rendu mon baiser.

– Justement, il faut bien que j'aie un endroit où les ranger, puisque je ne m'en sers pas.

– Tu es trop bizarre.

J'ai ouvert la porte et j'ai sauté sur le trottoir. J'allais lui souffler un baiser et peut-être lui faire un doigt d'honneur juste pour l'embêter, mais comme j'avais oublié mon sac et qu'il a été assez gentil pour descendre me l'apporter, j'ai décidé de l'embrasser encore. J'ai entendu Nash se marrer car je me donnais en spectacle, j'ai entendu Rome grogner contre ma bouche en serrant sa main sur ma fesse, et j'ai entendu une voix que je pensais ne plus jamais entendre prononcer mon nom.

– Cora ?

J'étais sur la pointe des pieds, je suis redescendue et j'ai jeté un coup d'œil derrière le mur qu'était mon mec pour voir la dernière personne que je m'attendais à revoir. J'ai senti les bras de Rome se resserrer instinctivement autour de moi et Nash s'est éloigné de la vitrine pour venir se tenir à côté de nous. Je me suis retournée dans les bras de plus en plus crispés de Rome pour faire face à la pire erreur de ma vie. J'ai senti son grand corps devenir complètement rigide derrière moi, mais heureusement, il n'a rien dit. Son agacement était comme un coup de fouet dans le vide quand Jimmy a fait un pas hésitant vers nous.

Le temps avait été clément avec lui. Il était moins maigre et plus costaud. Il avait beaucoup plus d'encre sur les bras et dans le cou, et cela lui allait bien. Ses cheveux blond foncé étaient savamment ébouriffés et surmontés d'un bonnet cool à motif écossais. Il était la quintessence des mecs cool de Brooklyn, et j'ai détesté voir le regret sincère qui brillait dans ses yeux marron foncé.

– Jimmy. Qu'est-ce que tu fais là ?

– Euh… Tu n'as répondu à aucun des mails que je t'ai envoyés, et ton père a refusé de me donner ton numéro pour que je t'appelle. J'ai juste…

Il a perdu le fil de sa phrase et je me suis rendu compte qu'il était scotché sur Rome et ne me regardait pas vraiment. Il a soupiré profondément et a secoué la tête.

– Je voulais te voir. Pour donner une fin à cette histoire et te dire combien je suis infiniment désolé de t'avoir fait vivre ce que je t'ai fait vivre. Je sais que c'est trop peu et trop tard, mais il fallait que je le fasse, maintenant que je comprends combien j'ai eu tort.

Rome s'était transformé en statue dans mon dos. Je me suis libérée de ses bras et j'ai marché vers mon ex. Le sang qui me montait à la tête me rendait sourde et la lumière vive de mon passé braquée sur moi me rendait aveugle. Je crois que Nash m'a dit quelque chose, je crois que Rome a dit mon prénom, mais je ne voyais que Jimmy et je ne sentais que tout ce que j'avais voulu lui faire, toutes les choses que j'avais voulu qu'il comprenne cinq ans plus tôt. Le voir me renvoyait en arrière, même si, dans le présent, j'avais des mains fortes qui essayaient de me maintenir en place.

Ma vieille rage et ma vieille honte ont agi pour moi, j'ai pris de l'élan avec ma main et l'ai cogné dans le ventre le plus fort possible. Je lui devais bien ça, mais je ne me suis pas sentie mieux du tout. En réalité, tous les vieux sentiments de trahison étaient presque anecdotiques face à l'absurdité du fait qu'il croie que je voudrais entendre ce qu'il avait à me dire. J'étais encore en colère, mais pour d'autres raisons. Il a lâché un « hmpf » et s'est plié en deux. J'ai songé à lui mettre une tarte en plus, mais Nash m'a attrapée trop vite et m'a confiée à mon mec hilare, qui a bloqué mes bras gesticulants. J'aurais dû être envahie par la joie d'avoir échappé à la vie que j'aurais eue si j'étais restée avec un mec comme Jimmy. Mais il avait grandement affecté ma capacité à m'investir avec l'homme qui était maintenant toute ma vie, et cela me faisait de nouvelles raisons d'être furieuse contre lui.

– Va te faire foutre, Jimmy. Je ne veux pas de tes excuses. Je ne veux rien venant de toi. Si tu veux mon avis, tu as eu ce que tu méritais. Tu perds ton temps ici.

Rome a grogné derrière moi, ce qui était super sexy dans le genre mâle alpha, et il a passé une main sur mon bras pour me calmer. Je tremblais, et cela m'énervait que Jimmy puisse encore avoir un quelconque effet sur moi. S'excuser d'avoir brisé mon jeune cœur en un million de morceaux était juste risible, comme si ses mots pouvaient remonter le temps et annuler les dégâts qu'il avait faits, comme s'il pouvait remédier à la situation délicate dans laquelle je me trouvais avec Rome.

– En vrai, tu mérites mille fois plus que ça, mais dans son état, je ne la laisserai pas te taper dessus.

Rome avait une voix bourrue et encore plus énervée qu'au début.

Les yeux de Jimmy se sont écarquillés et se sont posés sur mon ventre déjà un peu tendu. Je n'étais pas énorme mais on voyait que j'étais plus ronde que d'habitude et clairement enceinte. J'ai eu envie de le frapper une fois de plus lorsqu'il a demandé en regardant Nash :

– Tu es en cloque ?

Nash a étouffé un rire et a fait un signe vers Rome avec son pouce.

– Tu peux peut-être demander ça au mec qui la tient dans ses bras, petit génie. Ce n'est pas le mien.

Les yeux de Jimmy sont devenus énormes quand il a vu la position protectrice que Rome avait prise derrière moi. Il m'a regardée, a regardé mon ventre, puis est revenu sur l'expression tempétueuse de l'homme debout derrière moi. Cela m'a irritée au plus haut point qu'il ait automatiquement supposé que Nash était le père, simplement à cause de son apparence. Pourquoi n'avais-je jamais remarqué à quel point il était superficiel et atroce, avant de tomber amoureuse de lui ? Beurk.

– Sérieux, Cora ? Putain, qu'est-ce qui t'est arrivé ? Ce n'est pas toi. Tu étais sympa et drôle. L'ancienne toi m'aurait pardonné en un clin d'œil, et on aurait pu aller prendre une bière et rigoler en souvenir du bon vieux temps. Tu m'aimais.

Oh mais quel culot ! Comment avais-je pu penser qu'un tel idiot était l'amour de ma vie ? Je pouvais lire entre les lignes. L'ancienne moi aurait été aux anges d'avoir une autre chance d'être avec lui, comme ça il aurait pu se servir de moi pour tirer son coup vite fait et regonfler son ego à plat. Hum, non merci.

– Toi, tu m'es arrivé, Jimmy. Tu as le culot de dire que je t'aimais ? Et tu ne dis pas qu'à cause de toi, je ne peux pas aimer quelqu'un d'autre ? Où sont tes excuses, et tes regrets pour ça ?

J'ai entendu une inspiration sèche derrière moi. Je savais que je devais arrêter, que je risquais de foutre en l'air la seule chose qui comptait, mais dans ma fureur, j'étais coincée dans une boucle de passé et de futur, de colère et de remords, et il n'y avait pas de demi-tour possible.

– Cora…

Jimmy s'est frotté la nuque en regardant ses pieds.

– On était jeunes et j'étais immature. Je n'ai jamais eu l'intention de te faire autant de mal. Tu étais la première fille que j'ai aimée. On ne peut pas prendre un café et essayer de recoller les morceaux ? Je suis vraiment désolé.

– Non. Tu es peut-être désolé mais ça ne veut pas dire que je suis obligée d'accepter tes excuses. Ça craint que tu sois venu jusqu'ici pour chercher l'absolution, mais ce n'est pas mon boulot de t'offrir ça. Je ne te dois rien. Et ça a toujours été le cas. Tu étais juste trop bête pour voir que je t'offrais le monde, et tu as décidé de tout jeter à la poubelle. Plus jamais, Jimmy. Je ne ferai plus jamais ça.

Ma voix est descendue d'un ton et ma poitrine a bougé de haut en bas.

– Le sentiment de honte, perdre la seule famille que je pensais avoir, j'ai été totalement paumée après, ça m'a fait chercher une sorte de perfection que je ne trouverai jamais. Tu as détruit mon idée du conte de fées.

Lorsque mes mots ont atteint Jimmy, ils l'ont fait frissonner, et ils m'ont donné une impression de liberté. Mais la satisfaction a été de courte durée, elle s'est désintégrée lorsque ce que je venais de dire m'a frappée en plein dans la poitrine. C'était trop tard, je ne pouvais pas reprendre les mots que je venais de dire. Je me suis retournée pour regarder Rome, et ses yeux bleus étaient éteints, distants, son visage pétrifié.

Pendant cinq ans, j'avais eu besoin de ce moment pour passer à autre chose. Mais maintenant que toute la colère commençait à se déverser, je savais que la dureté des mots que j'avais lancés dans ma rage aveugle avait atteint la mauvaise cible. Rome m'avait tout offert encore et encore, et j'avais continué à me retenir. Je ne lui avais jamais clairement dit pourquoi j'hésitais autant à lui donner mon cœur, et voilà que je balançais tout au mec qui méritait le moins ma considération. Jimmy avait peut-être endommagé ma capacité à me livrer, mais je devais prendre la responsabilité de ma peur. Je savais que nous étions faits l'un pour l'autre, et la répression de mes sentiments était entièrement ma faute de peureuse.

– Cora…

Jimmy n'a pas eu le temps d'en dire plus car la patience de Rome avait atteint ses limites. Il m'a dépassée plus vite que cela devrait être possible pour un mec de cette taille et a attrapé Jimmy par le col de sa chemise à la mode avec ses boutons pression nacrés. Le bout de ses bottes a frotté sur le trottoir et il a écarquillé les yeux. J'ai vu Jimmy avaler sa salive et Nash ricaner.

– Tu n'aides pas, Nashville.

– Tant mieux, Clochette. Laisse-le se battre avec l'ours. Il le mérite.

– Elle a été claire : elle n'a rien d'autre à te dire. Ça met un terme à la conversation. Si tu veux continuer, tu continues avec moi. Il s'est passé beaucoup de temps pour toi, mais moi, je suis tout neuf. Je sais ce que j'ai avec elle, et je ne vais pas te laisser le salir, ni la manipuler.

Il a secoué Jimmy comme si c'était une poupée de chiffon et j'ai dû retenir un sourire.

– Elle va avoir mon bébé. Je l'aime. Il n'y a pas de place dans cette histoire pour que tu viennes essayer de lui mettre ton ego blessé et tes petites vexations sur le dos. Peut-être que si tu n'avais pas été un con à la base, tu n'aurais pas fini par te faire niquer. C'est clair ?

Je n'avais jamais vu cette facette de Rome mais je devais admettre que c'était fascinant à regarder, et je n'ai pas été étonnée que Jimmy ne tienne pas sous la menace d'un mec tel que Rome. Je doutais que beaucoup puissent. Il a hoché la tête et Rome l'a poussé. Jimmy a trébuché sur le trottoir et m'a regardée encore une fois.

– Ça vaut ce que ça vaut, mais maintenant je comprends vraiment combien ce que j'ai fait a pu te faire souffrir. Tu as toujours mérité mieux.

J'ai pouffé de rire.

– Je mérite ce qu'il y a de mieux, et je l'ai trouvé. Au revoir, Jimmy.

Nous l'avons tous les trois regardé partir, moi avec une nouvelle vision plus claire, Nash avec un amusement non dissimulé, et lorsque je me suis tournée vers Rome, j'ai vu dans son regard dur tout ce que j'avais peur d'y trouver à cause de mes mots irréfléchis. Il était en colère, mais plus que cela, il était blessé, et je ne pouvais pas lui en vouloir. J'ai voulu tendre la main pour le toucher, essayer d'apaiser la brûlure que j'avais causée, mais ses yeux de saphir ont émis un éclair et j'ai senti la flamme de sa colère brûler dans ses muscles tendus et son expression dure comme du granit. J'ai fait un pas en arrière et j'ai sursauté quand il a fait la même chose. Il n'était pas censé y avoir un tel espace entre nous.

– Qu'est-ce qui vient de se passer, Cora ?

Il a prononcé ces mots entre ses dents serrées, et j'ai cligné des yeux.

– Tout ce temps, j'ai cru que tu ne pouvais pas me dire que tu m'aimais, que tu avais du mal à trouver une maison avec moi parce que tu travaillais encore sur tout ce que cet idiot a fait quand il t'a trompée. Je croyais que je te laissais trouver ta propre voie pour venir à moi et je t'attendais. Tu viens de dire à ce crétin que tu ne pourrais plus jamais aimer quelqu'un à cause de ce qu'il t'a fait, je l'ai entendu haut et fort.

J'ai tendu le bras vers lui, ma main tremblait, et j'ai senti Nash reculer à côté de moi. Cela ne pouvait pas être en train d'arriver.

– Rome…

J'ai essayé de le calmer. Je voulais en placer une, lui dire qu'il ne comprenait pas, mais il ne m'a pas laissée le faire. La chose pour laquelle j'avais le plus de talent, parler, semblait être mon pire ennemi à cet instant. Si seulement j'avais pu lui dire que je l'aimais aussi, il n'aurait pas réagi comme cela. Évidemment, je l'aimais. Mais j'étais simplement terrifiée.

– Mec, tranquille. Elle vient de se faire prendre en embuscade par son ex. Elle est enceinte. Respire un coup et calme-toi.

– Je sais qu'elle est enceinte, Nash. J'ai quelque chose à voir là-dedans, mais je ne peux pas tout te donner, te laisser voir toutes les parties de moi moches et cassées, si tout ce que j'ai en retour, c'est ce que tu estimes sans danger. Je ne suis pas Jimmy. Je ne te décevrai pas comme ça, je pensais te l'avoir prouvé assez de fois. Si tu ne peux pas être amoureuse de moi à cause de ce que ce pauvre mec t'a fait il y a cinq ans, lequel de nous deux n'est pas à cent pour cent, Cora ?

Derrière la rage de sa voix, j'entendais le son de son cœur qui se déchirait dans sa poitrine. Ma peur et mes hésitations avaient provoqué cela. Je ne pouvais m'en prendre qu'à moi-même. J'avais beau essayer de toutes mes forces, je ne pouvais pas faire sortir les mots dont il avait si ostensiblement besoin. Je l'aimais, mais je n'allais certainement pas le lui dire dans ces conditions. Il ne me croirait jamais s'il pensait que je sortais cela pour éviter cette sale scène de ménage.

La portière a claqué du côté conducteur, et il a démarré en trombe avec un crissement de pneus et un bruit de moteur rugissant. J'étais contente qu'il ne soit pas à moto. Nash m'a fait un câlin avec un bras et j'ai posé ma tête sur son torse.

– Il va se calmer. Je crois que voir Jimmy a été un aussi gros choc pour lui que pour toi.

– Il a raison. J'aurais dû lui dire ce que je ressens il y a des plombes. Je n'y suis pas arrivée. Je n'ai rien dit car j'avais peur que tout s'effondre, et cela me détruirait si ça ne marchait pas. Il me dit tout le temps que je mets tout son monde en couleur, mais il fait la même chose pour moi. Si ce que je ressentais pour Jimmy était beige, mes sentiments pour lui sont une boîte de crayons de couleur. Je n'aurais pas dû faire la gamine. Il est parfait pour moi, Nash.

Nash a lâché un petit juron et s'est retourné pour que nous entrions dans le salon.

– Quand deux personnes ressentent ça l'une pour l'autre, elles trouvent un moyen. Rule et Shaw ont réussi, et Jet et Ayden aussi. Ça va aller, Clochette. Je te le promets. Et au fait, pas mal, ton coup de poing. Tu aurais dû viser le nez, en revanche.

En temps normal, cela m'aurait fait rire, mais j'avais l'impression que tout ce que je possédais s'était envolé dans le tourbillon de colère que Rome avait laissé en partant. Il fallait que nous trouvions une solution, ce n'était pas possible autrement. Je ne voulais que lui, il fallait juste que je me sorte la tête du cul et que je le lui dise. Il avait raison, je lui avais tout demandé et il m'avait tout donné sans broncher. Il n'attendait qu'une seule chose de moi, entendre que je l'aimais autant qu'il m'aimait, et j'avais été incapable de faire cela pour lui. J'étais nulle.

– J'aimerais vraiment être sûre que tu puisses tenir cette promesse, Nash. Ne dis rien aux gars. Tu peux leur parler de Jimmy puisque vous adorez les ragots comme de jeunes adolescentes, mais ne parle pas de Rome. Il faut que je répare ces conneries moi-même.

Et je les réparerai, car il n'y avait pas d'autre option pour moi ni pour notre bébé. Lorsque nous avons passé la porte, les mecs voulaient tous savoir ce qui se passait. J'ai laissé Nash leur résumer la situation et j'ai demandé à Rule si je pouvais lui parler dans l'arrière-salle. Il m'a suivie, avec un visage confus et tout plissé, mais il a eu la gentillesse de ne pas me poser mille questions.

– C'était Jimmy.

– Je m'en suis douté. Je crois que Rome lui a bien fait comprendre qu'il avait intérêt à te laisser tranquille.

– Ouais, il m'a aussi bien fait comprendre qu'il fallait que je règle mes problèmes, sinon je vais continuer toute seule.

Je pensais que Rule allait faire preuve d'une indignation grandiloquente en mon nom, mais il ne l'a pas fait. Il a plissé ses yeux clairs, ce qui m'a fait jouer nerveusement avec les écarteurs dans mes oreilles. J'avais l'impression d'être un insecte sous un microscope.

– Quoi ? Arrête de me regarder comme ça.

– Comme quoi, Cora ?

– Avec jugement. J'étais ta plus grande supportrice quand tu faisais le petit con avec Shaw, alors arrête ça.

– Il t'aime, Cora. Ce n'est pas une blague. Il ne s'est jamais mis en danger comme ça pour personne d'autre, à part la famille.

– Je sais, je sais. Je fais de mon mieux pour avancer, d'accord ? Je veux être avec lui.

– Est-ce que tu aimes mon frère, Clochette ? Parce que si la réponse est « non », même si ça le tuera, il faut que tu t'en ailles tout de suite. Tu ne peux pas lui faire ça.

– Rule.

J'ai soupiré et me suis mise à faire les cent pas devant lui.

– Je voulais quelqu'un de parfait, je croyais que ça me protégerait, que ça m'éviterait un nouveau chagrin d'amour, et tout ce que ça a fait, c'est m'isoler et rendre terrifiante l'idée de dire à un homme merveilleux que je l'aime aussi. Je pensais que je pouvais le lui montrer, qu'il saurait, qu'il le sentirait dégouliner de moi, comme je le sentais chez lui. J'ai merdé royalement et je ne sais pas s'il me laissera recoller les morceaux.

J'ai commencé à pleurer et il a lâché un juron puis m'a serrée dans ses bras en écrasant mes côtes.

– Tout est réparable. Il a eu la même réaction quand Shaw nous a dit pour Remy, sauf qu'il avait toute mon indignation débile, en plus de la sienne, pour l'alimenter. Il s'en sort et je sais combien il a besoin de toi, Cora. Ça ira. L'amour est franchement flippant. Pour y faire face, il faut des couilles solides, et on sait tous que tu en as.

Je ne voulais pas rire, mais j'étais obligée. J'ai reculé et ai essuyé mon visage avec ma main.

– Avant, je pensais que j'étais une dure, mais ton frère m'a transformée en une sorte de guimauve.

– On a tous l'air de chamallows à côté de lui.

J'ai bien remis mon tee-shirt et j'ai vérifié que j'étais présentable avant de retourner dans le salon.

– Je veux que tu me dessines un nouveau tatouage. En fait, c'est pour ça que je t'ai demandé de venir ici, pas pour pleurnicher comme une fille.

Il a haussé son sourcil percé et m'a regardée.

– Encore des fleurs ?

Je lui ai dit non, et lui ai expliqué ce que je voulais. J'ai été satisfaite de voir ses yeux s'agrandir et le givre qui y était fondre un peu.

– Ce serait un honneur. Tiens-moi au courant quand tu seras prête.

J'ai penché la tête et lui ai fait un clin d'œil.

– Il faut que le grand frère me pardonne, d'abord.

– Il te pardonnera.

– Vous n'arrêtez pas de dire ça. J'espère que vous avez raison.

CHAPITRE 16

ROME

Au Bar, tout le monde m'évitait soigneusement. Je suis arrivé dans une colère noire, avec du feu qui sortait de mes narines. Je savais que ma réaction était disproportionnée, un peu comme quand Shaw nous avait annoncé la nouvelle pour Remy, mais il semblait que je ne pouvais pas m'en empêcher. J'avais l'impression de perdre mon emprise sur les choses, comme si ce que j'avais construit avec Cora était en train de s'écrouler dans la poussière sous mes yeux. J'étais tellement absorbé par mon ego blessé et par mon impression de perte que je savais que j'étais sur le point de devenir incontrôlable, sans aucun moyen de m'arrêter.

Je m'étais répété que nous n'arrivions pas à nous mettre d'accord sur une maison en raison de nos différentes personnalités. Lorsqu'il m'est apparu qu'elle ne pouvait pas me dire qu'elle m'aimait, je me suis convaincu que c'était à cause des craintes que Jimmy lui avait laissées, et qu'elle se battait contre elles. J'avais essayé de rationaliser le fait qu'elle ait peur d'imaginer l'éternité avec moi, mais j'essayais de lui montrer par chacun de mes actes, à travers chaque souvenir noir ou chaque rêve torturé que je la laissais toucher, que je m'améliorais. Maintenant que je l'avais vue faire face à son ex, elle n'avait plus de mur d'excuses derrière lequel se cacher. Je n'arrivais pas à trouver une vraie raison qui l'empêcherait de ressentir pour moi ce que je ressentais pour elle, jusqu'à ce qu'elle lui dise qu'il l'avait rendue incapable d'aimer qui que ce soit. Je savais qu'elle gardait des parties d'elle secrètes et je comprenais la peur, mais je me sentais désespéré et furieux quand je pensais qu'elle m'avait contraint à ouvrir toutes mes cachettes, à sortir le pire de moi-même, alors qu'elle avait joué la sécurité pour elle. Ce n'était pas juste, et ce n'était pas une façon d'aller de l'avant.

Même si c'était très tentant de choper une bouteille de vodka et d'aller noyer mon chagrin en disparaissant dans la réserve, je savais que cela ne me mènerait nulle part, alors j'ai fait en sorte de rester occupé et j'ai essayé d'éviter de décapiter quelqu'un sans raison. Asa me surveillait de près et se débrouillait pour détourner l'attention. Je ne savais pas pourquoi tout le monde avait l'air de penser que c'était un personnage louche car à ce jour, il avait toujours été là pour moi. Je le considérais même comme un ami, depuis le temps, donc quand j'ai reçu un texto de Cora, à 22 heures, qui me disait qu'elle était sur le parking et qu'elle voulait parler, je lui ai simplement fait un signe de tête même si le Bar était plein à craquer. Nous pouvions maintenant être fiers de la clientèle du vendredi soir, mais j'étais à ce moment-là trop perturbé par une certaine blonde imprévisible pour y faire réellement attention.

Je savais qu'elle ne voulait pas entrer dans le Bar au cas où je lui ferais une scène, ou parce qu'elle avait peur que je sois braqué et fermé. Je lui avais donné de bonnes raisons de le penser, ce qui faisait que j'avais l'impression d'être un con de première classe. Il n'y avait pas de raison qu'elle soit tapie dans un coin du parking comme si elle avait fait quelque chose de mal. Si elle ne ressentait pas pour moi ce que je ressentais pour elle, j'allais devoir l'accepter. Il y avait une chose qu'elle avait beaucoup contribué à m'apprendre, c'était qu'il n'y avait rien de mal à vouloir ce que l'on méritait. Je la voulais, elle, je voulais une vie avec elle et le bébé, mais il fallait qu'elle me veuille tout autant, ou cela ne me suffirait pas.

J'ai vu sa voiture vert pomme garée à côté de mon pick-up. Quand elle m'a vu m'approcher d'elle, elle est sortie du côté conducteur et a commencé à s'avancer vers moi. J'allais lui dire de me suivre à l'intérieur, que j'allais demander à Darcy de lui préparer quelque chose à grignoter pendant que nous discutions. Je n'ai pas pu le faire car j'ai entendu le rugissement d'une Harley et tous mes instincts ont crié « oh merde » en même temps. J'ai vu sa tête tourner, j'ai senti le temps ralentir comme cela arrive quand le danger et le malheur apparaissent à l'horizon, et j'ai fait ce que j'avais été formé à faire. Je connaissais le son des coups de feu. Je savais qu'il ne fallait pas paniquer, mais je n'avais jamais eu aussi peur. On m'avait tiré dessus à de nombreuses reprises, mais je n'avais jamais eu à m'inquiéter qu'on tire sur quelqu'un que j'aimais. Cela m'a fait bouger plus vite que jamais.

J'ai sprinté sur l'asphalte comme si c'était de la lave. Je suis arrivé devant elle juste avant que la première balle ne la touche. Ma tête est partie en arrière et du sang s'est immédiatement mis à jaillir le long de mon cou et à imbiber le col de mon tee-shirt. J'ai vu ses yeux fous devenir énormes sur son visage mais je n'ai rien eu le temps de lui dire. J'avais de la chance qu'elle soit une si petite cible car la balle suivante ne m'a pas loupé, ni celle d'après tandis que je la faisais tomber en même temps que moi. J'avais déjà pris des balles, mais j'avais toujours eu un gilet pare-balles pour en atténuer l'impact. Les balles qui déchiraient ma chair vulnérable étaient comme des coups de fouet de la queue de Satan sur ma peau. Ma chair brûlait et l'air calme de la nuit s'est tout de suite empli de l'odeur métallique de mon sang. Putain, il y en avait beaucoup. Je le voyais couler de moi, sur elle, et sur le bitume, en dessous. Comment avais-je pu oublier qu'un motard en colère cherchait à se venger de moi ? Cora n'aurait pas dû être seule sur ce parking.

J'avais tout son corps en dessous de moi. Je la sentais trembler et murmurer mon nom contre ma gorge. J'espérais ne pas l'avoir fait tomber trop violemment, mais je ne pouvais pas bouger pour voir comment elle allait. En fait, je savais qu'il fallait que je me pousse pour ne pas l'aplatir sur le sol, mais aucun de mes membres ne m'obéissait. Son visage adorable et adoré est devenu flou alors que mon souffle filtrait de mes poumons, qui étaient soudain pleins de ciment. Je suffoquais. Je saignais. J'avais mal partout, elle me regardait, sous le choc et effrayée, mais vivante. Si pleine de vie et de couleur, et c'était tout ce qui comptait.

– Cora…

Je voulais lui dire que j'étais désolé. Que je n'en aurais jamais fini avec elle, jamais, mais ce n'était pas possible. Je sombrais. Je sentais le sang former une mare en dessous de nous. Je sentais le feu brûler à plusieurs endroits dans mon corps allongé. Je crois que Cora a crié mon nom, encore et encore. Je crois que j'ai entendu Asa lui dire qu'il appelait les secours. J'étais quasiment sûr que ma lutine s'agrippait à moi là où je la recouvrais, mais je ne sentais rien. J'étais aussi relativement certain que ma copine était sur le point de me voir mourir, et la dernière chose que j'ai entendue avant que tout devienne noir était sa voix qui me disait qu'elle m'aimait, encore et encore.

***

– Il faut toujours que tu fasses le héros, hein ?

Son ton était blagueur, mais cela faisait tellement longtemps que je ne l'avais pas vu que je n'ai rien pu faire d'autre que rester béat devant lui.

– Remy ?

– Qui d'autre ? Tu t'es un peu mis dans le pétrin, non ?

J'ai essayé de secouer la tête, de tendre les bras et de poser les mains sur lui, mais je ne pouvais que le regarder tandis qu'il faisait les cent pas devant moi, les mains dans les poches d'un pantalon à rayures fines impeccablement repassé. Il avait l'air en forme, beaucoup plus que ne devrait l'être un mec qui est mort depuis près de cinq ans.

– Tu as bonne mine, frère.

Il m'a souri. Un sourire tellement différent de celui de Rule, et j'ai senti mon cœur se retourner. Il me manquait tellement.

– J'ai toujours eu bonne mine, Rome. Il faut qu'on ait une conversation sérieuse et à cœur ouvert, grand frère.

– À propos de quoi ?

– De toi.

– Pourquoi, Remy ?

– Tu doutes sérieusement que je sache à quel point tu m'aimais, Rome ? Que tu étais fier de moi ?

J'ai senti quelque chose se passer dans ma poitrine, comme un éclair qui brûlait là où aurait dû se trouver mon cœur.

– J'aurais dû te le dire. Je n'aurais pas dû te demander de garder un œil sur eux. C'était égoïste.

– Oh, Rome.

Cela ressemblait à un soupir, mais je n'étais pas sûr de savoir ce qui se passait ni où j'étais, alors c'était peut-être juste mon dernier souffle qui s'échappait de mes poumons inertes.

– J'étais toujours fier quand tu me demandais de surveiller Rule ou Shaw. Ça voulait dire que tu me faisais confiance, que tu pensais que je pouvais faire un aussi bon boulot que toi pour garder tout le monde en sécurité. Ces mots étaient plus importants pour moi que tu ne l'imagines.

J'ai pris une minute pour réfléchir à tout cela et je l'ai entendu rire. C'était un rire heureux dans lequel il n'y avait aucun regret.

– La fille, celle pour qui tu viens de prendre trois balles, c'est celle qu'il te faut.

Ce n'était pas une question, je ne me suis donc pas senti obligé de lui répondre.

– Tu ne crois pas qu'elle t'aime ? Tu ne crois pas que son cœur est en train d'éclater en ce moment ? Parce que je peux t'assurer que c'est le cas, et ça n'a rien à voir avec une peur d'élever le bébé toute seule. Elle a peur pour toi. Son cœur se brise pour toi.

J'ai voulu prendre un regard noir mais je n'avais aucun contrôle sur les muscles de mon visage.

– Elle ne m'a jamais rien dit.

– Mais tu ne le sais pas, Rome ? Tout comme je savais que tu m'aimais sans me poser la question. L'amour ne doit pas toujours être dit tout haut. Shaw aime Rule depuis la nuit des temps et elle ne lui en a jamais dit un mot, mais s'il s'était donné la peine de la regarder, il aurait vu que cela émanait d'elle comme d'un phare. On peut dire la même chose de ta petite enflammée. C'est écrit sur sa tête, Rome, il suffit de regarder derrière la peur, la sienne et la tienne, pour le voir.

Ce point brûlait, chaud au milieu de là où devait se trouver mon torse. Je connaissais bien la peur. La peur de l'inconnu, la peur de ne pas être assez bien, la peur de ne rien avoir à offrir. J'espérais bien la cacher, mais je n'avais pas pris une seule seconde pour penser que Cora se cachait peut-être aussi derrière un nuage de terreur. Notre expérience nous façonne ; ce que l'on fait avec ce savoir définit qui l'on sera, et quelque part en chemin j'avais été rattrapé par tous les « et si » et j'avais oublié cela.

– J'aurais dû savoir.

– Tu as le temps de refaire les choses bien.

– C'est vrai ?

Il a ri de nouveau et j'ai senti une chaleur m'entourer, une chose qui ressemblait à la paix s'installer autour de mes épaules.

– Il fallait que quelqu'un te dise les choses pour te remettre sur le droit chemin. Je savais que je pouvais le faire. L'amour n'est jamais parfait, grand frère. C'est ce qu'on fait de ses imperfections qui fait que l'aventure vaut le coup.

– J'ai rencontré Lando.

Ce son, qui aurait pu être un soupir ou n'importe quoi d'autre, a tourbillonné autour de moi.

– C'est grâce à lui que je connais l'amour inconditionnel, Rome. Il méritait mieux que mes secrets. Honnêtement, tout le monde méritait mieux. Qui l'on est, ça change tout le temps, ça bouge, ça se décale. Tu seras bientôt père, mari, puis oncle, puis plus tard, tu seras grand-père. La personne que tu es ne reste jamais la même. On appelle ça vivre sa vie.

J'avais l'impression que si j'avais pu contrôler la moindre partie de mon corps, j'aurais serré mon frère dans mes bras et je ne l'aurais plus jamais lâché, mais en l'état actuel des choses, l'intérieur de moi commençait à me brûler et ces yeux pâles à la teinte hivernale étaient de plus en plus voilés et lointains, et je flambais comme en enfer.

– Oh, et Rome…

J'ai essayé de me concentrer sur lui mais c'était de plus en plus difficile de m'accrocher à l'endroit où j'étais. La douleur commençait à me déchirer et j'avais envie de hurler.

– Remy est un super prénom, pour un petit garçon ou pour une petite fille. Je dis ça comme ça.

Je l'ai senti disparaître sans vraiment le voir, la chaleur et la joie qu'était mon frère se sont envolées et j'ai atterri dans un corps brûlant de douleur et inondé de sang.

CHAPITRE 17

CORA

Je ne me rappelle pas grand-chose après avoir frappé le sol, avec tout le poids de Rome qui me plaquait contre l'asphalte dur. Une seconde plus tôt, j'étais assise dans la voiture à essayer de trouver les mots pour me sortir de ce bordel et tout réparer, et puis je me suis réveillée dans l'un des cauchemars de Rome.

Je lui avais envoyé un texto pour lui dire que j'étais devant le bar, et j'avais attendu, en retenant mon souffle, qu'il me réponde. Ma grande gueule avait blessé la seule personne à laquelle je ne voulais jamais faire de mal, et il fallait que je répare cela. Peu importait qu'il m'ignore. Je serais entrée droit dans ce bar et je l'aurais obligé à me parler. En réalité, je m'étais monté la tête pour rien car à peine une minute plus tard, sa silhouette reconnaissable était sortie par la porte et s'était dirigée vers là où j'étais garée. J'étais nerveuse, et surtout, j'étais pleine de regrets. Je n'aurais jamais dû m'accrocher à ce que Jimmy m'avait fait et m'en servir comme excuse pour isoler mon cœur.

Je n'étais arrivée qu'au capot de la Mini quand un vrombissement s'est soudain élevé juste derrière moi. J'ai voulu tourner la tête pour voir ce que c'était car cela faisait beaucoup de bruit, mais avant même que j'aie pu tourner mon cou en entier, j'ai été plaquée au sol et assourdie par les *pop pop* répétés qui faisaient un bruit de feux d'artifice, en plus fort. J'ai frappé le sol avec un grognement et me suis accrochée à Rome, car ses yeux bleus étaient immenses et un typhon de panique et d'effroi recouvrait leur surface scintillante.

– Rome ?

J'ai dit son nom car il ne bougeait pas. Quelque chose de chaud coulait dans son tee-shirt que je serrais entre mes mains.

Sa bouche a bougé. Il a dit mon nom dans un hoquet mais aucun son n'est sorti. Quelque chose de chaud à l'odeur de cuivre a atterri sur ma joue en coulant de son cou et s'est étalé sur mon visage. Ses yeux ont vacillé comme une flamme qui s'éteint, et je me suis retrouvée complètement piégée en dessous de lui lorsque toutes ses forces l'ont abandonné. Son sang nous recouvrait tous les deux et commençait à former une flaque sur le sol. Je ne pouvais pas atteindre mon téléphone, je ne pouvais pas bouger car, même furieux contre moi et blessé par mes paroles égoïstes et idiotes, il avait quand même essayé de nous protéger, moi et le bébé.

– Rome !

Cette fois, j'ai hurlé son nom et je me suis agrippée à lui de toutes mes forces.

– Il faut que tu ouvres les yeux. Allez, grand gaillard.

Je n'arrêtais pas de crier son nom mais il ne bougeait pas, ne réagissait pas. Je suis sûre que nous ne sommes restés là qu'une minute, mais cela m'a semblé durer une éternité avant que la tête blonde d'Asa apparaisse au-dessus de Rome pour me dire qu'il avait appelé la police et qu'une ambulance était en route. Il a fallu trois des habitués pour le pousser, en partie car je refusais de le lâcher. Je pleurais et j'avais tellement de son sang sur les mains que c'était difficile de s'accrocher à lui tandis que les habitués du Bar essayaient de nous séparer et de faire pression sur les blessures ouvertes qui déversaient toute sa vie sur le sol.

Je crois qu'Asa a passé un bras autour de mes épaules tremblotantes et a essayé de me dire que tout irait bien, mais je savais que c'était faux. À travers les larmes et le sang de Rome sur mon visage, je voyais que ses yeux étaient toujours fermés et que son torse massif ne bougeait pas de haut en bas. Il allait mourir juste sous mes yeux, et je n'aurais jamais la chance de lui dire que je l'aimais. Je ne pouvais absolument pas laisser cela arriver.

Je me suis libérée des bras d'Asa et j'ai couru vers lui alors que des personnes essayaient désespérément de l'empêcher de saigner. Tout le côté de son cou, écorché, ressemblait à de la viande crue d'où coulait du rouge vital par terre. Je suis tombée à genoux, sans me rendre compte que l'asphalte ouvrait ma peau, et j'ai mis mes mains sur ses joues.

– Rome, s'il te plaît ouvre les yeux, s'il te plaît. Je t'aime tellement. J'ai besoin de toi. S'il te plaît, mon grand.

Je sanglotais et je doute que mes mots aient été compréhensibles. Quelque part au loin, j'ai enfin entendu le bruit des sirènes qui criaient vers nous. L'ambulance était trop loin pour lui être utile.

– Je t'aime, je t'aime, je t'aime.

Je lui répétais cela sans cesse, pour essayer de le faire respirer par la force de ma volonté. Car c'était vrai. La peur de lui donner mon cœur n'arrivait pas à la chevillc de la peur étouffante de ne jamais pouvoir lui dire ce que je ressentais s'il ne s'en sortait pas. Il avait toujours été un héros, et à ce moment je le détestais presque autant que je l'aimais. S'il n'avait pas été si parfait, si honorable, si dévoué à moi et à son enfant, il ne serait pas allongé dans une mare de sang. C'était tellement injuste, sur tous les plans.

– S'il te plaît, ne me brise pas le cœur, Rome. Je ne peux pas faire ça sans toi.

À un moment, la police et l'ambulance sont arrivées, et une fois de plus des mains ont essayé de me tirer loin de lui. Je me suis penchée et ai posé ma bouche sur la sienne. J'ai pleuré encore plus fort quand j'ai senti que ses lèvres étaient froides. Je l'ai embrassé encore, j'ai senti le sel de mes larmes et le fer de son sang, j'ai murmuré que je l'aimais, encore et encore. J'ai dû me rendre, face aux mains impatientes de l'ambulancière qui me tiraient en arrière. Je ne pouvais pas lâcher des yeux son visage mortellement immobile et sa poitrine qui ne bougeait pas.

– On s'en occupe.

J'ai tourné les yeux vers elle.

– Il faut qu'il s'en sorte.

– On va faire tout ce qui est en notre pouvoir pour ça. Le beau blond m'a dit que vous étiez enceinte et peut-être blessée. Il faut qu'on vous examine.

J'ai secoué la tête avec virulence.

– Non. Concentrez-vous sur lui.

Elle a ouvert la bouche pour me convaincre, mais soudain nous avons entendu une grande inspiration et les yeux bleu vif de Rome se sont ouverts, pour se refermer immédiatement après.

– Cora…

Ce n'était qu'un filet de voix, mais cela a suffi pour que je recommence à hurler son nom et que tout le monde bouge deux fois plus vite qu'avant. Les ambulanciers l'ont mis sur une civière et l'ont monté à l'arrière du véhicule en un rien de temps.

Ils n'ont pas dit un seul mot quand je suis montée derrière eux. Je n'allais pas le lâcher des yeux jusqu'à avoir la certitude qu'il aille bien. Il y avait tellement de sang et cela n'arrêtait pas de couler de son flanc droit.

L'ambulancière était passée aux choses sérieuses et elle lui a fait une perfusion avant de découper ses vêtements. Elle n'arrêtait pas de lui parler, lui disait qu'il devait se battre, qu'il ne pouvait pas nous laisser, moi et le bébé. Elle débitait des infos sur le tireur et sur les motards, mais ce n'était qu'un bruit de fond. Je voulais juste qu'il ouvre les yeux et me regarde. Elle m'a dit de lui prendre la main, de lui montrer que j'étais là. Une fois de plus, la chose que je savais le mieux faire, parler, user des mots, m'avait échappée. Je ne pouvais que le regarder et pleurer. Il était mon monde entier, il était tout ce que j'avais toujours voulu, et mon cœur allait se changer en pierre si je n'avais pas l'occasion de le lui dire.

Soudain, elle a lancé une grossièreté et s'est mise à bouger dans tous les sens. Le ton sec de sa voix a tranché dans mon brouillard de détresse. Elle m'a dit que j'avais intérêt à convaincre Rome de rester avec nous car mon soldat buté ne l'écoutait pas. J'ai serré sa main, me suis penchée sur lui et ai embrassé cette cicatrice sur son front. Je lui ai tout dit, je l'ai supplié d'ouvrir les yeux. Je lui ai dit qu'il avait fait son boulot et qu'il s'était battu pour moi et pour le bébé ; maintenant c'était le moment de se battre pour lui-même. Je ne pensais pas que cela servait à quoi que ce soit, mais quand l'ambulance s'est arrêtée devant l'hôpital, j'ai vu ses yeux s'ouvrir à nouveau.

Il n'avait pas l'air en forme et je n'avais pas besoin d'être une professionnelle pour comprendre qu'il avait perdu beaucoup trop de sang, mais ses yeux étaient brillants et me regardaient fixement, donc je me suis assurée que ce que je disais compte. Rome Archer n'allait pas partir sans que je lui dise que je l'aimais et que j'avais besoin de lui.

CHAPITRE 18

ROME

– Et voilà les beaux yeux bleus. Continuez à vous battre, bonhomme, on est presque à l'hôpital.

Je ne reconnaissais pas cette voix ni la fille qui me parlait. Elle planait au-dessus de ma tête et j'avais du mal à suivre ses mouvements. J'avais mal partout et je n'arrivais pas à respirer. J'essayais d'aspirer de l'air et de le souffler, mais cela ne semblait pas fonctionner. J'ai vaguement entendu les sirènes qui résonnaient au-dessus de ma tête et la radio de l'ambulance qui braillait. Je ne sentais rien d'autre que le brasier de douleur qui s'étendait de ma tête à mes orteils.

– Vous avez des amis qui ont pas mal de pouvoir. Le mec qui a tiré s'est déjà fait choper. Je suppose qu'il avait peur de ce que les Sons of Sorrow lui feraient quand ils apprendraient qu'il vous avait tiré dessus, il a ramené son petit cul au poste et il s'est rendu. Imbécile. J'imagine qu'il ne sait pas combien de Sons sont en prison.

Elle continuait à jacasser tout en bougeant autour de moi. Je me foutais du mec qui m'avait tiré dessus, je voulais savoir comment allait Cora. Je ne savais pas si l'une des balles m'avait traversé et l'avait touchée, je ne savais pas avec quelle force je l'avais propulsée à terre, je ne savais pas si le bébé allait bien… Les pensées tournaient dans ma tête et je ne pouvais plus les retenir. La douleur était trop forte. Je n'avais pas d'air et j'étais fatigué. Tellement fatigué, et j'ai senti les flammes qui léchaient ma peau commencer à se calmer.

– Eh, soldat, pas question.

La voix de la fille était plus forte et je l'ai prise comme une claque. Je crois avoir entendu un autre son, un gémissement comme celui d'un animal blessé, mais je ne pouvais pas tourner la tête ni même bouger les yeux pour voir d'où il venait. Mes yeux ne s'ouvraient même pas quand je le leur demandais. Quelque chose a attrapé mes mains et les a serrées. J'étais étonné de pouvoir le sentir au milieu de l'incendie qui me rongeait de l'intérieur.

– Vous n'êtes pas revenu jusqu'ici pour que ce soit un petit con qui ait votre peau. Il faut que vous vous battiez. Il y a trop de choses qui dépendent de votre victoire. Battez-vous.

Cette fille savait faire son boulot. Si je n'avais pas été à l'article de la mort, je l'aurais encore plus admirée. Je ne savais pas comment elle savait ce que j'avais à perdre ; ma copine, mon bébé, un avenir et une famille dont je commençais enfin, au pire moment possible, à comprendre que je les méritais. C'était bien plus qu'il n'en fallait pour se battre, mais j'étais tellement fatigué et j'avais besoin d'air. C'était tellement plus facile de fermer les yeux et de laisser la douleur et le feu m'emporter.

– Merde, il rechute.

La voix de l'inconnue est devenue plus forte et tout a disparu à nouveau autour de moi. J'entendais Remy me crier d'arrêter de faire le con, j'entendais mon cœur ralentir, et j'ai senti la douleur commencer à me tirer vers le fond et le feu devenir glacé.

– Ma jolie, tu as intérêt à convaincre ton homme de rester avec nous, parce qu'il ne m'écoute pas.

Quelque chose s'est planté dans mon flanc et dans mon bras et la voix de l'inconnue a été remplacée par celle que je cherchais depuis le début.

– Rome.

D'après sa voix, je crois qu'elle pleurait mais je ne pouvais pas ouvrir les yeux pour la regarder.

– Allez, Capitaine Grognon, il faut que tu me regardes.

Elle avait l'air tellement triste, tellement effrayée, et cela m'a énervé de ne rien pouvoir faire pour qu'elle se sente mieux. Je voulais la regarder, mais c'était dur. Mes yeux étaient si lourds. J'ai senti des mains douces caresser ma joue, mon front, et passer sur la cicatrice qui s'y trouvait.

– Je ne peux pas te dire merci de m'avoir sauvé la vie si tu ne me regardes pas, mon grand. Tu nous as sauvés, le bébé et moi. Maintenant, il faut que tu te sauves, toi. Allez, Rome, tu ne peux pas nous laisser maintenant. Il faut que tu te réveilles pour que je puisse te dire combien je t'aime.

Je n'avais jamais voulu la quitter, même quand j'étais en colère contre elle et que je m'étais comporté comme un idiot. Je voulais m'excuser d'avoir pété un câble comme un excité, je voulais être sûr que si je ne m'en sortais pas, les derniers mots que je lui dise soient des mots d'amour, des mots qui exprimaient l'importance qu'elle avait eue. Je voulais qu'elle sache que je pensais qu'elle était la chose la plus proche de la perfection que je connaîtrais jamais. Mais je ne pouvais pas le faire. Mes yeux ne voulaient pas s'ouvrir. Mes membres ne voulaient pas fonctionner et je manquais encore d'oxygène.

Quelque chose de mouillé et chaud a glissé sur mon visage. J'ai cru que c'était du sang, mais cela a continué à couler, lentement et sûrement, et j'ai entendu les petits sanglots de Cora. Je ne voulais pas qu'elle soit triste. Je voulais qu'elle soit heureuse et en sécurité, qu'elle sache que je l'aimais. J'ai dû rassembler toute la force qu'il me restait, le moindre reste de combativité que je possédais, pour ouvrir mes yeux et la regarder, et quand je l'ai fait, la douleur m'a une nouvelle fois frappé de plein fouet, assez pour me faire monter les larmes aux yeux.

Je n'avais jamais rien senti de tel. J'étais retourné de l'intérieur et je perdais très vite conscience de la réalité. Je coulais dans la douleur et je suffoquais par manque d'air.

Ses yeux étaient marron et bleu liquide. Elle pleurait et ses cheveux blonds étaient comme teints en rose à cause de ce qui devait être mon sang. Elle était pâle comme un fantôme, et quand elle a touché mon visage, ses mains tremblaient. Nos regards se sont croisés et sa bouche a esquissé un sourire tremblotant.

– S'il te plaît, remets-toi. Il faut que tu te remettes. Je t'aime tellement, Rome.

Elle me suppliait mais je ne pouvais rien faire pour la rassurer. Le mouvement de l'ambulance s'est arrêté et la voix inconnue était de retour.

– On y est. Il faut qu'on l'amène au bloc.

J'ai eu envie de crier quand les yeux de l'inconnue ont remplacé ceux de Cora. Je bougeais, mais je voulais ma meuf. J'ai vu le ciel au-dessus de moi pendant quelques secondes, et ensuite, je n'ai plus vu que des carreaux blancs au plafond et des lampes industrielles. Ce que je ne voyais plus, c'était Cora, et je ne voulais qu'elle.

– Je pensais vous avoir dit d'arrêter de déconner avec des motards énervés.

La jolie infirmière avec les yeux gris était maintenant à côté de mon lit. Je me souvenais vaguement d'elle mais ce n'était toujours pas elle que je voulais voir.

– Ils sont prêts au bloc, tu peux l'amener. Il faut qu'on se prépare et qu'on l'anesthésie le plus vite possible.

J'avais envie de crier que je voulais ma copine, qu'il fallait qu'elle sache que j'allais m'en sortir, mais on m'a manipulé encore un peu et il n'y a plus eu de feu, plus de glace, seulement l'obscurité.

***

– Rome Archer, si tu ne te réveilles pas à cette seconde précise pour que je puisse te dire que je t'aime, je te jure que je vais donner un prénom ridicule à ce bébé, comme Pissenlit ou Rover, et je laisserai ton frère s'occuper de ses coupes de cheveux jusqu'à ce qu'il ou elle ait l'âge de se plaindre.

Je pouvais à nouveau respirer. Cela faisait mal, je veux dire, très, très mal, mais mes poumons semblaient se gonfler et se dégonfler tout seuls. J'ai ouvert un œil et je l'ai immédiatement regretté car la lumière derrière la tête de Cora me donnait la nausée. J'ai essayé de lui répondre mais il y avait quelque chose dans ma bouche, donc je ne pouvais que la regarder et cligner des yeux. Elle n'était qu'un grand flou coloré devant un tas de choses plus ou moins floues.

Elle pleurait toujours, ou peut-être qu'elle pleurait à nouveau, mais j'étais sûr qu'elle m'avait dit qu'elle m'aimait, donc ce n'était pas important. J'ai senti sa main sur la mienne puis l'infirmière rousse est arrivée près d'elle pour regarder la machine qui bipait quelque part au-dessus de ma tête.

– Le voilà. Vous avez plus de vies qu'un chat, monsieur Archer. Vous êtes un sacré veinard. Je ne connais pas beaucoup de gens qui pourraient perdre autant de sang et toujours faire partie des nôtres. J'ai dit à votre copine d'acheter le plus de tickets de loterie qu'elle pouvait.

C'était vrai que j'avais de la chance, mais pas parce que je m'étais fait tirer dessus et que j'avais survécu. J'étais chanceux grâce à la femme qui me tenait la main et me regardait comme si j'étais un miracle. L'infirmière s'est tournée vers Cora et a posé une main sur son épaule.

– Ma belle, il est réveillé. Il faut que vous alliez prendre soin de vous et de votre bébé. C'est un énorme obstacle de franchi. On ne peut pas lui enlever le respirateur tant qu'on n'est pas sûrs que son poumon est stable, donc il ne pourra pas parler tout de suite. Rentrez à la maison. Faites une sieste. Il est entre de bonnes mains. En plus, il y a une salle d'attente remplie de gens qui veulent le voir. Il ne sera pas tout seul. Je vous le promets.

J'ai vu Cora cligner des yeux. Elle avait une mine terrible… Enfin, elle était magnifique et elle m'avait dit qu'elle m'aimait. Elle a fait un sourire à la belle infirmière et s'est penchée pour me faire un bisou sur la tempe.

– Mais il est à moi.

Sa voix s'est cassée et j'ai à peine réussi à bouger mes doigts sous sa main serrée. L'infirmière a fait un sourire très gentil. C'était vraiment une fille d'une beauté frappante et sa gentillesse sincère émanait de ses yeux gris et doux. Lorsque Cora a marmonné son prénom sur un ton agacé, je me suis dit que Saint était un nom parfait pour elle. Elle semblait douée d'une patience infinie.

– Je sais, chérie, mais tu ne lui rends pas service, ni à ton bébé, en ne t'occupant pas de toi. Ça fait deux jours, ma belle. On a que des bonnes nouvelles, crois-moi. Il ne t'a pas sauvé la vie pour que tu tombes dans les pommes et finisses dans un lit à côté du sien. Fais-moi confiance. Toutes les femmes ne peuvent pas dire que leur homme a réellement pris une balle pour elles.

Il y avait une pointe d'envie dans le ton de l'infirmière.

– Tu es tout aussi chanceuse que lui. Maintenant, va faire une pause. Je m'occupe de ton homme.

Je ne pouvais pas manifester mon accord ou mon désaccord, mais Cora restait au-dessus de mon visage et je ne voyais que ses yeux et leurs deux couleurs. Le turquoise brillait si fort que j'y voyais son cœur, le marron était tout duveteux et chaud et j'y voyais mon avenir très clairement. Elle s'est penchée et a embrassé la machine en plastique qui m'aidait à respirer. Je crois que cela m'a rendu jaloux du matériel médical. Elle a passé son pouce sur mon sourcil et m'a souri. Remy avait raison, les actes étaient importants. Il fallait que j'y fasse plus attention.

– J'étais tellement énervée que tu aies toujours le dernier mot chaque fois qu'on se disputait, mais là… Bon Dieu, Rome, c'est un moyen un peu extrême pour gagner une engueulade.

J'aurais ri si j'en avais été capable.

– Je t'aime. J'ai besoin que tu saches ça. Sache-le. Ce que j'ai dit à Jimmy… C'était bête et je n'ai pas réfléchi. J'ai été aussi conne que lui. Je t'aime depuis le début, j'étais juste trop froussarde pour l'admettre. Tu es ma famille, tu es tout pour moi, Rome, il faut que tu le saches.

Sa voix a baissé d'un ton et des larmes ont encore envahi ses yeux. Tout ce que je pouvais faire était cligner des yeux. Je le savais avant qu'elle le dise. J'avais juste été un mec têtu et aveugle. Elle m'a encore embrassé sur le front et a disparu après m'avoir dit qu'elle reviendrait le plus vite possible. Elle devait être épuisée, car ma meuf ne se laissait pas convaincre si facilement. L'infirmière était de retour. Elle a vérifié mes fonctions vitales et écrit des choses dans mon dossier. Elle a baissé les yeux vers moi et m'a souri.

– C'est une petite boule de feu, votre copine. L'équipe du bloc opératoire a tiré à la courte paille pour savoir qui irait donner des nouvelles à votre famille et elle. Je crois qu'elle leur a fait peur.

Cela lui ressemblait bien.

– Une balle dans le cou qui loupe votre carotide comme par magie, une autre qui a éclaté une côte et perforé un poumon, et enfin une qui s'est logée dans votre cuisse à quelques millimètres de votre artère fémorale… Vous ressemblez à un gruyère, mais vous avez une chance incroyable d'être en vie.

Elle a accroché mon dossier au bout du lit et a croisé les bras. Elle a haussé un sourcil roux foncé en me regardant.

– Quand on survit à quelque chose comme ça, on ne peut pas gaspiller sa seconde chance. J'espère que vous le savez. Si vous vous sentez d'attaque, je vais faire rentrer le reste de votre fan club un par un.

Je n'étais pas d'attaque, et je n'ai pas tenu plus de cinq minutes avec mon père et ma mère qui alternaient entre pleurs et insultes. Mes paupières étaient trop lourdes et il n'y avait pas assez de sang et trop de médicaments dans mon organisme pour que je tienne le coup, et j'ai encore été aspiré par l'inconscience. Quand j'ai réussi à rouvrir les yeux, il devait être tard, la nuit suivante. Les lumières étaient éteintes et le seul son que j'entendais était le bip régulier des machines qui surveillaient mon rythme cardiaque. Je n'avais plus le respirateur artificiel, mais j'avais encore des tubes qui sortaient de partout et je n'avais pas spécialement envie de bouger mon corps.

– Il était temps que tu te réveilles, trou du cul. Ça fait une semaine que j'attends de pouvoir te dire à quel point je suis énervé contre toi.

Rule avait effectivement l'air sérieusement en colère, mais il avait aussi la voix enrouée et déchirée. Je ne comprenais pas pourquoi il était dans la chambre aussi tard, mais mon frère n'avait jamais été de ceux qui laissaient les règles des autres dicter ses actes.

– Je comprends pourquoi tu as fait ça, Rome. Je comprends que tu ne peux pas laisser quoi que ce soit de mal arriver à Cora et au bébé, mais pour l'amour de Dieu, est-ce que tu as pensé à ce qu'il m'arriverait si je devais enterrer un autre frère ?

Sa voix a craqué et je voulais, plus que tout, lui dire que j'étais désolé, lui apporter une forme de réconfort, mais tout ce que je pouvais faire était cligner des yeux rapidement.

– Je te jure, quand tu seras sur pied, je vais te botter le cul et tu me laisseras faire.

J'aurais rigolé si je ne pensais pas que cela m'aurait ouvert en deux.

– Il a fallu que Shaw et Ayden s'y mettent à deux pour ramener Cora à la maison et qu'elle se nettoie. Tu aurais dû la voir. Elle avait plus de sang sur elle que tu n'en avais dans tes veines. Tout le monde s'inquiétait pour elle, on avait peur qu'elle s'épuise. Aucune infirmière ne voulait l'approcher, et si tu étais mort…

Il a dû s'éclaircir la voix.

– Si tu ne t'en étais pas sorti, Rome, je crois qu'elle n'aurait pas tenu non plus, c'était une catastrophe. Elle t'imposait sa volonté, tellement fort que je crois qu'on savait tous qu'il n'y avait pas moyen que tu ne t'en sortes pas. Heureusement que tu es un battant, mon frère. Je ne voudrais pas qu'une copine enceinte et énervée me hante jusqu'à la fin de l'éternité.

Rule s'est levé et est resté sur le côté du lit. Ses yeux clairs étaient entourés de rouge et une barbe de quelques jours ombrait sa mâchoire. Il avait une tête horrible. Je voulais lui dire que j'avais vu Remy, que je comprenais tout, maintenant, mais je ne pouvais toujours pas faire fonctionner ma bouche ni ma langue. Il a fait un petit signe de tête et a tapé les doigts où était tatoué son nom contre les miens.

– Merci de ne pas être mort, grand frère.

Tout le plaisir était pour moi, mais il allait devoir attendre que j'aie un peu plus d'énergie pour le lui dire.

Il m'a parlé pendant encore une bonne heure, même si je ne pouvais pas lui répondre. Il m'a dit que Brite était arrivé au moment où on m'emmenait au bloc. Apparemment, Cora lui était tombée dessus à la seconde où elle l'avait vu. Ma meuf était énervée que le tireur soit dans les bras sécurisés de la loi. Cette friponne assoiffée de sang était à fond pour la revanche brutale à la mode motard, mais Brite l'avait dissuadée. Il avait aussi pris Rule à part pour lui dire que, prison ou pas prison, le petit con aurait ce qu'il méritait. Torche et les gars en faisaient leur affaire. Rule était juste assez énervé et assez déstabilisé pour approuver cette méthode de vengeance façon loi du Talion, et j'étais simplement content que la menace disparaisse. Cela ne me dérangeait pas de prendre une balle pour ma femme, mais si j'avais neuf vies, il ne m'en restait plus qu'une après ce petit numéro.

Il m'a dit que Shaw travaillait nuit et jour pour que ma mère ne tombe pas du mauvais côté. Le fait que je me fasse tirer dessus avait presque effacé tout le bien que la thérapie lui avait procuré. Tous les gars me surveillaient tour à tour, ou plutôt surveillaient Cora pour qu'elle n'en fasse pas trop. Elle ne voulait pas rentrer à la maison, mais ils l'y contraignaient maintenant que j'étais définitivement tiré d'affaire. Il m'a dit qu'elle avait tiré sur le piercing au nez de Nash, tiré les cheveux et mis un coup de poing dans le ventre de Rowdy quand ils avaient essayé de la faire partir. C'était drôle, mais cela me rendait aussi heureux d'entendre cela.

Il m'a parlé jusqu'à ce que je me rendorme, et lorsque je me suis réveillé, un docteur virevoltait en me posant un million de questions auxquelles je ne pouvais répondre qu'en tournant la tête ou en baissant le menton. Le consensus voulait que je sois le connard le plus chanceux de l'univers et que c'était un miracle du destin si j'étais encore là. La belle infirmière est revenue à plusieurs reprises, j'ai été examiné un nombre de fois incalculables, puis Cora est apparue comme un ange punk. Je voulais lui parler, mais chaque fois que j'essayais, j'étais pris d'une quinte de toux qui me donnait l'impression que mon poumon blessé était plein de rasoirs et de barbelés. Je ne pouvais même pas lui dire que je voulais bien prendre un million de balles pour elle si cela la faisait me regarder comme elle le faisait en ce moment. Elle me donnait des morceaux de glace et touchait toutes les parties de moi qu'elle pouvait toucher par-dessus les barrières du lit. Cela me faisait beaucoup plus de bien que ce que la rousse mettait dans ma perfusion.

Après le déjeuner, Shaw et Ayden sont arrivées et ont essayé de la forcer à aller prendre quelque chose à manger, ce qu'elle a refusé catégoriquement. Elles n'ont eu d'autre choix que d'appeler des renforts, et avant que j'aie pu dire « ouf », ma chambre d'hôpital était pleine de monde. Rule et Nash sont entrés ensemble, suivis par Rowdy et Jet. Il a fallu une quinzaine de minutes pour que mes parents nous rejoignent et dix de plus avant que Brite et Asa fassent leur apparition. Nous étions serrés, mais ils étaient tous infiniment reconnaissants que je sois réveillé et conscient, même si je ne pouvais pas parler ni interagir… C'était palpable dans l'air chargé d'antiseptique.

Cora a enroulé sa main autour de la mienne et a baissé la tête pour que nos deux fronts se touchent. Ses yeux étaient juste au-dessus des miens et toutes les questions que je me posais trouvaient leurs réponses ici. Je regarderais dans ces yeux tous les jours et je saurais que toutes les décisions que je prendrais pour la rendre heureuse, pour la garder en sécurité, vaudraient n'importe quel sacrifice ou souffrance que je pourrais vivre en retour.

Les gens parlaient fort dans la chambre et je me suis dit que c'était étrange que l'infirmière ait disparu dès qu'elle avait aperçu Nash. Peut-être qu'elle n'aimait pas les flammes sur son crâne. C'est vrai qu'elles lui donnaient un air intimidant, mais cela ne justifiait pas le fait qu'elle ait pris la tangente lorsqu'il lui avait simplement dit bonjour.

– Tous ceux qui comptent, au même endroit.

J'ai levé les yeux vers mon frère qui se penchait de l'autre côté de mon lit d'hôpital en me regardant. J'ai fait un petit signe de tête et quelque chose s'est allumé dans ses yeux. Et merde, je savais exactement ce que cela voulait dire chez lui. Il a traversé la pièce en quelques pas pour aller vers Shaw, debout entre Ayden et ma mère, et s'est mis à genoux devant elle. Toute la pièce, qui était pleine de rires et de bavardages, est devenue silencieuse.

Shaw a levé une main tremblante devant sa bouche et j'ai entendu ma mère sursauter.

– Je n'ai pas de bague. Je n'ai pas préparé de beau discours. Tout ce que je sais, c'est que je t'aime plus que la vie elle-même et je veux que toutes les personnes présentes dans cette salle sachent que je te veux pour toujours, Shaw Landon. Je t'aime. Épouse-moi.

Typique de Rule, il ne le lui demandait pas, il lui disait carrément de le faire.

– Sois une Archer. Sois mienne.

Des larmes cristallines ont coulé des yeux scintillants de Shaw et on aurait presque dit que le choc allait la faire tomber par terre. Tout le monde retenait son souffle, car elle n'avait pas encore donné de réponse. Elle gardait les yeux fixés sur lui, puis elle a crié si fort que quelques infirmières ont passé leur tête par la porte. Elle pleurait et riait tellement fort qu'elle avait l'air un peu folle. Elle allait devoir rester coincée avec mon frère pour le reste de l'éternité. Elle s'est jetée sur lui avec tellement de force qu'ils sont tombés en arrière, et Rule a fini sur le dos avec Shaw qui l'étouffait. Un « Ooooh » collectif s'est élevé quand elle s'est mise à l'embrasser partout sur son visage surpris. Elle voulait être sa femme autant que lui le voulait, cela ne faisait pas de doute.

– Je serai toujours à toi, Rule. Je vais t'épouser et rien, dans le monde entier, ne me ferait plus plaisir que d'être une Archer. Je n'ai pas besoin d'une bague ni d'un discours. Tout ce dont j'ai besoin, c'est toi.

J'ai serré la main de Cora et tout le monde a crié de plus belle quand Rule a embrassé Shaw comme s'ils étaient tout seuls et non par terre au milieu d'une chambre d'hôpital, entourés de tous leurs amis et de leur famille. Comme tout le reste, j'étais en train de l'apprendre, c'était parfaitement imparfait. Cora a reposé les yeux sur moi et a posé un baiser sur mon front tandis que tout le monde se ruait sur mon frère et sa fiancée pour les féliciter.

J’étais content pour lui, fier de lui. Il avait fait le bon choix et choisi la bonne fille.

– Je me fiche d’où on vit, Rome. Je veux juste être là où tu es. J’essayais tellement de faire des choix qui m’empêcheraient d’être à nouveau blessée… C’était faible et ça a provoqué des problèmes inutiles entre nous. Je courais après mon idée de la perfection depuis tellement longtemps que je n’ai pas su quoi faire quand je l’ai trouvée en face de moi. Tu avais raison, tu es parfait pour moi parce que je suis tout aussi imparfaite que toi, mais avec toi, il n’y a plus de défauts. Je croyais que j’étais terrifiée de ce qui arriverait si je te donnais mon amour et que tu décidais que tu n’en voulais plus. Mais ce n’est rien, comparé au fait de voir la vie quitter ces beaux yeux bleus. J’ai cru que je t’avais perdu pour de vrai, bonhomme, et mon cœur s’est arrêté. Il n’était pas cassé, il n’était pas blessé, il a tout bonnement arrêté de battre parce que je pensais que j’allais devoir continuer sans toi. Je t’aime, Rome. Je n’ai plus peur de te laisser tout avoir. Je te donnerai tout, et encore plus. Je te donnerai tout ce que j’ai, grand gaillard.

C’était tout ce que je voulais entendre. Dommage que je sois encore complètement cassé et que je ne puisse pas répondre à toutes ses géniales paroles romantiques. Elle m’avait déjà donné plus que ce que j’aurais pu espérer. Elle m’avait rendu à moi-même, elle me donnait un bébé, elle se donnait à moi, et c’était tout ce qu’il me fallait.

CHAPITRE 19

CORA

Shaw était resplendissante, et pas seulement dans le genre « je viens de baiser et c'était trop bien ». Ses yeux verts étaient rayonnants et je crois que le sourire sur son visage était contagieux car Ayden ne pouvait pas s'empêcher de lui sourire, et je n'arrêtais pas de rire. On ne pouvait pas louper le diamant solitaire, élégant et absolument parfait, qui trônait sur une simple bande de platine à son annulaire. Elle était heureuse, et Rule s'était très bien débrouillé pour trouver une baguc qui était le parfait équilibre entre rock et classe.

– Elle est superbe. Je suis tellement contente pour vous deux.

Nous étions sur la terrasse derrière la maison de Shaw et Rule pour un barbecue frais et automnal, avant que le froid barbant d'octobre ne s'installe, et celui-ci se passait beaucoup plus tranquillement que le précédent. Rome était toujours d'une humeur atroce, mais c'était largement dû au fait qu'il avait des béquilles et en avait marre de la rééducation. Il était affalé dans une chaise de jardin à côté du gril, et lui et Rule alternaient entre boire des bières et se disputer sur la meilleure façon de cuire des steaks. C'était rare qu'il se lâche ainsi, alors c'était agréable de le voir avec un grand sourire, même s'il était caché derrière une barbe négligée qu'il refusait de me laisser raser.

– Et vous ? La recherche de maison, ça avance ?

J'ai fait non de la tête et ai pris une gorgée d'eau.

– Non. Je croyais que je faisais la difficile, mais maintenant, c'est lui qui n'arrive pas à se décider. Rien n'est assez sûr. Aucun quartier ne va. Je suis sur le point de l'étrangler, et pas seulement parce que c'est le pire patient de l'histoire.

Rome était un guerrier. Il rebondissait à une vitesse qui laissait tous les docteurs et les infirmières sans voix. Il m'avait dit qu'il ne voulait plus rester à l'hôpital, qu'il voulait être à la maison avec moi, et que c'était la motivation qui faisait qu'il se remettait si vite. La balle dans sa jambe lui avait joué un sale tour. Elle avait déchiré le muscle et le tendon, rendant impossible sa mobilité pour l'instant. Sa côte brisée faisait de chaque mouvement une corvée, même pour s'allonger, et l'empêchait de bouger correctement son bras droit, donc il était ronchon de manière générale. Je crois qu'il était aussi sexuellement frustré car les médecins lui avaient interdit toute activité pour au moins six semaines, et nous n'en étions même pas à la moitié. C'était un gros nounours grincheux.

Il était aussi énervé de ne pas pouvoir être aussi présent au bar qu'il l'aurait voulu. Brite était revenu pour superviser les choses en attendant que Rome soit complètement rétabli. Je pensais secrètement que le vieux marine se sentait coupable que Rome ait été blessé sous sa surveillance. Leur lien était assez fort et j'étais tellement contente que Rome puisse compter sur lui. Brite l'avait incité à retourner parler à son ami psy après la fusillade. Il n'avait pas laissé à mon mec une seule chance de replonger dans l'obscurité où il s'était trouvé, et grâce à cela, Rome ne s'était réveillé qu'une seule fois en sueur et tremblant depuis ce jour. Nous considérions tous les deux que c'était une victoire, et j'avais hâte qu'il aille mieux pour que je puisse m'occuper de lui à ma façon, et que nous puissions nous rendormir tous les deux épuisés et le sourire aux lèvres. Une fois, alors que Rome était encore inconscient à l'hôpital, Brite était arrivé en tirant sur sa barbe avec un air satisfait. Apparemment, le tireur avait été libéré sous caution, mais il ne s'était pas présenté à sa convocation au tribunal et personne ne l'avait vu depuis. Je n'étais pas rancunière de nature, mais après avoir assisté au bain de sang mêlant l'homme que j'aime, je n'étais pas contre une justice de motard, brutale et rapide.

Ayden s'est éclairci la voix et a pris une gorgée de la Coors Light posée devant elle. Ses yeux ambrés m'ont regardée attentivement.

– Et si vous gardiez la maison ? Jet pense prendre une partie du studio et en faire un loft pour être plus près de son boulot quand il est là. C'est en plein centre-ville, proche de mon travail et de la fac, et je pourrais le voir un peu plus quand il est ici et qu'il ne travaille pas.

Je l'ai regardée avec un air interdit.

– Sérieux ?

– Ouais. Je veux être avec lui le plus possible. D'ailleurs, je réfléchis à attendre un an avant de commencer mon master, pour pouvoir voyager avec lui. Il part au Royaume-Uni au début de l'année prochaine et j'ai envie d'y aller. Le master sera toujours là ; parcourir le monde avec Jet, c'est une possibilité que je n'aurai peut-être plus une fois que j'aurai un emploi stable.

J'adorais ma maison, j'adorais le quartier, et si toutes les autres chambres étaient vides, il y aurait bien assez de place pour moi, Rome et le bébé. Je me suis mordu la lèvre et ai penché la tête sur le côté pour la regarder en réfléchissant.

– Et pour Asa et toi ?

Son frère n'était pas au barbecue. Comme nous étions le week-end et que le bar serait plein, il avait proposé d'y aller pour que Rome vienne passer du temps avec moi et les autres voyous. Mon mec et le charmeur du Sud avaient une forme d'amitié passionnelle. Je ne la remettais pas en cause, mais alors que je savais qu'Asa pouvait être instable et créer des scandales, Rome ne voyait en lui qu'un collègue et un pote. En fait, c'était assez mignon et j'avais de la peine pour les filles qui venaient dans le bar et essayaient de s'interposer entre eux. Je crois qu'Asa était l'un des rares qui ne faisaient pas chier mon homme quand il se perdait dans sa propre tête. Il patientait simplement en attendant que Rome redevienne Rome.

– Je lui tape toujours sur les nerfs. Il fait comme si tout allait bien, mais je vois qu'il ne m'a pas pardonné, et je ne lui en veux pas vraiment. Il passe de temps en temps, mais il discute surtout avec Jet et fait comme si je n'étais même pas là. Il est sympa quand on parle au téléphone et tout ça, mais je l'ai vraiment blessé. Je ne sais pas vraiment où il dort, mais il a l'air content de la manière dont ça se passe, donc je ne m'en mêle pas trop.

Je voyais que c'était difficile pour elle mais je ne savais pas quoi dire pour arranger les choses.

– Je suis désolée, Ayd. Ça craint. Je vais demander à Rome son avis au sujet de la maison. Ça serait nul que vous vous donniez du mal pour déménager s'il n'est pas d'accord.

Elle a hoché la tête et Shaw a tapoté ma main gauche avec son index.

– Et vous deux ? Tu crois que vous allez bientôt rejoindre les rangs des mariés ?

J'ai posé une main sur mon ventre à la croissance rapide et ai senti une petite vibration. C'était encore trop tôt pour que Rome le sente quand cela arrivait, mais je savais que mon bébé était là, sain et sauf grâce à son papa, et cela faisait toujours gonfler mon cœur débordant d'amour. Je n'avais pas besoin d'une bague ni d'un mariage pour améliorer tout cela.

– On a eu beaucoup d'émotions en très peu de temps. Je crois qu'on a tous les deux hâte que les choses se calment pendant un moment.

Shaw a lancé sa tête en arrière pour rire aux éclats tandis qu'Ayden a levé les yeux au ciel.

– Cora, avec toi, rien n'est jamais normal.

Elle n'avait pas tort, aussi lui ai-je jeté le bouchon de ma bouteille d'eau.

– Tais-toi. En plus, tu sais que Rome doit se remettre pour être le témoin de Rule. On a déjà un mariage sur lequel se concentrer. Pas besoin d'un deuxième.

Rule voulait attendre que Shaw soit diplômée pour se marier ; elle non. Le compromis était qu'ils feraient la cérémonie en décembre, un mariage de Noël avant qu'Ayden et elle retournent à la fac pour leur dernier semestre au printemps. Cela laissait très peu de temps pour planifier un mariage, mais avec un coup de main de la part de tout le monde et la détermination de Shaw à devenir une Archer, je ne doutais pas que le mariage se fasse et qu'il soit somptueux. Je n'étais pas vraiment ravie de ressembler à une baleine dans ma robe de demoiselle d'honneur, mais je le ferais pour elle.

– Comment tes parents ont pris la nouvelle ?

Ses yeux verts ont soudain regardé ailleurs et elle a mâchouillé sa lèvre.

– Il y a une vague éventuelle possibilité que je ne le leur aie pas encore dit.

Ayden a secoué la tête et j'ai levé les yeux au ciel. J'ai jeté un regard insistant au caillou sur son doigt.

– Ça ne va pas être facile à cacher, ma petite.

Elle a joué nerveusement avec ses mains.

– Je sais. C'est juste une engueulade que je ne veux pas avoir. Je n'ai jamais été aussi heureuse. Je n'aurais jamais, jamais cru que Rule voudrait faire un truc aussi traditionnel que de se marier. Personne, et je dis bien PERSONNE, ne va venir me gâcher ce moment.

Je comprenais son point de vue et je n'enviais pas ce qui l'attendait. C'était une bataille qui ne serait pas amusante, et nous le savions tous.

J'ai levé les yeux, surprise par Rowdy qui était tout à coup penché au-dessus de moi avec ses mains sur mes épaules.

– Clochette, tu devrais peut-être rapatrier ton homme. Je crois que la bière et les antidouleurs l'ont achevé.

Je me suis retournée sur ma chaise et effectivement, Rome s'était endormi sur la chaise de jardin. Rule et Nash le regardaient d'au-dessus, ils essayaient de décider s'ils devaient trouver la situation inquiétante ou désopilante. J'ai tapoté ses mains tatouées et me suis levée.

– À mon tour de le sauver.

C'était ce que nous faisions. Nous nous sauvions. Il m'avait convaincue d'arrêter de vivre dans la peur. Je lui avais fait comprendre que celui qu'il voulait être et ce qu'il choisissait de faire était suffisant. Il n'avait pas besoin d'être quoi que ce soit de plus. Il n'était pas parfait, je n'étais pas parfaite, mais l'amour que nous avions l'un pour l'autre… rien n'était plus parfait que cela.

J'ai joué des coudes pour passer entre Rule et Nash et me suis penchée pour poser la main sur une des joues piquantes de Rome. Il n'était pas moche avec une barbe, en fait cela lui donnait l'air presque trop sauvage. Mais j'aimais son joli visage et il me manquait, caché derrière ses moustaches touffues.

– Allez, Capitaine Grognon, il est temps de rentrer.

Ses cils noirs ont tressailli contre le haut de ses joues et ses yeux bleus à couper le souffle se sont ouverts. C'était étrange de le voir si vulnérable, si ouvert, mais apparemment il avait fini de se cacher car tout était là, dans ses yeux, quand il m'a regardée. Tout ce qu'il était : un héros, un amant, un chieur têtu, et un mec qui avait tout ou rien prévu, je voyais tout cela et cela me faisait l'aimer davantage encore.

Il a dû demander aux deux gars de l'aider à se relever et nous sommes allés lentement jusqu'au pick-up. Même si cela demandait un peu de manutention et l'usage de tous les jurons de son vocabulaire, il insistait pour prendre le Dodge au lieu de monter dans la Mini, alors que cela m'aurait paru plus simple. Il allait devoir dépasser sa haine de ma voiture, car un jour ou l'autre, cela deviendrait trop difficile pour moi de sauter dans l'énorme 4 × 4. J'ai tendu la main pour qu'il me donne les clefs, il n'a pas discuté et a jeté ses béquilles à l'arrière. J'ai remarqué que des lignes blanches de douleur partaient du coin de ses yeux malgré les médicaments et l'alcool. Je me suis dit qu'il y était peut-être allé un peu trop fort.

J'ai tendu le bras et ai touché son genou.

– Bon, j'ai une question pour toi.

Il a tourné son regard vers moi et a grogné. D'accord, Capitaine Grognon avait pris les commandes.

– Ayden m'a dit que Jet et elle allaient très probablement déménager. Il veut transformer le studio. Qu'est-ce que tu dirais d'emménager avec moi et on resterait dans la maison ?

Il était silencieux, et cela m'a fait stresser. J'ai regardé vers lui et ai été étonnée de voir qu'il avait fermé les yeux et que sa tête était appuyée contre la vitre. Je me suis dit qu'il s'était peut-être endormi et je me suis demandé comment j'allais pouvoir le sortir de la voiture, avec un air de déjà-vu.

– Est-ce qu'on pourra juste se calmer sur le rose dans ta chambre, pour que mes couilles ne finissent pas par se ratatiner et tomber ?

Son ton vif m'a fait rire tandis que je me garais dans l'allée.

– Pas de problème.

Il a soupiré et a déplacé son grand corps pour arriver à sortir de la voiture.

– J'adore ta maison, Cora. Elle est colorée et mignonne, comme toi. En plus, c'est une location, donc on peut rester là le temps de se décider à acheter une maison et y vivre pour de bon. Ça me va très bien comme ça.

– Ça me va aussi, et ça me rendrait même vraiment heureuse.

Je suis passée devant lui pour ouvrir la porte de la maison. Il m'a suivie à l'intérieur et je l'ai guidé jusqu'à la chambre pour qu'il puisse s'allonger sur le lit.

– Si ça te rend heureuse, Minipouss, tu n'as même pas besoin de demander. C'est tout ce que je veux.

Il a posé son bras valide sur ses yeux et a soupiré.

– Je t'aime, Cora.

Chaque fois qu'il le disait, je le gardais profondément en moi pour le chérir et m'y accrocher pour toujours. C'était un endroit spécial plein de choses spéciales, et même si nous avions passé relativement peu de temps ensemble, il y avait assez d'amour dans cet endroit pour tenir toute une vie. Je me suis assise à côté de lui sur le lit et ai passé mes doigts dans sa barbe.

– Je t'aime aussi, Rome.

C'était tellement facile de le lui dire, maintenant. De lui offrir tout ce que j'avais eu bêtement peur de lui donner. Je me rendais compte que l'amour ne servait à rien si on le gardait serré entre ses mains. Il n'avait de pouvoir que lorsqu'on avait le courage de le donner à quelqu'un d'autre pour qu'il le garde en lieu sûr.

– Je sais.

C'était ce qu'il me répondait tout le temps. « Je sais. » Comme si, même sans les mots, il savait ce que je ressentais. Je lui avais demandé pourquoi il faisait cela. Il m'avait souri et dit qu'il avait eu besoin que quelqu'un le lui fasse remarquer. Quand je lui avais demandé de quoi il parlait, il m'avait demandé ce que je pensais d'appeler le bébé Remy. J'adorais l'idée.

– J'adore aussi ta tête, et j'en ai marre de devoir la chercher derrière tous tes poils. Je sais que tu ne peux pas bien te servir de ton bras en ce moment, mais tu ne veux pas que je t'aide à te raser ?

J'ai passé un doigt le long de la courbe délicate de son oreille et le sourcil avec la cicatrice s'est levé. J'espérais que les antidouleurs et la bière allaient suffire à le rendre plus coopératif.

– Tu n'aimes pas ?

– Ton visage me manque. Il est trop beau pour être recouvert de tout ça.

– C'est pour ça que tu ne m'embrasses pas ?

J'ai froncé les sourcils et me suis penchée pour poser un baiser sur sa bouche boudeuse.

– Non, je ne t'embrasse pas parce qu'avec toi, on ne s'arrête jamais au bisou, et les docteurs t'ont dit que c'était interdit. Je ne veux pas te faire mal.

– Ça me fait mal de ne pas t'embrasser, et tu ne peux même pas savoir ce que me fait le manque de sexe.

J'en avais une idée assez précise ; après tout, cela me concernait tout autant. Mais sa santé et son bien-être étaient plus importants qu'un orgasme, même s'il était très doué pour en donner. Je l'ai encore embrassé et je me suis levée du lit. Je suis restée debout à côté de lui et ai mis mes mains sur mes hanches. La façon dont ses yeux se sont attardés sur ma poitrine ne m'a pas échappé.

– Je vais te faire couler un bain. Tu pourras te détendre, et je t'aiderai à moins ressembler à un Brite miniature. Qu'est-ce que tu en dis ?

Il a marmonné que les vrais hommes ne prenaient pas de bain, mais il n'a pas débattu ni essayé de m'arrêter quand je suis allée dans la salle de bains. En fait, le temps que je revienne dans la chambre, il avait réussi à enlever son tee-shirt et à déboutonner son pantalon. J'aurais pu le regarder comme cela pendant des heures. Même avec la sale cicatrice qui décorait maintenant le côté de son cou, juste au-dessus de sa clavicule, et la grosse blessure sur son flanc, il était la plus belle chose que j'aie jamais vue. Je suis restée bouche bée devant lui comme une idiote jusqu'à ce qu'il se moque de moi et m'ordonne de venir l'aider à se lever. Il a fallu faire quelques manœuvres, mais le temps d'enlever son pantalon, il était clair qu'avoir frôlé la mort n'avait eu aucun effet sur sa libido.

J'ai regardé l'érection qui était maintenant pointée vers le haut sur son ventre tendu, puis j'ai levé les yeux vers lui. Il a fait un petit haussement d'épaule.

– Ma bite n'a rien à foutre des ordres du docteur.

J'ai rigolé et je l'ai aidé à rentrer dans l'eau fumante. Il était tellement grand que l'eau a débordé de la baignoire. Il m'a lancé un regard qui disait « je te l'avais bien dit » mais a détendu ses larges épaules et a fermé les yeux tandis que je passais mon pouce sur sa pommette et sur la ligne marquée de sa mâchoire couverte d'une couche de barbe. Je me suis servie de mon autre main pour prendre un gant de toilette et le passer sur ses épaules et son cou, en faisant attention à sa nouvelle blessure de guerre.

– Rome.

Ses yeux incroyables se sont ouverts et j'ai cru que j'allais me noyer dans leur bleu.

– On n'est peut-être pas parfaits, mais toi et moi, on est parfaits l'un pour l'autre. Je veux juste que tu saches ça.

Il a attrapé ma main qui caressait son visage et a aspiré le côté de mon pouce dans sa bouche. Entre la chaleur de l'intérieur de sa bouche et le chatouillis de sa barbe, je commençais à douter de ma capacité à rester calme.

– C'est assez drôle la façon dont on en est arrivés là, non ?

Il a passé sa main sur mon bras et a emmêlé ses doigts dans mes cheveux et, avant que j'aie pu réagir, tout le haut de mon corps était penché au-dessus de la baignoire et j'étais non seulement trempée, mais aussi étalée sur son torse lorsque sa bouche s'est collée sur la mienne. C'était intéressant de l'embrasser quand il était touffu, et j'étais peut-être allée vite en besogne en voulant me débarrasser de sa barbe. Sa langue frottait contre la mienne, ses dents mordillaient la peau délicate à l'intérieur de ma lèvre inférieure, et je me suis rendu compte qu'il m'avait complètement tirée et mise en position avec une seule main. Malin, le soldat.

Je me suis poussée et ai secoué les mèches mouillées collées à mon visage.

– Le docteur a dit non.

– Je dis oui.

J'aurais dû me battre plus fort quand il a tiré ma main sous l'eau et l'a enroulée autour de son érection proéminente. Je me disais que je ne voulais pas lui faire mal, mais en vérité la sensation de lui me manquait, dans mes mains et dans mon corps. J'ai serré légèrement cette queue impressionnante et je me suis mordu la lèvre tout en me livrant une guerre intérieure.

– Allez, Minipouss. Je n'ai qu'un seul côté qui fonctionne, j'ai plus de trous qu'un terrain de golf, et je ne t'ai pas vue toute nue depuis beaucoup trop longtemps. Grimpe et donne-moi une raison de sourire.

Putain, j'en avais envie, mais je ne voulais pas lui faire mal et je n'étais pas sûre de ce qu'il allait dire en voyant ma petite surprise. Je croyais que j'aurais plus de temps avant de la lui montrer, que je pourrais l'amener à cette idée lentement au cas où il la détesterait, mais sa bonne main se glissait dans le col de mon débardeur et ses doigts forts jouaient avec mon téton, et c'était trop dur de réfléchir.

– Rome…

– Cora…

Je ne sais même pas pourquoi j'ai cru que je pourrais résister. Je n'avais pas la force de refuser quoi que ce soit à cet homme. Je me suis avancée pour m'appuyer sur le côté de la baignoire, à côté de son bras inutilisable. Je lui ai fait pencher la tête en arrière, avec sa nuque sur le bord de la baignoire, et je l'ai embrassé longuement et violemment. Il avait un goût de bière et d'éternité.

– Quand je vais enlever mon tee-shirt, ne panique pas.

Son sourcil s'est encore soulevé et il a ricané un peu.

– J'ai déjà vu tes seins qui grossissent comme par magie, Cora. Je pense que ça va aller.

Je lui ai fait une grimace et ai tiré mon débardeur au-dessus de ma tête. On ne pouvait pas manquer ce dont je parlais et je l'ai entendu retenir son souffle puis jurer car cela avait fait mal à son flanc encore sensible.

– Oh mon Dieu.

Le tatouage était assez grand. Il démarrait à l'arrière de mon omoplate, la chaîne était si méticuleusement détaillée et si réaliste qu'on aurait dit que l'on pouvait la soulever de ma peau. Rule avait tatoué les petites perles de métal qui constituaient la chaîne en forme de cœur. Le dessin s'enroulait et tournait sous mon bras et en travers de mes côtes. Les deux plaques avec tout l'état civil de Rome étaient côte à côte sous le gonflement de mon sein. Il était là, pour toujours sur ma peau. Je n'avais pas trouvé de meilleur moyen pour lui montrer combien il était important pour moi, et apparemment cela avait l'effet escompté, car ses yeux se sont levés vers les miens et pour une fois, l'homme qui avait toujours le dernier mot ne disait rien.

– C'est pour ça que tu voulais mes plaques.

Sa voix était voilée et on ne pouvait pas se tromper sur l'émotion qui s'en échappait.

– C'est magnifique.

La façon dont il touchait le tatouage était magnifique aussi.

– C'est Rule qui me l'a fait. Je pensais que j'aurais plus de temps pour te surprendre.

J'ai tendu la main et ai passé un doigt sur l'endroit dans son cou qui était encore gonflé, rouge et énervé.

– Tu as marqué ta peau à vie pour moi, Rome. Je voulais faire la même chose pour toi.

Il a passé son bon bras autour de moi et m'a tirée complètement dans la baignoire avec lui, pour que nous soyons dans les bras l'un de l'autre, et tellement plus.

– Ça, Cora… c'est le plus proche de la perfection que peuvent l'être deux êtres humains.

Il avait raison ; il était aussi excité et frustré et le câlin était vite passé à quelque chose de beaucoup plus chaud. Ses doigts se sont faufilés à l'arrière de mon short mouillé, et sa bouche s'est accrochée au côté de mon cou et a commencé à jouer avec ma peau sensible.

– Tu vas devoir faire tout le boulot, Minipouss.

Ce n'était pas un problème, sachant que sa bite était tendue et criait pour ainsi dire mon nom, et que ses doigts faisaient déjà leur route vers l'endroit où j'en avais le plus besoin.

– On va inonder la salle de bains.

Il s'est redressé et m'a aidée à enlever mon short et ma culotte. Une vague d'eau s'est déversée par-dessus le bord de la baignoire et par terre.

– Et alors ?

C'était un mâle impatient aux mains baladeuses. Rome était grand, la baignoire ne l'était pas. Le temps qu'il se débrouille pour me mettre là où il me voulait, il y avait plus d'eau par terre qu'autour de nos hanches. J'ai fait attention à mettre le plus de poids possible sur mes genoux et je me suis tenue en mettant mes bras sur la porcelaine et pas sur lui. J'ai commencé à revoir ma position sur sa barbe quand sa bouche s'est refermée autour du bout de mon sein, ce qui m'a fait sursauter. Cela chatouillait, mais pas d'une façon drôle, d'une façon « oh mon Dieu n'arrête jamais ».

C'était mouvementé. Même si j'essayais d'être aussi douce et attentionnée que possible, je ne pouvais pas ignorer que des souffles de douleur se glissaient entre ses grognements de plaisir. Essayer de faire l'amour avec des côtes foutues, ce n'était pas une bonne idée, mais mon mec n'était pas du genre à abandonner et sa détermination et sa persévérance faisaient partie des choses que j'aimais le plus chez lui. J'ai baissé mon front contre le sien et ai levé mes bras pour les poser sur ses épaules. L'eau qui tournait autour de nous était chaude. Rome l'était encore plus. À chaque va-et-vient, je m'assurais qu'il voyait ce que je sentais en gardant les yeux rivés sur lui. Je ne faisais pas que le voir, lui et tout ce qu'il était ; pour moi, il était la seule chose qui valait la peine d'être regardée. D'après ce que me renvoyaient les profondeurs infinies de ses yeux bleus, je savais qu'il ressentait exactement la même chose, et c'était incroyablement précieux.

Entre nous, le sexe n'avait jamais été lent et atrocement interminable. Je devais admettre que j'aimais l'impatience, la pulsation lourde entre mes jambes. Il y avait du respect dans la façon dont nous nous touchions, comme si nous savions tous les deux à quel point nous étions chanceux d'encore pouvoir nous toucher de la sorte. Chaque frôlement de sa bouche sur ma peau, chaque coup de dents sur un endroit tendre me rappelait que je l'avais presque perdu, et c'était porteur d'un message de vie. Avec le frottement de chaque mouvement, la pression de la peau excitée contre la chair gonflée, je voyais la veine de son cou et le muscle au coin de sa bouche tressaillir. C'était la meilleure torture qui existait, et c'était sûrement plus efficace que n'importe quel médicament pour qu'il aille mieux. Même si, généralement, c'était un amant plutôt du genre tactile, il était clair qu'il avait besoin de cela aujourd'hui. En plissant les yeux, il m'a adressé un sourire malicieux et a glissé ses doigts talentueux entre nous pour qu'ils se placent autour de mon anneau et poussent sur mon clitoris. Je ne pouvais pas me retenir face à un tel assaut sensuel, et il a obtenu l'effet désiré. J'ai oublié que nous étions censés y aller doucement et je me suis mise en action pour nous faire jouir tous les deux en quelques minutes. C'était plus une douce ascension qu'une explosion aveuglante comme à l'accoutumée, mais cela a tout de même engourdi mes membres et inondé le reste de mon corps de plaisir satisfait.

J'ai gloussé un petit peu et ai posé ma joue sur son épaule. Son pouce a quitté le métal entre mes jambes et est remonté sur mes côtes pour caresser amoureusement mon nouveau tatouage. Je sentais le bout de son ongle suivre son prénom, même s'il ne le voyait pas car j'étais entièrement allongée sur lui.

– Ça va ?

Il a grogné et a bougé les doigts de son côté blessé pour caresser ma cuisse.

– Mieux que ça. Les médecins ne savent pas de quoi ils parlent. Tout va mieux avec du sexe.

J'ai soupiré car cela avait peut-être été super sur le moment, mais ses yeux étaient plus foncés que d'habitude, avec des ombres et ces lignes blanches qui étaient revenues. J'ai essayé de me soulever le plus doucement possible, ce qui n'a fait que propulser le reste de l'eau hors de la baignoire. J'ai secoué la tête et je me suis enveloppée dans une épaisse serviette. Il tenait son flanc blessé et le grand muscle de sa cuisse se contractait contre son gré. Il avait l'air rassasié, mais pas pressé de bouger.

Il a passé une main sur son visage encore poilu et m'a jeté un regard interrogateur.

– Je croyais que tu voulais te débarrasser de ça ?

Je l'ai regardé attentivement pendant une seconde, puis j'ai tendu les deux mains pour l'aider à se relever. Nous avons failli retomber dans la baignoire à cause du sol mouillé et de sa carrure encombrante ; je ne sais pas comment, mais j'ai réussi à le remettre debout et à enrouler une serviette autour de sa taille svelte.

– Je crois que j'aimerais bien que tu la gardes jusqu'à être bien rétabli.

Je l'ai emmené jusqu'au lit et ai fait le tour de la pièce en enfilant un pantalon de yoga et un tee-shirt trop grand pour pouvoir nettoyer le tsunami que nous avions provoqué dans la salle de bains. Je sentais ses yeux qui me suivaient tandis que je trottinais partout.

– Pourquoi ?

Je me suis arrêtée une seconde et je l'ai regardé par-dessus mon épaule. Est-ce qu'il allait vraiment m'obliger à lui expliquer en détail ? D'après le demi-sourire qui dansait sur ses lèvres, je savais qu'il avait compris.

– Pourquoi quoi ?

– Pourquoi la garder si tu n'aimes pas ?

Il fallait toujours qu'il ait le dernier mot, donc je me suis glissée près de lui sur le lit, ai tiré sur les longs poils sur son menton, l'ai regardé droit dans les yeux, et lui ai dit :

– Ça chatouille. Je veux savoir ce que ça fera quand tu pourras redescendre entre mes jambes. J'ai hâte !

Le bleu de ses yeux s'est allumé si vif et si fort que j'étais étonnée que les gouttes d'eau qu'il restait sur sa peau ne partent pas en vapeur. J'ai ri et je me suis poussée du lit, mais il m'a arrêtée en prenant mon poignet dans sa main. Son regard était sérieux, mais son ton était doux quand il m'a dit :

– Tu es tout pour moi, Cora.

Sérieusement… Et j'avais peur qu'il ne soit pas le mec parfait ? Si c'était ce que j'avais comme imperfection, alors j'étais la plus chanceuse du monde. J'allais lui dire que je ressentais la même chose mais il m'a tirée sur lui, m'a fait un grand sourire, et m'a dit de grimper et de m'asseoir sur sa tête pour qu'il puisse me chatouiller toute la nuit. J'ai eu envie de rire, il avait encore eu le dernier mot.

ÉPILOGUE
Thanksgiving

– Il faut qu'on aille à l'hôpital.

J'ai lâché la clé Allen que j'utilisais pour monter le berceau et ai sauté sur mes pieds. Cora était dans l'encadrement de la porte de la chambre et jouait avec ses mains.

– Le bébé ?

Je n'osais pas demander ; la pire chose que je pouvais imaginer a commencé à tourner dans ma tête alors qu'elle venait de passer tous les examens et qu'elle était l'exemple même de la pleine santé. Nous savions aussi que nous allions avoir une petite fille, ce qui me mettait déjà sur le cul et me maintenait dans un état de panique perpétuelle.

– Non, c'est Phil. Nash vient d'appeler. Ce n'est pas bon. Mon père est déjà dans le pick-up, il nous attend.

Le père de Cora, Joe, était finalement venu pour les fêtes, et à mon grand soulagement, je m'entendais très bien avec l'ancien marine. Au lieu d'aller à Brookside avec Rule et Shaw pour passer

Thanksgiving avec mes parents, nous étions restés en ville et avions passé la fête tous les trois. Cora avait essayé de convaincre Nash de venir avec son oncle, mais Phil était toujours bizarre. Il évitait Nash et ne venait pas au salon, ce qui avait poussé Nash à prévoir une invasion surprise pour Thanksgiving dans la cabane de pêcheur de son oncle, dans la campagne de Boulder.

– Qu'est-ce qui se passe ?

Elle a secoué la tête et j'ai vu l'inquiétude qui était gravée sur son beau visage. Je l'ai serrée fort dans mes bras et les siens sont immédiatement passés autour de ma taille.

– Nash ne sait pas. Il m'a dit que quand il est arrivé dans la maison, il a cru qu'il n'y avait personne, mais la moto de Phil était là. Il a enfoncé la porte et Phil était allongé par terre, inconscient. Il a dû appeler le Service des parcs pour qu'ils l'aident à le sortir de là. Apparemment, ils l'ont emmené en hélicoptère. J'ai appelé Rule et Shaw et ils sont en train de revenir de Brookside. Rowdy, Jet et Ayden sont au Bar avec Asa, ils font Thanksgiving pour les anciens combattants, mais c'est presque fini. Ayden m'a dit qu'elle nous rejoindrait là-bas, mais si c'est aussi grave que ce que Nash avait l'air de dire, je ne sais pas s'il voudra qu'il y ait foule. Mon père et Phil se connaissent depuis longtemps, je ne peux pas l'empêcher d'y aller.

– S'il faut que j'intervienne, je le ferai, Minipouss. Tu le sais.

Elle m'a serré fort et je l'ai vue revêtir son masque de protection. Elle était une guerrière à sa façon, toujours prête à partir en guerre pour protéger ceux qu'elle aimait de tout ce qui pourrait leur faire du mal ou les blesser, selon elle. J'ai jeté un dernier regard au délicat berceau blanc et l'ai suivie hors de la chambre. Il était plus facile de désarmer une bombe que de monter des meubles pour bébé. Toutes les petites pièces n'étaient pas prévues pour être manipulées par un mec avec des paluches comme les miennes. Au moins, Cora trouvait cela hilarant chaque fois qu'elle arrivait et me trouvait en train d'insulter et de menacer de mort des objets inanimés.

Nous avions mis la chambre du bébé dans l'ancienne chambre d'Asa, car Jet et Ayden devaient encore attendre quelques mois avant que le studio soit refait. Jet voyageait tellement et Ayden était si occupée par son travail et par ses études que je ne les voyais presque jamais. En fait, à part ma copine et le brunch du dimanche avec ma famille, la seule personne que je voyais vraiment était Asa. Le bar me prenait beaucoup de temps car il était plein, et Asa était tout simplement mon bras droit. Je ne savais pas si le courant passait du fait que nous remplissions tous les deux le rôle de grand frère, ou parce que nous étions tous les deux des hommes tentant de redéfinir la vision que nous, et les autres, avions de nous-mêmes. En tout cas, le courant passait. Je le connaissais assez pour savoir qu'il était malin et rusé ; les deux dernières bastons de bar que j'avais dû désamorcer avaient éclaté à cause de filles qu'il avait laissées en plan ou qui avaient oublié qu'elles avaient un copain avant de coucher avec le charmeur du Sud. Il n'y avait aucun doute, c'était un fauteur de troubles, mais Rule aussi. Je savais comment gérer cela.

J'ai hissé Cora à l'avant du pick-up et j'ai démarré pour aller à l'hôpital. Elle ne disait rien et son père était tendu. Je ne me suis pas embêté à balancer des lieux communs car entre militaires, on n'essaie pas de se mentir. Nous ne connaissions pas la situation, mais avec le comportement étrange de Phil et sa tendance à éviter tous ceux qui l'aimaient, cela ne sentait pas bon. J'ai pris la main de Cora et je l'ai sentie trembler dans la mienne. Elle avait peur, mais elle tiendrait le coup, comme elle l'avait toujours fait.

Nous sommes allés à l'accueil de l'hôpital, nous suivions son père. Il avait une attitude un peu impitoyable très similaire à celle de Cora, et il nous a fait entrer dans l'aile des urgences beaucoup plus vite que si nous avions été seuls. Nous sommes arrivés dans la salle d'attente, et on ne pouvait pas louper Nash. Sa tête rasée avec les flammes tatouées des deux côtés était penchée et il regardait fixement les yeux gris de la très jolie infirmière rousse. Je la voyais un peu comme un porte-bonheur, donc j'étais content qu'elle soit là. Cora l'a appelé et il a levé la tête pour nous regarder. Quelque chose s'est tordu dans ma poitrine quand j'ai vu de très nettes traces de larmes sur son visage. Ses yeux bleu pervenche était liquides à cause du chagrin et de la peine.

L'infirmière a mis une main sur sa joue et il a levé la main pour enrouler ses doigts autour de son poignet fin. Elle lui a dit quelque chose et il a hoché la tête gravement. Elle a enlevé sa main et est partie dans le couloir dans la direction opposée. J'ai penché la tête vers là où elle était partie et j'ai touché le coude de Joe.

– Tu devrais peut-être lui parler. Laisse ta petite fille s'occuper de Nash. Elle sait s'y prendre avec ses gars.

Il m'a fait un petit hochement de tête et a rattrapé l'infirmière. Cora s'est libérée de mes mains et est allée envelopper Nash. Son grand corps a sursauté et il a enfoui sa tête dans le creux de son cou. Je ne savais pas quoi faire de ma peau, mais quand il a levé les yeux, son regard azur s'est accroché au mien.

– Cancer. Putain de cancer du poumon. Ils sont en train d'appeler un oncologue, mais ce n'est pas bon.

J'ai vu que Cora tremblait.

– Je suis vraiment désolé, mec.

Il a cligné des yeux comme s'il était étourdi et s'est détaché des bras de ma copine. Il a frotté ses mains sur son crâne rasé et a commencé à faire les cent pas comme un animal sauvage dans une cage. J'ai repris Cora dans mes bras et ai passé mes mains dans son dos quand j'ai senti des larmes glisser contre mon cou, où elle avait fourré son visage.

– Je savais que quelque chose n'allait pas. Ça faisait des mois qu'il était bizarre, qu'il ne répondait pas au téléphone. Il était tout fou à l'idée d'ouvrir un nouveau salon, et puis il a abandonné. J'ai laissé couler. Putain, je croyais qu'il avait une nouvelle copine dont il ne voulait parler à personne, mais non, c'est un cancer de merde. Nom de Dieu, la clope. Tout ça à cause de la clope.

– Nash, respire. Tu ne sais pas encore si c'est grave ou si c'est traitable. Ne brûle pas les étapes.

Il a lancé quelques grossièretés de plus et a continué à tourner en rond devant nous. Son énergie nerveuse était comme une charge électrique qui me dressait les poils sur les bras. Je voulais lui dire que tout irait bien, que cela allait s'arranger, mais avant que j'aie eu le temps de dire quoi que ce soit, une petite femme avec des cheveux noir de jais est arrivée dans la salle d'attente, habillée comme si elle venait de prendre le thé avec des gens chics, et suivie par un homme qui portait clairement un costume tous les jours et qui gagnait sa vie en menant des gens à la baguette toute la journée. Je ne savais pas qui ils étaient, mais Cora s'est raidie dans mes bras et Nash s'est arrêté net. L'expression de son visage aurait suffi à faire fuir un troupeau d'éléphants en train de charger, mais pas cette dame. Elle a lâché d'une voix aiguë :

– Nashville. Oh, chéri, l'hôpital vient de nous appeler. Comment vas-tu ?

Elle l'a serré très fort dans ses bras, et j'ai remarqué qu'il ne lui rendait pas son geste. Il m'a regardé, puis de nouveau la femme, et il a fait un pas pour s'éloigner d'elle. J'ai lancé un regard à Cora, qui a prononcé « sa mère » sans un bruit, et j'ai ramené mon attention sur le scandale familial qui faisait passer les Archer pour des Bisounours.

– Qu'est-ce que tu fais là, maman ? Pourquoi l'hôpital t'a appelée ?

La femme jouait avec la poignée de son sac à main. J'avais du mal à retrouver Nash en elle. Elle était petite et pâle ; il avait pu hériter d'elle ses cheveux bruns, mais c'était tout ce que je voyais.

– Je suis la personne à prévenir en cas d'urgence sur tous les papiers de Phil. L'hôpital était obligé de m'appeler. J'ai aussi une procuration pour lui.

Nash l'a regardée de travers.

– Pourquoi toi ? Pourquoi il aurait mis ton nom sur tous ses papiers, maman ?

La femme a fait un pas maladroit en arrière, s'éloignant de son fils visiblement ému et enragé.

– Il allait tout mettre à ton nom une fois qu'il aurait les résultats définitifs.

On entendait les mouches voler. J'ai senti Cora inspirer et je l'ai lâchée car j'ai eu peur de devoir retenir physiquement le meilleur ami de mon frère.

– Tu savais ? Tu savais qu'il était malade ?

La voix de Nash a explosé comme un coup de feu contre les murs de l'hôpital. L'homme qui suivait sa mère – son mari, j'ai supposé – a voulu faire un pas vers Nash, mais j'ai tendu le bras et ai secoué la tête.

– À ta place, je ne ferais pas ça, mon ami.

Il m'a adressé un sourire dédaigneux et a regardé ma main comme si elle était couverte de merde.

– Et tu es qui, toi ?

J'ai haussé mon sourcil.

– Je ne suis personne, mais si tu crois que tu vas te mettre au milieu de tout ça, je suis le mec qui sera ravi de t'en empêcher.

Ses yeux ont balayé ma tête, mes épaules, et se sont posés sur ma lutine qui lui lançait un regard assassin à côté de moi, où je la tenais en sécurité. Apparemment, il a vu que je ne plaisantais pas et a soufflé et croisé les bras comme un enfant qui boude.

– Nash.

La femme était suppliante mais il n'en avait rien à faire.

– Combien de temps, maman ? Ça fait combien de temps qu'il est malade ? C'est grave ?

Elle a regardé ailleurs et s'est mordu la lèvre. Nash a posé les mains sur ses petites épaules et l'a secouée rapidement. Pendant une seconde, j'ai pensé que la sécurité de l'hôpital pouvait arriver, ou le reste de la bande, mais pour l'instant il n'y avait que nous et la vie de Nash qui se déroulait devant lui.

– Il est tombé malade à la fin de l'année dernière. Ils ont dû lui enlever une partie de son poumon. Il voulait que personne ne soit au courant. Les médecins pensaient qu'il était maîtrisé mais le cancer s'est métastasé et s'est propagé. Il est au stade trois. C'est possible qu'il ait migré vers ses ganglions lymphatiques. Il attendait les résultats de ses examens. Il ne voulait pas que tu t'inquiètes, Nash.

Nash a enchaîné une série de gros mots, et Cora s'est décollée de moi pour aller le calmer.

– Que je m'inquiète ! Tu ne crois pas que ça aurait été sympa de me tenir au courant avant que je tombe sur lui en croyant que c'était son cadavre ? Putain !

– Il faut que tu te calmes.

– Il ne faut surtout pas que je me calme. Pourquoi t'a-t-il dit tout ça à toi et pas à moi ? Je suis sa famille. Putain, je suis plus son fils que son neveu.

J'ai vu la femme tiquer, et le mec en costard a fait un petit bruit étranglé dans sa gorge. Cora a plissé les yeux en regardant la femme, et au même moment, Rule et Shaw ont débarqué en courant dans notre petit rassemblement infernal, et la jolie infirmière est revenue, suivie par le père de Cora.

– Maman ?

La voix de Nash était carrément effrayante, et alors que c'était un gars généralement serein, on aurait dit qu'il aurait pu démonter l'hôpital brique par brique s'il l'avait voulu. Rule a fait un pas vers son ami mais j'ai secoué la tête. L'infirmière s'est approchée de Nash et a posé une main sur son épaule. Son regard s'est posé sur elle et quelque chose a changé dans ses profondeurs lilas.

– Il s'est réveillé et il vous demande.

– Moi ?

Elle a penché sa tête enflammée et l'a regardé.

– Il a demandé son fils. Ça doit être vous, non ? Je veux dire, vous avez la même tête.

La mère de Nash a inspiré et on aurait dit qu'elle allait s'évanouir.

– Oh putain.

L'exclamation de Rule lui a valu un coup de coude de la part de Shaw et un regard mauvais de la part du costard.

– Nash…

Le ton de Cora était sérieux et pragmatique.

– Ce n'est pas le moment. Tu t'occuperas de ça plus tard. Ce n'est pas important. Il faut que tu profites qu'il soit encore là et que tu te concentres sur le présent.

Ses yeux brillants sont passés sur moi puis sont revenus sur lui.

– Je m'occupe du reste.

Saint – je trouvais toujours que le nom de l'infirmière lui allait à merveille – a passé son bras sous celui de Nash et a commencé à l'éloigner du bordel qu'avait provoqué cette bombe dans la salle d'attente.

– Je suis là, Nash.

Son ton était gentil, et, au lieu d'être froids et professionnels, il émanait autre chose de ses yeux gris clair.

– Vraiment ?

– Oui.

Ils ont fait le tour de la salle des infirmières, et nous nous sommes tous tournés vers la mère de Nash. J'ai vu Cora croiser les bras et taper du pied. Si cette dame guindée croyait que c'était fini, elle allait avoir des surprises.

– Phil est le père de Nash, le père qui est censé avoir disparu quand il était bébé ?

Elle a regardé son mari, puis nous tous. Rule a grogné quelque chose dans sa barbe et a foncé vers elle jusqu'à être collé sous son nez. Je l'ai vue se recroqueviller, mais je n'avais pas l'intention d'intervenir.

– Comment avez-vous pu lui faire croire ce mensonge ? Ça l'a déchiré, il se sentait perdu. Il a aimé Phil comme un père pendant tout ce temps, putain, on l'a tous aimé comme ça, et vous n'avez pas cru bon de dire la vérité, tous les deux ! Allez vous faire foutre, vous et la pauvre merde que vous avez préférée à votre fils. Vous avez intérêt à prier pour que Phil ait une chance de s'en sortir, Ruby, ou je m'assurerai que votre linge sale soit éparpillé dans toute la région.

La petite femme s'est hérissée, de cette façon dont seuls les gens qui se croient supérieurs aux autres savent le faire.

– Je ne te dois pas d'explication, Rule. Je ne dois rien à aucun d'entre vous.

Son mari est passé devant moi et est allé se tenir près d'elle. Ils nous ont tous les deux lancé des regards noirs comme si nous avions quelque chose à voir avec la révélation de ce secret bouleversant. Cora est revenue à mes côtés et s'est blottie contre moi.

– Vous avez tort. Nash est des nôtres, il n'est pas à vous. On l'aime, on s'occupe de lui, et nous allons l'aider à traverser ça. Vous ne vouliez pas de lui, nous si. Je crois qu'il faut que vous partiez. Personne ne veut, ni n'a besoin de vous ici.

Le couple a frissonné et je voyais qu'ils ne comptaient pas se laisser faire, mais le père de Cora a fait le tour de notre drôle de bande et s'est placé entre eux et nous.

– Je sais que vous ne me connaissez pas, mais je m'appelle Joe Lewis et je connais Phil depuis très longtemps.

Ils ne connaissaient peut-être pas le marine, mais de toute évidence, ils avaient entendu parler de lui. Cela a semblé calmer leur animosité.

– Je sais tout de vous, Ruby, et vous aussi, Grant. Je connais votre histoire, je sais pour le petit, et croyez-moi, si vous voulez avoir la moindre chance de rattraper ça avec votre fils, vous allez faire demi-tour et laisser cette famille-là prendre soin de lui. Est-ce que je suis assez clair ?

Apparemment oui, car sur un dernier regard méprisant, ils ont tourné les talons et ont quitté la salle d'attente sans se retourner. Shaw a laissé échapper un petit sifflement et a fait semblant de murmurer :

– Ton père est un gros dur.

J'ai ricané un peu et ai posé un baiser sur les cheveux fous de Cora.

– Et maintenant ?

Shaw s'est posée sur une des chaises en plastique inconfortables et a sorti son téléphone.

– Si Phil s'en sort, ils verront. Sinon, je ne sais pas.

La voix de Rule semblait fatiguée. Cora m'a fait un bisou sur la joue et est allée s'asseoir à côté de son amie. Mon frère a haussé un de ses sourcils bruns et m'a donné un coup d'épaule.

– Et qu'est-ce qui se passe avec l'infirmière sexy ? Ils se connaissent, ou quoi ?

– Vous étiez dans la même école qu'elle.

– Euh… Non, pas moi. Si j'étais allé à l'école avec une fille comme elle, je m'en souviendrais… Ne dis pas ça à Shaw.

J'ai ricané car c'était vraiment le genre de Rule.

– C'est Saint.

Il a froncé les sourcils, confus.

– C'est une sainte ?

– Non, son prénom, c'est Saint, mais c'est aussi possible que ce soit une sainte.

Je l'espérais bien, car il semblait que Nash allait avoir besoin de toute l'aide possible pour gérer ce sac de nœuds. Bien sûr, nous étions tous derrière lui et à ses côtés, mais on ne pouvait pas nier qu'une sainte pourrait se révéler utile…

FIN

LA PLAYLIST DE ROME

Deer Tick – *Twenty Miles* (je vous conseille fortement d'écouter cette chanson avant de commencer à lire… C'est carrément la chanson de Rome pour Cora… Elle est parfaite !).

The Gaslight Anthem – *Boxer* (cette chanson ne colle pas au thème classic rock de Rome, mais je ne sais pas pourquoi, quand j'écrivais et que j'étais bloquée, cette chanson clarifiait les choses).

Creedence Clearwater Revival – *Fortunate Son*

The Rolling Stones – *You Can't Always Get What You Want*

AC/DC – *You Shook Me All Night Long*

The Weeks – *Sailor Song*

The Clash – *Should I Stay or Should I Go?*

Eagles – *Take It Easy*

Neil Young – *Rockin' in the Free World*

The Kinks – *You Really Got Me*

Pink Floyd – *Comfortably Numb*

Tom Petty – *Free Fallin'*

LA PLAYLIST DE CORA

Nikki Lane – *Walk of Shame*
The Detroit Cobras – *Can't Do Without You*
Devil Doll – *You Are the Best Thing and the Worst Thing*
Sleater-Kinney – *You're No Rock N'Roll Fun*
Le Tigre – *Nanny Nanny Boo Boo*
Bikini Kill – *Rebel Girl*
Spinnerette – *Ghetto Love*
Pretenders – *I'll Stand by You*
Naked Aggression – *Pros and Cons of Dying*

REMERCIEMENTS

De nombreuses personnes m'aident à faire ce que je fais du point de vue professionnel. Mon agent, Stacey, mon éditrice, Amanda, une équipe entière dévouée chez HarperCollins pour que ce que je crée soit bien lustré et présenté aux lecteurs de la meilleure façon possible. C'est un processus intéressant et pas toujours évident d'apprendre comment fonctionne le monde de l'édition. J'ai une équipe publicitaire avec qui je travaille pour que les *Marked Men* aient tout l'amour et la couverture médiatique qu'ils méritent. Ce sont des femmes formidables, gentilles, drôles, avec qui il est agréable de travailler, et elles sont une source incroyable de soutien, et vous n'imaginez pas combien je suis reconnaissante de pouvoir m'en remettre à quelqu'un de temps en temps…

Par moments, j'ai franchement envie de fuir tout cela car c'est nouveau et intimidant. Je ne pourrai jamais exprimer combien je suis reconnaissante pour les expériences que cette aventure m'a apportées et pour les gens merveilleux avec qui elle m'a donné la chance de travailler. Je suis très chanceuse et je dois me souvenir de prendre une minute pour y penser tous les jours.

Je remercie ma bestie, ma meilleure amie, Melanie, qui porte beaucoup de noms et de casquettes, mais est vraiment la personne la plus gentille et la plus attentionnée que j'aie eu le plaisir de rencontrer. Nous ne sommes pas toujours d'accord, mais je sais qu'elle est honnête, et elle est la lectrice test parfaite pour tous les personnages et les histoires folles qui tournent dans ma tête. Elle est et restera probablement toujours ma bestie de livres… Elle comprend. Et elle me laisse lui emprunter son mari et ses géniales compétences de création.

Je dois remercier ma mère, en particulier, d'être une telle bosseuse. Elle m'a laissée la traîner dans tout le pays cette année alors que je m'habituais à parler en public et à rencontrer des lecteurs. Je déteste prendre l'avion… Je DÉTESTE ça. Et elle vient avec moi et cela rend le voyage moins cauchemardesque. Elle me supporte aussi quand mes nerfs prennent le contrôle et que je me transforme en monstre cassant et sarcastique. C'est juste la meilleure mère du monde et c'est toujours bien de savoir qu'après une longue journée passée à travailler, à rencontrer des gens, toute tremblante, j'ai toujours quelqu'un pour me garder la tête sur les épaules et avec qui prendre un verre au bar de l'hôtel. Vous avez bien lu, je suis carrément une adulte, une professionnelle avec une vie folle et très chargée, mais je veux toujours ma maman à la fin d'une longue journée ! ☺

Je ne pourrais pas faire ce que je fais sans mes lecteurs géniaux. Je crois que vous êtes tous spectaculaires, et je n'ai pas les moyens d'exprimer ma gratitude sans passer pour une grosse chochotte. La seule partie de cette nouvelle carrière que j'ai vraiment comprise est le rôle des lecteurs. Chaque fois que je commence un livre, ou que je pense à une histoire, je le fais passer dans mon cerveau de lectrice et je me demande si c'est un livre que je lirais, si c'est une histoire qui doit être racontée. Si la réponse est oui, je la raconte du mieux que je peux. Chaque fois que vous me contactez ou laissez de bonnes critiques, cela me touche et me donne l'impression que nous sommes des esprits jumeaux. Sachez que tous les lecteurs sont inestimables pour les auteurs ; nous n'existerions pas sans vous, alors merci. Vous défoncez !!!

L'année dernière, je ne savais même pas ce qu'était un blog. Pour de vrai. Maintenant, je sais que les blogs et les blogueurs derrière sont un moteur fort pour le bouche-à-oreille qui fait le succès d'un livre. Cela me paraît très désintéressé de faire tourner un blog simplement pour partager son amour de la lecture et des livres avec le monde, parce qu'on adore lire et interagir avec d'autres lecteurs. C'est un endroit où les esprits semblables peuvent se rencontrer et s'entendre, ce que j'aurais aimé savoir à l'époque où je voulais parler de tel ou tel livre et que mes amis me regardaient comme si j'étais tarée. Bref, je remercie tous les blogueurs qui ont joué un rôle pour faire passer mes garçons de la petite à la grande échelle, qui ont embelli la série, et qui ont voulu me parler, sincèrement. Cela a été un plaisir de travailler avec vous et d'apprendre de vous ; ceux qui ont été derrière moi et m'ont soutenue depuis le début se reconnaîtront, et j'espère que ma gratitude est évidente. Si ce n'est pas le cas, j'apprécie tout ce que vous avez fait pour moi et vous envoie plein d'amour.

Enfin, je remercie ma tribu. Peu importe combien de temps je suis sur la route, combien de temps je reste devant mon ordinateur, si je ne prends pas de leurs nouvelles ou ne donne pas des miennes, ils m'aiment toujours infiniment. Ils font sourire mes journées et mon cœur, et ils sont vraiment ma petite famille douce et moelleuse.

Composition et mise en pages
Nord Compo à Villeneuve-d'Ascq